교과서에서는 결코 볼 수 없는,
재미와 깊이가 있는 우리시대 최고의 문제작!

고교생이 알아야 할

베스트 셀러
베스트 작가·1

구인환 엮음(문학박사 · 서울대 명예교수)

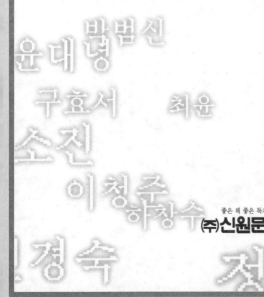

좋은 책 좋은 독자를 만드는—
㈜신원문화사

삶의 깊이와 서정의 지평을 열며

오늘의 현실을 조명하고 역사의 회오리를 가늠하여 내일의 지표를 바라보게 하는 감동적인 소설들이 있다. 바로 세상을 깜짝 놀라게 하리만치 독서계를 휩쓴 베스트 작가의 베스트 셀러가 바로 그것이다. 이 소설들은 재미와 감동뿐만 아니라 예리한 투시와 깊고 섬세한 감각 그리고 다양한 기법과 참신한 표현으로 독자들을 사로잡으며 삶의 희로애락을 나누게끔 한다. 또한 이런 소설의 지평에 동참함은 보다 나은 미래를 준비하며 오늘의 세태를 투시하고 뛰어넘을 수 있는 지혜와 용기 그리고 원대한 진취력을 길러준다.

이번에 《고교생이 알아야 할 베스트 셀러 베스트 작가》를 세상에 내보내는 까닭도 바로 청소년들이 1980, 1990년대의 젊은 작가들이 창조한 새로운 세계에 뛰어들어 감성과 지성을 풍요롭게 하고 삶을 고양시킬 수 있도록 하기 위해서이다. 《고교생이 알아야 할 베스트 셀러 베스트 작가》가 젊은 감각으로 독자들에게 다가가 가을의 푸른 하늘과 산야처럼 풍요롭고 아름다운 열매를 맺기를 기대하면서 다음 몇 가지 점에 유의하며 집필하였다.

① 1980, 1990년대 베스트 작가의 베스트 작품을 읽음으로써

현대 감각의 새로운 문학적 향취를 느끼고, 청소년들이 꿈과 미래를 펼칠 수 있도록 함과 더불어 즐거움과 사색의 깊이를 더하게 했다.

② 작품을 깊고 넓게 이해하기 위하여 '이해와 감상'을 더해 상상력과 인지력은 물론 작품을 심층적으로 분석하고 체계적으로 감상하게끔 했다.

③ 각 작품마다 '생각해 볼 문제'를 제시하여 논리적 사고력과 창의력을 키울 수 있을 뿐만 아니라, 다각도로 '이해와 감상'에 접근할 수 있도록 했다.

이런 의도로 엮어진 《고교생이 알아야 할 베스트 셀러 베스트 작가》가 입시 준비에 여념이 없는 수험생들뿐만 아니라, 일반 독자들에게도 도움을 주어 삶을 윤택하고 풍요롭게 하는 안식처가 돼주길 바란다.

끝으로 이런 양서를 출간해 주신 신원영 사장님에게 감사하고, 총괄하느라 바쁘신 윤석원 이사님, 편집부 여러분에게 감사한다.

1999. 11
단풍이 온 산곡을 물들인 만추에
구 인 환

차 례 CONTENTS

고교생이 알아야 할

베스트 셀러
베스트 작가 · 1

구 효 서

그녀의 야윈 뺨

만남과 이별은 우리 삶 속에서 무수히 일어나는 일이자 소설 속에서도
흔히 소재로 등장하는 사건이다. 흔히 인생은 만남과 이별의 연속이라고 한
다. 그만큼 삶 속에서 만남과 이별이 차지하는 의미는 중요하다 하겠다.
우리는 이처럼 범상하지 않은 사건 속에서 의미를 발견하고,
이를 통해 인생을 정리하게 된다. 만남과 이별의 사건 속에서
어떻게 인생의 진실성을 발견해 나가는지를 중심으로
이 작품을 감상해 보자.

그녀의 야윈 뺨

동숭동에서 한 여자를 만났다. 이름은 박경숙이고, 나이는 서른 여덟.

지난해 11월 중순경이었다. 눈인지 빈지 알 수 없는 것들이 오다 말다해서 땅이 검게 젖어 있던 날이었다. 만나는 순간 난 그녀의 이름과 나이를 대번에 알아차렸다. 첫사랑이었으니까.

고등학교 졸업을 사나흘 앞두고 미팅을 했던가. 18년 전 일이다. 그 뒤로 나는 그녀를 6년인가 7년 동안 만났다. 나 자신 순정파라고 생각해본 적은 없지만, 그녀를 만나는 동안만은 다른 여자를 만나지 않았던 것 같다.

당연스레, 혹은 자연스레 그녀를 사랑하게 됐다. 이십대 초반엔 바위라도 사랑하는 거 아닌가. 안 보면 보고 싶고, 만나면 헤어지기 싫고 그런 게 사랑이려니 했다. 뭐 지금이라고 해서 나의 그런 사랑관이 별다르게 변한 건 아니지만.

그녀와의 만남과 헤어짐의 개요를 말하자면 이렇다. 고등학교 졸업 미팅을 해서 만났고 내가 재수와 입학과 입대를 거치는 동안 줄곧 만났고, 스물다섯이 돼서 헤어졌다. 제대하고 겨우 1학년 2학기에 복학한 내가 과년한 그녀를 책임질(책임이란 게 뭔지도 잘 모르던 시절이지만) 수 없었을 것이다. 우린 동갑내기였다.

그게 이유가 될 수 있느냐, 기다리라고 해놓고 졸업 후에 결혼할 수도 있는 문제 아니냐, 라는 말을 주위 사람들로부터 많이 들었다. 하지만 나는 그런 멜로드라마적인 질문은 제발, 제발 삼가해달라고 말했다. 그리고 사랑한다고 해서 반드시 결혼할 필요는 없는 거라는, 역시 대단히 멜로드라마적인 대답을 그들에게 해줬다.

아무려나 나는 후회하지도 않고, 그녀에게 미안한 감정도 없다. 오히려 헤어지길 참 잘했다고 생각하는 쪽이다. 내일 모레면 이제 사십. 아직 나는 장가를 못가고 있다.

집 한 칸도 마련하지 못해 서울 가까운 저 경기도 땅에 보증금 백만 원에 월세 십만 원짜리 사글세방을 얻어 살고 있다. 그것도 일주일에 한두 번, 옷이나 갈아입으러 잠깐씩 들르는, 춥고 을씨년스런, 지하창고다.

남들 들어가지 못해 애쓰는 대학까지 나와서 무슨 궁상을 떨었길래 아직 그 모양이냐고 사람들은 묻는다. 아주 기절할 것처럼 깜짝 놀라며 묻는다. 연극 배우올시다, 라고 대답하면 사람들은 신기하게도 금방 고개를 끄덕인다. 알아먹겠다는 뜻이다.

어떻게 그렇게 빨리 잘 알 수 있는 건진 모르지만, 하여튼 그렇게 대답하는 게 가장 효과적인 것 같아서, 효과적인 게 아니라 효과적인 것 같아서, 난 그렇게 대답한다. 자, 이 정도니 그녀와 헤어진 게 잘 됐지 않은가.

누가 내 어깨를 탁 쳤다. 4시 공연을 막 끝낸 뒤였다.

"어어!"

말은 못하고 나는 비명만 질렀다.

"나 경숙이야. 오랜만이야, 그치?"

그녀가 불쑥 손을 내밀어서 나는 얼떨결에 그걸 붙들고 정신없이 흔들었다. 얼마만에 잡아보는 손인가.

"어떡하지? 일곱시 공연 때문에 분장을 지울 수가 없어."

그녀가 이물없이 반말로 나오길래 나도 그렇게 했다. 서른여덟 먹은 남녀가 스무 살바기들처럼 말하는 건 조금 어색하지만.

"나 일곱시 공연도 볼 거야. 끝나고 만날 수 있겠지?"

그녀가 말했다. 그러면서 그녀는 내 가슴을 보고 어머 너 가슴에 털 없었잖아, 했다. 나는 윗도리를 홀라당 벗고 있었다. 그런 연극이었으니까.

"이것도 사실은 분장이야."

그녀가 쿡쿡거리고 웃었다. 나도 낄낄거렸다.

그녀의 얼굴은 옛날보다 조금 검어진 것 같았다. 그리고 뺨이 약간 야위었달까.

7시 공연이 끝나고 우린 다시 지상에서(공연장이 지하에 있었으니까) 만났다.

"너 그 여배우하고 참 잘하드라."

"뭘?"

내가 물었다.

"섹스신 말야. 되게 적나라하대. 아무리 연극이라지만 그게 막 서면 어떡하니?"

"그거?"

나는 그녀의 어깨를 주먹으로 펑 쳤다.

"너 많이 달라졌어. 옛날엔 안 그랬는데."

내가 말했다.

"안 그랬지."

그녀가 하늘을 쳐다보며 말했다. 하늘엔 아무것도, 아무것도 없었다. 모든 건 땅 위에 있었다. 마로니에 공원에. 늦도록 북을 치고 장고를 쳤다. 전자기타, 드럼, 키보드, 락 발성 —— 겨울봐돠 놔과봤쥐이 좨앳빛 놔알개 해를 구아린…… 그런 소리들이 밤기운을 헤집고 다녔다.

그곳엔 없는 것이 없었다. 불빛이 있고, 소리가 있고, 환호와 욕설이 있었다. 술이 있고, 사랑이 있고, 프라이드 치킨, 화강암 조상, 크라상, 섞어찌개, 유경옥 드로잉전이 있었다. 사주궁합과 토사물과 아서 밀러가 있었다.

나로선 그런 걸 하루라도 안 볼 수 없었다. 해가 떠서 해가 질 때까지 동숭동에서 사니까. 이십사 시간 동숭동에 머무르는 날이 많으니까. 대사를 외우고, 연습을 하고, 밥을 먹고, 사람을 만난다. 나는 동숭동을 싫어하거나 좋아하지 않는다. 어떤 땐 싫고 어떤 땐 좋다. 삶의 터전이란 덴 다 그런 거니까.

"넌 이런 데서 사니 참 좋겠다."

그녀가 말했다.

"나쁠 건 없지."

"난 이런 데 자주 나올 수는 없으니까. 오늘은 네가 날 에스코트해."

그녀는 내 팔에다 자신의 팔을 쏙 둘렀다.

나는 그녀를 이끌고 공원을 빙빙 돌았다. 큰 길가 쪽의 원형스탠드엔 대형 냉장고만한 두 대의 스피커가 엄청난 소리를 쏟아내고 있었다. 어찌나 진동이 큰지 뱃거죽이 저르르저르르 울렸다.

스탠드를 빽빽하게 들어찬 젊은이들은 한결같이 행복한 표정들이었다. 베이스 기타에 맞추어 미소 그득한 얼굴을 일제히 좌우로 흔들었다. 물결처럼. 나트륨 등이 뿜어내는 주황 불빛이 그들의 얼굴을 포근하게 감쌌다. 그녀는 탄성을 지르듯 나지막한 목소리로 피——스, 라고 외쳤다.

머리카락이 어깨까지 늘어진 남자 싱어가 쉴새없이 몸을 흔들며 핏대를 올렸다. 스피커를 통해 쏟아져 나오는 그의 목소리에서 나는 커다란 네거티브 필름을 보았다. 너덜너덜한 성대가 찍혀진 거대한 음화.

락을 좋아하든 안 하든 그곳을 지나치던 사람들은 누구나 한번씩 멈춰 서서 오랫동안 그들을 바라보았다. 더러는 어깨를 들썩이며 호응하는 축도 있었다. 라이브의 열기란 대단하다. 나도 어느새 고개를 끄덕이며 박자를 맞추고 있었다. 그녀는 발끝을 달싹거렸다.

"굉장해."

그녀가 내 오른팔을 바짝 끌어당기며 부르르 진저리를 쳤다.

"거의 불가항력적으로 압도하지 않아? 숨을 못 쉬겠어, 으으."

"그래서 라이브 좋아하는 사람들이 있는 거겠지. 가까운 데에

라이브 콘서트 하는 데가 있어. 괜찮다면 함께 가볼까?"

내가 물었다. 그녀는 시선을 장발 싱어에게 고정시킨 채 고개를 주억거렸다. 내 팔뚝은 그녀의 따뜻하고 부드러운 겨드랑이를 느끼고 있었다.

열기라든가 사기라는 게 충천한다는 말을 새삼 알 수 있을 것 같았다. 하늘을 찌른다는 말. 원형스탠드에서 뿜어내는 열기가 로켓처럼 하늘로 솟구쳐 올라 저 멀리 어둡고 광활한 우주를 덮히는 것만 같았다.

공원 중앙에는 네 개의 커다란 은행나무가 일렬로 줄을 서 있고, 각각의 은행나무 밑둥은 육각형의 벤치로 둘러싸여 있다. 그중 아트센터에 가장 가까운 은행나무 밑에선 여덟 명인가 아홉 명의 젊은이들이 빙 둘러앉아 막걸리를 마셨다. 포테이토칩, 컵라면, 구운 쥐포, 프랑크 소시지와 게맛살. 그런 허접스런 것들이 구겨진 신문지와 함께 그들 중앙에 아무렇게나 흩어져 있었다. 빠닥빠닥 소리가 나는, 청색 혹은 적색 비닐잔에다 막걸리를 따라 마시고, 그들은 노래를 부르고 손뼉을 쳤다. 다음은 니 차례얀 마, 어서 불러. 누군가가 취한 음성으로 말하면 다른 누군가가 비틀거리며 일어나, 어어어디서 이런 여자들마안 나오는 거어어야 이야 이야 이야 이야 하고 노래를 불렀다.

그런 식이었다. 한 사람 노래가 끝나면 다음 사람이 일어나 노래를 부르고, 나머지는 박수를 치거나 고래고래 따라 부르는. 빙 둘러앉아서.

대학로가 토요일마다 차 없는 거리가 되던 무렵에는 그런 식의 유흥을 벌이는 그룹들이 절대다수였다. 예를 들어 백 개의 팀이

제각각 유흥을 벌인다면, 적어도 아흔일곱 개 팀은 빙 둘러앉아 돌아가며 술마시고 노래부르고 사분의 삼, 혹은 사분의 사박자로 손뼉을 치는 식이었다.

그렇게 놀아야 한다는 게 무슨 대입수험참고서에라도 나오는지, 그렇게 놀지 않으면 모조리 총살이라도 시키겠다고 포고령이라도 발포되었는지, 하여간 다들 그랬다.

그게 뭐 어쨌다는 게 아니라, 신비하다는 거다. 누가 시키지도 않았는데 어쩌면 그리도 일사불란한 놀이방식을 공유하는 걸까. 그런 걸 문화라고 하는 걸까. 유원지 같은 데 가면 나이 자신 분들은 그들 나름대로 그런 게 있다. 노래 부르며 엇쑤 엇쑤 군무를 추는 것.

그게 나쁠 건 없겠다. 노는 데 좀 시끄러우면 어떻고, 야단스러우면 어떨까. 창피할 건 더더욱 없다. 혹시 삼국시대부터 우리가 그런 식으로 놀아온 건 아닐까. 요컨대 그런 식도 흥겹고 얼마든지 즐겁다는 말이다.

한 젊은 친구가 일어서서 취한 몸을 꺼떡꺼떡거리더니 돌연 우리 쪽으로 달려와 그녀의 팔을 낚아챘다.

"제발, 저 대신 한 곡만 불러주세요, 네?"

별로 어렵지도 않은 부탁을, 그는 아주 비굴하고 슬픈 얼굴로 청했다. 한기범처럼 긴 허리를 연신 굽신거리면서.

"웬만하면 한 곡 해봐."

내가 말했고, 그녀는 싫지 않은 듯 젊은 친구를 따라갔다. 좌중에서 발작적인 박수와 기성이 터져나왔고, 그녀는 박정운의 '오늘 같은 밤이면'이라는 노래를 불렀다.

능청스러우면서도 아주 썩 잘 부르는 노래였다. 나는 내가 아는 부분만(그 노래는 도입부가 꽤 어렵다) 따라했다. 오오늘 같은 바암이면 그대를 나의 품에 가득 안고오서 멈춰진 시간 소옥에 그대와 영원토록 머물고 싶어어.

나와 그녀는 그들로부터 막걸리 한잔씩 얻어 마시고, 함께 놀자는 걸 뿌리치고 아트센터 건물로 올라섰다.

아트센터 1층의 마로니에 카페로 들어섰다. 그곳에선 공원을 한눈에 볼 수 있었다.

"사실 말야."

그녀가 말했다.

"우리가 첨 만난 곳이 이 어방이야."

"그래?"

나는 거대한 통유리를 통해 바깥을 내다보았다. 문예회관의 붉은 벽돌담 밖에선 두 명의 남자가 코믹마임을 하고 있었다. 채플린 차림을 한 남자가 허리춤 안으로 손을 넣어 바지단추 사이로 검지손가락을 쑥 내밀자, 벙거지를 쓴 다른 남자가 너무 작다고 야유하는 흉내를 냈다. 서툰 몸동작이었지만 서른 명도 넘는 관객들이 열렬한 호응을 보내고 있었다.

"저 앞쪽엔가 무슨 청소년회관 같은 게 하나 있었거든. 거기서 우리 미팅했잖아."

그녀가 손가락으로 큰길 너머 어디쯤을 가리키며 말했다.

"그래. 그러고 보니까 그랬던 것 같애."

내가 말했다.

"그땐 저쯤으로, 이쯤이었던가, 아주 지저분한 개울이 하나 흘렸던 것 같은데."

"복개한 거 아닐까?"

"그렇담 저 도로 밑으로 그때 그 개천이 흐르고 있을지도 모르겠네."

"그러겠네."

우리가 앉아 있는 카페 앞 마로니에 나무 아래엔 번쩍이는 가죽 점퍼와 스타디움 점퍼를 입은 열서넛 먹은 아이들이 팽이처럼 몸을 돌리며 춤을 추고 있었다. 나뭇가지에 라디오를 걸어놓고. 스파이크 리의 '똑바로 살아라'에 나오는 것과 아주 똑같이 생긴, 거대한 라디오였다.

"그때 바리깡으로 머리 밀려서 줄창 모자 쓰고 있던 애 있었지?"

그녀가 물었다.

"그랬지. 머리 가운데로 고속도로가 나 있었지. 영세야, 걔 이름이."

"뭐해 걘?"

"검사 됐어. 특검부에 있대나봐."

"으음, 그랬구나."

밤이 깊을수록 공원은 오히려 활기가 넘쳤다. 도화선에 불을 붙여 들고 불똥을 튕기며 공원 한가운데를 가로지르는 아이들도 있었다. 기성과 웃음소리가 여기저기서 끊임없이 터져나왔다. 우리는 차 한모금 마시고 밖을 보고, 담뱃재 한번 털고 밖을 보았다.

"좋다 그치."

그녀가 웃으며 말했다.

"음, 그래."

내가 대답했다.

"여기 있는 우리도……."

저들의 평균 나이는 우리보다 열다섯 이하일 터였다. 그러나 그들을 보면서 내가 나이를 먹었다는 생각은 조금도 들지 않았다.

"나 보고 싶은 적 없었어?"

그녀가 일부러 짓궂은 표정을 지으며 물었다. 왜 안 보고 싶었겠냐고 내가 정색을 하고 대답했다. 그녀가 푸푸 웃었다. 사실대로 말하자면, 보고 싶었다기보단 아주 궁금했었다. 어디서 뭘 하고 사는지.

먹고 사는 건 늘 곤궁했지만, 그래도 매스컴은 심심찮게 탔기 때문에 내가 배우가 되었다는 걸 그녀는 이미 알고 있을 거라 믿고 있었다. 여성지나 일간지에 스무 번 이상 얼굴을 내밀었고, 동숭동 담벼락에는 일년 내내 내 얼굴이 붙어 있었으니까.

그런데도 그녀한테서는 그동안 아무 연락이 없었다. 살기가 바쁘거나, 연락할 필요를 별로 느끼지 못하는 거겠지, 라고만 생각했었다.

"나 미국서 살아. 혼자 며칠 휴가 냈어. 실컷 놀다 갈 거야."

"그랬구나."

"오늘은 너와 노는 날이야. 밥 사줄게 나가자."

그녀가 활기차게 말했다.

"내가 밥 사도 괜찮겠지?"

"조건이 있어."

내가 말했다.

"낙지볶음덮밥이어야만 해."

"네가 앞장서!"

마로니에 카페에서 나온 우리는 공원으로 내려왔다. 펑크 스타일의 소년들이 팽이처럼 춤추는 사이를 빠져나가다가 그만 그녀가 격렬하게 엉덩이를 흔들었다.

아이들이 갑자기 아우성치며 그녀를 감쌌다. 오예, 아줌마 화이팅, 화이팅, 와아, 끝내준다, 끝내줘. 그녀는 나를 보고 활짝 웃었다. 아주 귀여운 춤이었다. 나도 그들 사이를 비집고 들어가 함께 몸을 흔들었다. 나는 세 번이나 '아가씨와 건달들'에 출연했던 베테랑이었으니까.

낙지볶음덮밥 먹으러 가는 데 반 시간 이상 걸렸다. 그날은 이상하게도 동숭동에 가위바위보 게임이 유행하고 있었던 것이다. 아무나 붙잡고 가위바위보를 하자는 건데, 지는 사람은 이기는 사람 앞에서 큰절을 올리는 거라나.

남녀노소가 없었다. 아무나 붙잡으면 되는 거였다. 5년 넘게 동숭동에 있었지만 그런 게임은 처음이었다. 누군가가 즉흥적으로 생각해낸 게 삽시간에 퍼진 모양이었다. 동숭동은 그런 곳이었다.

두 번인가 투덜거리며 절을 하고, 여섯 번인가 낄낄거리며 절을 받았다. 그만하면 굉장한 이득인 셈이었다. 시간이 지체되긴 했지만, 기분이 썩 좋았다. 어쨌든 이득은 보았으니까.

그녀와 함께 낙지볶음덮밥을 먹고 뉴 시티에 들러 맥주를 마셨다. 창 밖에는 '우린, 새우젓이오'라는 붉고 푸른 세로 현수막이 걸려 있었다. 들국화와 함께 하는 뮤지컬 플레이라는 작은 글씨도 보였다.

현수막이 걸린 전봇대 옆 게시판에는 아파트의 류씨스트라테, 등신과 머저리, 넌센스, 여배우 도둑, 조통수, 연인과 타인, 사기꾼 등등의 포스터가 어지럽게 붙어 있었다. 물론 가슴에 털난, 내 벗은 몸뚱어리도 보였다.

유리 맥주잔이 산타클로스의 버선 모양을 하고 있었다. 맥주를 마시려고 잔을 기울일 때마다 버선코로 공기 들어가는 소리가 뽈락뽈락 하고 났다. 한 모금 마시고 탁자에 내려놓으면 또 공기 빠지는 소리가 뽈락뽈락 하고 났다.

그게 굉장히 재밌고 우스웠다. 그게 과연 그토록 재밌고 우스운 건진 잘 모르겠지만, 그날은 어쨌든 옆구리가 결리도록 웃었다.

"애들은 몇이야?"

내가 그녀에게 물었다. 그녀는 웃다 말고 깜짝 놀라며 말했다.

"둘…… 그래, 둘이야. 사내 하나 계집애 하나."

"더 바랄 게 없겠군."

"그렇지."

그녀는 자신의 맥주잔을 내 잔에다 꽝 부딪쳤다.

"난 아직 결혼하지 않았어. 아니, 못했어."

"알고 있었어."

"알고 있었어?"

"넌 유명인사잖아. 인터뷰 기사 몇 개 읽었거든. 사실은 니가 하는 연극 나 세 번이나 봤다."

"그랬었구나. 그런데 왜 입때껏 아는 척을 안 했지?"

"이유는 없어. 항상 동행이 있었고, 음, 그리고 그다지 시간이 충분한 것도 아니었고, 그냥 니가 열심히 작품에 몰두하는 걸 보는 걸로 족했지. 그랬어."

"음."

"사는 건 어때?"

그녀가 내게 물었다.

"그저 그래. 연극하면서 살다 보니까, 이대로 계속 간다면 내 생애는 현실을 산 것보다 연극으로 산 시간이 훨씬 많아질 것 같애. 물리적인 시간으로만 따진다면 그야말로 내 현실은 연극인 셈이지. 이런 말이 있어. 배우는 연기의 순간만은 자신의 정체성을 상실한다."

"그렇구나."

"대본에 나오는 표토르 소브친스키 따위의 이상한 이름을 정확히 외우고 발성하는 일이 사실은 결혼이라든가 먹고 사는 일보다 훨씬 절실하게 느껴지거든. 진짜 그래."

그녀는 고개를 끄떡이고 다시 잔을 들어 부딪쳤다. 우리들 옆자리에 예닐곱 명의 소년들이 우르르 몰려와 앉았다. 까닭없이 살벌해보이는 애들이었다. 그들은 앉자마자 아주 심각하고 격렬하게 저울질하기 시작했다. 최수종과 하희라가 결혼을 했다. 누가 더 손해냐. 음악이 바뀌었다.

"오늘 보았다시피 연극엔 그럴듯한 섹스도 있어."

내가 말했다.

"현실에 있는 건 다 있다구."

"혼동되겠다, 현실과 응?"

그녀가 옆자리 소년들을 힐끗 바라보며 말했다. 그녀는 여섯 잔째 마시고 있었다. 혼자소리로 아, 미드나잇 블루잖아라고 중얼거리면서.

"혼동돼도 상관없어. 차라리 혼동되었음 좋겠어."

라고 내가 말했다.

"무슨 뜻이냐면, 연극에서 느낀 감동들이 현실에 어느 정도 적용되었으면 좋겠다는 말이야……. 그런데 사실은 날이 갈수록 연극과 현실은 서로 멀어져가는 기분이야. 연극이 현실에 바탕을 두지 못하게 된 거지. 붕 뜬 거야. 세상에 어떤 일이 벌어지고 있느냐엔 관심을 두지 않고, 당장은 어느 극단에서 무슨 연극을 어떻게 해서 관객 동원에 성공했느냐에만 관심이 있다니까. 연극의 토대가 점점 현실이 아닌 연극 자체가 되어가고 있어. 무섭게 에스컬레이트 되니까 나중엔 뭐가 뭔지 모르게 되는 거지. 누구나 다 알다시피 연극이란 건 현실을 적당히 왜곡하고 재구성해서 소기의 메시지나 감동 따위를 전달하는 거 아니겠어. 그럼으로써 현실 인식을 환기해 보자는 게 연극의 고전적인 존재 이유가 될 텐데 말야. 이런 고리타분한 얘긴 이미 우스운 건지도 몰라. 어쨌든 연극을 보고 펑펑 울고 웃던 사람이 현실로 돌아가면 그렇게 목석일 수가 없어. 뭐가 잘못된 거 같지 않아? 그래서 한번은 내가 대본을 썼지. 싱거울 정도로 평범한, 우리 사는 얘길 쓴 거야. 소소하지만 그대로 우리들 얘기, 어렵게어렵게 무대에 올렸지. 내 첫 연출작품이기도 해. 그랬더니 세평이 어땠는 줄 알아? 지독하게 난해하다는 거야. 뭔지 잘 모르겠다는 거지. 작품 속에 숨어 있는 대단한 의미를 찾자니 영 안 찾아지거든. 그러니까 난해하다는 거야. 제기랄. 현실에서는 뭐가 심각하고 뭐가 대단한 건지 관심도 없고 까막눈인 주제에, 연극을 보러 와선 눈을 붉히고 굉장한 것만 찾더라구. 아, 나 취했나봐. 갑자기 쓸데없는 말이 많아졌잖아. 참 내, 더럽게 떠들고 있네, 그치……."

그녀가 쿡 하고 웃었다. 잔에서 또 뽈락뽈락 소리가 나서 웃었는지 다른 이유 때문에 웃었는지는 잘 모르겠다. 하여간 그녀는 웃었고, 웃는 바람에 맥주거품이 튀어 그녀의 콧잔등에 달라붙었고, 그래서 나도 웃었다.

우리들의 웃음이 저쪽 좌석의 기분을 굉장히 언짢게 한 모양이었다. 저쪽 좌석이란 아주 살벌해보이는 소년들 오른쪽 옆자리 손님들이었다. 아주 깔끔한 외모였고, 한 명도 빠짐없이 흰 드레스 셔츠에 넥타이를 맨 신사들이었다. 나이는 나보다 많아 보이진 않았지만, 그렇다고 적어 보이지도 않았다.

"에이 씨발. 거기 지금 뭐라구 했어? 좆도."

한 남자가 인상을 구기고 아래턱을 쑥 내밀며 말했다. 내 눈을 노려보고 있었다. 창 밖 큰길에는 불자동차 한 대가 갑자기 패트롤을 번득이며 요란스럽게 지나가고 있었다.

"그거 나한테 한 말이오?"

내가 대꾸했으나 불자동차 소리 때문에 그는 잘 알아듣지 못한 모양이었다. 눈빛을 보아하니 그도 엔간히 취해 있었다.

"조용히 술이나 처먹을 일이지 왜 남의 말에 참견이야 참견은, 좆도."

그가 말했다. 아까 내가 뭐라고 떠들 때 그쪽에서 오해를 한 모양이었다. 진정을 하고 얘기를 차근차근 풀어나갔더라면 문제될 것도 없는 일이었다. 누구에게도 잘못은 없었으니까. 하지만 나는 그러지 않았다. 잘잘못을 따지기 전에 욕부터 지껄이는 놈들과 이러쿵저러쿵 길게 얘기하고 싶지 않았다.

"그 자식 되게 딱딱거리네, 정말."

들으라면 들으라는 식으로 나는 중얼거렸다. 그 놈을 노려보면서. 그러자 그 자가 갑자기 일어서서 웃저고리를 벗어젖혔다.

"이 사람들이 왜 이래? 왜 시비야?"

이번엔 그녀가 소리를 지르며 튀어 일어났다. 홀 안에 있던 사람들의 시선이 모두 우리 쪽으로 쏠렸다. 어떻게든 말리고 나설 줄 알았던 그녀가 전의를 가다듬자 나는 어차피 한바탕 붙어야 될 모양이라고 생각했다.

"너 이 새끼 이리 와. 껍질을 벗겨줄 테니."

내 말이 끝나자마자 그쪽에서 유리잔이 날아왔다. 고약한 놈이었다. 나는 미처 피하지 못하고 얼굴에 정통으로 얻어맞았다. 맥주가 눈에 들어갔는지 시야가 부옇게 흐려졌다. 나는 몸을 날려 그 놈의 낭심을 발길로 냅다 걷어차 버렸다.

순식간에 나는 여러 명의 손아귀에 잡혔다. 꼼짝할 수가 없었다. 누군가의 발길질이 내 옆구리에 박혔다. 치사한 자식들이 떼거지로 나를 밟고 있었던 것이다.

승산은 없었지만 나는 주먹질을 계속했다. 미드나잇 블루와, 그녀의 고함소리가 들려왔다. 뭐가 어떻게 돼가는 건지 도무지 알 수 없었다. 싸움이란 건 태어나서 두 번 해보았지만, 그렇게 많은 상대와 붙어보기는 처음이었다.

내 팔이며 먹살을 틀어쥐었던 손들이 하나 둘 떨어져 나갔다. 살벌하게 생긴 소년들이 모두 일어나 싸움을 말리고 있었던 것이다. 소년들은 그들을 밀치고 그녀와 나를 홀 밖으로 들어냈다. 얼굴이 없어진 것처럼 얼얼했다.

"한 명씩 덤벼 이 새끼들. 죽여버리겠어!"

흥분해서 고함을 지르면서도, 오늘은 참 이상한 날이로구나라는 생각이 한편으론 들었다.

"나쁜 자식들이야!"

그녀도 식식거리며 말했다.

그녀는 핸드백에서 손수건을 꺼내 내 머리와 이마에 묻어 있는 맥주 찌꺼기를 닦아주었다. 콧등에 상처가 났다고 그녀가 말했다. 우리는 밴드를 사기 위해 골목을 빠져나왔다.

"지금 몇시지?"

내가 물었다.

"열한시 이십분."

콧등에다 일회용 반창고를 붙이며 그녀가 대답했다.

"벌써 그렇게 됐나?"

"연극 끝난 게 아홉시였잖아."

"그렇군. 이제 가봐야지?"

그녀는 대답 대신 갑자기 킥킥거리고 웃기 시작했다. 반창고 바른 내 얼굴이 우스웠던 걸까.

"왜 그래?"

내가 물었지만 그녀는 아무 말도 않고 계속해서 웃기만 했다. 허리를 싸안고 격렬하게 웃었다. 나는 어디 쇼윈도에 가서라도 내 몰골을 확인하고 싶어졌다. 그러다가 그만 나도 웃음을 터뜨리고 말았다. 얼굴을 일그러뜨린 채 눈물까지 질금거리며 웃는 그녀가 참을 수 없이 우스워 보였던 것이다.

웃음은 고장난 발동기처럼 제어되지 않았다. 그냥 내버려두었다. 점점 더 심하게 일그러져가는 얼굴을 서로 바라보며 우린 언제까지고 그렇게 웃었다.

"우스워 죽는 줄 알았어."

그녀가 겨우겨우 웃음을 멈추고 말했다. 우린 흥사단 앞 은행나무 아래 다리를 뻗고 앉아 길 건너 오감도 쪽을 바라보았다. 마지막 버스를 타려는 사람들과 택시를 잡으려는 사람들이 길 위에 늘어서 있었다.

"이제 너도 돌아가야지."

내가 하늘을 쳐다보며 말했다. 공원 쪽에서는 이제 더이상 어떤 소리도 들려오지 않았다. 서울대병원 야간응급실 간판에 환하게 불이 들어와 있었다.

"넌 안 가?"

그녀가 물었다. 나는 그냥 동숭동에서 자야겠다고 대답했다. 한 달이면 보름 이상은 동숭동에서 잔다고 했다. 명륜여관이라는 데가 있는데 우리 단원들한텐 숙박료를 파격적으로 할인해주는 곳이라고 그녀에게 말했다.

"좋은 생각이 있어."

갑자기 그녀가 반색이 돼서 말했다.

"뭔데?"

"우리 오랜만에 말야, 같이 자는 거야."

나는 놀란 눈으로 그녀를 바라봤다. 웃느라 수축됐던 옆구리의 근육들이 이따금씩 부들부들 떨렸다. 길 위를 질주하는 차량들의 속도가 점차 빨라졌다.

"넌 유부녀잖아. 그래도 돼?"

"우리가 한두 번 자봤니. 너랑 적어도 삼십 번은 잤을걸. 그래도 참 대견해. 대견한 건지 바보 같은 건진 잘 모르겠지만, 우린 그래도 한번도 안 했어, 그치?"

"그래. 남들이 들으면 순 거짓말이라고 할 거야."

나는 가슴이 활랑거렸다. 아무렇지도 않았다면 거짓말이다.

"지금 당장 가. 그 여관 어딨어? 멀어?"

"바로 건너편이야. 아까 우리 술 마시던 뉴 시티 맞은편에 카사블랑카 노래방이 있거든. 그 골목 안에 맷돌이라는 섞어찌개집이 있어. 거기서 이십 미터만 더 들어가면 돼."

그녀는 팔을 붙들고 나를 일으켰다. 얼굴의 반창고를 보고 또 쿡 하고 웃었다.

"너 군대에 있을 때 말야, 한 달에 한 번꼴은 면회 갔었잖아. 그때마다 내 한 달 월급 다 썼던 것 기억해?"

나는 밤길을 걸으면서 고개를 끄덕였다.

"그만큼 니 월급이 적었다는 걸 말하려는 거니?"

그녀는 내 옆구리를 팔꿈치로 찔렀다.

"외박할 때마다 날 어떻게 해보려고 너 참 무던히도 애썼지. 사실 말야, 널 만나러 떠날 땐 웬만하면 거절하지 말아야지 했었지. 근데 일단 잠자리에 들면 몸이 막 사려지고 안 되더라구. 나도 사실, 속이 많이 상했어. 한번은 니가 밤을 꼬박 새우면서 나를 보챘던 적이 있었어. 그날은 나도 참 많이 힘들었는데, 어쨌든 역시 성사를 못 시키고 말았지. 이튿날 그 민박집 아주머니가 나보고 뭐랜 줄 알아?"

나는 고개를 좌우로 흔들었다. 골목 앞에서 누군가가 길바닥 위에다 토하고 있었다. 여자 하나가 그의 등을 성의 없게 툭툭 두드렸다.

"글쎄 그 아줌마 이러더라구. 츠녀도 참 모지락스럽더구마, 나까지 애가 타 죽을 뻔했잖소."

그녀는 킬킬킬 웃었다.

"너 참 많이 변했어. 이러지 않았는데."

나도 허허허 웃었다.

"아아, 오늘 되게 재밌다."

그녀가 말했다.

우리는 2층 객실에 들어가 번갈아 손과 얼굴을 닦았다. 무슨 여관이 고려대학교처럼 생겼냐고 그녀가 물었다. 석조건물인데다, 계단은 낡고, 복도가 어두운 여관이었다. 내가 그런 걸 어떻게 알겠냐고 대답했다. 그러자 그녀는 그러면 여관 주인에게 물어야 하는 거냐 아니면 고려대학 총장한테 물어야 하는 거냐고 내게 말했다.

우리는 나란히 침대에 누워 잘 채비를 했다.

"잠이 잘 안 오지?"

그녀가 물었다.

"올 턱이 있어?"

내가 말했다. 하지만 우리 하거나 그러진 말자, 라고 그녀가 먼저 말했다.

"서른 번을 잤는데도 못했는데 서른한 번째라고 뭐 다르겠냐?"

내가 퉁명스럽게 내뱉자 그녀는 또 킥킥 웃었다.

"만약 어쩌다가 하게 된대도 좋기보단 막 쓸쓸해질 것 같애. 서른여덟이잖아 우리."

"너 아무래도 전혀 생각이 없지는 않은 것 같은데?"

내가 말했다. 그러자 그녀는 손사래를 치며 아냐아냐 그런 건 아냐, 라고 정색을 했다.

"그래. 너 아까 길거리에서 막 웃는데 말야, 어두웠는데도 주름이 많이 보이드라구…… 애틋함이 없으면 그런 것, 그런 것 다 소용없어."

"너 생각나니?"

그녀가 내게로 얼굴을 돌리며 물었다.

"우리 첫키스할 때 침을 너무나 많이 흘렸던 것."

그녀가 또 웃었다.

"생각나고말고. 그땐 그게 굉장히 챙피했었어. 키스할 때 혀는 어떻게 처리하는 건지 이론적으론 다 마스터하고 있었지. 그런데 그게 이론대로 되는 거니. 어린것들 사이에 떠도는 이론이라는 게 구십 퍼센트는 엉터리거든. 하지만 나중에 떠올려보니까 서툰 것도 괜찮은 거더라구. 우리 중 누군가가 경험이 많은 연애도사였다면 침 같은 건 흘리지 않았겠지. 둘 다 연애가 처음이었다는 얘기야."

"너도 어쩜 나랑 똑같은 생각을 했니?"

그녀가 내 가슴을 탁 때리며 말했다.

이럴 게 아니라 맥주라도 마시자고 내가 제의했고 그녀가 동의했다. 나는 주인아주머니에게 캔맥주 열 개를 갖다 달라고 했다. 5분도 안 돼서 노크소리가 들렸다.

방바닥에 신문지를 깔아놓고 맥주를 마셨다. 나는 팬티만 입고 있었고, 그녀는 옆구리와 허벅지가 훤히 드러나는 검은 란제리만 입고 있었다.

　"그래도 아직 몸이 쓸 만한데."

　내가 말하자 그녀는 놀리지 말라고 했다. 하지만 정말 별로 늙어뵈지 않았다. 다만 그녀는 조금 마른 듯했다. 옛날엔 통통한 편이었는데.

　"이쪽인가 저쪽인가?"

　내가 물었다.

　"내가 입대한다는 말 듣고 너 충격받아서 얼굴 한쪽이 마비됐었잖아."

　"어마, 참 그랬었지. 그랬었어…… 아마 이쪽일 거야."

　그녀는 자신의 왼쪽 뺨을 가리켰다. 왼쪽 뺨에는 그때의 후유증으로 일원짜리 동전만한 옅은 기미가 얼마 동안 남아 있었다. 그러나 뺨이 전체적으로 야위어서 그런지 그런 건 뵈지 않았다.

　"그리고 너 나와 헤어질 때 나한테 충격적인 말 했던 것 기억해?"

　내가 물었다.

　"무슨?"

　그녀가 되물었다.

　"내가 말했지. 될 수 있으면 결혼상대자는 신중하게 골라야 한다구. 그랬을 때 니가 뭐랬는 줄 알아?"

　"뭐랬는데?"

　"아무면 어떠냐고 했어. 니가 아닌 다음에야 어떤 남자든 무슨 상관이냐구 말야. 처음 선보는 남자한테 시집가버릴 거라구 했거든. 겁나드라야."

그녀가 재밌다는 듯이 웃었다. 내가 말했다.

"그런데 연극을 하다 보니까 말야, 그런 대사를 의외로 많이 만나게 되더라구. 여자들은 헤어질 때 으레 그렇게 능청을 떠는 모양이지?"

그녀가 마침내 깔깔거리고 웃었다. 이 여자는 그동안 지나치게 낙천적으로 변했구나 하고 나는 생각했다.

그런저런 애기를 했다. 왜 텔레비전 드라마 같은 데로 진출하지 않느냐라는 그녀의 질문에 곤혹스러워하기도 했고, 그러다가 또 불쑥불쑥 둘만의 옛날 이야기를 꺼내 웃곤 했다. 중구난방으로.

관객 앞에서의 연기와 카메라 앞에서의 연기가 어떻게 다른가. 아직 텔레비전으로부터 출연 제의를 받진 않았지만, 뿌리칠 수 없는 조건이라면 나라고 별 수 있겠냐. 그런 애기를 하다가, 혼자 사는 남자는 성적인 욕구를 어떻게 충족시키나 따위로 말머리가 돌아가곤 했다. 그러다가 어쩌다 잠이 들었을 것이다.

이것이 내 첫사랑과의 재회였다. 싱겁다면 싱겁고 웃긴다면 웃기는 재회였다. 이튿날 우리는 여관 곁에 있는 맷돌식당에서 밥과 섞어찌개를 먹고 헤어졌다. 무대에 등장했다 퇴장하는 단역배우들처럼 짜안 하고 헤어졌다. 그녀는 밥을 두 공기나 맛있게 먹었다.

한 가지 뒤늦게 생각나는 일을 더 추가하자면, 나는 그날 밤 그녀의 알몸을 보았다는 것 정도다. 몇 시쯤이었는지는 잘 모르겠다. 나는 두 차례인가 잠에서 깬 적이 있었다. 잠 속으로 한번 떨어지면 세상 없어도 깨지 않는 나였는데 그날은 두 번이나 깼다.

기침소리였는지, 아니면 잠꼬대였는지 어떤 심상찮은 인기척에 놀라 잠을 깼다. 침대가 몹시 흔들린 것 같기도 하다. 저 어두운 땅 속 어디쯤에서 들려오는 외침소리 같기도 했고 흐느낌소리 같기도 했다.

그것이 텔레비전 소리라든가 사람 떠드는 소리라든가 문 여닫는 소리라면 아마 나는 깨지 않았을 것이다. 정체가 분명한 그런 소리였다면 나는 뺨을 후려쳐도 일어나지 않았을 것이다. 그런데 그날 내가 잠결에 들은 소리는 아주 낯선 소리였다. 뭐라 표현할 수 없을 정도로 이상한 기분이 드는, 음울한 소리였다.

첫 번째 깼을 때 그녀는 내 곁에서 새우처럼 웅크린 채 자고 있었다. 그때 난 여자와 함께 자고 있다는 사실을 처음인 듯 깨달았다. 곁에 여자가 있으니까 생전 깨지 않던 잠을 다 깼다고 혼자 중얼거리곤 다시 잠 속으로 빠져들었다.

두 번째도 똑같이 이상한 소리를 듣고 깼다. 두 번째는 그녀가 자리에 없었다. 첫 번째도 그랬지만 이번에도 그 이상한 소리는 내가 잠을 깨자 더이상 들려오지 않았다.

대신 이번엔 물소리가 들렸다. 욕실에 불이 켜져 있었다. 샤워 꼭지에서 떨어진 물이 타일 바닥에 부딪치며 큰소리를 냈다. 자다 말고 웬 샤원가. 나는 비칠비칠 걸어가 욕실문을 열었다.

그녀는 알몸인 채로 뜨거운 물을 맞고 있었다. 나를 바라보는 눈이 붉게 충혈되어 있었다. 무표정이었다. 그녀는 내게 무언가를 감추려고 애쓰는 것 같았다. 그게 무얼까. 이미 자신의 알몸을 다 드러내 놓았으면서.

나는 그녀의 어깨와 약간 늘어진 가슴과 배와 검은 음모와 허벅지를 바라보았다. 십수 년 전, 내 손으로 적어도 삼백 번은 애타게 쓰다듬었던 바로 그 몸이었다. 그러나 별 감동은 없었다. 나는 욕실문을 닫고 침대로 돌아와 다시 잠에 빠져들었다.

그녀와의 만남은 그것으로 끝일 뻔했다. 밥 먹고 수다를 떨다가 헤어지는 바람에 주소나 전화번호를 적을 겨를이 없었으니까. 하기야 더 만날 일이 과연 있을까 싶었겠지. 그녀는 이제 미국으로 돌아갈 테고, 다시 만나고 싶으면 언제라도 극장엘 찾아오거나 하겠지.

각자 나름대로 삶이 있는 거니까라고 나는 생각했다. 내 활동은 늘 만인에게 노출돼 있었으므로 그녀가 날 찾는 데는 아무 어려움이 없을 것이었다. 또 찾아온다면 언제라도 그날처럼 즐겁게 지낼 수 있을 것 같았다. 다만 이제 내 쪽에서는 그녀를 찾을 수 없었다.

연말엔 고등학교 동창회에 나갔다. 사람들이 드글드글 모이는 곳은 딱 질색이어서 동창회 같은 덴 죽어라 나가지 않는 게 나라는 인간이다. 그런데도 나갔다.

3학년때 한 반이었던 친구 하나가 못 살게 굴어서 마지못해 나간 자리였다. 지금은 어엿한 회계사가 돼 있는 그 친구는 동창회 한 달 전부터 전화공세를 펴기 시작했다.

알고보니 동창회 총무를 맡은 모양이었다. 너 같은 유명배우가 안 나오면 동창회 꼴이 뭐가 되겠느냐고 말도 안 되는 떼를 쓰기 시작했다. 그는 나를 동창회 조직 이산가 뭔가로 제 맘대로 임명해 놓고는 임원이니까 꼭 나오라고 협박을 했다.

그렇다고 나갈 내가 아니었다. 회원 칠백 명 가운데 사백오십 명이 이사였다. 전 회원을 이사화해서 회비나 많이 거두려는 속셈이었다. 이사로 임명되었다는 게 오히려 동창회를 더 기피하게 했다.

하루 종일 동창들한테 전화만 하고도 먹고 살 수 있는 게 회계사라는 직업인지, 녀석의 전화는 끈질기고 집요했다. 나중에는 극장에까지 찾아와서 내가 좋아하는 생선초밥을 삼인분이나 시켜줬다.

이런저런 얘길 듣다 보니까 출신 고등학교에 대한 애교심이 거의 광적인 정도에 이른 친구였다. 술을 먹다 자정이 넘으면 모교 담장을 넘어 들어가 운동장 한가운데서 고래고래 교가를 부르는 친구였다. 자식 둘에게 피아노를 가르쳐 모교 교가를 저녁마다 연주하게 하는 그런 놈이었다. 그 광기와 순수함에 감동이 돼서 나는 딱 한 번이라는 조건을 달고 라마다 르네상스 호텔을 갔던 것이다.

그곳에서 나는 그녀의 소식을 들었다. 함께 졸업 미팅을 했던 친구를 18년 만에 만났는데, 애길 나누다 보니까 그가 용케도 그때 자기 파트너였던 여자와 함께 살고 있었던 것이다. '비목'을 잘 부르고 까만 세일러복이 어울리던 김형숙이란 여학생이 그의 파트너였던 것을 나는 기억해냈다.

"걔 참 안됐어."

그가 말했다.

"남편과 애들 둘, 다 죽었어."

"박경숙이 남편과 애들?"

내가 놀라 물었고, 그가·고개를 끄덕였다.

"왜, 왜 그랬다니?"

"몰라, 마누라도 그 얘긴 자세히 안 하드라. 어쨌든 뭔가 끔찍한 일이 있었던 건 분명해. 어쩌다 그 집 얘기만 나오면 아직도 마누란 오들오들 떨면서 진저리를 치곤 해."

"음……."

나는 참치회를 우물우물 씹으면서 고개를 끄덕였다.

"언제 일이지 그게?"

"일 년이 조금 넘었지. 지난 해 11월 16일 밤이었어. 내가 종합유선방송 심의 규정에 대한 원고를 마감 하루 앞두고 막 휘몰아 쓸 때였으니까 정확히 기억할 수 있지. 마누라가 어디선가 전화를 받고 한 시간 넘게 망연자실해 있더군. 바로 그 일 때문이었어……."

"사실 말이야."

내가 말했다.

"나 지난 달에 걔 만났었어. 극장으로 찾아왔더라구."

"그으래?"

"응, 지난 달 16일이었어. 아, 그러고 보니까 16일이네. 이런……."

동창회장이라는 친구가 곧 빙고 게임을 하겠다고 방송을 했다. 여기저기 테이블에선 숫자가 적힌 종이를 받느라 수선을 떨었다.

"기일이었군……."

그가 말했다.

"미국서 살고 있다던데. 그런 일 겪은 사람 같지 않았어. 정말

이야. 우린 그날 그럭저럭 즐거웠는걸……."

"미국은 무슨, 길음역 근처에서 가게 하고 있어. 며칠 전에도 마누라가 다녀오는 눈치던데."

그는 종합유선방송위원회 심의국 심의1부라고 적혀 있는 자신의 명함을 내밀며 말했다.

"바쁘더라도 자주 만나자야."

어쩌다 내 을씨년스런 지하실방에 들러 옷이라도 갈아입고 나오려면 꼭 그녀 생각이 났다. 극장과 자취방을 오가려면 길음역이란 곳을 거쳐야 했기 때문에.

이번에 정차할 역은 길음역입니다라는 안내방송을 들을 때마다 나는 욕실에 서 있던 알몸의 그녀를 떠올렸다. 무표정한 얼굴과 붉게 충혈된 눈을.

나는 하루에 두 차례씩 가슴에 털을 달고, 지하극장의 침대 위에서 여배우를 열심히 겁탈했다. 공연이 끝나면 가슴의 털을 떼고 기어나와 동숭동 인파 속에 휘말려 낙지볶음덮밥을 먹거나, 뉴 시티에 들러 그녀를 생각하며 맥주를 마셨다. 어쩔 수 없이 파생되는 삶의 근심 따위는 눈을 씻고 봐도 찾을 수 없는 곳이 동숭동이란 데다. 지상의 불빛은 터무니없이 아름답다.

시간이 좀 남으면 나는 자취방에 들러 시적시적 빨래를 했고, 시간이 없으면 명륜여관 2층 객실에 들어가 고꾸라져 잤다.

그녀의 가게는 길음역에서 그리 멀지 않은 곳에 있었다. 간판은 없었고, 지하실 입구 시멘트벽에 '니트패션 세일'이라고만 적혀 있었다.

지하매장에서 과연 옷 같은 걸 팔 수 있을까. 나는 속으로 중얼거리며 계단을 하나하나 세듯 천천히 걸어 내려갔다.

넓진 않았지만 지하매장은 생각보다 깨끗하고 밝았다. 나는 출입문을 밀치려다 말고, 유리 너머로 매장 안의 그녀를 바라보았다. 그녀는 작은 의자에 쭈그리고 앉아 있었다. 고개를 숙인 채 무언가를 열심히 뜨는 중이었다. 그녀의 손가락에선 털실과 뜨개질바늘이 어떤 분명한 질서를 갖고 쉴새없이 움직이고 있었다.

"옷을 사려구?"

그녀가 말했다. 나는 그냥 웃었다. 옷을 사러 갔던 건 아니지만 나는 그녀가 가리키는 옷들을 보았다.

"이건 베네통이고, 이건 톰보이야. 하이네크는 8만 3천 원이고, 카디건은 11만 3천 원."

당초에 옷 같은 것에는 관심이 없었으므로 나는 그냥 건성으로 그런 것들을 둘러보았다.

"저, 말야……"

내가 무슨 말을 하려고 입을 열었을 때 그녀는 거울 앞에 걸려 있는 옷들에 대해 설명했다.

"메이커 것들이 반이고, 반은 내가 짠 거야. 저기 보이는 터틀넥 있잖니. 거북이 목처럼 접혔다고 해서 터틀넥인데, 저런 건 짜기 쉬우니까 좀 싼 편이야……"

난 고개를 끄덕였다. 옷보다는 옷에 대해 설명하는 그녀의 얼굴을 나는 더 오랜 시간 바라보았을 것이다.

"저, 말야, 실은……"

나는 말을 더듬었다. 그녀가 이쪽으로 와 볼래? 라고 은근히 말하며 나를 매장 귀퉁이로 이끌었다.

"자, 이것 좀 봐. 대단하지? 이걸 손으로 짰다면 아마 아무도 안 믿을 거야. 한 세트거든. 라운드 스웨터와 카디건 느낌의 원피스, 그리고 후드 달린 롱 카디건이야. 과감한 스타일을 좋아하는 여자들이 입으면 어울릴 거야. 내가 짠 거지만 나조차 믿지 못하겠는걸."

나는 숫제 땅을 보고 있었다. 그녀의 말이 끝나기를 기다려 나는 천천히 고개를 들었다.

"저, 말야. 뭣 좀 물어봐도 돼?"

그녀의 시선이 어느새 눈 깊숙이 박혀 있었다.

"옷에 관한 거라면……."

그녀가 고개를 천천히 끄덕였다.

"옷에 관한 게 아니고 말야, 저……."

"여긴 옷가게니까 옷에 관해서만 얘기해야 돼."

그녀가 조금 단호해졌다. 나는 갑자기 맥이 빠졌다.

"며칠 전에 동창회엘 갔다가 말야, 동석일 만났는데, 동석이 알지?"

"미안하지만 옷에 관한 게 아니라면 아무것도 대답할 수 없어."

그녀가 말했다. 그녀의 얼굴엔 어느새 표정이 모두 달아나 버리고 없었다. 욕실에서 그랬던 것처럼. 나는 그녀의 눈을 더이상 바라보고 있을 수가 없었다.

나는 다이아몬드 무늬의 연두색 하이네크를 사가지고 지하매장을 나섰다. 나에게 매일같이 겁탈당하는 여배우에게 갖다주면 되겠구나 싶어 한 벌을 샀던 것이다.

그녀는 내게 잘 가란 인사를 했던가. 기억이 나지 않는다. 지하

매장의 작은 의자에 쭈그리고 앉아 기계 같은 손놀림으로 스웨터
를 짜던 그녀의 야윈 뺨밖에 생각나는 것이라곤 없다

작 품 이 해

▌작가 소개 ▌

구효서는 1957년 경기도 강화에서 출생하였다. 목원대학교 국어교육과를 졸업하고, 1987년 《중앙일보》 신춘문예에 단편 〈마디〉가 당선되면서 등단하였다.

그의 소설은 대체로 소비 사회 속에서 살아가는 현대인의 모습을 다각도로 포착하며 타락한 시대를 뛰어넘는 여러 방법론을 모색하고 있다. 또한 역사, 권력, 사랑, 청춘의 방황 등 다양한 주제를 매번 그것에 꼭 맞는 문체로 다루어 '문체의 카멜레온'으로 불리기도 한다.

단편 〈마디〉가 신춘문예에 당선된 이후 첫 소설집 《노을은 다시 뜨는가》는 어눌한 목소리로 고향 마을의 유년기 체험의 얘기를 엮고 있다. 이 작품에서는 스스로 강화도 출신임을 자랑스레 내세울 만큼 서울 생활에 아직 적응 못한 모습을 여러 군데서 드러내고 있다. 그렇지만 섬사람다운 기질이 도회 생활에 대한 예리한 체험의 형상화로 이어짐을 알 수 있는데, 그것이 그의 첫 장편소설 《늪을 건너는 법》이다. 여기서 화자가 어머니를 찾아나서는 것은 곧 역사를 찾아나서는 것을 의미한다. 이 작품은 추상적인 인식적 주제를 다루고 있는 만큼 역사의 단일한 의미를 포착하기 어렵다는 점이 이야기의 담론들과 뒤엉킨 양상으로 드러난다. 이 소설 이후 〈아이 엠 어 소피스트〉, 〈확성기가 있었고 저격병이 있었다〉 등 일련의 실험적 단편소설들과 《슬픈 바다》라는 환상적 장편소설을 발표하였다.

작품에 소비 사회적 현실의 징후를 날카롭게 포착한 〈자동차는 날지 못한다〉, 정보 사회에서의 권력 구조를 새로운 소설 문법으로 다룬 〈확성기가 있었고 저격병이 있었다〉, 영화 〈돼지가 우물에 빠진 날〉의 바탕이 되었으며 결혼 제도의 본질에 대해 깊이 파헤친 《낯선 여름》, 타락한 세상 속에서도 대가 없는 순수한 사랑을 지향하는 이야기를 담은 〈그녀의 야윈 뺨〉, 〈덕암엔 왜 간다는 걸까 그녀는〉, 〈테라스에 앉은 조라〉, 〈카프카를 읽는 밤〉, 분단 현실을 소재로 열한 살 소년의 동심과 처녀 무당의 사랑을 다룬 《라디오 라디오》, 언어에 대한 회의 정신과 추리적 기법을 바탕으로 밀교의 세계를 다룬 《비밀의 문》, 일상에서의 탈출을 꿈꾸는 중년 남자를 다룬 《남자의 서쪽》 등이 그의 대표작이다. 작품집으로 《노을은 다시 뜨는가》, 《확성기가 있었고 저격병이 있었다》, 《깡통 따개가 없는 마을》 등이 있고, 장편소설 《늪을 건너는 법》, 《슬픈 바다》, 《전장의 겨울》, 《추억되는 것의 아름다움 혹은 슬픔》, 《낯선 여름》 등이 있다.

▌이해와 감상 ▌

구효서의 〈그녀의 야윈 뺨〉은 만남과 헤어짐의 사건을 통해 진실이 사라져버린 세계 속에서의 인간 관계에 대해 고찰하고 있다.

작품의 내용은 매우 간단하다. 미팅에서 만나 7년 정도 사귀다가 헤어졌던 남녀가 10년이 훨씬 지난 어느 30대 후반에 다시 마주친다. 여전히 미혼으로 살아가며 연극과 예술에 대해 열정을 보이고 있는, 연극 배우인 남자가 출연하는 연극을 보러 여자가 찾아온 것이다. 여자는 우연을 가장하여 그 남자를 찾아왔지만, 사실은 뜻밖의 사고로 남편과 자식을 잃고 쓸쓸히 살아가고 있는 상태였다. 하지만 여자는 남자에게 자신의 처지를 숨긴다. 두 사람은 10년이라는 시간의 흐름에도 불구하고 자연스럽게 예전의 관계를 재연하며 하룻밤을 보낸다. 그리고 예전과 마찬가지로 아무런 약속도 없이 헤어진다. 우연한 기회에 그녀의 사연을 듣게 된 남자는 다시금 그녀를 찾아가지만 그 여자의 쓸쓸함이 깃든 야윈 뺨만을 기억하며 돌아오게 된다.

이러한 이야기는 어쩌면 매우 흔한 소재일 수도 있다. 그러나 작가는 흔한 이야기를 가지고 참으로 아름다운 단편을 구성해 내고 있다. 이는 자신의 소재를 완전히 통제하고 감정을 절제할 줄 아는 작가의 뛰어난 솜씨라고 볼 수 있다. 이러한 절제의 미학은 감정의 과잉으로 치닫고 있는 1990년대 단편 소설의 경향에 비추어 볼 때 매우 독특한 소설 세계를 구축한 것으로 평가할 수 있다.

'그녀는 알몸인 채로 뜨거운 물을 맞고 있었다. 나를 바라보는 눈이 붉게 충혈되어 있었다. 무표정이었다. 그녀는 내게 무언가를 감추려고 애쓰는 것 같았다. 그게 무얼까. 이미 자신의 알몸을 다 드러내 놓았으면서.

나는 그녀의 어깨와 약간 늘어진 가슴과 배와 검은 음모와 허벅지를 바라보았다. 십수 년 전, 내 손으로 적어도 삼백 번은 애타게 쓰다듬었던 바로 그 몸이었다. 그러나 별 감동은 없었다. 나는 욕실문을 닫고 침대로 돌아와 다시 잠에 빠져들었다.'

마치 황순원의 〈소나기〉에 나오는 소년 소녀의 순수한 사랑을 연상시키는 위의 대목은 매우 간결한 문체와 절제된 묘사를 통해 중년 남녀의 심리를 그려내고 있다. 그러나, 이 작품이 〈소나기〉보다 한 발 더 앞서나간 것이 있다면 중년 남녀의 애틋한 추억에 쓸쓸한 그림자가 드리워져 있다는 것인데, 이 쓸쓸함에는 삶의 진실성을 찾아가려는 나름대로의 몸부림이 깃들어 있다.

두 남녀의 만남은 그들이 처음 만났고, 지금도 다시 만나고 있는 대학로를 무대로 하고 있다. 대학로는 단순히 젊음과 낭만의 거리일 뿐만 아니라 연극을 직업으로 삼고 있는 '나'의 삶의 무대이기도 하다. 연극이라는 공간에서는 사실과 허구가 종종 뒤섞이기도 하고 혼동되기 마련이다. 대중적인 지명도를 획득하기는 했지만 여전히 배고픈 연극 배우라는 직업 속에서 삶의 진실성을 찾고자 하는 '나'는 때로 연극이라는 무대에서 현실을 도피하고 있는 것은 아닌가 하는 자의식에 빠지기도 한다. '하루에 두 차례씩 가슴에 털을 달고, 지하극장의 침대 위에서 여배우를 열심히 겁탈'하는 '나'는 '날이 갈수록 연극과 현실은 서로 떨어져가는 기분'이라고 고백하며 자기 정체성 상실을 토로하기도 한다.

결국 작가는 만남과 헤어짐의 인간 관계와 무대 위에서의 배우의 삶을 통해 현대인의 자기 정체성 상실을 문제삼고 있다. '나'의 경우 무대 위의 삶과 현실의 삶 가운데 어느 것이 진정한 자기 모습인지 확인하기 어렵다. 그녀의 삶 역시 미국에서 행복을 누리고 있는 삶과 남편과 아이를 잃고 쓸쓸하게 옷가게를 꾸려가는 삶 가운데 어느 것이 진정한 자신의 정체성인지 확인하기 어렵다.

마찬가지로 두 남녀의 관계에 있어서도, 사랑하지만 서로 떨어져 있던 시간, 우연을 가장해 아무렇지도 않게 이전의 관계를 재현했던 시간, 그리고 다시 헤어져 서로에 대한 관심을 봉쇄한 채 살아가고 있는 시간 중 어떤 시간이 진실한 것이고 진정한 자기 정체성을 확보하고 있는 것인지 알 수 없다. 이렇게 작가는 다양한 인간의 모습 속에서, 그리고 훼손되어 가는 가치 속에서 자신의 자아를 외롭게 지켜가는 고독한 모습을 제공하고 있다.

만남과 헤어짐이라는 다소 진부한 소재를 이렇게 전혀 새로운 틀 속에 담아 놓음으로써 이 작품은 우리가 살고 있는 시대의 분위기를 탁월하게 그려내고 있다. 간결하면서도 서정적인 문체는 '그녀의 야윈 뺨' 만이 '나' 의 기억 속에 오래 남듯이 독자의 가슴 속에 오랜 여운을 남기며 인간 관계와 삶에 대한 나름대로의 진지한 고민거리를 제공하고 있다.

1. 아래 인용문을 읽고 현실과 허구의 관계를 생각해 보자.

　무슨 뜻이냐면, 연극에서 느낀 감동들이 현실에 어느 정도 적용되었으면 좋겠다는 말이야……. 그런데 사실은 날이 갈수록 연극과 현실은 서로 멀어져가는 기분이야. 연극이 현실에 바탕을 두지 못하게 된 거지. 붕 뜬 거야. 세상에 어떤 일이 벌어지고 있느냐엔 관심을 두지 않고, 당장은 어느 극단에서 무슨 연극을 어떻게 해서 관객 동원에 성공했느냐에만 관심이 있다니까. 연극의 토대가 점점 현실이 아닌 연극 자체가 되어 가고 있어. 무섭게 에스컬레이트되니까 나중엔 뭐가 뭔지 모르게 되는 거지. 누구나 다 알다시피 연극이란 건 현실을 적당히 왜곡하고 재구성해서 소기의 메시지나 감동 따위를 전달하는 거 아니겠어. 그럼으로써 현실 인식을 환기해 보자는 게 연극의 고전적인 존재 이유가 될 텐데 말야. 이런 고리타분한 얘긴 이미 우스운 건지도 몰라.

2. 이 작품의 결말부를 읽고 '그녀의 야윈 뺨'이라는 제목이 환기시켜 주는 이미지와 상징성에 대해 생각해 보자.

◑ 1. 문학을 포함하여 예술은 기본적으로 허구의 양식이다. 허구란 '거짓'을 꾸며내는 것이 아니라, 작가의 상상력을 바탕으로 '사실'을 새롭게 재구성하는 것을 의미한다. '사실'은 '허구'를 통하여 새로운 가능성을 실현하며, '허구'는 '사실'에 뿌리를 둠으로써 현실적인 의미를 획득한다. 흔히 '사실'과 '허구'의 상호 작용을 통하여 '진실'을 획득한다고 하는데, 인용문의 내용을 바탕으로 '진실'의 의미를 생각해 보자.

◑ 2. 한 인간의 얼굴은 그 사람의 존재를 잘 드러내준다. 우리는 흔히 얼굴을 보고 그 사람의 인생 여정을 추리해 보곤 한다. 얼굴은 인생의 축소판이라는 말이 그래서 생긴 것이다. '야윈 뺨'이라는 말은 그래서 그 여자의 삶이 예사롭지 않다는 것을 말하고 있다. 무언가 고뇌와 슬픔, 고통을 담고 있는 인생 여정을 생각해 볼 수 있기 때문이다. 또 매끄럽고 포동포동하거나 풍만한 뺨의 이미지와는 다른 이미지를 담고 있다.

작중인물 '나'는 과거의 애인과의 재회를 매우 담담하게 서술하고 있지만, '그녀의 야윈 뺨'이라는 매우 선명한 이미지를 제시함으로써 그녀에 대한 자신의 심리를 간접적으로 내비치고 있다. '그녀의 야윈 뺨'에 함축되어 있는 세월의 무게, 인생의 의미, 인간 관계의 진실성 등에 대해 생각해 보자.

김 소 진

처용단장(處容斷章)

지식인이란 과연 어떤 존재인가? 시대의 사명을 자각하고 역사의 진보를
이끌어 갈 수 있는 선구적인 존재인가? 아니면, 거대한 기득권층에
편입되어 자신의 지식을 팔아먹는 기생적인 존재에 불과한가?
신라시대의 향가 〈처용가〉를 현대적 관점에서 재해석하여 지식인의
위치를 탐구한 〈처용단장〉을 읽고 지식인의 속성과 시대적 역할에
대해서 생각해 보자.

처용단장(處容斷章)

— 토껴!

지하철 이호선 동대문운동장역에서 내려 사호선으로 갈아타기 위해 내리막 층계참을 막 돌아서려는 순간 득돌같이 내 귀청을 후빈 외마디소리였다. 어금니가 새콤새콤 시려오도록 앙칼지게 불어제끼는 호루라기 소리에 뒷덜미가 휘감긴 사내 서넛이 큼직한 가방과 귀퉁이만 간신히 움켜쥔 보따리를 감싸안은 채 아금받게 층계를 치받아오르고 있었다. 그 뒤를 지하철구내 청원경찰이 삿대질을 해대며 따라붙는 시늉을 했다. 지퍼가 열린 가방과 귀가 벌어진 보따리 틈새에서는 남자용 지갑이나 여자용 액세서리 등 속이 헤실바실 떨어져나와 바닥에 함부로 나뒹굴었다.

나는 층계를 내려오던 발걸음을 멈추고 추격을 당하는 사내들처럼 뒤돌아서서 등을 곱송그리며 경중경중 내달렸다. 그러나 곧이어 물밀듯 쏟아져 내려오는 사람들에게 떠밀려 옆구리로부터 시작해서 허벅지서껀 어깻죽지께며 가릴 것 없이 늘씬하게 쥐어박히는 처지가 되었다.

— 조것 싸게 잡아뿌러. 놓쳐뿔믄 낭패 봉께로.

눈시울이 축 늘어진 거적눈이 매몰차게 닫히려는 전동차를 손가락 끝으로 가리킨 채 숨이 바짝 차오른 턱을 흐느끼듯 까부르며 외쳤다. 그러자 파키스탄 불법체류자 모양 검은 가죽옷에 거무뎅뎅한 콧수염을 반지빠르게 기른 이가 자신의 보따리를 머리 위로 치켜들고 엉덩이께가 한껏 부푼 청바지가 미어져라 뛰어가더니 문 틈새로 보따리를 던져넣었다. 닫히던 문이 주춤하면서 마지못해 열리자 사내들은 어빡자빡 굴비 두름 포개지듯 몸을 일제히 전동차 안으로 쑤셔넣었다. 엉거주춤하던 나의 옷자락을 잡아채 밀어넣어준 검은 가죽옷이 내 귀에다 대고 나지막히 그르렁거렸다. 형씨, 칠 년 묵은 굼벵일 회쳐먹었수? 따라지 신세끼리 서로 민폐는 끼치지 말아야 도리잖겠수 젠장.

이 무슨 어처구니없는 짓이란 말인가. 나는 입 속에서 자꾸 빠져나가려는 단어를 붙들어 토껴, 토껴하고 짧게 끊어쳐 되뇌보았다. 그러자 온몸에서 맥이 쑥 풀려 오금을 추스릴 수가 없었다. 그 말 한마디에 그토록 허랑하게 휩쓸려 무너지다니. 가령, 토껴가 아니고 도망쳐라든가 아니면 속된 말로 '튀어라'나 '발라' 같은 말이었다면 사정은 영판 달라졌을 게다. 나는 아마도 추적자와 도망자의 박진감 넘치는 추격전을 기왕이면 육박전까지 기대하면서 팔짱 끼고 느긋하게 구경했을 것이다. 그런데 하필 토껴라니…….

대학 삼학년, 오월의 가리봉오거리 비탈이 불현듯 떠올랐다. 가투가 시작된 지 오 분도 안 돼 시위대는 양쪽으로 포위를 당하고 뒤늦게 찾아낸 좁은 샛길은 포장마차가 가로막고 있었다. 선배가 먼저 통과할 수는 없었다. 질서, 질서를 외치며 후배와 여학생들을 먼저 보내다가 코앞에 들이닥친 전경들과 각목을 휘두르며 대치했다. 열차강도처럼 입가를 뒤로 처맨 손수건 사이로 최루가스가 마구 헤집고 들었다. 그 와중에서 뭔가가 발목을 잡아채는 바람에 넉장거리로 나가떨어졌다. 내 밑에는 겁에 질려 퇴로를 찾아 밀려든 학생들이 실지렁이처럼 한데 뒤엉킨 채 넘어져 꿈틀거리고 있었다. 한놈도 남김없이 작살내 버려! 고참인 듯한 전경 하나가 투구를 벗으며 짧게 명령했다. 머리 위로 방패가 쉭쉭 칼바람 소리를 내며 스쳐지나갔다. 나는 뒤통수를 두 손으로 감싸며 깐을 보기 위해 고개를 살며시 쳐들었다. 그 순간 잘 구워진 식빵 덩어리처럼 뭉툭한 전투화코가 크게 확대돼 보이는 듯하더니 내 의식 속으로 무수한 불꽃놀이 파편이 쏟아져 박히는 느낌이 들었다. 전투화 끝이 내 안경 쓴 오른쪽 눈두덩을 파고든 것이다. 야, 저 짜식 뻗는 거 봐라. 안 되겠다. 이쯤하고 이분대 전원 토껴라, 토껴. 그때 입은 안구 파열로 난 오른쪽 눈이 실명까지는 가지 않았지만 고도약시로 떨어졌다.

그깟것 가지고 식은땀 줄줄 뽑는 걸 봉께 형씨도 속으로 은절은 에지간히 먹은 모양인개벼? 쯧쯧, 한잔 헐라우? 전동차칸 연결통로에서 마주 보고 선 거적눈은 가슴팍에서 종이팩 소주를 꺼내 귀때기를 물어뜯고 한모금 쭉 빨아 올린 다음 내게 불쑥 내밀었다. 내가 고개를 가로젓는 걸 기다리기나 했다는 듯 사내는 고개를 빨딱 젖히고 편도선을 심하게 요동치며 팩을 말끔히 짜냈다. 커어, 하며 목젖에 묻은 소주를 푸닥지게 털고 나더니 왼쪽 잠바 호주머니에서 사과 알갱이를 하나 꺼내 바짓가랑이에 쓱쓱 문댔다. 이거 죄송함다. 아까짐에 형씨 안주머니에서 이 칼을 잠시 허락없이 실례했음다.

거적눈이 내보인 칼은 내 것임이 분명했다. 아직 한 번도 쓰지 않아 가죽칼집에 곱다시 넣어 갖고 다니던 칼이었다. 그는 칼을 빼들어 두 눈동자가 가운데로 몰리도록 눈앞까지 바짝 치켜든 다음 먼지 알갱이라도 불어내려는 듯 칼날에 호하고 입김을 쐬었다. 그러더니 사과를 찔러 반으로 쪼개 한쪽을 내게 권했다. 나는 군말없이 사과를 받아들었다. 이녁도 칼을 품고 다닐 만한 사연이라도 있는개벼? 내 어림짐작에 형씬 형법 제삼백삼십일조나 삼백삼십사조를 어길 사람 같지는 않아 보이고……. 삼백삼십일조나 삼백삼십사조가 무엇인데요? 나는 일부러 내숭을 한번 떨어봤다. 허, 내가 시답잖은 전문용어를 씨부렸나? 고것이 바로 한때 유전무죄 무전유죄라는 말을 싸질러뻔진 절도와 강도죄에 걸린 법조문이라우. 이러믄 나 이력이 완전 뽀롱나는디 말이여……. 고건 고렇고 그쪽은 도나캐나 지집문제 쪽이로구먼? 창밖에서 딱 소리 나믄 땡감이고 퍽 허믄 홍시인 줄은 알아봐야지? 잉. 지집은 개구락지나 용수철과 같아서 당최 어대로 튈지 모르는 벱이라우.

뜨거운 한숨을 뿜어내던 그의 눈동자가 실성한 사람처럼 희끗희끗 흰자위 쪽으로 치우쳐 돌아갔다. 고년이 내가 큰집에 잠시잠깐 다니러 간 그 새를 못 참고 또 으떤 쇳가루 풍기는 개아덜놈이랑 배때기가 맞아떨어졌더구먼 잉. 고년이 쇳가루 냄새 맡는 데는 인자 아조 도사 다 돼뻔졌어라. 허나 지가 뛰어 봤자 베룩이지. 내가 도부꾼 행색으로 댕기지만 맡을 냄새는 다 맡음시롱 댕긴단말

씨. 이젠 머잖아부렀어. 요맛적 들어선 이년의 냄새가 근방에서 폴폴 나부러 아암. 이번엔 아조 결딴을 내뿌리고 말랑께. 후유, 내가 왜 초면인 형씨 앞에서 넉장뽑는 소리를 줴치고 있는 건지……. 그는 벌써 도망친 마누라의 멱살을 한모숨에 틀어쥔 듯 힘이 들어간 손아귀를 바르르 떨었다.

그 사내가 왜 내게 자신의 가방을 내던지듯 떠맡기고 갔는지 알 수 없는 노릇이다. 그는 차장 밖을 멍하니 바라보다 문득 저 씨앙, 하면서 가방을 횡하게 내게 안기며 전동차 밖으로 쏜살같이 뛰쳐나가는 것이었다. 혹시 사람들 속에 뒤섞여 지나가는 도망친 마누라의 뒷모습이라도 눈에 띈 것일까.

다음 역에서 내려 사내를 기다리다 못해 그 가방을 열어보니 만 원짜리 지폐를 컬러로 확대복사해 코팅까지 한 복돈뭉치가 그득히 들어 있어 한참 동안이나 실소를 자아내게 했다. 그년이 쇳가루를 맡는 데는 아조 도사거든……. 그 가래뱉은 말을 되새기던 나는 그가 자신의 마누라와 흥감스런 재회를 열렬히 꿈꾸고 있는 것은 아닐까 하는 생뚱맞은 생각을 퍼뜩 떠올렸다. 애증(愛憎)! 집으로 향하는 내 가슴이 몹시 답답해졌다.

언제부턴가 아내가 블렌딩을 하는 날이 부쩍 잦아졌다. 삘릴리리릭……, 자지러지는 듯한 아내의 전화 벨소리가 울리면 나른한 오후가 보자기처럼 얌전히 펼쳐진 네모진 방안의 한 귀퉁이를, 누군가 확 낚아채 뒤흔들어 놓는 기분이 들곤 했다. 영태씨 미안해요, 느닷없이 스케줄이 내려와서……, 저녁일랑 거르지 말고 꼭 챙겨 드세요. 그녀는 마치 철부지 생떼꾸러기라도 앞에 세워놓고

존조리 타이르듯 사근사근한 목소리를 갑자기 낯설어진 귓속으로 떠넣었다. 알았어. 근데 그 블렌딩은 낮근무엔 하면 안 되는 거야? 꼭 저녁 시간에 뒤섞어야 제맛이 우러난다는 거야 뭐야? 정말, 영태씨 왜 그러세요, 오늘 따라. 지금이 바로 우리 회사에서 일 년 간 공들인 각고의 노력 끝에 탐스러운 옥동자의 탄생을 눈앞에 둔 중요한 시기 아녜요? 그때쯤이면 난 벌써 수화기를 들고 있지 않았다. 아마 수화기 저편에서 느닷없이 통화가 끊겨 무안해진 아내는 동료들에게 우셋거리가 되지 않기 위해서라도, 그럼 알았죠? 후후, 순순히 그렇게 나와야지요, 전화 끊어요, 어쩌구 하는 정도의 귀머거리말을 그럴싸하게 수화기에 대고 욱여넣고는 뒤돌아섰을 게다.

아내는 내로라 하는 술회사의 주류연구실에 근무하는 주류연구원이다. 그곳에서는 신제품 개발이나 기존제품의 개선 따위를 주업무로 삼는다고 했다. 식품영양학과를 나온 아내로서는 더할 나위 없는 직장인지도 모른다. 또 원래 그녀는 소주 한 병인 내 주량의 두 배가 넘는 술꾼이기도 했으니깐 도랑 치고 가재 잡는 격이기도 할 터였다.

아내가 요즘 죽자꾸나 하고 맡아서 씨름하는 분야는 기타 재제주였다. 일 년 간 그것도 연구랍시고(혀끝으로 술타령이나 하며 오사바사하는 연구라면 나라고 못 할 게 무에 있겠는가) 매달린 끝에 십이도짜리 매실주를 내놓으려는 막바지 작업에 들어간 단계다. 보다 순하고 자극이 적으며 숙취는 되도록 없는 술이어야 된다니까⋯⋯. 그게 까다로운 요즘 사람들의 취향이라는군요. 그것에 맞추다보니 독특한 향과 부드러운 뒷맛이 특징인 술을 연구과제로

잡은 거예요. 이번 제품은 당신도 진짜 한번 기대해도 좋을 거예요. 아내는 자신이 손수 개발하는 술에 대한 자부심이 대단히 높았다. 벌써부터 술이름 사내 공모를 염두에 두고 있는지 나보고도 한번 좋은 이름 있으면 톺아보라고 은근히 닦달을 해올 정도였다.

원액과 첨가물의 배합비율에 따라 술맛은 천차만별이기 때문에 블렌딩을 하는 날이면 종일 술맛을 봐야 하는 아내의 처지도 딱하긴 딱하다. 물론 아내가 블렌딩한 술을 목구멍 안으로 넘기는 건 아니다. 취하면 감각이 둔해져 정확한 술맛을 알 수 없기 때문에 혀끝에서 도르르 굴리다가 삼킨 듯 삼킬 듯 그대로 비커에 뱉어내야 한다. 그러니 블렌딩 때문에 아내가 취할 일은 전혀 없는 것이다. 그러나 블렌딩을 하는 날이면 아내는 이따금 맨정신으로 귀가를 하지 않는다. 억병으로 취해 물먹은 솜처럼 흐느적거리면서도 용케도 집까지 찾아와서는 눈꼬리가 말려 올라간 채 현관문을 따주는 내 품에 새끼줄 풀린 짚단처럼 넉살좋게 풀썩 쓰러지곤 했다. 당신도 한번 어디서 혼자 취해 가지고 술냄새를 풍덩풍덩 끼얹으며 들어온 아내를 품에 안고 서 있어 봐라, 기분이 어떨지. 그런 내 심정은 아랑곳없이 아내는 건주정까지 들이대 나를 영 소갈머리 없는 남편으로 만들곤 했다.

하이고, 우리 서방님이 잠두 안 주무시고 이렇게 기대려주셨네요. 허헝, 눈물겹고 황송하기도 해라. ……근데 나는요, 나는 말예요…… 당신도 알죠? 삐조새예요(내가 알기로는 그 새는 민물가마우지이다). 왜 당신도 알 거예요. 중국인가 일본인가 어디선가는 왜, 그런다잖아요 끄윽. 어부가 배 타고 나가서 적당히 굶겨논 그 새의 목에 노끈을 숨막히지 않을 정도로 동여매어 풀어놓으면 그

새는 호수를 떠다니다 자맥질치면서 고기를 마구 잡아먹는 거예요. 마구마구 바보처럼……. 근데 목을 노끈으로 죄어놨으니 그게 위장까지 들어갈 리가 없지……. 팔짱만 끼고 있던 어부의 손이 목덜미를 싸늘하게 쥐어짜면 삼킨 물고기를 도루 다 그대로 게워 놓는 불쌍한 새 알죠 당신두? 당신은 사법고시도 이차까지 문제없이 패스한 수재니깐 알 수 있을 거예요 암. 우린 결국 그런 새의 운명을 타고난 건지도 몰라요. 난 그게 두려워. 그래서 오늘도 또 깡술을 마셨어요. 뼈조새가 되기 싫어서.

예끼, 이 불효막심한 사람아. 자네 모친 살았을 때 그렇게 애공알이를 말려 돌아가시게 하지 말고 진작부터 철들어 이런 장한 모습 보여줬으면 여북 좋아. 이젠 세상살이에 대해 어섯눈이 좀 뜨이는 게지. 똑똑헌 눔치고 젊어서 맑시스트 한번 안 해보면 그것도 병신이래잖아요. 아, 그런데 혹 면접에서 동티가 나 공든탑이 무너지면 으짜지? 동티가 나다니? 아, 영태가 거 뭐시냐 나랏밥 신세를 진 적이 있잖남, 그것도 시국사범으루다. 에헤, 염려를 꽉 잡아 붙들어매 놓으라니깐두루. 뭐 질깃한 악어백줄이라도 잡았남? 그게 아니고 요즘 돌아가는 분위기가 한번 거시키 해본 친구들이 등돌리고 나서는 더 한다는 거 아녀. 무얼 더해? 예전에는 죽일 눔 살릴 눔 해가며 타도의 대상으로 넘겨짚던 축들의 사타구니에 코를 쑤셔박곤, 그곳이 조청이라도 처바른 절편인 양 핥고 빨 기세라는 거 아냐. 저쪽도 그런 저간의 사정을 아니깐 여보란 듯이 생색을 내며 좀 천한 표현으루다 개씹에 보리알 끼듯 구색 맞춰 방을 붙이는 것 아니겠어? 나의 사법고시 이차합격 소식을 듣고 친지들이 등을 퍽퍽 두드려주며 한마디씩 보탠 말들이었다.

나는 까닭모를 모멸감으로 얼굴이 벌겋게 달아올랐지만 잠자코 데면데면 고개만 주억거려 주었다.

블렌딩을 한 다음 날이면 아내는 오후 출근을 한다. 느지막히 일어나 오랫동안 뜨거운 물로 샤워를 한 뒤 냉장고에서 포장된 어묵을 꺼내고 냄비에 무와 대파를 쏭덩쏭덩 썰어 마른 북어 부스러기를 한움큼 넣은 밍밍한 해장국을 끓인다. 식품영양과를 나왔다는 여자의 손끝 재간이 겨우 그 정도였다. 물론 난 결혼 뒤 아내에게서 용트림을 꺽꺽 쏟아놓을 정도로 변변한 해장국 한번 얻어먹은 기억이 없다. 하긴 다른 음식을 버무려내는 데도 아내는 타고난 손방이니 새삼 엉성한 해장국 솜씨를 버르집고 나올 까닭은 없을 터였다. 콧잔등에 송글송글 땀방울이 나았도록 한대접을 게걸스레 다 비우는 아내의 모습이 왠지 날 몹시 비참한 심정으로 몰아놓을 때가 가끔 있었다.

집안에 들어앉으라니요? 고시에 된 사람은 영태씨지 내가 아니잖아요. 뭐야, 이 여자가 정말…… 당신이란 사람 원래 그렇게 이기적이지 않았어요. 분명히 알아둬. 원래 어땠는지는 몰라도 사정이 변했으니깐 지금부터라도 달라져야겠어. 아내는 숫제 한심하다는 표정을 지었다. 아내의 입에서 권력의 양지녘이라는 말만 나오지 않았어도 그날 싸움이 그렇게 크게 번지지는 않았을 것이다. 아내는 나의 고시합격을 순전히 권력의 곁불을 쬐러 들어가는 행위쯤으로 천박하게 이해하고 있음이었다. 그러나 나는 아직도 학생운동의 치기가 가시지 않은 아내의 그런 발상에 냉소를 머금지 않을 수 없었다. 이렇게 내 삶의 본질적인 부분까지 영태씨가 다시 손대겠다고 나온다면 우린 불가피한 선택의 기로에 직면할 뿐이야요. 선택의 기로?!

문제의 정곡은 우리 사이에 뭔가 주파수가 맞지 않는다는 데 있었다. 어느 쪽이 먼저 식었는지는 알 수 없지만 우린 나사산이 헤먹은 볼트와 너트처럼 겉돌기 시작한 것이다. 아내가 신호를 보내오는 날엔 까닭없이 내 몸이 착 가라앉아 말을 듣지 않았고, 그리고 난 그것을 만회하기 위한 신호를 보낼 기회조차 점차 봉쇄당하고 있었다. 왠지 몸이 가볍고 속에서 뭔가가 쿨렁거리는, 말하자면 끼가 도는 날이면 난 새벽바람부터 아내에게 넌지시 이태리 때수건을 달래서는 대중사우나탕에 가서 구석구석을 정성껏 쓰다듬어냈다. 냉탕 온탕을 번갈아 들락거리며. 그리곤 아침 식탁머리에서 아내를 향해 어색한 웃음을 실실 흘렸다. 하지만 오후에 아내에게 귀가를 서두르게 할 양으로 바퀴벌레 찍어누르듯 전화 숫자판을 신속하게 두드리면 영락없이 그날은 황당하게도 블렌딩 스케줄이 맞춰진 날이어서 꼼짝없이 거절을 당하곤 했다. 아내한테서 서너 번 그런 퉁바리를 맞고 나니 우연의 일치치고는 아닌게 아니라 정말 공교롭다는 느낌이 들지 않을 수 없었다.

아내와의 관계는 점점 심각해지고 있었지만 나는 진정 파경을 원치 않았다. 꼬인 상황이 잘 풀릴 때까지는 자칫 무책임한 파국을 부를 수도 있을 만큼 웃자란 감정이 곳곳에 파놓은 함정을 잘 걸터듬어 나가야 한다는 생각을 뭉쳐 수전노 손아귀의 엽전처럼 그러쥐고 있었다. 그러기 위해서라도 난 탈에 자주 가야만 했다. 아내의 블렌딩 횟수에 비례해서.

탈은 그저 흔해빠진 맥주집이다. 녹두거리 맞은편 이팔구번 버스종점에서 서울대학 쪽으로 한 백여 걸음쯤 걷다가 문득 주위를 둘러보면 얼추 예닐곱 걸음 지나친 곳에 멀쩡히 서 있을 것이다.
그 술집은 온통 시커멓다. 문짝이나 겉벽이 콜타르를 진하게 먹인
널빤지를 촘촘히 엮어놓은 것이어서 첫 느낌부터가 우중충했다.
안도 밖과 별다를 게 없었다. 사뮤엘 베케트의《고도를 기다리며》
무대풍의 식어빠진 사진 패널이 몇 점 걸려 있는 사이로 듬성듬성
탈바가지가 네댓개 걸려 있는 게 바깥하고 다르다면 다를까. 마치
탈바가지 안에 들어선 듯 갑갑하면서도 한편으로는 아늑한 느낌
을 주는 곳이었다.

　일학년 때 잠깐 서클을 같이 하던 권희조(權熺祚)를 다시 만난
건 바로 그 술집에서였다. 그는 입학하던 해 이학기 초에 반정부
유인물 소지 혐의로 경찰서에 끌려가 이십구일 간 구류를 산 일이
있었다. 일본의 역사교과서 왜곡사건이 뜨거운 이슈로 떠올라 학
내가 들끓던 때였다.

　주동을 뜬 선배가 오동 인문관 교수연구실의 창문을 깨고 나와
유인물을 뿌리려는 순간 등산모를 쓰고 교내에 상주해 있던 짭새
들도 눈치를 채고 우르르 떼지어 몰려들고 있었다. 구월의 짱짱한
하늘로 노란 색종이가 흩날려졌다. 학우여, 학우여 창문틀에 올라
선 선배는 호루라기를 빽빽 불며 어서 스크럼을 짜라고 독려했다.
그때였다. 부조리연극의 한 장면처럼 희조가 괴성을 지르며 나타
나 품안에서 황급히 꺼내 뿌리느라 둘둘 말린 채 바닥에 떨어진
유인물 뭉치를 향해 달려들었다.

　— 돈다발이다! 이힉, 돈다발!

　나는 순간 먹먹해진 내 귀를 의심했으나 희조는 분명히 그렇게
외치고 있었다. 전경들이 몰려들기 전에 스크럼을 짜고 대오를 형

성해야 될 마당에 모두들 갑자기 맥이 죽들 빠져 어리둥절해 있었
다. 뒤미처 들이닥친 전경 사복조는 희조를 주동자로 잘못 알고
뒤쫓았다. 우리는 스크럼 한번 짜보지 못한 채 흩어져 그날 시위
는 흐지부지되고 그해 처음으로 주동을 뜨고도 잡히지 않는 희귀
한 사례를 남겼다. 붙들린 희조를 경찰 쪽에서 아무리 조사해봐도
일학년인데다 시위나 서클활동 경력도 드러나지 않는지라 구속은
하지 않고 구류 이십구일을 때렸고 학교 쪽에서는 한 학기 유기정
학처분을 내렸다.

내가 희조가 사는 곳을 찾아간 것은 그가 구류에서 풀려나온 뒤
일주일쯤 지나서였다. 그간 면회 한번 가지 못한 게 미안해서인지
도 몰랐다. 그는 청량리 근처의 전농동 달동네에서 자신의 고향
출신인 어느 독지가가 자기의 아호를 따서 이름 지은 청암의숙이
라는 데 머물고 있었다. 묻고 또 물어 겨드랑이에 땀이 뽀독거릴
정도로 헤맨 다음 찾아간 청암의숙은 뒷골목 전당포로 썼으면 맞
춤할 정도로 낡고 좁은 쇠창살 창문이 썩은니처럼 듬성듬성 뚫린
붉은 이층 벽돌건물이었다. 페인트물이 다 빠진 나왕목간판에는
'靑岩義塾'이라고 돋을새김돼 있었다. 그 고장 출신의 근로청소년
이나 고학생들에게 잠자리만 제공해주는 노릇을 하는 곳이었다.

마침 희조는 이층침대칸에 담요를 뒤쓰고 옆구리께에 구멍이
뻥뚫린 낡은 런닝구 바람으로 누워 무슨 책인가를 읽다가 내가 들
어서는 걸 보더니 몹시 놀라는 표정을 지었다. 있었구나? 그는 우
물쭈물 대답을 하지 않았다. 그 대신 갑자기 목에서 사레라도 들
었는지 걀걀거리며 암탉이 알겯는 소리를 냈다. 몸이 안 좋은 모
양이구나. 감기 들었니? 그는 고개를 세차게 가로저었다. 그러더

니 변비 걸린 사람처럼 얼굴이 빨개지고 관자놀이에 힘줄이 도드라지도록 안간힘을 쓰더니 물 위로 솟구쳐 태왁을 껴안은 해녀처럼 가쁜 숨을 몰아쉬었다. 정말 아무 소리도 못 들었니? 그래 소린, 무슨 소리? 그의 눈에 실망한 기색이 역력했다. 그래……, 그럴 거야 아아.

여기 머무는 데 얼마니? 하루 백오십 원 꼴이야. 밥은? 매식으로 때우고. 영태야, 나 방금 뭐하고 있었는지 아니? 글쎄. 너 들어올 때까지 복화술 연습하고 있었다. 나는 기껏 복화술로 인사를 한다고 했는데 네가 한마디도 알아듣지 못하는 것 같아 좀 실망했는걸. 복화술? 그게 뭔데. 왜 있잖아. 입을 벌리지도 않고 뱃속으로 말하는 거 말이야. 그게 가능해? 그럼 얼마든지. 그런 걸 왜 배우냐? 익명성 때문이지. 말이라는 게 부담스러워졌어. 말이란 곧 굴레야. 복화술을 익히면 난 존재의 굴레에서도 완전히 놓여날 수 있을 거야. 그의 표정은 진지했고 표독스럽기까지 했다. 창문으로 비껴드는 햇살을 받아 그의 눈동자는 투명한 수정체를 눈 밖으로 와락 쏟아놓을 만큼 형형한 빛을 띠고 있었다. 나는 등줄기를 훑고 지나가는 한줄기 서늘한 한기를 느꼈다.

그가 공동취사장에 가 안주로 삼을 인스턴트 자장면을 끓이는 동안 난 책상 앞으로 다가가 손바닥만한 사진틀에 갇힌 오종종한 여인을 들여다보았다. 어머니인가? 사진사가 가필을 한 듯한 흔적이 엿보였는데 포동포동한 입술이 한눈에 보아도 색기가 흘러넘쳤다.

이만하면 성찬이다. 그는 이단옆차기로 방문을 쾅 닫으며 소리쳤다. 곧이어 이층침대에 올라 삐거덕거리는 소리를 들으며 사홉

들이 진로 소주 한 병을 권커니 작커니 비우면서 희조는 자신의 과거를 조금씩 털어놓기 시작했다.

그의 아버지 권가(權哥)는 우시장의 쇠살쭈였다. 소를 사고파는 흥정마당에 뛰어들어 얼르고 뺨치며 될 흥정 안 될 흥정을 싸잡아 붙여주는 게 그의 일이었다. 어따, 어금니가 뭉겨진 걸 보니 다된 소구만 뭘 그려 잉? 이눔이 어금니 뿌랭이는 이래도 뼈대허구 털의 윤기를 한번 찬찬히 보더라고. 그러다가 좀 헐하게 흥정이 이루어졌다 싶은 쪽에서 얼마간의 구문을 받고 암만해도 박하게 됐다 싶은 쪽에서는 탁배기값이나 챙기면 그만이었다.

그런데 그에게는 천형(天刑)의 습벽이 있었으니 바로 노름벽이었다. 어렵사리 호주머니에 돈푼깨나 모였다 싶으면 고무신 뒤축을 꺾어신고 노름방으로 달려갔다. 물론 번번이 털리고 새벽녘에야 노름방 삽짝문을 열치고 나와 희멀건 달빛 아래 애꿎은 오줌발이나 들입다 세우며 아침 해장국값으로 얻은 개평이나 속절없이 만지작거리는 게 고작이었다. 게다가 희조의 어머니는 근동에서 호가 난 화냥년이었다. 오죽하면 뭇사내들 사이에서 '권가년 치마끈 말아쥐듯'이라는 말이 무슨 일이든 겉시늉으로만 처리함을 비유하는 유행어로 떠돌 정도였다. 그러나 아버지 권가는 마누라를 몰아붙이지 않았다. 그의 노름판 판돈이 그녀의 치마말기에서 나오기 때문이었다. 그녀의 비릿한 홑단속곳이 그에게는 마르고 닳지 않는 화수분 구실을 해주고 있는 셈이었다.

희조는 외간남자들이 시도때도 없이 들락거리는 집이 싫어 권가 쪽을 택했다. 장터와 노름방을 쫓아다니는 게 그래도 먹을알이 붙고 심심찮아 좋았다. 원체 노름에는 재간이 없는 권가인지라 판돈을 꼬나박다 못해 언제부턴가 노름방에서 눈속임을 쓰기 시작했다. 처음에는 그게 먹혀들어가 어쩔 때는 가보낭청을 연달아 외치며 쏠쏠한 판돈을 긁어 갖고 나오는 적도 있었다. 권가는 속임수에 점점 재미를 붙여갔다. 희조는 그 속임수 놀음의 조연급 노릇을 했다. 그는 어린애였지만 특별히 노름방 출입이 허용됐다. 권가의 등에 얹혀 사는 아이임이 인정됐기 때문이었다. 더군다나 술심부름 같은 잔심부름이나 망보는 아이로 세워두기도 좋아 모두들 군말이 없었다. 눈썰미가 남달랐던 희조는 아버지 권가의 어깨 너머로 노름판이 돌아가는 판수를 어느덧 익히고야 만 것이다. 그가 아버지의 등 위로 우뚝 서면 판세가 일목요연하게 잡혔다. 그는 이따금 아버지의 눈짓에 따라서 권가의 등뒤에 찰싹 붙어 있다가 결정적일 때 남몰래 허리춤에 화투짝을 한짝씩 찔러주곤 했다.

그러나 그게 그렇게 오래갈 리가 없었다. 소 한 마리값 판돈이 걸릴 정도로 판이 커졌다. 노름이라면 이골이 났다는 노름방의 도꼭지 격인 짝눈도 육통이 터질 노릇이라며 손을 턴 뒤 뒷손을 짚고는 물러나 앉았다. 어린 희조 자신도 노름판에 너무 정신이 팔린 나머지 아버지가 끝까지 남은 상대방을 한끗 차이로 누를 만한 패를 허리춤에 찔러주는 데는 성공했으나 그새 터질 듯한 오줌보를 끌어안고 나갔다가 들어온 험상궂은 짝눈이 그의 등뒤에 다가와 서 있는 것은 전혀 눈치채지 못했던 것이다. 이런 쥐알봉수 같은 눔덜 보겠나. 눈앞에서는 불똥이 튀었다. 노름판의 불문율은 엄했다. 희조는 핏발선 눈에 살기가 번득이는 먹장승 같은 노름꾼들에게 둘러싸였다. 개중 한 사람이 양 손가락으로 희조의 입어귀를 꿰고는 바른 대로 말하지 않으면 평생 말 못할 언청이를 만들어 버리겠다고 으름장을 놓았다. 새파랗게 질린 희조는 아버지 권가가 시켜서 한 일이라고 토설했고 그 즉시 짝눈의 눈짓에 따라 방안에 작두가 차려졌다. 권가의 입에 재갈이 물려지고 엄지와 검지 두 손가락이 잘려나갈 때 그의 한껏 부풀어오른 흰자위가 뒤집어질 듯 희번덕거리는 게 보였다. 희조는 비명을 내지르며 눈을 질끈 감았다.

그때 내 어린 영혼은 돌이킬 수 없는 상처를 받은 거였어. 아버지의 잘린 손가락이 튀어간 방석 위에는 선연한 핏방울이 아슴아슴 스며들고 그리고, 아버지는 피투성이가 된 손으로도 그들이 부정탔다고 놔두고 간 뇌리끼리한 돈다발을 움켜쥐고 희열에 들뜬 신음을 내지르고 있었던 거지 후훗. 소줏잔을 집어든 그의 손가락이 와들와들 떠는 바람에 차란차란하던 소주가 잔 밖으로 움찔움찔 넘쳐흘렀다. 팔랑거리는 유인물 속을 가로지르며 짐승처럼 뛰어들던 그의 모습이 눈 속으로 아리게 밟혀왔다.

— 몰라. 그땐 어떤 긴장감 때문에 그렇게라도 하지 않고는 배길 수가 없었어. 아무튼 그 자리에선 희생자가 나 하나밖에 나오지 않았잖아.

나는 두 번이나 깨어나 토악질을 쥐어짜며 속을 말끔히 헹궈낸 끝에 그 이백팔호 이층침대칸에서 희조와 땀범벅이가 돼 뒤엉킨 채 생시인지 꿈인지 모르게 덧들린 하룻밤을 묵고야 말았다.

전공이 뭐야? 나는 갑자기 생각났다는 듯 희조에게 다그쳐 물었다. 그는 국문과 대학원을 진학해 박사과정을 밟는 중이었다. 문학이야, 고전이야. 그래, 좋은 일이야, 좋긴? 거기도 분야가 있을 거 아냐? 있지. 향가를 전공해. 야아 향가! 향가라면 나도 몇 수 외우지. 선화공주님은 남 그스기 얼어두고, 맛둥방을 밤애 몰래 안고 가다. 어때, 쓸만해? 그러자 그는 심각한 표정을 지었다. 그런데 아무래도 잘못 짚은 거 같아. 뭔 소리야. 얼마나 뜻 깊은 분야인데 그런 말을 해. 우리 고대문학의 엑기스가 담긴 것들 아냐. 그래서 그런지 내가 그 길에 들어섰을 땐 앞선 연구자들이 이미 물어뜯고 살을 발리고 뼈를 추리고 요리를 다해놔서 후학이 건드릴 곳이 없는 거야. 너 알다시피 우리나라에 현전하는 향가는 이십오 수밖에 안 되잖아. 그것도 균여전에 전하는 열한 수는 주제로 보나 형식으로 보나 한 수라고 봐도 될 정도고. 그러니 어디 한군데 오롯이 우려먹을 데가 있겠냐고? 문헌도 한정돼 있고. 야, 듣고 보니 그것도 아닌게 아니라 문제긴 문제다 응? 그래 어쩔 셈이야. 이제 와서 다른 우물 파기도 뭣한 일 아냐? 그는 힘없이 고개를 끄덕였다.

　……여보 나예요. 저녁 무렵 거냉(去冷)이 되지 않아 서늘한 집에 들어가 자동응답전화기의 예약된 비밀번호를 누르자마자 불쑥 튀어나오는 아내의 갈라진 듯한 목소리를 듣는 일이 제일 섬쩍지근했다. 아내라는 존재의 실체가 거처하는 유일한 공간이 바로 자동응답전화기가 아닐까 하는 착각이 들 정도였다. ……미안하지만, 다름이 아니라 저……, 블렌딩 때문에요. 제가 없더라도…… 잊지 마세요. 잊지 말라구? 나는 녹음된 목소리가 끝난 다음 아내의 목소리를 흉내내 잊지 마세요를 한 번 더 반복했다. 그러면 까닭없는 헛웃음이 새어나왔다. 당신이나 잊지 말라구, 낄낄낄. 아아, 블렌딩이여. 나는 찬 벽에 이마를 붙인 자세로 가만히 서 있곤

했다.

아내가 블렌딩을 하는 날 저녁이면 자연스레 발걸음이 탈로 향했다. 한번은 학원에서 돌아와 몸살기 때문에 쉬고 싶다는 희조를 억지로 탈로 불러낸 적이 있었다. 그는 생계수단으로 일찌감치 입시학원 강사로 뛰고 있었다.

오늘은 맥주 대신 블렌딩한 칵테일을 한 잔 마시고 싶은걸. 어뭐? 너 지금 뭐라고 했냐? 마, 이 촌놈아, 블렌딩이라고 했다. 왜? 블렌딩? 그랴. 희조는 내가 블렌딩이라고 말하는 순간 표정을 묘하게 일그러뜨렸다. 그러더니 뭔가를 골똘히 생각하는 품이 역력했다.

내가 요즘 사련(邪戀)에 빠져 있는 거 너 아니? 뭐라고 사련? 사련 좋아하고 자빠졌네. 처녀 총각이 만나는데 사련이고 자시고가 어딨어? 농담 아냐. 쉬운 말로 불륜의 관계지. 희조 니가 정말로? 응. 그럼 유부녀랑 말이지? 하긴 너란 놈은 일찍부터 여복이 있었던 놈이지. 상대는 누군데? 고향 후밴데 남편에게 정나미가 떨어졌대나봐. 왜? 몰라, 이중인격자라는데 뭔 소린지. 그런데 우리가 서로 만날 때 쓰는 암호가 뭔지 알아? 암호? 간부들끼리 잘들 놀고 있네, 그게 뭔데? 후후, 바로 블렌딩이지. 아하, 블렌딩합시다, 이렇게 말이지. 말하자면 그런 식이지. 거 되게 세련됐네. 블렌딩이 아마 영어로 치면, 물론 슬랭(속어)일 텐데, 흘레붙는다는 뜻도 지니고 있는 모양이야. 그래? 어디보자. 술을 술수리술술, 설서리설설 섞다보면 살사리살살 살을 섞는 쪽으로 가게 된단 말이지? 흐흐흐, 거 말 되네.

나는 겉으로는 아무렇지도 않은 듯 엉너리치는 말을 뿌리고 있었으나 온몸에 거머리가 들러붙은 듯한 칙칙한 예감에 사로잡혀 굵은 소름 알갱이를 부르르 돋워올리는 중이었다. 오늘……, 블렌딩을 하는 날이에요……. 불길한 예감은 서늘한 기운이 되어 내 이마빡을 갈라치고 있었다. 그날 밤 내가 어떻게 집에 돌아왔는지 기억이 잘 나지 않았다. 다만 블렌딩이라던 아내가 생각보다 일찍 집에 돌아와 다소곳이 날 기다리고 있는 것마저도 칙칙한 예감의 뼈대에 살만 더 보태줄 뿐이었다.

영태 너, 이 술집에 걸린 탈바가지 중에 처용탈이 있는데 알아맞혀 볼래? 글쎄 어디 한번 구경이라도 해본 적이 있어야 말이지. 귀신조차 넌더리를 내고 물러갔다니깐 좀 우락부락한 모습이 아닐까. 처용이 우락부락하다고? 왜 그렇게 생각하지? 그는 당대의 가객 아냐, 가객. 신화 속의 인물인데 가객은 또 무슨 얼어죽을 가객이야? 영태 네가 그 신화의 껍데기를 한풀 벗겨내 보면 흥미로운 점을 발견할 수도 있을 텐데 말이야. 어디 국문학을 했다는 희조 네가 한번 벗겨보렴.

바로 저치야. 희조는 개중 반반한 탈바가지를 가리켰다. 마누라 때문에 오쟁이를 탄 작자치고는 제법 걸때가 있어 뵈는 친군데. 역신을 물리쳤다는 친구가 왜 저리 역병을 앓은 듯이 얼금뱅이 상을 뒤쓰고 있지? 역설이지. 근데 내가 쪽 팔려서 여직껏 말은 안 해왔다만 나 저기, 겨레문학이라는 삼류 문학계간지에 희곡부문 신인상을 받고 재작년 가을호에 데뷔를 한 적이 있거든. 비록 원고료로 책만 삼십 권 팔아오라는 어처구니없는 봉욕을 당하긴 했지만. 그랬어……? 열심히 살았구나. 한번 찾아서 읽어라도 봐야지. 요즘 쓰고 있는 게 하나 있어. 처용단장이라고, 처용설화에서 모티프를 얻은 건데……. 우연찮게 그 실마리를 어떤 수강생에게서 얻었다니깐. 그래? 그 수강생이 어떻게 했길래? 들어봐. 고전문학부문 향가에 대해서 예상문제를 죽 훑어보려는 참이었어. 처용가, 주제는 불교적 체념으로 승화된 세계, 이것이 정답입니다 하는 식으로 말이야. 한 녀석이 난데없이 선생님 질문 하나 해도 돼요, 하지 않겠어? 뭔고, 물었더니 처용가에 대한 설화를 보면 역사상의 사실과 틀리는 점이 많습니다 하더라고.

삼국유사의 제이권 처용랑 망해사조의 첫머리를 한번 보라고 이렇게 시작하지, 제사십구대 헌강대왕대는 서울에서 동해변까지 집들이 맞닿았으며 담장이 서로 이어졌고 초가는 한 채도 없었다. 길가에 음악이 끊이지 않고 풍우가 사철 순조로웠다. 여기서 서울이란 당시의 경주를 말함인데 아무튼 더할 나위 없는 태평성대를 구가하고 있는 걸로 묘사돼 있는데 이건 완전히 생구라가 아니냐 이렇게 나오는 거야. 생구라? 아무렴. 당시는 신라시대의 말기로서 골품제도의 모순과 왕권의 몰락, 대권쟁탈전으로 말미암은 지배층의 분열과 상쟁 그리고, 육두품과 도당유학생과 지방호족들의 발호, 또 지식인들은 두 손을 놓고 노장사상과 같은 허무주의에 빠진 상황이었거든. 게다가 농민은 수탈을 당하다 못해 농토를 잃고 유민화하거나 도적떼로 변하고 있던 아주 극도로 혼란한 사회였단 말이야. 그 똑똑한 녀석이 어찌나 깐깐하던지 아주 역사적 문헌기록까지 들이대면서 조목조목 따지는데 다가가 껴안고 볼을 쪽소리 나게 맞춰주고 싶었던 거 있지. 듣고 보니 기특하게 여길 만하네.

헌강왕의 바로 전대인 경문왕대만 하더라도 역병이 두 번, 흉년

네 번, 모반 두 번, 천재지변 다섯 번, 불길한 징조가 네 번 나타
난 걸로 삼국사기엔 기록돼 있는데요. 그리고 처용설화가 꾸며지
던 헌강왕 오년 팔백칠십구년만 해도 일길찬 신홍(信弘)이 쿠데타
를 일으켰다가 실패해 주살됐으나 민심이 크게 동요하고 있었다
는 기록이 문헌에 버젓이 나와 있거들랑요, 선생님.

그러면서 자기가 보기엔 처용이 말하자면 지금의 대중가수와
비슷한 존재가 아니냐는 거야. 비근한 예로 조용필이나 서태지 같
은. 서태지? 우하하 기발한 생각이네. 예나제나 대중에게 가무의
위력이란 대단하잖아. 더군다나 신라 당대에는 달리 즐길 만한 매
체가 없는 형편이니 더욱 그러했을 테고.

희조는 자신이 극중에서 리얼리티를 높이기 위해 사용하려 한
다는 향가 한 수를 디밀었다. 그가 보여준 향가는 격식만큼 제대
로 갖추고 있었다.

望海居士의 妻

腹飢鳥隱達阿羅之叱食乙置
奪叱去乙
物北所音叱國肹有叱下
智理是多亦都波加尼
阿邪郎也伊底亦所只毛冬乎
月良尸明期隱深隱夜矣
哀反杜鵑
去隱圭肹追良哭乃行伊叱等邪

언뜻 보기에 팔구체 향가 같은데 이게 도대체 무슨 내용이야? 나는 맨 끄트머리 부분만 무슨 뜻인지 짐작이 갈 듯하고 나머지는 도무지 맹문일 수밖에 없었다. 그리고 망해거사의 처는 또 어떤 인물인고. 공무도하가를 지은 백수 광부의 처는 알아먹겠는데 말이야. 희조는 알기 쉽게 뜻풀이를 해줬다.

배고픈 중생의 밥마저 / 빼앗거늘 / 무슨 나라가 이런고 / 지혜로운 자들이 많이 떠나 도성이 깨지더니 / 아아 낭이시여 아직껏 모르는가 / 달 밝은 깊은 밤에 / 서러운 접동새 / 떠난 님을 좇아 울며 다니는구려

님타령으로 봐도 되나? 글쎄…… 지은이로 돼 있는 망해거사의 처는 처용설화에 나오는 망해사 건립 부분과 연결이 되고 지리다도파, 즉 지혜로울 지, 다스릴 리니간 지혜로써 다스리는 사람들이란 뜻인데 누구겠어? 당시 육두품들을 중심으로 한 지식인 계층이지. 육두품이란 게 대관절 뭐야? 신라 골품제도 때문에 원천적으로 정치적 신분상승의 길이 막힌 사람들 아냐. 때문에 개인의 능력을 인정받을 수 없는 사회에서 출중한 능력의 소유자들인 이들은 처음엔 학문적인 식견에 의해 정치적인 참여의 길을 걷지만 좌절을 겪고 그래서 당연한 귀결이지만 당대 사회의 가장 비판적인 집단으로 떠오른 것 아니겠어? 다도파란, 많을 다, 도성 도, 물결 파인데 결국 많이 도망들을 가니간 껍데기만 남은 왕성이 깨지리라 하는 말인데 당시 항간에서 불렸던 정치 풍자의 도참요(圖讖謠)라고 봐도 무방하지. 그럼 처용이 육두품 출신이란 말이야?

웬걸, 내가 보기엔 진골 출신이었던 것 같아. 설화에도 처용이 동해용의 일곱 아들 중 막내로 나와 있거든. 용이란 존재는 당시 매우 숭앙되던 대상인데다 신라 제삼십대왕인 문무왕이 죽어 경북 월성군 앞바다의 수중릉인 대왕암에 묻히면서 동해대룡이 됐다는 데서도 알 수 있듯이 동해용의 아들인 처용은 왕족의 피가 섞인 진골 출신으로 추정해볼 수도 있는 거 아니겠어? 어쩌면 황당하기 그지없이 꾸며낸 얘기일 수도 있었다. 나는 문득 그의 이야기가 나를 겨냥하고 있을 수도 있음을 깨달았다. 그는 그 뒤로 이따금 만날 때마다 자신이 거의 탈고해 간다는 처용단장의 줄거리를 귀띔해 주었다.

처용은 진골 출신 왕족의 후예로 본래 이름은 자윤(慈允)이었다. 일찍이 풍운의 뜻을 품고 화랑에 입문한다. 그는 화랑에 입문하면서 흔들리는 계림(鷄林)의 국풍을 바로잡는 동량으로 자라날 것을 굳게 맹세한다.

그러나 처용이 발을 들여놓은 화랑은 이미 예전의 화랑이 아니었다. 기강은 문드러질 대로 문드러졌고 삼국통일기의 그 늠름하던 기품은 눈을 씻고 찾아 보려야 말짱 도루묵이었다. 도덕수련과 정서함양에 힘쓰고 명산대천을 찾아다니며 신체단련에 여념이 없어야 할 화랑들이 주색잡기와 자리다툼 그리고 민폐끼치는 걸 예삿일로 삼았다. 화랑 중에서도 특히 타의 모범이 되어야 할 우두머리 화랑인 화판(花判)들의 행패는 한결 심했다. 심지어는 화랑들 사이에 입에 담기 어려운 남색(男色) 관계를 맺는 일이 허다하다는 말도 공공연히 나도는 판이었다. 처용은 크게 실망한 나머지 마음 둘 곳을 찾지 못해 그저 명산대천을 떠돌며 심신을 단련하고 허한 가슴을 달래기 위해 시가(詩歌)에 열중했다. 그러나 목구멍에서 각혈이 나오도록 단련을 해도 완성된 목소리를 얻기는 좀체 쉽지 않았다. 전국 방방곡곡을 돌아다니다 보니 서라벌에서 주지육림에 빠진 귀족들이 벌이는 호화판 향연과는 달리 백성들은 초근목피로 연명하면서도 갖은 부역에 시달리는 등 그 참상이 이루 말로써 형언할 수 없었다. 처용의 가슴속에는 백성들에 대한 연민으로 묵직한 응어리가 굵직한 똬리를 틀어갔다. 밑으로부터 변화의 기운이 뻗치지 않으면 절망이야.

한번은 날이 이슥할 무렵 금강산 경계를 지나 남하할 때였다. 어느 마을 어귀를 지나려는데 다 쓰러져가는 초가집에서 두 양주의 구슬픈 곡성이 나지막히 새어나오고 있었다. 처용은 그 집의 다 헝크러져가는 울바자 앞에서 발걸음을 멈췄다.

"주인장, 주인장 계시오?"

처용이 주인을 청하는 소리를 넣자 울음소리가 뚝 그쳤다.

"지나가는 길손인데 하룻밤 유하도록 허하시면 고맙겠습니다."

"길손도 보시다시피 방바닥은 파이고 벽은 바람이 제 집처럼 마음대로 들락거리며 천장으로는 흘러가는 구름이 들여다보는 처지니 손을 들이기가 매우 어려울까 합니다. 집안에 남세스런 춘사(椿事)도 겹치고 하였은즉……."

처용이 속으로 혀를 끌끌 차면서도 벅벅이 우겨 자리를 잡은 뒤 알아본 사정은 더욱 기가 막히는 일이었다. 절량이 된 지 이미 오래 전인 두 양주는 부황기가 골수에 미치게 되자 할 수 없이 열 살난 딸을 백리 상거인 파진찬 김홍댁에 노비로 팔기로 하고 마지막 밤을 서로 부둥켜안고 울며 보내는 중이었다.

"그게 뭡니까?"

처용은 젊은 남정네가 들어왔는데도 등허리를 까들추고 맨살을 내놓은 채 죽은 듯 엎어져 있는 계집아이를 가리키며 물었다. 그 어미 되는 이가 나무꼬챙이를 젓가락 쥐듯 들고 앉아 있었기 때문이었다. 처용은 주인장에게서 아이의 등허리에 핀 부스럼에서 구더기를 파내고 있는 중이라는 말을 듣고 땀구멍이란 땀구멍은 모조리 열리는 듯한 기분에 와락 휩싸였다. 아아, 이 현실이 도대체 뭐란 말인가. 계림의 창맹들이 이런 처참한 생활을 하는데 일신상의 벼슬은 뭐고, 영예와 부 그리고 아름다운 아내란 다 무에 소용이 있더란 말이냐. 처용은 자리를 박차고 나왔다. 어느덧 서산에는 시리도록 푸르고 둥근 달이 덩두렷이 떠올라 가난한 산하를 고즈넉이 비추고 있었다.

어쭈, 희조 너 그동안 완전히 노가리만 늘었구나, 만날 때마다 신물이 나도록 들으니 이젠 처용이라면 귀에 못이 박이겠다. 아냐, 아직 단대목은 나오지 않았어. 야야, 이제 그만 때려치우고 딴 얘기하자. 글쎄, 지멸이 있게 앉아서 더 들어봐. 우리 시대에 바로 처용 같은 이들이 많이 나오고 있잖아. 너도 그 중 한 사람이라는 생각이 안 드니? 어떤 의미에서? 아, 얼굴 붉히지 말고. 내 말의 방점은 처용이 팔불출이어서 마누라와 말미암아 오쟁이를 탔다는 데 찍혀 있지 않단 말이야. 당시에는 지식인이 오늘날처럼 중간계층이 아니라 바로 지배계급 쪽에서 나올 수밖에 없는 상황이잖니? 문자 이퀄 권력이었으니깐, 그럴 때 당대의 모순에 온몸으로 고민했던 처용이라는 한 지식인의 고뇌와 결단 그리고 좌절과 변절의 역정을 살펴보는 것도 나름대로 의미가 있다는 생각이 안 들어? 나는 처용단장이라는 희곡에서 그걸 더듬고 싶었어. 흐흠, 지식인 처용이라……. 좋아, 계속해 봐. 나는 턱주가리를 어루만지며 귀를 종긋거렸다.

당시 신라인들은 향가에 열광적으로 미쳐 있었다. 말하자면 향가는 요즘의 대중가요인 셈이었다. 경주지방을 일컫는 사뇌야(詞腦野)에서 불리는 잘 정제된 십구체 향가는 특별히 사뇌가라고 이름했고 귀족 사이에서 유행했다. 지방에서는 사구체나 팔구체로 된 향가가 나타나 백성들 사이에서 크게 풍미했다. 그 열기 속에서 많은 가객들이 나타났다 사라졌다. 그 중에서도 계림 전체를 통틀어 제일 인기 있는 가객은 처용이었다. 우리나라 역사상 최초의 전국적 대중가객의 출현이 이루어진 것이다. 그는 고혹적인 미성과 사람들의 고달픈 삶을 어루만지고 서리서리 맺힌 곳을 찾아 그 응어리의 뿌리를 움켜쥐고 풀어주는 노래로 대번에 전국적 명성을 획득했다. 그가 미성을 유지하기 위해서 거세까지 했다는 소문과 함께 진골 출신 가객이라는 점이 세간의 흥미를 배가시켰다. 물론 처용은 그의 가문에서 지체없이 출문(黜門) 조처를 당했다. 그러나 백성들의 변덕은 끓는 팥죽처럼 들이가 없었다. 대중가객으로 온 백성의 사랑을 한몸에 받던 그도 언제부턴지 인기가 시름시름 잦아들기 시작했다. 대중은 좀더 자극적인 남녀상열지사(男女相悅之詞)풍의 향가나 현실을 잊고자 내세지향적인 피안의 향가세계 속으로 빨려들어갔다. 사회성 짙은 처용의 향가세계는 그닥 큰 주목을 받지 못할 처지에 빠졌다. 그게 바로 대중가객의 일반적인 운명이기도 했다. 많은 사람들의 머릿속에서 처용이라는 이름은 잊혀져가고 있었다. 백성들 속으로 뛰어들어 그들의 한맺힌 가슴을 어루만져주며 살자고 다짐했던 처용은 크게 흔들리지 않을 수 없었다. 처용의 방황은 그때부터 비롯되었다. 주색을 함부로 가까이 하는 날이 많아짐은 물론 자신의 결단이 잘못된 것은 아닌지 하는 회의마저 슬그머니 마음 한구석에 고개를 쳐들기 시작한 것이다.

육두품 출신으로 열두 살의 어린 나이에 당나라 유학을 떠난 최치원이라는 사람이 학문에 용맹정진한 끝에 드디어 당나라 과거인 빈공과에서 장원급제를 해 이름을 금방(金榜)에 걸어 계림의 위의를 선양했을 뿐 아니라 탄탄대로의 벼슬길을 시원스레 열어젖혔다는 소식을 들을 때는 묘한 갈등을 느껴야 했다. 백성의 아린 가슴을 노래로써 쓰다듬어 주겠다던 나의 생각은 잘못된 것이 아니었을까. 그는 번민에 번민을 거듭했다. 비록 거친 입성과 음식일망정 마다않고 짚북더기 속에서 새우잠을 잔대도 이 땅과 그 불쌍한 백성을 위해 목구멍에서 피를 쏟도록 노래를 부르고 다니는 걸로 만족했다. 계림은 아래로부터 변할 것이었다.

처용은 한번도 사내곡댁(思內曲宅)이라고 일컫는, 사뇌가 곡으로 불리는 귀족들의 집에서 산해진미를 갖추고 두둑한 행하(行下)를 내걸고 그를 불러도 들르지 않는 절개를 지켜왔었다. 백성들을 위한 대중가객이라는 이름 하나만을 부여안게 된 것만도 고마울 따름이었다. 그러나 지금 그 한때 열광했던 백성들이 이제는 자신을 잊어가고 있으니 처용의 가슴은 갈가리 찢기는 아픔에 미어지는 듯했다. 물론 백성들의 귀에 거스르지 않을 아름다운 목소리를 위해서긴 했지만 자신의 어느 한구석에 혹시 한방울이라도 남아 있을지 모를 기득권에 대한 향수를 털어내기 위해서라도 자청해야만 했던 거세 때의 고통이 헛되지나 않을까 생각하매 눈앞이 캄캄했다.

이때 나름대로 영민했던 헌강왕은 진작부터 처용의 효용가치를 눈여겨보고 있었다. 왕권을 노리는 세력들의 불온한 기운은 표면상으로는 잠잠해진 것도 같지만 언제 무슨 일이 일어날지 모를 일이었다. 민심은 점점 이반되고 있었다. 헌강왕으로서는 처용의 뛰어난 가무가 통치술의 하나로 필요했다. 이러한 체제위기를 해소하고 왕권을 강화하며 백성들에게 불만해소의 카타르시스를 주기 위해서는 처용과 같은 절세의 대중가객의 협조가 필요했다. 그의 노래를 통해 은근히 왕권이데올로기를 유포하고 각박한 현실인식으로부터 사람들의 인식을 멀찌감치 떨어뜨려 놓을 필요가 있었다. 그 일에 처용은 하늘이 내린 적임자였다. 헌강왕은 재빨리 손을 썼다. 처용이 은거하고 있다는 영취산으로 밀사를 파견했다. 그동안 절개를 지킨답시고 목꼬대가 뻣뻣했던 처용도 권력의 일부를 손에 쥐어주겠다는 데는 거미줄의 나비처럼 빨려들었다. 후후 그러면 그렇지. 왕은 손바닥으로 무릎을 치며 허공을 향해 너털웃음을 뿌렸다.

처용은 왜 맘을 돌려먹었을까? 결국은 권력이 탐이 나 변절을 한 게지. 그럴까? 일단 영태 너처럼 현실적인 자기영역을 찾은 거라고 볼 수는 없을까? 물질적인 고달픔을 피하는 개인적 이유 말고도 왕실의 권능을 등에 업고 대규모 연회를 가질 수 있었을 게야. 야인 시절에는 그게 어디 언감생심 꿈이라고 꿔봤을 일이겠어? 정교하게 장치된 무대에 올라 수많은 동원된 대중 앞에서 훨씬 효과적으로 가무를 보여줄 수 있었겠지. 이미 한 사람의 예인(藝人)이 돼버린 처용에게는 그게 아마 참을 수 없는 유혹이 되었을 테지. 상상할 수 있잖아? 그런 배려 뒤에는 헌강왕의 계산된 의도가 숨겨져 있었다며? 대중조작을 통해 대항세력을 진무하고 백성들의 현실감각을 무디게 만드려는. 그것은 어디까지나 처용이 제 하기 나름 아니겠어? 어차피 현실적 타협을 한 만큼 그 정도는 감수해야지. 안 그래? 글쎄 듣고 보니……. 헌강왕 밑에 들어간 처용은 기록에서 보더라도 급간이라는, 비록 높은 벼슬은 아니지만, 관직도 제수받고 산호궁이라는 대저택은 물론 아름다운 미인을 아내로 맞이했다는 거 아냐. 희조 네 말에 따르면 처용이 기득권을 포기하기 위해 거세까지 했다고 미리서부터 복선을 깔아놨으니 비극적 결말이 예정돼 있는 거로구나? 영태 너 제법인데. 역시 서당개가 대장간 개보다 뭐가 달라도 다르구나 응?

왕이 처용에게 내려준 교선(喬善)이라는 여인은 그야말로 경주 제일의 절세미인이었다. 처음에 처용은 극구 사양하려 했으나 왕의 뜻이 너무 완강해 그대로 받아들이기로 했다. 그러나 자신의 거세된 남성 때문에 처용은 부인과 잠자리를 한번도 같이 해본 적이 없었다. 오직 밖으로 나돌면서 피토하듯 펼치는 연회에만 몰두했다. 처용의 헌신적 노력 덕에 왕권은 점점 안정돼가는 것처럼 비쳐졌다. 백성들은 대중가객 처용의 재등장에 두 손을 들어 환호 작약했다. 화려한 무대 위에서 백성들의 당장의 입맛에 맞는 향가를 써서 불러제꼈다. 도탄에 빠진 백성의 가슴에 응어리진 고통의 뿌리를 어루만지겠다는 처음의 맹세는 어디갔는가 하는 자책이 일지 않는 건 아니었다. 하지만 세상이 변했으니 이런 식으로라도 백성을 일단 무대 앞으로 불러 모으는 일부터 해야 한다. 처용은 이렇게 자신을 합리화해 나갔다. 처용이 대규모 연회의 열기에 휩싸여 깜빡 정신을 잃을 정도로 대중인기의 최면에 탐닉하는 나날이 흘러갔다. 아, 이게 바로 권력의 맛이로구나. 처용은 자신이 일찍이 혀끝을 대보지 못했던 권력의 감미로운 단물을 경계하려 의식하면서도 제정신을 가누기가 무척이나 어려웠다. 그러던 어느 날 평소보다 연회를 서둘러 끝내고 집으로 돌아온 처용은 무심코 오늘도 적적한 하루를 보냈을 아내에게 위안의 말이나 던질까 싶어 규방의 방문을 열어보았다. 그런데 아, 이게 무슨 일인가. 아내는 웬 외간남자와 벌거숭이가 된 채 처용이 들어온 줄도 모르고 비단금침 위에서 운우지정(雲雨之情)의 경계를 오락가락하느라 열락의 신음소리만 거칠게 토해내는 중이었다. 당신이 암만 거세된 남자라 하더라도 이 순간 어찌 했을 것인가. 연놈을 단매에 쳐죽이기 위해 두 주먹을 불끈 쥐고 방안으로 뛰어드는 게 인지상정 아니겠는가. 그러나 처용은 도저히 그럴 수가 없었다. 그가 널리 알려진 대로 가슴이 남달리 넓은 사내라서 그런 것이 아니었다. 자기 아내의 벌거숭이 몸뚱이 위에 엎어져 뜨거운 숨결을 내뿜고 있는 사내는 바로 처용에게 권력의 단맛을 뵈준 헌강왕이었다. 처용은 등짝이 땀으로 번질번질해져서 여자의 몸에서 내려오던 사내와 눈길이 딱 마주쳤다.

처용단장의 절정은 이 대목이야. 희조는 마른 입술을 침으로 축이며 말했다. 이때의 처용의 마음을 적절하게 읽은 육십년대의 시인이 있었지. 그게 누군데? 두말할 것도 없이 시인 김수영이지. 그래? 그가 시론을 논하면서 응축해 놓은 비수 같은 말을 처용의 입을 통해 되풀이한다면 이렇게 될걸. 아아, 향가여 침을 뱉어라, 풍자가 아니면 해탈이다. 이 비극적 상황, 자신의 변절로 이미 돌이킬 수 없는 권력의 늪에 깊숙이 휘둘린 걸 안 처용은 분노의 주먹 대신 체념의 춤을 출 수밖에 없었을 테지. 이 노래처럼 인간의 희노애락을 극적으로 표현한 시가란 동서고금을 막론하고 세계시사(詩史) 어느 갈피에서건 찾아보기가 쉽지 않을 거야. 희조의 목소리가 사뭇 떨리고 있었다.

여자를 사이에 둔 질투심에는 세간의 필부와 군왕이 다를 바가 무엇이겠는가. 정작 처용은 체념을 하고 있었으나 헌강왕은 불안했다. 그의 연회에는 보통 기천 명, 많으면 일만을 헤아리는 숫자가 모인다고 했다. 만약 왕궁 근처에서 그런 연회가 열린다고 가정을 해보자. 왕은 고개를 절레절레 흔들었다. 처용이 언제 앙심을 먹고 자신의 대중적 인기를 이용해 민란을 선동할지도 모를 일이었고 또 어느 지방호족이나 육두품 출신의 반중앙정부적 불만 세력과 짝짜꿍이 돼 붙어날지 모를 판국이었다. 그동안 정국안정에 진력한 결과 왕이 보기에도 왕권은 많이 안정된 듯이 보였다. 그러면 어차피 처용의 효용가치도 수명이 다한 셈이며 효용가치가 사라진 대상은 쥐도 새도 모르게 하루빨리 처치하는 게 후환을 없애는 지름길이라는 걸 그간의 궁중암투 생활은 웅변으로 보여주고 있는 것 아닌가. 게다가 그래야지만 남몰래 내연의 관계를 맺고 있던 처용의 처 교선도 버젓이 궁 안으로 불러 놀아날 수 있지 않겠는가. 후원을 가로지르는 자객의 쩔렁거리는 패검소리를 듣자 신변의 안전에 위험을 느낀 처용은 몸만 빠져나와 밤도망질을 놓았다. 왕궁에서 도처에 비밀군사를 풀어 놔 처용의 도망길은 각다분하기 이를 데 없었다.

　이리저리 떠돌아 다닌 끝에 닿은 곳이 지금의 경상남도 양산(梁山) 근처의 영취산(靈鷲山)이었다. 그가 처음 헌강왕이 보낸 밀사와 만나 담판을 짓고 끝내 변신을 결심한 곳이었다. 그는 왠지 그곳에 가서 자신의 영욕으로 뒤엉킨 일생을 되돌아보고 싶은 생각이 든 것이다. 바다가 훤히 바라다보이는 동쪽 기슭에 망해거사라고 불리는 사람이 꾸리는 주막집이 있었다. 드문드문 찾는 길손에게 국밥이나 말아주고 탁배기나 얹어주는 허름한 주막집이었다. 그 집주인 내외는 찾는 이가 없으면 바위에 올라 아스라한 바다만 바라보다 구성진 노랫가락을 뽑아올리기에 사람들은 남자 주인장을 망해거사라고 불렀다. 사흘밤 사흘낮을 굶주리고 잠 못 이룬 채 그 집 주막 앞에 다다른 처용은 가물거리는 의식 속에서 앞마당에 쓰러졌다. 망해거사가 얼른 대궁밥을 내다 대접했다. 꿀맛이었다. 지금까지 먹어본 그 어느 산해진미보다 더 달았다. 어느새 한 그릇을 다 비워냈다. 그때 문을 열고 처용을 측은한 눈길로 바라보던 망해거사의 처가 쌀바가지에 국밥을 또다시 이드거니 말아가지고 나오면서 노래를 불렀다. 그 노래를 듣고 난 처용은 목구멍에서 선짓빛 피를 토하며 수챗구멍에 얼굴을 꼬다박았다. 자신의 존재를 대번에 날려버리고도 남을 회한이 폭풍처럼 밀려온 것이다.

굶주린 백성의 밥마저 / 빼앗거늘 / 무슨 나라가 이런고 / 지혜로운 자들이 많이 떠나 도성이 깨지더니 / 아아, 낭이시여 아직껏 모르는가 / 달 밝은 깊은 밤에 / 서러운 접동새 / 떠난 님을 좇아 울며 다니는구려

이상하게도 아내의 블렌딩 작업이 얼마 전부터 뚝 끊기고 말았다. 그와 더불어 그토록 엉망이던 아내와의 주파수도 예전과는 달리 잘 맞아돌아가는 편이었다. 양주를 한잔씩 걸치고 하룻밤에 다섯 번의 격정에 휩싸이고 나서도 우리는 장딴지 근육이 팽팽한 채 그대로였다. 그것은 어쩌면 섹스가 아닌지도 몰랐다. 뭐가 달라진 것인가. 갑자기 고분고분해진 아내가 사실은 두렵게 느껴진 것이다. 블렌딩을 하며 돌아다니던 아내였을망정 어쨌든 풋풋함만큼은 잃지 않은 게 사실이었다. 그런 풋풋함마저 사라진 지금의 아내는 잘 빚어진 밀랍인형의 파삭파삭한 껍데기처럼 점점 얇아져만 가고 있었다.

그렇다면 나는 과연 이 고요해진 생활을 계속 그대로 수용할 참인가. 내가 스스로를 용납할 수 없는데도 말인가. 나는 지금도 자동응답전화기의 비밀번호를 눌러 예전에 녹음된 아내의 목소리를 되풀이해서 듣곤한다.

영태씨 저예요. ……미안해요. 다름이 아니라 또 그 스케줄이 잡혀서요. 블렌딩말예요. 내가 없더라도…… 꼭 거르지 말고…… 잊지 마세요. 아셨죠?

주체 못할 눈물이 쑤욱 빠져나오려 했다. 아암, 어떻게 잊을 수

가 있단 말인가. 아아, 산산이 부서진 이름이여. 부르다가 내가 죽을 이름이여, 블렌딩이여. 또 헛웃음이 키들키들 터져나왔다. 라·윤·미. 아내의 이름을 나지막이 불러보았다. 참으로 오랜만에 새겨보는 이름이었다. 나는 그 이름을 설움에 겹도록 불러보고 싶은 충동에 휩싸였다. 그래 우리는, 우리는 이젠 더이상은 안 돼. 나는 내 목소리를 의심했다. 하지만 분명 내 입에서 흘러나온 목소리였다.

나는 처음부터 희조가 처용단장을 떠벌릴 때부터 어떤 직관에서 한발짝도 떠나질 못했다. 희조가 사련의 관계를 맺고 있다는 여인이 혹시 아내가 아닐까. 물론 나는 이 직관이 사실이 아니길 바라며 골백번도 더 부정해왔다. 하지만 그 한 통의 전화는 나를 깊고 깊은 수렁으로 밀어넣기에 충분한 것이었다. 처음엔 한 옥타브 고조된 사내의 목소리가 들렸다. 나는 가성임을 즉각 알아챘다. 여보세요……. 예, 누구를 찾으세요. 한동안 잠잠하던 저쪽 너머에서 당황한 낌새가 느껴지더니, 거기 혹시 동률이네 집 아닙니까 하고 되묻는 거였다. 그쯤에서 나는 전화를 끊었어야 옳았다. 왜 내 입에서는 예, 맞습니다만 하는 데퉁맞은 말이 불쑥 튀어나왔을까. 그러자 수화기를 든 사내는 갑자기 떠듬거리는 본래의 목소리로 돌아가 그, 그럴 리가 이, 있습니……, 하며 수화기를 놓친 모양이었다. 내가 어떻게 그 목소리의 장본인을 모를쏜가. 사실 그 이후부터는 나와 희조는 어떤 게임을 하고 있는 것이나 다름없었다. 난 그저 게임의 룰을 깨뜨리지 않기 위해서 짐짓 모르쇠를 잡아떼며 언구럭을 부리고 있는 건지도 몰랐다.

희조는 저 남도 끝 여수 어딘가에 있는 수산전문대에 전임자리가 나서 가게 됐다며 떠나기 바로 전날 한번 만나자고 했다. 그러더니 날 보자마자 두 손을 부여잡고 눈물부터 펑펑 쏟는 거였다. 야, 임마야 권교수, 울긴 왜 울어? 너무 잘 풀려서 그런 거냐? 그는 무조건 미안하다는 말만 되풀이하며 고개를 떨궜다. 대충 눈자위를 추스르고 난 희조는 굳은 결심이라도 한 듯 아랫입술을 지그시 깨물며 입술을 달싹였다. 그가 무슨 말을 하려고 입을 떼는 순간 나는 저돌적으로 손을 뻗어 그의 입을 틀어막으며 힘줘 말했다. 말하지 마. 다 알어 임마, 알고 있었다고. 그러니 암말 말고 처용단장 마무리나 잘 해. 희조는 눈만 휘둥그레 뜨며 날 망연히 바라볼 뿐이었다.

난 가짜 돈다발이 그들먹한 어느 이름 모를 사내의 가방을 떠메고 터덜터덜 집으로 돌아온다. 나를 천 년 세월 저편의 처용으로 만들어놓고 남도 땅끝으로 꽁꽁 숨어버린 친구의 얼굴이 불현듯 보고 싶어졌다. 희조, 네가 먼저 이 세상에서 물러설 이유는 없었다. 이상하게도 그가 밉다는 생각이 전혀 들지 않았다. 오히려 뭔지 알 수 없는 느꺼운 감정이 명치 끝으로 막 밀려드는 거였다. 그러자 이제 산다는 것의 서러움을 조금은 알 듯한 나이를 먹어버렸다는 생각이 뜬금없이 들었다. 그래, 나는 서른 살 나이의 처용이다, 쓰발. 하지만 오늘 밤을 넘겨서까지 질질 끌어서는 안 될 일이었다. 나는 아내에게 한 가지 분명한 소식을 전해줘야겠다고 맘먹었다. 삐조새의 목에 감긴 줄을 비로소 풀어주겠노라고. 우리는 더이상 안 돼. 정말이지…… 암만 애써도.

집으로 돌아가면 아내는 정성들인 저녁밥상을 차려놓고 날 기다리고 있을 것이다. 흰 앞치마 속으로 두 손을 파묻은 아내는 청실홍실주를 눈짓으로 가리키며 해설피 웃을 테지. 아내가 이번에 새로 개발해낸 뒷맛이 부드러운 매실주의 이름은 청실홍실이었다. 부부 금실의 상징이었다. 아내는 그 술이름을 제안한 덕으로 거금 오십만 원의 상금을 거머쥐었다. 금실 좋은 부부들만이 마셔야 할 그 청실홍실주가 우리의 밥상에 오른다는 것은 왠지 어색한 일이긴 했으나 그것은 아내의 신호이기도 했다. 그 병마개를 비틀어 따느냐 마느냐는 전적으로 나의 소관이었다. 나는 병마개를 비틀면서 매번 아내가 삐조새라고 부른 민물가마우지에 대해 생각했다. 아주 짧은 순간이었지만.

내가 청실홍실병을 거머쥐고 슬그머니 식탁 아래로 내려놓으면 아내는 어두운 표정을 지을 것이다. 나는 대문이 보이는 길목으로 접어들자 우뚝 발걸음을 멈췄다. 풍자냐, 해탈이냐. 나는 그 숨막히는 길목에 오늘도 우두커니 서 있는 셈이었다.

그래, 나는 서른 살의 처용이다. 하루에 한 번쯤은 해탈을 할 나이다. 그런데 해탈은 어떻게 하는 거지. 나는 짐짓 힘차게 대문을 주먹으로 쾅쾅 두드리며 소리내어 아내의 이름을 길목이 떠나갈 듯 크게 불러제꼈다.

— 라·윤·미, 나오라! 서·영·태 왔다!

작 품 이 해

▌작가 소개 ▌

김소진은 1963년 강원도 철원에서 태어나 서울대학교 영문학
과를 졸업하였다. 이념과 가난의 세월에 밀려온 아버지의 삶을 그
린 〈쥐잡기〉(1991)로 등단한 후, 단단하고 강렬한 문장력과 밑바
닥 인생에 대한 끈끈한 애정, 그리고 냉정한 내면 탐구의 시선으
로 주목받았다.

민족 수난과 고통의 현실에 천착하면서도 폭넓은 시각을 보여
왔던 그의 소설 세계는 이른바 이념 상실의 시대라는 1990년대에
삶과 역사의 현실에 대한 깊은 성찰로 보기 드문 리얼리즘의 성과
를 보여왔다. 또한, 그의 소설에 등장하는 풍부한 민중 언어는 김
소진 개인의 작가적 성실성을 보여주는 지표임과 동시에, 고단하
고 때로는 질퍽한 삶의 현실에 대한 그의 애정을 말해 주는 것이
다.

등단작에서부터 미완으로 끝난 장편《동물원》에 이르기까지 그
의 소설들은 한결같이 공동체의 현실에 굳건히 발을 딛고 있다.
그 현실은 작가의 아버지가 거제도 포로수용소에서 좌와 우, 남과
북을 저울질하고 있던 전쟁 무렵, 경제적으로 무능한 그 아버지
슬하에서 산업화의 뒤안길을 걸어온 1960 · 1970년대, 그리고

혁명의 1980년대와 환멸의 1990년대로 다양하게 나타났다. 그의 작품에는 우선 아버지의 삶에 대한 회상을 매개로 하여 민족사와 이념의 문제를 다루고 있는 〈쥐잡이〉, 〈키작은 쑥부쟁이〉, 〈개흘레꾼〉, 〈고아떤 뺑덕어멈〉 등과, 밑바닥 인생의 삶에 깊이 천착하고 있는 〈열린 사회와 그 적들〉, 〈춘하 돌아오다〉, 〈지하생활자들〉, 〈장석조네 사람들〉 등과, 지식인의 내면과 이념 문제들을 다룬 〈사랑니 앓기〉, 〈처용단장〉, 〈혁명기념일〉, 〈세월의 무늬〉 등이 있다.

작품집으로 《열린 사회와 그 적들》(1993), 《고아떤 뺑덕어멈》(1995), 《자전거 도둑》(1996) 등이 있고, 장편소설 《장석조네 사람들》(1995), 《양파》(1996)가 있다. 1997년 서른 다섯의 젊은 나이로 세상을 떠났다.

▌이해와 감상 ▌

이 소설은 크게 보아 두 개의 이야기로 구성되어 있다. 첫 번째 이야기의 주인공인 '나'는 학생운동 출신의 지식인으로, 치열했던 1980년대에 군사독재의 강압에 맞서 저항하던 운동권 학생이었다. 그러나 지금은 사법고시 합격생으로서 장차 권력의 핵심에 깊숙이 편입해 들어갈 처지가 된다. 공적인 기준에서 보았을 때 나는 이제 앞날의 성공을 보장받게 되었으나 과거의 기억으로부터 자유롭지 못하고 여전히 무기력한 상태에 놓여 있다.

두 번째 이야기는 '나'의 친구 '희조'가 신라 시대의 향가 〈처용가〉의 내용을 바탕으로 하여 창작하고 있는 희곡 〈처용단장〉의 내용이다. 이 작품에서 '처용'은 당대의 사회적 모순에 온몸으로 저항하다 끝내 좌절하고 마는 지식인으로 설정되어 있다. 진골 귀족 출신의 가객인 처용은 대중을 사로잡는 매혹적인 목소리로 귀족 사회의 모순을 질타하며 당대의 사회적 모순에 온몸으로 저항한다. 자신의 왕권에 위협을 느낀 헌강왕은 권력을 미끼로 그를 포섭하는 데 성공하고, 변절한 처용은 권력의 단맛에 흠뻑 취해 버린다. 그러다 결국 자신의 아내를 헌강왕에게 빼앗기고 비극적인 최후를 맞게 된다.

이러한 두 개의 이야기 줄거리는 '나'와 '처용'의 인물 성격상의 유사성뿐만 아니라, '나'의 아내와 '희조'의 불륜 관계를 끈으로 하여 연결되어 있다. 처용이 자신의 아내를 헌강왕에게 빼앗기고 나서야 자신의 처지를 분명히 인식하게 되었듯이, '나' 역시 아내와 희조의 불륜을 알아차리고 나서야 비로소 자신을 '서른 살 나이의 처용'으로 인식하게 된다.

'나'가 자각하게 된 자신의 처지란 세상을 바꾸려는 변혁의 열정이 어느덧 가뭇없이 사라졌지만 그렇다고 하여 권력의 핵심부에 흔쾌히 편입되어 현실적인 위치를 차지하지도 못하는, 어정쩡하게 경계선 주위를 맴돌며 무기력하게 살아가는 나약한 지식인의 초상이다. 그러한 무기력의 증후가 바로 과거의 학생운동 동지였던 아내와의 불화이다. 처용이 아내의 불륜의 현장을 목격하고 〈처용가〉를 부르며 체념과 해탈을 시도했듯이, '나' 또한 '하루에 한번쯤은 해탈을 할 나이'라고 생각하며 아내와 '희조'의 불륜 관계를 통해 자신의 현재 모습을 냉정하게 인식하게 된다.

이 작품은 우리 고전문학의 명작인 〈처용가〉와 '처용설화'를 바탕으로, 지식인이란 과연 어떠한 존재인가라는 문제를 심도 있게 분석하고 있다. 더불어 고전 설화를 현재적으로 해석해내는 작가의 상상력이 매우 탁월하여 그 이야기 세계 속으로 독자를 강하게 유인하고 있다.

또한, 처용의 이야기와 '나'의 이야기를 서로 얽어 나가는 구성 기법 역시 빼어나다. 문헌상의 설화를 오늘날의 관점에서 재해석함으로써 묻혀 있던 고전 작품을 보다 생생한 감수성과 깊이 있는 문제 의식으로 의미화하고 있으며, 이러한 고전 작품의 복원 작업을 통해 은폐되어 있던 현대 지식인의 속성을 날카롭게 부각시키고 있다. 나와 아내, 희조, 그리고 문헌 속에 존재하는 처용 등 네 인물을 중심으로 신라시대와 현재, 열망의 1980년대와 환멸의 1990년대를 아우르며 지식인의 존재론적 속성, 권력의 메커니즘 그리고 현대인의 삶의 조건 등을 탐구하고 있는 것이다.

자기를 '처용'과 동일시하며 자신의 현재 처지를 냉철하게 인식하게 된 '나'가 이후 다시금 젊은 날의 열정과 새로운 세계를 향한 의지를 불태우게 될지 아니면 기존의 사회적 구조 속에서 자신의 현실적 위치를 찾아가게 될지는 알 수 없다.

그러나 '길이 시작되자 여행은 끝났다.'는 문구로 흔히 표현되는 소설의 내적 형식에 맞추어 문제 해결의 실마리가 주어지는 곳에서 주인공의 자기 인식 과정이 마무리되고 있다는 점에서 이 소설은 열린 결말을 추구하고 있음을 알 수 있다.

1. 이 작품은 '지식인의 철저한 내면 탐구'라는 평과 '지적 허무주의'라는 평을 동시에 받고 있다. 작품 전체를 읽고 어느 쪽의 평가가 타당한지 생각해 보자.

2. 본문에 나와 있는 희조의 '처용단장'과 아래에 나와 있는 처용설화를 읽고 각자의 관점에서 처용이라는 인물을 재해석해 보자.

신라 제49대 헌강왕 때에는 서울에서 지방까지 집과 담이 연이어져 있고 초가집은 하나도 없었다. 길거리에 풍악이 그치지 않고 비바람도 사철 순조로웠다. 이 때에 대왕이 개운포 (開雲浦)에 놀러 나갔다가 곧 돌아오려고 하면서 물가에서 쉬는데, 문득 짙은 구름과 안개가 끼어 길을 분간하기 어려웠다. 괴이하게 여겨 좌우에 물으니, 일관(日官)이 아뢰기를,

"이는 동해 용왕의 조화이므로 마땅히 용왕을 위해 좋은 일을 하여 그 마음을 풀어 주셔야 합니다."

라고 하였다. 왕은 곧 용을 위하여 근처에 절을 세우도록 명하였다. 왕의 명령이 떨어지자 안개가 걷히고 구름이 개었으므로 개운포라고 이름지었다.

이윽고, 동해 용왕이 기뻐하여 일곱 아들을 데리고 헌강왕 앞에 나와 춤을 추며 용궁 풍악을 아뢰게 했다. 그 때 용왕의 아들 하나가 헌강왕을 따라 서울에 와서 정사를 보좌하였는데

이름을 처용이라 했다.

왕은 처용에게 미녀를 골라 아내를 삼게 하고, 급간(級干) 벼슬을 주어 머물게 했다. 그런데 그의 아내가 매우 아름다웠으므로 역신(疫神)이 흠모하여, 사람의 형상을 꾸며 밤에 몰래 들어와 동침했다. 밖에서 놀다가 밤늦게 돌아온 처용은 그 광경을 지어 노래(처용가)를 부르고 춤을 추며 물러나갔다. 그러나 역신이 감복하여 현형(現形)해서 앞에 꿇으며 말하기를, 이후에는 처용의 얼굴을 그린 그림만 보아도 그 문 안에는 들지 않겠다고 약속했다. 이로 인하여 나라 사람들은 처용의 형상을 문에 붙여 사기(邪氣)를 쫓고 경사(慶事)를 맞는 표시로 삼게 되었다.

— 《삼국유사》

생각의 길잡이

⬇ 1. 이 작품은 '처용설화'의 적극적인 재해석을 통해 지식인의 속성을 날카롭게 분석한 것으로 평가될 수 있고, 결국은 좌절하고 만 지식인의 모습을 그렸다는 점에서 지적 허무주의를 나타낸 것으로도 평가될 수 있다. 고시 합격이 권력에의 투항이라는 것을 작품에서 말하고 있는 점은, 작가의 지식인에 대한 이런 전향에 대한 비판적 시각을 보여준다.

과거 진보운동을 했던 사람들의 변신은 1990년대 김인숙, 공지

영, 김남일 등의 소설에서도 볼 수 있는데, 이들은 지식인의 변모에 고민하거나 그의 과거의 실천에 여전히 의미를 둔다. 반면 김소진은 지식과 권력의 유착을 폭로한다. 하지만 서른 살의 처용의 해탈 행위가 지식인의 정신적 강건함을 나타내는 것인지는 생각해볼 여지가 있다. 이 점이 지적 허무주의와 관련될 수 있을지 모른다. 비판을 어떻게 극복하고자 하는가가 문제시될 수 있기 때문이다. 이 작품은 '나'의 이후 변모 양상을 구체적으로 제시하지 않았다는 점에서 다양한 의미로 해석될 수 있는 열린 의미 구조를 지향하고 있다. 각자의 시각에서 어느 쪽의 평가가 더 타당한지 생각해 보자.

⬆ 2. 고전 작품은 묻혀 있는 자료더미 그 자체로서 의미가 있는 것이 아니라, 오늘의 독자 시각에서 재해석해 현재적 의미를 부각함으로써 그 생명력이 살아날 수 있는 것이다.

학계에서는 '처용'을 보통 사악한 악령을 쫓는 무당으로 해석하고 있다. 김소진의 〈처용단장〉에서는 사회적 모순에 저항하다 결국 좌절하고 만 불우한 지식인으로 재해석하고 있다. 고시 합격이 권력의 양지녘으로의 투항이라는 것, 뻐조새로 비유된 권력의 하수인이 된다는 것을 말하고 있는데, 과거 진보운동에 참여하던 이의 변신은 1990년대의 여러 소설에서도 확인되고 있다.

다른 작가들이 지식인의 변모에 고민하거나 그의 과거의 실천에 여전히 의미를 둔다면, 김소진은 지식인의 이런 전향을 가장 명시적으로 비판하고 있다. 이는 곧 작가가 '문자 이퀄 권력'이라면서 지식과 권력의 유착을 폭로하고, 권력에 편입된 지식인을 거세된 변절자로 힐난한 것이다. 각자의 관점과 상상력을 발휘하여 '처용'이라는 인물의 현재적 의미를 부여해 보자.

박 범 신

내 기타는
죄가 많아요, 어머니

이 소설은 문학을 위해 정열을 바쳤던 삶을 돌이켜보면서,
자신의 부정적인 면모를 타인에게 투사하여 객관적으로 반성해 보고 있는
작품이다. 그러므로 부정적인 인물은 실상은 자신의 분신으로서,
문학을 추구하기 위해 고난과 가난에 굴하지 않으면서도 참된 문학의
도달에는 거리가 있음을 드러내기 위한 수단임을 이해할 필요가 있다.
아울러 그 과정과 결말에서 보이는 허무주의적 색채를 대비해 보면서
이 작품의 주인공이 진정으로 추구하는 삶의 보람과 목표는
무엇인지 생각해 보자.

내 기타는 죄가 많아요, 어머니

정오쯤 그 전화가 걸려왔다. 잔뜩 쉰 목소리였다. 우리 가설반에서 벌써 두 번이나 다녀왔지만, 그 번지는 찾을 수가 없었어요. 도대체 어떻게 된 겁니까. 남자는 짜증스럽게 말했다. 짜증을 부려야 할 사람은 내 쪽인데 쉰 목소리가 짜증을 내고 있었다. 난 댁이 무슨 말을 하는지 전혀 못 알아듣겠소…… 라고 이번엔 내가 말했다. 전화국 직원의 말을 요약하건대, 몇몇국 몇몇몇번 전화가 이전돼 와서 이전 주소지를 찾았으나 그런 번지가 없었으며, 그 몇몇국 몇몇몇번의 전화는 내 이름과 주민등록번호로 청약된 전화일 뿐 아니라 이전 신청을 하기 전 이미 전화 요금이 백오십여만 원이나 밀려 있다는 것이었다. 그야말로 아닌 밤중의 홍두깨였다. 그런 전화를 신청한 적이 없소…… 라고 난 냉랭하게 말했다. 열한시나 돼서 일어났으므로 아침 겸 점심을 먹을 요량으로 막 찌개를 데워 식탁에 올려놓은 뒤끝이었다. 찌개가 다시 식고 있어 나는 화가 났다. 그럴리가요. 쉰 목소리는 그러나 쉽게 내 말을 수긍하지 않았다. 이 전화가 처음 청약된 것은 칠십팔년이었습니다. 그 시절은 인감증명까지 첨부해야 전화를 청약할 수 있었어요. 그때 쓰시다가 남한테 인계하면서 명의 변경을 안 하셨나 본데, 그렇다고 해도 미납된 요금은 최종적으로 청약자가 내야 합니다. 전화를 더 안 쓰시려면 미납 요금을 완납하고 해약하십시오. 쉰 목소리는 내 대답을 들을 것도 없다는 듯 일방적으로 말하고 찰칵 수화기를 내려놓았다. 찌개는 이미 식어 있었다. 나는 화가 나서 찌개가 담긴 냄비 뚜껑을 탁 닫아버렸다.

처음에 나는 문제를 별로 심각하게 받아들이지 않았다. 세상에 청약하지도 쓰지도 않은 전화 때문에 내가 왜 다 식어버린 찌개를 먹어야 하는가. 그러나 전화국에서 보낸 요금 납부 독촉장을 받았을 때, 식어버린 찌개의 문제에서 일이 끝나지 않으리란 예감을 나는 했다. 게다가 한국통신이 아닌 데이콤에서 보낸 고지서까지 곧 날아왔는데 미납금이 백여만 원이나 되었다. 데이콤의 고지서에는 언제언제까지 납부하지 않으면 신용불량자로 등재할 것이며, 신용 거래가 중지될 것을 원하지 않는다면 조속히 요금을 납부하라는 경고도 첨부되어 있었다. 내 주소지를 추적하는 동안 요금 미납에 대한 법적 처리가 신속하게 진행돼 왔던 모양이었다. 미납 요금은 양쪽을 합해 이백오십만 원이 넘었다.

어떡해요. 당신이 전화국에 좀 가봐요.

아내가 내 눈치를 살피며 말했다.

아무 잘못도 없이 내가 왜 거기까지 가야 돼…… 라고, 나는 빽 소리를 내질렀다. 칠십팔년이라면 내가 홍제동 언덕빼기 무허가 블록집에서 전세를 살 때였다. 방 두 칸에 연탄 때는 재래식 부엌이 딸린 기와집이었는데, 시세가 싼데다가 주인 간섭 없는 단독이란 이점에 끌려 얻어들긴 했지만, 블록 한 겹으로 쌓아올려 지은 날림집이라서 말이 기와집이지 불편한 게 한두 가지가 아니었다. 재래식 부엌이라거나, 연탄 창고로 쓰는 반지하실이 툇마루 밑을 기다시피 해서 출입하도록 되어 있다거나, 연탄 한 장도 비싼 배달료를 얹어 사야 되는 산동네라거나 하는 건 그렇다치더라도, 블록벽이 쩍쩍 갈라져, 신문지를 여러 겹 바르고 벽지로 도배를 했을망정 온갖 황소구멍 사이로 스며드는 한겨울의 냉기만은 정말 참을 수 없었다. 아내가 여지껏 무릎 관절이 시원하지 않은 것도 미상불 그 집에서 살 때 바람이 들었기 때문일 터였다. 그런데 돼지우리에 주석자물쇠 격이지, 전화를 청약할 돈이 어디 있었겠는가. 그 때만 해도 전화라는 게 재산 목록의 상위에 랭크될 때였고, 일이 그러한 바, 아무리 기억을 쥐어짜 봐도 내가 전화 청약을 했을 리는 만무했다. 보지도 듣지도 못하고 더구나 사용한 적이 전혀 없는 전화 때문에 시절 좋은 이 봄날에 낯선 전화국까지 내 발로 찾아간다는 것은 아무리 생각해도 어불성설이 아닐 수 없었다.

그렇지만, 일은 간단하지 않았다.

독촉장이 두어 번 날아오다가 급기야는 내가 현재 쓰고 있는 두 대의 전화에 대한 가압류가 들어온 것이었다. 아울러 가압류 통고장엔 미납 요금을 납입시키기 위한 더 강도 높은 법적 조치를 취하겠다는 경고장까지 붙어 있었다. 나는 그때 막 이백여 매짜리 소설 한 편을 잡지에 보낸 다음이었다. 한 달여에 걸쳐 매일밤 피 투성이가 되는 기분으로 간신히 탈고한 소설이었다. 도대체 소설 이라는 게 뭔지, 벌써 삼십여 년을 써왔으면서 매번 이렇게 골수 까지 쏘옥 빼내는 기분이 드니 참으로 처참한 노릇이 아닐 수 없 었다. 쭉정이만 남은 듯 앉아 있는데 아내 한다는 말이 이번 쓴 소 설의 고료 받으면 세탁기 하나 바꾸자고 했다. 이백여 매 고료라 고 해봤자 세탁기 하나 값이 채 되지 않을 터였다. 내 전화기에 대 한 가압류 통지서가 배달돼 온 것이 그런 때였다. 너무 화가 나서 통지서를 쥔 손이 부르르 떨릴 정도였다. 감히 가압류라니, 평생 누구한테 십 원 한 장 빌려본 적 없이 살아온 내게, 내 전화기에 가압류라니, 도저히 용납할 수 없는 일이었다. 하지만 전화국에선 내 분노 따위엔 전혀 신경을 쓰지 않았다. 그들은 내가 그 전화를 청약해 놓고도 오리발을 내민다고 믿는 눈치였다. 최소한, 내가 최근에 사용한 것은 아닐지라도 칠십팔년 그때, 인감증명까지 첨 부하던 시절이니, 전화를 청약했거나 청약하도록 명의는 빌려준 게 확실하다는 것이었다.

그 사람 짓이 틀림없어요.

전화국에 다녀온 아내가 다짜고짜 말했다.

그 사람이라니, 누구?

아, 여기 좀 봐요. 이 기록에…… 큰산철학관이라고 나와 있는 걸요. 아내가 가져온 자료엔 그 번호의 전화가 최근 삼 년 간 어떤 주소 어떤 상호로 이전돼 왔는지 자세히 기록되어 있었다. 전화요 금이 체납된 지난해 정월부터 올해 일월 사이, 문제의 전화가 설 치돼 있었다고 기록된 주소는 성북구 돈암동이었고 상호는 큰산철학관이었다. 알 만한 사람 중 철학관을 운영하는 사람은 없었다. 참, 당신도 형광등이시네. 큰산을 보고도 몰라요. 큰산요, 큰산. 아이고오, 대산 말예요, 우대산 씨요.

우…… 우, 대, 산.

깜박거리던 기억이 불시에 환해졌다.

그렇구나…… 라고 나는 입 속으로 중얼거렸다. 어찌 우대산을 생각하지 못했을까. 칠십팔년이라면 우대산이 명일동에서 부동산업을 할 때였다. 명일동 일대가 신흥 아파트 단지로 한창 개발될 때였고, 바람같이 살던 우대산이 삐까번쩍한 자가용을 처음으로 몰고 다닐 무렵이었다. 세상 별거 없어. 맘 먹으면 팔자 뒤집는 거, 그거 여반장이라구. 내가 사는 산동네 어귀에 검은색 반지르르한 자가용을 대놓고 그가 했던 말이었다. 깜박거리던 기억의 불씨가 일시에 밝아지고 나자 까맣게 잊고 있던 것들이 속속 되살아나 균형을 잡았다. 그는 비로드·양복을 즐겨 입었고 어디서 구했는지 굽 높은 외제구두를 신었으며 어떤 날은 멋진 바바리 코트에 중절모까지 쓰고 나타나곤 했다. 산동네 어귀에 그의 자가용이 나타나면 콧물은 말라붙고 손톱 밑이 까만 조무래기들이 떼지어 몰려들었다. 얼마나 반질반질 왁스를 먹여 닦았는지 검은색 차인데도 조무래기들이 손을 대면 유리창이든 보닛이든 지붕이든 상처자국처럼 손자국이 남곤 했다. 내가 그것이 민망해 애들에게 손짓을 하면, 놔둬. 차야 또 닦으면 되는 걸 뭐…… 내게 말하고, 얘들아, 괜찮으니까 만져봐, 만져보라구. 차는 말야, 이러엏게, 여자 허벅지 쓰다듬듯 쓰다듬어 보는 거야, 촉감이 좋지 않니…… 라고 조무래기들에게 덧붙여 생색을 냈다. 그는 그 산동네 우리 집에 올 때 언제나 과일을 바구니째 사들고 오거나 장미꽃을 한아름씩 사들고 왔다. 형은 걱정말고 글이나 열심히 써…… 라는 말도 그는 잊지 않았다. 글쟁이야 가난할 수밖에 없다잖아. 돈은 내가 벌 거야. 멋진 집필실도 만들어 줄게. 그냥, 말하자면, 학처럼 살라구. 동갑에 겨우 생일만 삼 개월이 늦을 뿐인데도 그는 꼭꼭 나를 형이라고 불렀고, 아주 터놓고 반말하는 법도 없었다. 무명이었지만 작가로 살아가는 내게 대한 외경감 때문이라 했다. 그의 꿈은 음반 회사를 차리는 것이었다. 넌 연주자나 가수가 되고 싶어했잖아…… 라고 내가 반문하자, 난 있지, 재능도 없으면서 끝까지 예술의 길을 걷겠다는 자들이 젤 미친놈들이라고 생각해. 나도 물론 미친놈이 될 뻔했지. 그치만 인제 안다구. 내 자신은, 세상이 날 알아주지 않는 게 아니라 재능이 없다는 걸 이미 알고 있거든. 그래서 음악적 재능은 있으나 돈 없는 젊은애들, 뒤 밀어주고 싶다구. 재능을 키우고 싶다구. 재능의 아버지가 되고 싶다구. 한두 건만 큰 거 성사하면 음반 회사를 차릴 거야, 세계적인 음반 회사. 그땐 형도 있지, 우리 애들, 빛나는 재능의 나무들, 가사도 좀 써주고 그래…… 하고 말했다. 큰 거 한두 건이 언제 성사될는지는 물론, 미지수였다. 서부시대의 사나이들이 그랬듯이, 너나없이 눈에 핏발 세우고 큰 거 한두 건, 노다지를 쫓아 와아, 이리 몰리고 저리 엎어지고 하던 시절이었다. 나는 월급 팔만 원짜리 중학교 국어선생에 애들 셋과 아버지까지 여섯 식구의 생계를 걸고 있었다. 큰 거 한두 건은 강 건너 불이었다. 홍제동 산동네에서 불광동 학교까지 일곱 정류장이나 되는 거리를 버스비 아끼려고 걸어다니면서도 큰 거 한두 건을 꿈꾼 적은 없었고, 그렇다고 큰 거 한두 건을 쫓아 달려가는 세속을 탓하지도 않았다. 그게 소문이든 어쨌든, 큰 거 한두 건이 있다고 한다면 얼마나 살맛나는 세상이냐 하면서, 사당패 구경하듯이, 그것도 울 밖에서, 세상의 불타는 중심을 행복하고도 천진하게 바라보았던 것이다.

첨부터 그 사람인 줄 난 짐작했어요.

아내는 분해 죽겠다는 얼굴인데, 나는 웃음이 나왔다. 웃음이 나와요. 이 마당에…… 라고 아내가 내게 종주먹을 들이대었다. 평생 당신하곤 악연인 사람이라구요. 뭐 한 가지 득보는 게 있어야지요. 나는 허허 웃었다. 큰산철학관이라고 해서 그 친구가 내 이름의 전화를 썼다는 결정적인 증거가 되는 건 아니잖아…… 내가 말했고, 아이구우, 이이가 또 두둔하고 나오네, 암튼 이번엔 꼭 잡아야 돼요, 잡아서 혼내줘야 한다구요, 고발을 해서 옥살이를 시키든지…… 아내가 대꾸했고, 허어, 무슨 악담을 그리 하누, 증거도 없으면서, 그 친구가 철학관이라니, 아무려면 철학관을 했을까 뭐…… 라고 내가 덧붙였다. 그냥 철학관이 아니라 초, 특, 대 철학관이라도 할 사람이에요. 철학관 간판 걸어놓고 점만 보고 있었겠어요. 뭔가 사기를 쳤겠지. 그나저나 당신 이름으로 사기친 게 또 있으면 어떡해요. 아내는 울상을 하고 발을 동동 굴렀다. 내가 그를 마지막으로 만났던 것은 팔십년대 언필칭 6·29 선언이 나오기 직전이었다. 시위대와 경찰이 밀고 밀리던 신세계백화점 부근의 남산길 어느 갈림길에서 딱 마주친 게 바로 그 친구 우대산이었다. 그는 삐에로처럼 흰 양복에 백구두를 신고 있었다. 최루가스로 눈물 콧물을 많이 흘렸는지 눈과 코끝이 벌겋고 머리는 산발을 했는데 흰 저고리에 백구두라니, 오랜만에 딱 부딪쳤는데도 안부를 물을 새 없이 웃음이 먼저 나왔다. 도망치다가 함께 집회를 보러 가자고 나왔던 동료 작가를 잃어버린 뒤여서 나도 혼자였고 그도 혼자였다. 그런 차림으로 시위하러 나온 거야, 지금? 내가 물었고, 이렇게 입고 있음 경찰한테 걸려도 그냥 보내주거든…… 그가 대답했다. 웬 시위냐니까, 민주화를 위한 투쟁인데 할 사람 안 할 사람이 어디 있느냐…… 그는 자못 섭섭한 표정을 지었다. 따져보면 원수 외나무 다리에서 만난 형국인데도 나는 지난 일에 대해선 아무 말도 하지 않았다. 어디서 뭘 하고 지내느냐고 묻자 그는 뜻밖에 겸연쩍은 얼굴이 되어, 무어, 그냥 두어 가지 사업을 하고 있어…… 라고 말했다. 그는 두 가지 명함을 내게 주었다. 하나는 지물포 명함이었고, 하나는 카페 명함이었다. 카페는 심심풀이삼아 하는 거야. 전자오르간 한 대 놓고 좋은 사람들 만나면 노래하고 놀고 그래. 지물포가 진짜야. 말이 지물포지 인테리어도 해주고 있어. 밥은 먹어. 직접 도배도 하고? 사람이 달리면 사장이라도 나가야지 뭐. 나 이래봬도 도배 끝내줘. 기술자라구. 기술자라는 말에 난 공연히 감동이 느껴져서 선뜻 그의 손을 잡았다. 바람 같은 세월을 사심없이 접고, 이 최루탄 독가스 가득 찬 세상 한귀퉁이에서 그가 마침내 돌아와 생활인이 되었구나, 생각했던 것이었다. 가끔 형의 소설을 읽고 있어. 슬픈 것만 쓰대. 그가 마지막으로 한 말이었다. 내가 오랜만인데 소주라도 한잔 나누자고 하자 그는 내게 잡힌 손을 빼면서, 동지들이 기다릴 거야…… 뒤에, 슬픈 것만 쓰대…… 덧붙이고 황황히 골목 밖으로 걸어나갔다. 여전히 큰 키, 반듯한 어깨, 턱을 좀 치켜든 듯한 자세였지만 적요한 빈 골목을 걸어나갈 때, 그의 뒷모습은, 휑 열린

빈 수수깡 같았다. 바쁜 핑계로 차일피일 미루다가 두어 달 후 명함에 박힌 전화번호로 전화를 했을 땐 이미 주인이 바뀐 다음이었다. 지물포의 새 주인은 전 주인 이름이 우대산이 아니라고 했다. 키 큰 것은 맞소만 우씨가 아니라 정씨였소. 어찌되는 사이요? 나도 그자를 시방 찾고 있는데. 카페의 새 주인은 한술 더 떠서 내가 마치 그와 한 패거리라도 되는 양 말꼬리에 칼을 달았다. 사술을 발휘해 가게를 넘기고 잠적한 모양이었다.

이번에 붙잡으면 예전 그 돈도 받아내요.

아내는 전사처럼 팔을 들었다가 놓았다.

쓸데없는 소리 하고 있네. 아, 그 일은 없었던 걸로 하자고 당신이 먼저 말했잖아.

떼먹고 떨어지라는 뜻이었잖아요.

떼먹고 떨어져?

악연이니까요. 앞으로 더 큰 피해를 입힐 사람이니 그 돈 삼백만 원 먹고 끊어지면, 인연 끊는 값으로 치고 잊어버리자고, 당신 위로하려고 한 소리였다구요. 그전에도 크고 작은 피해가 어디 한두 가지였어요.

크고 작은 무슨 피해?

이것만 해도요, 이거…… 라고 말하며 아내가 탁자 위의 재떨이를 가리켰다. 오래 묵은 듯한 청자 모양의 접시였다. 그때 우리가 얼마나 어렵게 살았는데, 세상에 벼룩의 간을 내먹지. 뭐, 신안 앞바다에서 출토된 보물? 나는 또다시 허허 웃었다. 신안 앞바다에서 출토된 것으로 남몰래 동료 문인에게 팔아달라며 접시며 청자 항아리 두어 개를 그가 들고 온 것이 언제였던가. 동료 문인을 소개하긴 뭣해서 접시 하나에 오만 원인가 얼마인가, 그 때로선 내게 금쪽 같은 돈을 주고 받아둔 일을 아내는 용하게 잊지 않고 있었다. 아내는 그게 정말 신안 앞바다에서 출토된 송대(宋代)의 유물인가 하고 재작년 인사동에 들고 갔다온 적이 있는데, 나 혼자 예상했던 대로 가짜였다. 이번에도 당신이 어물쩡 넘기면 앞으로도 평생 별 해괴한 일이 다 생길 거예요. 이참에 아예 붙잡아서 우리한테 사기친 삼백만 원까지 받아내라구요. 그때 삼백만 원이면 얼마나 큰 돈인데.

그거야 뭐, 우리도 더 벌자고 덤빈 건데.

덤비긴 누가 덤벼…… 라고, 아내는 단번에 잔뜩 독이 올라 눈을 하얗게 흘겼다. 하긴 칠십년대 말에 삼백만 원이면 미상불 적은 돈이 아니었다. 산동네 블록집에 살면서 먹을 거 못 먹고 입을 거 못 입고, 오로지 갖고 싶은 한 가지, 문패 턱 걸 내 집 장만을 위해 아내가 모았던 눈물겨운 돈이었다. 투자만 했다 하면 적어도 일 년 이내 두 배 이상 오를 상가 하나 있는데, 셋집 전전하며 이 고생 그만 하고 부디 삼백만 원만 손에 쥐어달라는 반복된 꾐에 그만 빠지고 만 것이었다. 의도적인 꾐이었을까, 생각하면 여지껏 그 점은 분명하지 않았다. 신축중인 시장 건물에 투자를 그가 하긴 했는데 기초 공사 끝낸 시장 건물에 여러 사단이 붙어 그만 투자액 전부를 못 건졌으니까.

에이구우, 그러니까 당신은 예나 이제나 백면서생이란 소리를 듣지…… 라고, 아내가 내 말에 오금을 콕 박았다. 애당초 투자한 것도 아니었다구요. 사기꾼들이 득실거리는 그 판에 자기도 한 다리 끼여 놀다가 돈 떼먹고 도망간 주제에 투자는 무슨.

그렇지 않아.

나는 진지하게 도리질을 했다.

그 친구 사기를 치긴 쳤지만, 나한텐 진정이 있었어. 그 시장 건물만 해도 잘못됐으니까 그렇지 잘 됐더라면 정말 돈을 배로 불려주었을 거야. 나한테만은, 진짜, 진짜로 달랐다니까.

이 전화요금 미납은 어떡하고요?

그 친구가 아닐 거라잖아. 만약 그 친구라면 그만한 사정이 있을 것이고…… 나는 어정쩡하게 대답했다. 칠십팔년에 개설된 전화라면 내 심중에도 십중팔구 그 친구 짓이겠구나 싶기는 했다. 아마 무슨 핑계를 대고 주민등록 등본이나 인감증명 따위를 떼어달라고 했을 것이었다. 무엇보다도 이십여 년이나 끈질기고 교묘하게 내 이름 그대로 수많은 설치 장소를 끌고 다닌 것만 봐도 그랬다. 마지막 요금이 체납되기 직전까지, 전화요금은 꼬박꼬박 내면서 누가 내 도장까지 파들고 다니며 계속 그 명의의 전화를 굳이 사용하겠는가. 그라면, 특별한 어떤 의도가 있어서가 아닐망정 그 특유의 비뚤어진 호사 취미, 혹은 자기 신분에 대한 끝없는 불안감 때문이라도 소설가 아무개라는 이름을 교묘히 끌고 다닐 만했다.

나는 담배를 비벼 껐다.

군데군데 닳아빠진 티가 나는 청자 재떨이는, 말인즉 가짜라지만, 보면 볼수록 풍상을 오래 견뎌낸 고풍스러운 의지와 소박한 절제미가 담겨 있어 보였다. 신안 앞바다에서 몰래 건져낸 송대의 유물인가 아닌가는 이제 내게 아무 문제도 되지 않았다. 나는 이십여 년이나 그것을 재떨이로 썼고, 그것은 나의 담뱃재를 이십여 년이나 묵묵히 받아내고 있었다. 이 재떨이가 왜 가짜라는 거야…… 라고 나는 무심결에 아내에게 말했다. 아내가 발끈해진 눈빛이 되어, 아 인사동에 내가 들고 가 감정을 해봤잖아요…… 라고 대답했고, 감정사라는 사람의 말은 뭘로 믿누…… 내가 대꾸했다. 나와 재떨이의 관계에서 재떨이는 진짜였는데, 아내는 한사코 감정사를 등에 업고 그것을 부정하려 하고 있었다. 더구나 재떨이로 쓰는 청자가 가짜라고 해도 그것만으로 그가 내게 사기를 쳤다고 단정할 수는 없었다. 끝없이 작은 속임수를 교묘히 창안해 내면서도 어떤 한구석엔 바보라고 할 만큼 천진한 구석이 깃들어 있는 그의 양면성을 고려해보면 더욱 그랬다. 아마도 그 자신부터이 청자 재떨이가 송대의 유물이므로 갖고 있으면 도움이 될 거라고 굳게 믿고서 다른 누가 아닌, 바로 가난했던 내게 들고 왔던 것일지도 몰랐다.

가짜가 아니면.

아내가 말했다.

당신은 왜 첨부터 이걸 재떨이로 썼어요? 재떨이로 쓸 때부터 당신 머릿속엔 가짜다, 이렇게 생각했던 거라구요. 내가 뭐 그만한 눈치도 없는 줄 아세요. 신안 앞바다 보물였어봐요. 진열장 안에 정중히 모셨을 텐데.

그랬을까, 내가…….

나는 애매한 표정으로 고개를 갸웃했다.

아무튼 다음날부터 나는 그를 은밀히 찾아나섰다. 체납된 전화요금을 꼭 받아내야 한다거나, 다시는 이런 피해를 입히지 않도록 아내의 말대로 붙잡아 혼쭐을 내야겠다거나 하는 생각은 애당초 없었다. 마지막 두 달 치 전화요금을 체납했다면 어차피 그에겐 그만한 돈이 없을 터였다. 아니 돈 문제보다도, 이십여 년이나 유지해 온 소설가 아무개의 이름 하나를 단지 전화요금을 낼 수 없는 환경 때문에 자신의 신분 한귀퉁이에서 떼어낼 수밖에 없었을 때, 그는 얼마나 마음이 아팠을까. 그러므로, 굳이 그를 찾아나선 이유를 대라고 한다면, 그가 내게 오만 원을 받고 넘긴 내 청자 재떨이, 이십여 년 동안 내 담뱃재를 말없이 받아준, 묵어 정답고 진짜인 듯 가짜인, 사실의 세계로 불리지만 알고 보면 또 결국 추상인 이미지에 대한 나의 소박한 그리움 때문이었다.

나는 먼저 아는 파출소를 찾아갔다.

그의 주민등록번호는 물론 알 수 없었다. 내가 아는 것은 그의 고향과 그의 이름과 그의 생년월일 정도였다. 소장은 그 정도의 정보라면 충분히 찾을 수 있다고 장담부터 했다. 그러나 컴퓨터 모니터에 떠오른 우대산이라는 이름 중 그와 생년생월이 같은 사람은 아무도 없었다. 생년생월은 고사하고 본적이 같은 사람도 없었으며, 가장 가까운 나이가 여섯 살이나 차이가 났다. 없는데. 주민등록이 말소됐거나 이민을 갔거나 한 게야. 파출소장은 미안한 얼굴이 돼서 말했다. 전국역술인협회로 문의를 해봐도 오리무중인 것은 마찬가지였다.

큰산철학관은 등록된 적이 없는 이름이에요.

역술인협회 여직원이 또렷이 말해 주었다.

예전에 그와 함께 부동산업을 하던 몇몇 사람이 떠오르긴 했지만 이름 석 자도 분명하지 않으니 헛일이었다. 내가 아는 바 그는 고등학교 일학년 중퇴자였다. 그의 근황을 알 만한 학교 친구들을 찾아보는 수밖에 없었다. 애당초 그를 내게 소개했던 친구는 이미 오래 전 연탄가스 중독으로 사망했기 때문에 다른 인맥을 수소문해야 했다. 그가 다닌 중·고교는 내가 다닌 학교와 인접해 있어서 그를 알 만한 사람 몇몇을 찾아내는 건 어려운 일이 아니었다.

아무도 연락처를 아는 사람이 없을걸요.

그와 친했다는 어떤 이는 시큰둥하게 대답했다. 그는 동창회에 나온 적도 없었고, 가까웠던 친구들과 연락을 끊고 산 지가 오래됐다는 것이었다. 제가 무슨 낯짝으로 동창회에 나오겠어요……라고, 또 어떤 사람은 노골적으로 불쾌한 표정을 지으며 말했다. 가까웠던 친구들은 이미 오래 전에 너나없이 작고 큰 피해를 본 모양이었다.

사기를 많이 쳤나보죠?

내가 물었고, 사기도 좀 친 것은 사실이지만 그거야 뭐 그렇다고 하더라도…… 라고, 그와 학교 때 유난히 친했다는 외과의사는 말꼬리를 흐렸다. 다른 일도 있었나보군요. 내가 또 말했다.

있었지요.

외과의사는 한숨을 쉬었다.

건축업 하던 친구가 팔십년대 중반인가 교통사고로 죽었지요. 늦장가를 든 친구였는데 부인이 젊고 이뻤어요. 늦게 얻은 어린애가 둘 있었다고 했다. 그는 그 무렵에 이미 이것저것 작고 큰 죄가 많아 동창사회에 전혀 나타나지 못하는 처지였지만, 학교 시절 비교적 가까웠던 친구가 객사한 걸 듣곤, 비통함에 이끌려 불문곡직 상가로 찾아왔나 보았다. 사흘장이었는데요…… 외과의사는 계속 말했다. 장례가 끝날 때까지 한시도 거길 안 떠나고 온갖 궂은 일을 앞서 했어요. 비통해하는 것은 더더욱 말할 것도 없고요. 대산이 그 친구, 그런 진정만은 거짓이 아닌 놈이거든요. 기왕에 피해를 당했던 다른 친구들도 그것을 보곤 이러쿵저러쿵 과거지사를 따져묻지 못했어요. 그런데 문제는 장례 후였다. 미망인을 도와준다고 번번이 그 집을 출입하면서 고단한 사고처리 보상에 관계된 일을 대행하다시피 했는데, 그 과정에서 그가 나쁜 마음을 먹고 있다고 의심하는 친구들이 많았나보았다. 글쎄 여관에서 그 부인과 함께 나오는 걸 보았다는 사람도 있다지만 내가 직접 들은 적은 없어요. 암튼, 부인은 몇 달 후 사망 보상금으로 낙원상가에서 악기점을 차렸다가 망해먹고 말았는데요, 다들 대산이가 계획적으로, 그러니까 처음부터 보상금을 노리고 접근해 빼먹었다고 알고 있지요. 그 때쯤 인테리어 사무실인가 지물폰가 뭐 그런 가게를 냈다고 들었어요. 악기점을 내준다 어쩐다, 보상금을 교묘히 빼돌려 제 가게를 차렸다, 뭐 스토리가 그래요. 이쪽 동네에서 완전히 파문당할밖에요. 그 후론 여직껏 한 번도 연락이 없었어요.

계획적이라는 거, 그거 오해 아닐까요?

글쎄요…… 라고 말하며 외과의사는 고개를 갸웃갸웃했다. 나도 그 생각을 안 해본 건 아니에요. 예전에도 그 친구 자주 그런 말을 했거든요. 자신은 남을 위해 무슨 일을 하면 꼭 결과가 나쁘다고요. 자기 진정이 매양 곡해되니 사람 환장하겠다고요. 중학교 때였는데요, 한번은 그 친구가 시내 동물병원 앞에서 죽은 개를 안고 막 어린애처럼 울고 있는 걸 봤어요. 외과의사는 그 대목에서부터 몹시 우울한 표정을 했다. 마치 자신이 수술을 집도한 환자가 죽어버렸을 때처럼. 중학생인 그가 엉엉 울고 있었던 것은 단순히 키우던 강아지가 죽어서만이 아니었다고 했다. 처음 강아지 한 마리를 구해왔을 때 그의 어머니는 그에게 강아지를 묶어 길러야 사나워진다고 말했던가 보았다. 그렇지만 어린 강아지가 불과 이 미터밖에 안 되는 쇠줄에 묶여 하루종일 제자리만 뱅뱅 도는 것을 그는 도저히 볼 수 없었다. 그의 어머니는 강신무(降神巫)였다. 어머니가 굿을 하러 출타하고 나면 그는 달려가 강아지를 풀어 대문 밖에 놓아 주었다. 그 강아지는 결국 급성장염으로 죽었나봐요…… 라고, 외과의사는 이마의 땀을 닦으며 말을 이었다. 어린 걸 대문 밖에 풀어놓으니까 아무거나 주워먹을 건 뻔한 이치고요. 강아지가 장염 걸리면 못 살리잖아요. 어머니한테 굉장히 혼이 났지요. 네가 풀어놔서 강아지를 죽였다고. 풀어놓는 것만이 사랑인 줄 아냐고요. 그리고 얼마 후 또 강아지를 한 마리 샀대요. 그 친구, 동물 좀 좋아해요? 이번엔 어머니 말을 들었다. 그의 집은 마당이 거의 없었고, 그나마 시멘트로 바른 손바닥만한 공간뿐이었다. 어린 강아지는 쇠줄에 묶여 시멘트 바닥에 똥과 오줌을 쌌다. 강아지가 답답해서 끙끙거리면 너무나 가슴이 아팠지만 그는 이제 강아지를 바르게 사랑하는 방법을 터득했으므로 결코 풀어주는 법이 없었다. 바로 그 강아지가 죽을병이 또 든 거죠. 수의사는 그에게 말하기를 어린 강아지를 시멘트 위에서만 살게 했으니 병에 걸릴 수밖에 없었다고요. 가끔이라도 풀어주지 그랬냐고요. 대체 뭐가 진짠지, 사랑인지 모르겠다면서, 죽은 개를 안고 울던 모습이 눈에 선하네요. 외과의사는 거기까지 말하곤 완전히 지친 얼굴이 되어 눈을 꼭 감았다.

봄이 무르익고 있었다.

파릇파릇한 새순이 힘 있게 돋아나는 가로수 그늘에서 나는 한참 동안 막막한 기분으로 서 있었다. 기억의 촉수는 삼십여 년 저너머로 뻗어 있었다. 악기상들이 몰려 있는 낙원상가 쪽으로 가는 길이었다. 육십년대의 내 젊은날을 돌이켜보면, 언제나 마음에 꽉차오르는 것은, 그 때의 내가 머무르고 또 떠났던 부랑의 동굴들, 남루하고 쓸쓸했던 나의 어둠침침한 방들과 어느 방에서든, 때론 좁고 때론 넓은 창 위로 솟아오른 벗은 나뭇가지 끝마다 불의 섬광에 눈뜨고서 파릇파릇, 삐죽삐죽, 상처받기 쉬우나 힘찬 자아들이 솟아오르는 걸 보았던 순간들에 대한 추상적 집합이었다. 마장동 청계천변, 루핑을 얹은 판잣집의 '칼방'에도 그런 창이 하나 있었다. 한쪽 면은 길고 다른 한쪽 면은 너무 좁아서 두 사람이 누우면 꽉 차버리고 마는 그 방을 나는 칼방이라 불렀다. 삼세끼를 모조리 굶는 날도 자주 있었다. 말수 적고 눈은 깊었으며 머리숱만 많았던 청년은, 어느 땐 하루 온종일 어둠침침한 칼방에 누워, 환풍기만한 창 가득, 미루나무 가지마다 파릇파릇한 새순의 섬광이 얹히는 것만을 바라보았다. 봄이면, 하루가 다르게 파죽지세로 번져가는 점령군 같은 그 섬광과 밤낮 어두컴컴할 뿐인 내 칼방 속의 자아 사이……. 나는 몸서리를 쳤었던가. 글쓰기는 처음의 내겐 온통 그 거리의 문제였다. 어두컴컴한 여기와 빛나는 저기 사이에 엎디어 나는 매일 시를 썼다. 글쓰기와 나의 관계가 평생을 관통하여 끈질기고도 잔인하게 계속되리라는 예감을 그때의 나는 이미 충분히 받아안고 있었다. 잔혹하고 날카로운 내 사랑은 날로 깊어갔다. 다만 나는 스물 몇 살이 되었으면서도 세상에서 아직 너무 먼 거리에 있었고, 그 먼 거리를, 나만 아는 암호를 따라 나만 아는 길로 위태롭게 넘나들고 있었다. 그 사이로 슬그머니 끼여든 것이 바로 그, 우대산이었다.

기차방이네.

내 방에 처음 온 날 그는 말했다.

내가 칼이라고 불렀던 것을 그는 기차라고 불렀다. 그는 아무것도 든 것 없이 헐렁한 스즈키 차림으로 내 방의 문턱을 쑥 넘어 들어오더니 라면 없어…… 라고 말했다. 내가 고등학교를 마친 익산시에서 친구의 소개로 두어 번 만난 일밖에 없던 친구였다. 반말을 쓰는 것만도 어색할 정도로 별 관계가 없는 사람이 마장동 귀퉁이까지 밤중에 찾아온 것도 신기했고, 들어오자마자 라면 없느냐, 먹을 것부터 찾는 것도 신기했다. 이건 숫제 뭐, 굶고 사는 인생이네. 라면이 없다니까 휑하니 나가서 라면 두 개를 금방 사들고 들어온 그가 말했다. 그는 라면을 연탄불에 끓여 후지럭후지럭 먹었다.

시골에 있는 줄 알았는데?

올라왔어. 기차 타고. 영장이 나왔더라구. 난 있지, 군대 가는 거 정말 싫어. 그래서 영장 받고 냅다 도망온 거야.

기피자로 어떻게 살아, 대한민국에서?

앞으로 걱정 마…… 라고 그는 동문서답을 했다. 때없이 굶는 눈치인데 앞으로는 걱정 말라구. 라면 하나만이라도 콱콱 채워놓고 살게 해줄게. 하루나 이틀쯤 지나면 갈까 했는데 일주일 열흘이 가도 떠날 기색을 보이지 않았다. 터무니없는 찰거머리였지만 그렇다고 가달라고 말할 수도 없었다. 방이 좁은 건 참을 수 있었지만, 참을 수 없는 것은 굶주림이었다. 혼자 굶던 걸 둘이서 함께 굶었다. 좋은 날이 온다구. 두고 봐. 형은 시를 쓰니까 어차피 돈은 못 벌 거고. 그치만 난 달라. 한번 뜨면 팔자 확 뒤집히는 거야. 라면을 꽉꽉 채워놓기는커녕 시내로 나갈 버스비도 없는 게 이내 판명났는데도 그는 굶고 누워서 곧잘 호기롭게 말하곤 했다. 가수가 그의 꿈이었다. 본래는 피아니스트가 되려고 했는데 환경이 따라주지 않으니 일단 가수로서, 단숨에 붕 떠올라 세상의 중심에 서겠다는 것이었다. 다행히, 때맞추어 나는 월급 구천 원을 받기로 하고 선배의 소개로 어떤 대중잡지에 취직을 하게 되었다. 주간지도 없었고 여성지도 거의 없었기 때문에, 육십년대는 그만그만한 대중잡지들이 그나마 대중문화의 파이프라인을 자임하던 시절이었다. 아침을 거의 굶고서 나는 출근했다. 내가 출근하려고 신발끈을 졸라매면 그는 등 뒤에서 우두커니 그것을 내려다보았다. 그의 표정은 그럴 때 꼭 길 떠날 채비를 서두르는 어머니를 바라보는 어린아이 같았다. 어떤 순간 설핏하게 습기의 막이 드리워질 때도 있었다. 서로 쓸쓸하고 배고픈 것을 익히 아는지라 출근하는 내 심정 또한 매한가지였다. 배고픈 것은 우리를 급속하게 연인처럼 만들어 놓았다. 선배 기자들이 사주는 순두부 한 그릇을 점심으로 먹다 보면 컴컴한 방에서 굶고 누워 있을 그가 떠올라 목이 메기까지 했다. 월급 구천 원은 어차피 밥값조차 되지 않는 급료였다. 살아 남으려면 가수나 영화배우의 홍보기사를 써서 언필칭 촌지로 알려진 뒷돈을 받아야 하는데 그런 차례는 햇병아리 기자였던 내게까지 오는 법이 없었다. 선배 기자들은 순진하고 부지런한 내게 겨우 취재 노트만 내밀면서 자넨 문장력 기차게 좋잖아…… 라고 말하고, 이것 좀 밤에 써서 아침에 가져다줘…… 라고 또 덧붙였다. 온갖 기사는 내가 혼자 맡아 쓰다시피 했지만 생기는 것은 겨우 점심 한 끼였다. 나는 그래도 문장력 기차게 좋잖아…… 그 말에 눈 앞이 아물아물 뜻모를 신열이 솟았고, 그리하여 밤새워 밥 굶고 칼방에 엎드려 기사를 썼다. 여배우의 인생 편력도 쓰고, 트로트 가수의 뻔한 스캔들도 쓰고, 거짓으로 꾸며서 독자 투고란의 고백 수기도 쓰고, 겨드랑이에서 냄새가 나는데 어떡하면 좋을까요…… 독자와의 허위 문답도 쓰고, 그리고 때로는 울면서 발표할 데 없는 시도 쓰고 그랬다. 나의 시가 유일한 진실이라고 믿고 사는 것은 행복했다. 꼭 구체적으로 성취하고 싶었던 것은 아닐지라도 어쨌든 내겐 진짜라고 말해야 할 것들이, 진실이라고 믿어야 할 것들이 세상의 중심에 굳게 심지로 박혀 있다고 믿고 살았다.

그는 무엇을 이루고 싶어했던가.

피아니스트에서 가수로 색소폰 주자로 음반 회사 사장으로, 큰 거 한두 건으로 변화했지만 그의 꿈들은 나의 그것보다 언제나 구체적이고 확실했는데, 그러나 돌이켜보면 그는 구체적으로 뭔가를 이루어보고 싶어한 것이 아니라 그냥, 시간의 자연스러운 순환을 따라 가인(歌人)처럼 살고 싶어했다는 게 옳을 터였다. 그는 붙임성이 있었고, 아무에게도, 세상에조차 아무런 적개심을 갖지 않았다.

목욕 좀 하고 살아, 형.

어느 날 저녁에 그는 말했다.

시를 쓰는 사람이 일주일 다 가도록 제 몸의 때도 안 씻고 어떻게 시를 쓰는지 원. 어서 일어나 가자구. 목욕탕에.

돈이 없는걸.

상관없어, 내가 외상을 터놨거든.

목욕탕을 외상으로 다니는 사람을 본 건 그가 처음이고 마지막이었다. 이 친구가 내가 말하던 박 기자예요…… 라고, 그는 늙수그레한 목욕탕 주인 남자에게 말했다. 어느 날은 날계란을 얼굴에 온통 바르고 누워 있어 나를 놀라게 한 일도 있었다. 계란 마사지 하는 거, 형 첨 봤나보네. 우리 어머니는 틈만 나면 이러고 누워 있었는데. 괴물 같은 얼굴을 하고도 그는 천진하게 웃었다. 먹지도 못하는 계란을 얼굴에 바르냐고 내가 힐난하자, 배부른 것보다 얼굴 이쁜 게 낫지. 배 너무 부르면 난 오히려 기분 언짢아지던데…… 그는 알 수 없다는 표정을 지어 보였다. 턱의 수염도 깎기보다 일일이 족집게로 뽑았다. 깨끗하고 아름다운 것은 그의 세계에서 가장 우위에 있는 가치였다. 덕분에 구멍가게, 이발소, 목욕탕 등 그가 밀어놓은 외상값을 갚아주고 나면 월급 구천 원은 금방 바닥이 났다.

색소폰을 닦고 싶어.

닦고 싶어? 불고 싶은 게 아니고?

불 때도 행복하지만, 불기 전 그 놈을 세밀히 문질러 닦고 쓰다듬을 때, 말도 마. 짜릿한 게 아주 기차다구. 여자 만지는 것보다 낫다니깐.

악기를 다루는 데 있어 그는 천재였다.

흔한 악기는 이미 대강 연주할 줄 알았는데 놀라운 것은 연주법을 특별히 배운 적이 없다는 사실이었다. 교습소를 다녀본 건 피아노뿐이었다. 처음 보는 악기조차 두어 시간 만지고 나면 이내

음률을 잡았고 하룻밤만 지나면 연주를 했다. 만약 그에게 연주자의 길을 걸을 수 있는 환경이 뒷받침되었다면 아마도 그는 굉장한 성취를 거두었을 터였다. 내가 그 재능에 놀라자, 하도 어렸을 때부터 가락을 타고 놀아서 그렇지 암것도 아냐…… 라고 그는 모처럼 자신을 낮추었다. 가락을 타고 놀았다는 것은 어머니의 굿판에서 자랐다는 뜻이었다. 우리 어머니 점괘는 신통치 않은데 굿가락 하나는 잘 타는 편이었거든. 그 가락에 얹혀 자랐다구, 내가. 그는 아버지에 대해선 아는 것이 없다고 했다. 웬만해선 자신이 겪고 산 과거에 대해 말하는 법이 없던 그로서는 파격적인 고백이었다. 고향의, 경찰서장 했던 양반이 아버지라는 소문도 있었고 박수로 따라다니던 아무개 아저씨가 아버지라는 소문도 있었고 동란 때 공산당 앞잡이 노릇을 하다가 난리 끝나고 반 죽었다 살아난 어떤 양반이 아버지라는 소문도 있었는데, 씨발것, 울어머니 그거 하나 말해줄 새 없이 어떤 날 새벽에 갑자기 피를 토하고 콩 팔러가더라구. 굿하다 말고 애아부지여, 애아부지가 부르고 있당게, 하면서 맨발로 산을 향해 달려나갔다가 하루 만에 돌아와 눕더니 곧 피를 쏟고 죽었는데, 죽으면서 냐부지가…… 하다 말고 눈을 감았지 뭐. 고등학교 일학년 때였어. 어릴 때부터 사복 경찰이 가끔 우리 집 드나든 걸 생각해보면 서장했다는 그 사람인가 싶기도 하고 빨갱이였다는 그 양반인가 싶기도 하고 그래. 하기사 뭐 누가 아버지였든 뭐 하겠어. 그런 건 관심도 없고 궁금하지도 않아. 그날 밤은 마장동 천변동네에 물이 들어찰 만큼 폭우가 쏟아지던 날이었고, 상경하여 처음으로 그가 밥벌이하러 나갔다가 돌아온 날이었다. 연예계에 발넓은 선배 기자의 기사를 코피날 만큼 대신 써

주고 부탁해 마련한 그의 일자리는 낙원동 뒤편에 있던 오진암이라는 요정의 기타 연주자 자리였다.

나 명함 박았어.

오디션을 보고 나서 그가 말했다.

아직 일터에 출근도 안 해본 기타 연주자가 명함부터 부탁해 놨다는데 어안이 벙벙해져 나는 입을 벌리고 그를 바라보았다. 요정이라고 박은 건 아니라구, 오진암 주식회사 흥행사업부라고 했어. 뭔가 있어 뵈잖아, 흥행사업부. 그는 천연스럽게 자랑을 했다. 명함값 형한테 달래지 않을 테니 겁먹지 마. 나중에 월급 받아서 찾을 거야.

명함에 관해선 그것이 시작에 불과했다.

나중엔 점점 더 많은 명함을 박아가지고 다녔다. 내가 서울 생활을 견디지 못하고 고향에 내려가 있을 때조차 그는 새 명함을 박으면 몇 장씩이나 편지봉투에 넣어 보내곤 했다. 디자인도 가지가지였고 직함도 가지가지였다. 칠십년대 말쯤이던가. 우연히 그의 지갑 속을 본 일이 있는데 명함이 다섯 가지나 되었다. 신분만 다른 게 아니라 이름이 아예 다른 명함도 있었다. 난 본래의 내 이름이 싫거든. 가짜 이름이 좋아. 그림도 그래. 가짜가 더 좋아 뵐 때가 많다구. 그는 친절히 설명해 주었다. 그가 사기를 치기 위해 각각 다른 신분의 여러 종류 명함을 갖고 다녔는지는 분명하지 않았다. 사기성의 조짐이 보이기 훨씬 전부터 그는 이상할 정도로 명함에 집착했다. 명함의 연장선상에 옷과 장신구와 소품 따위로 정해지는 스타일에 대한 다양한 선호가 또 있었다. 그는 때에 따라서 권위 있는 지식인의 상을, 재능과 열정이 넘치는 예술가의 상을, 돈 많은 갑부의 상을 비교적 완벽하게 연출했다. 라이터 하나조차 의상과 장신구에 맞추어 갖고 다녔다. 진짜 영국제 바바리를 입었는데 국산 라이터를 들고 있으면 가짜 부자가 되지만, 영국제 바바리 코트를 입고 던힐 라이터로 담뱃불을 붙이면 진짜 부자가 된다는 식이었다. 오므라이스 한 그릇 먹을 돈도 없는 내게 레스토랑 웨이터가 무조건 값비싼 세트 메뉴를 보여주며 머리를 조아릴 때 얼마나 짜릿한 줄 모를 거야. 형은 항상 꾀죄죄하니까. 사람들은 있지, 보통 가짜에 감동을 느끼더라구. 내가 진짜를 말하면 대개 안 믿어. 그렇다고 그가 유난히 신분 상승에 대한 욕심이 많았다고도 할 수 없었다. 단순한 수직 상승에의 욕구보다 가짜로 연출한 것에 대한 사람들의 굴복을 즐겼다고나 할까. 소설가인 내 이름으로 된 전화를 이십여 년이나 이곳저곳 끌고 다닌 것도 미상불 그의 이런 성향과 관계맺고 있을 것이었다.

나는 낙원상가로 들어갔다.

어차피 그가 자신의 본명만을 사용하진 않았을 것이므로 나는 가급적 그의 체격과 인상을 설명하려고 애썼다. 색소폰과 전자오르간을 주로 취급하는 악기점부터 들르기 시작했다. 전자오르간으로 그는 칠십년대 초반 이래 밥을 먹었고 색소폰은 그가 좋아하는 악기였으므로. 지금 어디서 어떻게 살고 있든지, 설령 죄 지은 게 많아서 주민등록까지 스스로 말소해 놓고 이리저리 숨어 산다고 하더라도, 아니 삶이 그만큼 더 어려워 피폐해졌다면 그럴수록, 고향에 가는 마음으로 그는 악기상들을 기웃거렸을 것이라고 나는 생각했다. 예상은 들어맞았다. 세 번째 들른 악기상의 여주인은 내 설명을 듣더니 서우빈 씨 같은데…… 하고 말했다. 그가

속임수를 써서 인계하고 달아난 게 거의 틀림없는 카페의 주인은
그를 정씨라고 했는데 여기선 서우빈이었다.

　본 지 한 이삼 년 됐나봐요.

　전엔 자주 왔었나요?

　자주는 아니래도 가끔 왔지요. 물건을 사간 적은 별로 없지만
악기를 워낙 좋아해서 들르면 한나절씩 앉아 우리 집 악기들 모두
반질반질하게 닦아놓고 가요. 마지막 왔을 땐 사는 게 힘드는지
행색이 좀 그래서 요즘 뭐하고 지내냐니까, 뭐라더라 대학원도 다
니고 시도 쓰고 그런다고.

　시? 시를 써요?

　네. 자기가 쓴 시 좀 들어보라고 암송까지 해보였는걸요. 대학
원이야 그 사람 고정 레퍼토리지만 시 쓴다는 얘긴 첨 했기 때문
에 인상에 남았어요. 악기점 여주인은 시를 쓴다거나 대학원엘 다
닌다거나, 모두 전혀 믿지 않는 눈치였다. 대학원 다닌다는 건 사
실이었을 거라고 내가 말하자, 아주 예전에도 대학원 소리를 했는
데, 무슨 대학원을 평생 다녀요 하고 악기점 여주인은 시큰둥하게
대꾸했다. 왜 그 생각을 못했을까. 다른 건 몰라도 대학원 얘기는
사실일 터였다. 칠십년대 초반, 그는 전자오르간 단독 주자로 벌
이가 쏠쏠했을 때 처음 대학원을 다녔다. 어떻게 어떻게 해서 연
구 과정에 등록을 했던가 보았다. 고등학교 일학년 중퇴자니 필시
학력을 위조했을 것이다. 그때 나는 고향에 있었는데 장문의 편지
와 함께 대학원 건물 앞에서 찍은 사진까지 동봉해 보냈다. 편지
의 문장마다 환호작약하는 그의 외침이 푸르게 배어 있었다. 그리
고 그것은 시작에 불과했다. 사는 게 어렵든 말든 어디에 흘러가

무슨 일을 어떻게 하고 있든 그 후부터 줄기차게 그는 대학원에 다녔다. 말로만 다니는 게 아니라 진짜 이 대학 저 대학 끝없이 옮겨서 연구생으로 등록을 했던 것이었다. 가끔 낯선 사람을 데리고 와, 우리 경영대학원 동창생이야…… 라고 소개를 하기도 했다. 어느 특수대학원 동창회 일을 맡아서 한 적도 있었다. 학력에 대한 콤플렉스나 신분에 대한 위장술로만 해석하기엔 너무 이상하고 끈기 있는 추구였다. 대학원과 함께 영어 학원도 그는 열심히 찾았다. 팔십년대 초반에 만났을 때 그는 곧 미국으로 이민을 간다고 했다. 이것 하나 갖고 가…… 라고 말하며 그는 소책자 하나를 주었다. 들고 와서 봤더니 초보 회화책이었다. 이 책 저 책에서 조금씩 빼내다가 적당히 편집한 백 페이지 미만의 책이었다. 그때도 그는 어느 특수대학원에 적을 두고 있었다.

이 기타 얼마예요?

기타 하나를 가리키며 내가 물었다.

악기점 여주인은, 서우빈 씨 친구라니까 싸게 드리겠다고 했다. 나는 칠 줄도 모르는 기타를 사들고 악기점을 나왔다. 그를 찾아 나서기 전보다 훨씬 더 짬짜름한 그리움이 내 가슴에 차 있었다. 배고프고 외로웠던 육십년대 후반의 그 젊은 날, 그가 동숙자로 내 곁에 없었다면, 어둠침침한 방 속에 밀폐된 채 단지 분열하여 피흘리던 내 자아가 어떻게 창을 뚫고 나가, 창 너머, 타오르는 세상 가운데, 파릇파릇한 섬광의 새순에 갈 수 있었겠는가. 그 어둡고도 밝은, 멀고도 가까운 거리를 문학이라는 이름 하나로 견디고 조율해 온 내 삶의 낡은 책갈피에서 그가 기타를 치며 노래를 부르고 있는 느낌이 들었다.

나 요정 그거 관뒀어.

어느 날 술에 취해 돌아와 그가 말했다.

선배 기자에게 부탁하여 기타 연주자로 요정에 첫 일자리를 얻고 한 달도 채 되지 않았을 때였다. 그는 술을 한 잔도 못 마시는데, 얼마나 마셨는지 방에 들어오더니 발가벗고 칼방 구석구석을 헤집고 돌았다. 그러다가 그는 내 품에서 울었다.

요정 현관에 새장이 하나 있어.

슬픔과 분노에 찬 어조로 그는 말했다.

카나리아 한 쌍 말야…… 라고 말할 때, 내 눈에 동그란 철망의 새장이 떠올랐다. 요정은 현관이 고풍스러운 아치형으로 쏙 나앉은 형태였다. 카나리아 한 쌍이 현관 한켠에 대롱대롱 걸려 있었다. 내가 받는 월급의 스무 배 서른 배를 하룻밤에 먹고 마시며 노래부를 수 있는 선택받은 삶의 주인공인 요정 손님들이 들어서면, 카나리아는 그 날렵하고도 맵시 있는 자태를 뽐내며 쫑쫑쫑, 청량한 목소리로 인사했다. 허어, 고놈 차암 이쁘구나…… 옳지 옳지 목소리 한번 맑네그려…… 사랑한다, 어서 오세요, 그 말이렷다? 그래, 이 녀석, 나도 널 사랑한다…… 각양각색으로 선택받은 손님들 또한 마음이 너그럽고 환해져서 화답하는 게 보통이었다. 형, 카나리아 제도(諸島)라고 들어봤어? 요정에 출근하고 한 주일쯤 후에 그가 말한 것도 나는 기억하고 있었다. 글쎄 있지, 카나리아 본래 고향이 아프리카 먼 바다에 있는 카나리아섬이래…… 라고 말할 때 그의 눈빛은 서기(瑞氣)로 가득 찼다. 카나리아 고향이면 카나리아처럼 이쁘겠지? 깊은 밤이면 혹 섬 전체가 카나리아처럼 방울방울, 울지도 몰라. 돈 벌면 거기 가서 살겠어. 요정의 카나리아 데리고 함께 가서 살 거라구. 내가 뭐 아무리 유명한 가수가 돼도 그렇지, 카나리아처럼 청명하게 울 수야 있겠어? 그와 내가 부딪쳤던 열악한 삶의 조건들과 아무 상관없이 밤마다 요정의 방들은 꽉꽉 차고, 그의 기타는 아우성을 치고, 노랫소리 드높고, 먹을 것은 넘쳐흘렀다. 이따금 그가 먹어본 적이 없는 진귀한 음식을 싸오는 일도 있었다. 먹어봐. 씨팔, 우리가 먹고 사는 건 음식도 아냐. 훔쳐왔어. 그는 키득키득 웃으면서 말했다. 내가 돈 벌어 카나리아섬에 갈 때 있지, 형도 데려 갈게. 거기 가서 시 써. 여기가 어디 시 쓸 데야? 그는 카나리아에 아주 빠져 있었다. 금사조(金絲鳥) 카나리아는 청량한 목소리 이외에도 허리부터 하면(下面)까지의 노란 띠 때문에 보기만 해도 방울방울, 그 노랫소리가 들려왔다.

그 카나리아가 어찌 됐단 말야?

죽었어. 알아? 죽었다구. 오늘 죽어 있더라구.

죽다니, 왜?

왜는 뭐 왜야. 굶어서 죽은 거지…… 라고 그는 발가벗고 엎드려 기다가 소리를 빽 질렀다. 손님은 많고 일도 밀리고, 그래서 카나리아 밥 주는 건 너도나도 잊고 살았다는 것이었다. 씨발것, 나도 그랬다구, 형. 형한테 줄 뭐, 맛있는 거 훔쳐올 궁리는 하면서도 모이통에 좁쌀껍질만 쌓여 있는 건 보지 못했다구. 다들 카나리아를 보고 이쁘다, 사랑한다, 귀엽다, 입에 침이 마르면서…… 실은 가짜였어. 가짜였다구. 술에 취해 그는 어두컴컴한 방구석에 꾸역꾸역 오물들을 토해 놓았다. 그때에도 마장동 천변의 동굴 같은 칼방, 환풍기만한 창 너머의 미루나무 가지에선 새순의 섬광이 빛나고 있었던가.

그는 더이상 요정으로 출근하지 않았다.

명함을 부탁만 해놓고서 찾아보지도 못했으며, 그 후부터 그가 기타를 손에 잡는 걸 본 일이 없었다. 기타엔 더러운 죄업이 묻어 있다고 그는 말했다. 출근할 때, 퇴근할 때, 또 휴식하는 짬짬이, 하루에도 몇 번씩 그는 현관으로 달려나와 은밀하고도 애틋한 애정으로 카나리아와 만났다는 것이었다. 나야, 사랑하는 내가 왔어…… 라고 눈맞추어 속삭이면, 언제나 청명한 목소리로 우짖어 반기던 카나리아가, 수북이 쌓였으나 알맹이는 없는 좁쌀 껍질에 코를 박고 끝내 굶어 죽어갈 때, 기름진 음식과 풍성한 사랑의 말과 신명나는 노래를 쫓아 샹들리에 불빛 넘치는 요정의 방을 돌며, 그의 또 다른 사랑, 전자 기타는 단지 자지러지는 고음으로 솟아나고 있을 뿐이었다고 했다. 알겠어…… 라고 그는 외쳤다. 내 기타는 씨팔, 죄가 많다구. 기타 대신 얼마 후부터 그는 전자오르간으로 밥을 먹었다. 그러나 한 업소에서 오래 견디는 일은 없었다. 그가 사기꾼다운 징후의 일단을 보여준 최초의 일은 업소의 스피커를 바꿔치기한 사건이었다. 모처럼 명동 한복판의 한 고급 레스토랑에 오르간 연주자 겸 음악기사로 취직해 생활이 안정될까 했는데, 스피커를 바꿔치기한 것이 우연히 발각되어 쫓겨나고 만 것이었다.

꽤 유명한 레스토랑이었다.

그 정도의 레스토랑에서 연주하고 있으면 어쨌든 그 바닥에선 장래를 보장받았다. 특별히 나쁜 일이 아니면 쫓겨날 리도 없을 뿐 아니라, 설령 그만두어도 그 수준의 다른 업소에서 그 경력을 좋아 경쟁적으로 데려 가려 하기 때문이었다. 문화적인 콤플렉스에 사로잡힌 졸부들과 비뚤어진 자만심에 차 있는 지식인들과 우아하게 자신을 연출하는 젊은 여자들이 주로 드나들었다. 그 집 스피커가 제이비알이거든…… 그는 말했다. 제이비알이 특별히 비싸고 좋은 스피커인 줄 나는 알지 못했다. 역시 제이비알은 다르다느니, 음질이 남성적이라느니, 음악에 대해 쥐뿔도 모르는 것들이 걸레 같은 지집애들 데려다놓고 폼잡고 앉아 한 마디씩 하는 거 보면 있지, 정말 가관이야. 그는 업주에게 스피커에 이상이 생겨 청계천으로 가져가 고쳐와야 되겠다고 말했다. 그의 성실한 태도에 업주는 고개를 끄덕거렸다. 스피커의 외양은 똑같으나 내용은 전혀 다른 것으로 그는 교묘하게 바꿔치기 했고, 그 차액으로 그는 최고급 양복을 맞춰 입었다. 히힛, 정말 재밌어. 그는 킬킬거리고 계속 웃었다. 가짜 스피커인 줄도 모르고 높은 양반이나 교수나 새침떠는 여자들이, 역시 다르다, 역시 제이비알이야…… 라고 하면서 지그시 눈을 감는다는 것이었다. 우연히 발각되기까지 그는 두 달이나 사람들이 가짜 스피커에 칭송을 아끼지 않는 그 절묘한 해학을 즐기고 있었다. 그가 밤업소 연주자의 길을 때려치운 것은 그 사건 때문이었다. 다른 업소에까지 소문이 퍼져 쓸 만한 곳에선 자리를 얻을 수 없었던 것이다.

웬 기타예요?

아내가 눈을 크게 뜨고 물었다.

그저, 하나 샀어. 틈나면 배우려고.

당신이 기타를 배워요…… 라고 아내는 혀를 낼름해 보였다. 나는 사들고 들어온 기타를 서재 한귀퉁이에 세워놓았다.

이것 좀 봐요.

아내가 따라들어와 서류 같은 걸 쫙 펼쳐 들었다. 전화국에 또 갔었거든요. 국내 전화 기록은 없어졌고요, 이건 그 문제의 전화로 외국에 통화한 기록이에요. 그런데 세상에, 뉴욕, 파리, 시드니, 요하네스버그, 바르셀로나, 아바나…… 하이고오, 생전 첨 듣는 지명도 있다구요. 이래서 요금이 이백오십만 원이나 됐던 거예요. 우대산 그 사람이 어디 외국말이나 해요? 유럽부터 남미까지 오대양 육대주, 세계 곳곳에…… 어린애라서 장난 전화를 했다고 할 수도 없고, 무슨 영문인지 원.

카나리아 제도는 없어?

내 목소리가 턱없이 높아졌다.

어디요? 카나, 뭐?

아냐, 그냥…… 됐어. 나는 다시 소파에 벌렁 눕고, 눈을 감았다. 그는 무엇을 찾아 떠도는 것일까. 원인 불명의 화재로 어둠침침했던 칼방이 한줌 재로 사라지고 나서야 그와 나의 사랑도 끝났다. 너무도 지치고 쓸쓸해서 불과 53킬로그램까지 몸무게가 빠진 뒤, 허깨비 같은 몸을 이끌고 내가 고향으로 내려온 게 동숙자 관계의 마지막이었다. 그는 가방을 서울역 대합실까지 들어다주고 우두커니 서 있다가 개찰 시간까지 기다리지 않고 휘적휘적 걸어서 다시 도시의 거리로 돌아갔다. 햇빛이 어찌나 밝은 날이었던지 수수깡처럼 키만 높이 솟은 그의 몸이 쭐렁쭐렁 햇빛에 실려가는 것 같았다. 나는 고향에 내려온 뒤부터 시를 버리고 소설을 썼다. 우리는 민족 중흥의 역사적 사명을 띠고 이 땅에 태어났다…… 라고 시작되어 국가와 개인의 일체감을 통해 참된 민주복지 국가의 꽃을 피우자고 강조한 국민교육헌장이 그해 섣달에 선포됐다. 종로 일대의 사창가가 나비작전이라는 환상적인 작전명으로 소탕된 것도 그 무렵이었고, 전국경제인연합회에서 개악이라는 비난을 무릅쓰고 근로기준법 개정을 건의하고 나선 것도 그해 육십구년이었다. 소설을 쓰긴 했지만, 내 인물들은 번번이 나를 배신했다. 늘 시작만 하고 끝을 맺지 못하는 불구의 글들을 나는 썼다. 자주 꿈자리에서 카나리아가 죽어나갔고, 그는 스피커를 바꿔치기 하며 킬킬거리고 웃었으며, 종로에서 쫓겨난 밤 색시들이 마장동 천변부락을 기웃거렸다. 그의 새 명함 한 장을 우편으로 받던 날, 나는 칼바람에 잔뜩 기가 질려 엎드린 텅 빈 읍거리를 지나서 서쪽 변방의 퇴락한 시골 극장 그 컴컴한 동굴에 앉아 정소영 감독의 영화 '미워도 다시 한 번'을 보면서 많이 울었다. 그해 겨울은 칼바람이 자주자주 불었다.

여기서 세워주세요.
나는 택시 운전기사에게 말했다. 탁 트인 만경평야를 지나온 훈풍이 뺨에 닿았다. 대지는 아주 부드럽고 따뜻이 열려 있었다. 김제에서 택시를 타고 정확히 십오분 거리였다.
나는 낯선 마을의 텅 빈 교실을 천천히 걸어들어 갔다. 열시에 시작된다는 행사가 열한시가 다 된 지금껏 아직 끝나지 않았는지, 마을 서편의 야트막한 언덕배기 송림 사이에서 드문드문 박수 소리가 솟아나왔다. 열시까지 맞춰 오려고 새벽부터 서둘렀는데도 해는 벌써 중천에 떠 있었다.
마침내 모든 정경이 눈에 들어왔다.

나는 되도록 사람들 눈에 뵈지 않으려고 벙거지를 깊이 눌러쓰고 다가가 소나무 기둥에 은신하듯 섰다. 송림 사이로 흐드러지게 핀 산꽃들이 화사했다. 고깔을 쓴 풍물패가 보였고, 행사 뒤풀이를 위해 부산하게 진행되는 상 차림의 정경도 보였다. 사람들은 예상보다 많지 않았다. 풍상의 때가 잔뜩 내려앉아 골 깊은 얼굴을 한 촌로들이 기웃기웃 모여 있는 가운데 끝에 흰 천으로 둘러쳐진 화강석의 일부가 삐죽 맨살을 드러내고 있었고, 그 뒤쪽의 나무의자에 몇몇 양복쟁이들이 앉아 있었다. 여직껏 일어서서 말하고 있던 사람은 아마 면장인 것 같았다. 박수 소리가 터져나왔고, 면장님의 감동적인 축사를 끝으로 이제 본 행사의 하이라이트, 시비 제막의 순서가 되었습니다…… 사회자가 말했다.

그가 앉은 자리에서 일어났다.

어느새 반백의 머리였다. 예전보다 살이 좀더 올라 늙어 뵈긴 했으나, 아직도 귀티의 잔영이 다 가시지 않은 얼굴에 온화한 미소를 가득 담은 그가, 우대산이 좌우의 면장과 노신사를 권유해 함께 화강석 앞으로 나서고 있었다. 그들은 화강석을 씌운 천에 달아맨 줄을 더불어 잡고 당겼으며, 박수가 또 터졌고, 한순간 흰 천이 좌우로 미끄러져 흘러내렸다. 기단과 비문이 음각으로 새겨진 화강석의 높이를 합치면 거의 삼 미터쯤 되는 풍채 좋은 석비였다. 햇빛이 석비의 미끄러운 맨살에 닿아 눈부시게 퉁겨져나오고 있었다. 그가 시인으로서 연년세세(年年歲歲), 이땅의 한쪽, 기름진 만경평야에 굳게 박혀 서는 순간이었다. 시비제막식이 이곳에서 있다는 사실을 알게 된 것은 바로 어제의 일이었다.

틀림없이 시비란 말이오?

나는 거듭해서 물었다.

대학원이란 대학원을 차례차례 수소문해 오다가 이윽고 어떤 특수 대학원에 들렀을 때, 직원은 그가 그 대학원 연구생으로 벌써 삼년째 드나들고 있다고 말해주었다. 그곳에서 알려진 이름 역시 서우빈이었다. 본명은 아니구요, 시인으로 쓰는 필명이 서우빈인 줄 알고 있습니다만…… 이라고 젊은 직원은 말하면서, 사물함을 뒤적뒤적하더니 초청장 하나를 내게 내밀어주었다. 놀랍게도 초청장엔 남강 서우빈 선생의 시비제막식…… 그렇게 씌어 있었다. 이곳이 어딘데요. 내가 물었고, 서우빈 선생 어머니의 고향이라던데요…… 직원은 친절히 설명해주었다. 초청장엔 그가 그동안 출간했다는 세 권이나 되는 시집의 제목도 들어 있었는데, 저녁 내내 시인과 시집 제목을 들먹이며 아는 시인마다 출판사 사장마다 물어봤지만 전혀 모르겠다는 대답뿐이었다. 나는 그래서 새벽같이 출발해, 내가 한 번도 본 적이 없는 그의 어머니 고향이라는 이곳까지 불원천리 찾아내려온 것이었다.

이제 마지막 순서올습니다.

사회자가 감격한 어조로 말했다.

에 또, 이번 시비에 깊이 아로새겨진 이 시로 말하자면, 최근에 펴낸 남강 서우빈 선생의 세 번째 시집에 실려 있는데요, 시집을 여러분들께 다 증정해드릴 것입니다만, 좌우간 이 감동적인 시로 말하자면, 선생이 일찍이 청운의 뜻을 품고 상경해 일부러 밑바닥 삶을 체험하실 때, 그리운 어머님께 바치는 심정으로 처음 쓴 것을 오랜 세월 다듬고 깊이 하여 완성한 것으로 우리 문학사에 길이 남을 작품입니다. 사회자의 목소리는 점점 더 카랑카랑해졌고,

눈부신 흰빛의 두루마기를 단아하게 입고 앉은 그는 만감이 교차한다는 듯 눈을 지그시 감고 있었다. 선생의 자당께서는 우리가 아는 바처럼 바로 이곳에서 태어나셨고, 이곳에서 어린 시절을 보내셨습니다…… 라고 사회자가 말할 때 까치들이 한바탕 송림 안쪽에서 울었다. 까치들조차 축사를 보내는군요. 사회자로선 덕담을 끼워넣었지만 청중의 반응은 없었다. 좌우간, 동료 시인들의 모금 운동까지 강력히 마다하시고, 선생께서 직접 사재를 내놓아 바로 이곳에 시비를 세우는 것 또한 어머니에 대한 선생의 효심이 워낙 깊었기 때문이라는 걸 말씀드리면서, 선생의 육성으로 직접 시를 듣도록 하겠습니다.

그가 시비 앞으로 나와 섰다.

무르익은 봄빛은 너무 정갈해서 그의 눈빛에 닿을 때 차라리 슬퍼보였다. 그는 너무도 슬프고, 그러나 듣는 이의 마음에 충분히 울림이 남을 만한 힘찬 어조로 화강석에 땀땀이 아로새겨진 시를 읽기 시작했다.

어머니.

시의 첫행은 어머니였다.

어머니,
내 기타는 죄가 많아요.
죄 때문에 오늘밤도 노래할 수 없어요.

나는 그의 육성에 담겨져 노래되는 시를 끝까지 들을 수 없었다. 벌거벗은 채 오물들을 토해내고 있는 그가 있는 방, 내 자아가

끌어안고 있던 어두컴컴한 천변의 동굴과 환풍기만한 창 너머 불길처럼 내닫던 봄의 잔인한 섬광, 그리고 그 거리 사이를 위태롭게 오가며 나는 무엇을 썼던가. 시는 아름다운 것만이 아니라고 짐짓 부정하면서, 그러나 깊은 밤 지붕 위에 얹혀진 루핑조각이, 따르르르 따르르르 비명으로 목매다는 소리 내 삭은 늑골 사이로 꽂혀올 때, 누군가 들어줄 희망도 없는 시를 쓰며 돌아누울 때, 나는 굳게 믿고 있었던 것일까. 생의 중심에서 가짜가 아닌, 진짜라고만 불러도 좋은 것들이 오롯이 들어차 금강석같이 빛나는 정경을 한 번이라도 볼 수 있다는 것을.

그것은 내가 쓴 시였다.

그의 시집으로 되어 있는 책 속의 시편들도 그랬다. 모두 육십년대 후반 서울의 침침한 어둔 방들을 떠돌며 대학 노트 세 권에 빼곡이 썼던 시들이 그에 의해서 햇빛 아래로 끌려나와 있었다. 칼방이 불탈 때 함께 없어진 줄로만 알았던 습작 노트를 그가 나 몰래 감추어두었다가 지금까지 보관해오고 있었던가 보았다. 나는 풍장소리가 시작되고 나서 사람들이 잔칫상으로 우르르 몰려가는 것을 뒤로 하고 조용히 그 마을을 걸어나왔다. 날라리 젓대의 청명한 고음이 기름진 만경평야의 불빛 사이로 막힘없이 솟아나고 있었다. 버스가 다니는 큰길에 이르러 뒤돌아보았더니, 아지랑이 사이로 저 멀리, 흰옷 입은 누군가가 한 사람, 동구의 느티나무 아래, 이편을 향한 듯, 가만히 서 있는 게 보였다. 멀어서 그가 우대산인지 아닌지는 구별할 수 없었다.

그는 우대산인가.

나는 다가선 버스를 타며 혼자 물었다.

아니, 그는…… 우대산인가, 서우빈인가. 그리고 또 화강석에 아로새겨져 영원히 봉안된, 내 기타는 죄가 많아요…… 그 시는 과연 내 시인가. 나의 시인가, 그의 시인가. 아니면 서우빈의 시인 가. 시인 서우빈은 대체 어디서 온 누구인가. 진짜, 진짜인가.

작 품 이 해

▌작가 소개 ▌

1946년 충남 논산(당시는 전북 익산에 속함)에서 출생했으며, 전주교대와 원광대학교 국문과를 졸업했다. 1973년 《중앙일보》 신춘문예에 〈여름의 잔해〉가 당선되며 등단했고, 1981년 장편 《겨울강 하늬바람》으로 대한민국문학상 신인상을 수상했다.

《토끼와 잠수함》, 《아침에 날린 풍선》, 《식구》 등의 소설집이 있으며, 그를 대중에게 알리는 계기가 된 《죽음보다 깊은 잠》과 《풀잎처럼 눕다》, 《불의 나라》, 《물의 나라》 등의 장편이 있다.

《풀잎처럼 눕다》에서는 시골(읍내)에서 살던 두 청년이 도시로 올라와 야망과 꿈을 성취하려 하지만 끝내 실패하는, 한국적 근대화와 도시화의 비극을 형상화하고 있다. 이렇듯 도시에 의해 패배당하는 인물들의 도시에 대한 적개심과 고향에 대한 아련한 그리움은 그의 소설 전편에 걸쳐 형상화되고 있다. 이는 작가 자신이 소설 습작기인 1969년을 전후로 하여 사회의 밑바닥 생활을(부랑아 생활까지도) 겪었기 때문인데, 〈내 기타는 죄가 많아요, 어머니〉에서 드러나는 문학 청년기의 어둡고 고난에 가득찬 삶도 이러한 성장시절을 배경으로 하고 있다.

▌이해와 감상 ▌

이 작품은 진정한 나를 찾아 과거와 현재를 오가며 부유하는 자아 탐색 소설로 그의 소설에서 자주 보여주었던 삶의 허무함을 표현하는 유형에 속한다. 이러한 허무감을 바탕으로 지나간 삶, 특히 문학을 추구하며 가난과 시대라는 어두운 과거에 직면해 왔었음을 회고해 보는 구조를 취하고 있다.

회고를 통해 주인공은 자신이 한평생을 매달리던 시가 과연 자신의 시인지, 들어줄 사람도 없이 썼던 시가 과연 진짜였는지 회의에 사로잡힌다. 급기야 자신의 삶이었던 시를 훔쳤으며 시비까지 세운 서우빈이라는 인물은 과연 진짜인지 그것마저 의심하게 되는 것이다.

이 작품에서 아내에 의하면 평생의 악연이며, 사기만 치고 사는 우대산(또는 서우빈)이라는 인물은 나의 고통스러웠던 과거를 떠올리는 매개인물로 설정되어 있다. 그런데 가난과 고통스러움 속에서도 놓치지 않고 매달렸던 시를 살려 내서 세상에 다시 내놓은 이 인물은 실상 '나'의 분신이기도 하다. 그가 나의 이름을 도용하여 전화비를 체납하였음에도 불구하고 그를 미워하거나 그 의도를 불순하게 생각하지 않음은 이를 단적으로 증명해준다.

우대산은 음악에 심취하기보다는 색소폰을 어루만지기를 즐겨하는 인물로, 문학이 궁극적인 목적, 즉 추구 대상으로 간주되기보다는 그를 통해 삶의 수단을 얻거나 세상에 대한 분노의 표출에 그쳤던 주인공의 부정적인 면모를 암시해준다고 하겠다.

결국 이 우대산이라는 인물에 대한 묘사는 그의 출생 배경(무당인 모친에게서 주인공의 운명으로서의 문학 추구와 그에 뒤따른 가난)에서 알 수 있듯이, 자신의 문학에 대한 반성과 그 추구 과정을 되돌아보게 해주는 수단이었음이 분명하다고 볼 수 있다.

생 각 해 볼 문 제

1. 이 작품은 주인공인 소설가가 우대산이라는 인물에 대해 서술하면서 자신의 삶을 회고하는 형식을 취하고 있다. 우대산이라는 인물의 묘사에 드러난 특징에 대해 생각해 보자.

2. 이 소설에서 자신이 추구한 문학에 대해 부정적으로 묘사하는 곳은 다음과 같은 구절이다. 인용된 구절을 특히 삶의 허무감이 강하게 내비치는 결말과 비교해 보면서, 작가나 주인공이 이와 같이 허무감에 빠지게 되는 필연적인 이유는 무엇이며, 그것이 우리에게 어떠한 의미를 주는지 생각해 보자.

그는 때에 따라서 권위 있는 지식인의 상을, 재능과 열정이 넘치는 예술가의 상을, 돈 많은 갑부의 상을 비교적 완벽하게 연출했다. 라이터 하나조차 의상과 장신구에 맞추어 갖고 다녔다. (중략) 사람들은 있지, 보통 가짜에 감동을 느끼더라구. 내가 진짜를 말하면 대개 안 믿어. 그렇다고 그가 유난히 신분 상승에 대한 욕심이 많았다고도 할 수 없었다. 단순한 수직 상승에의 욕구보다 가짜로 연출한 것에 대한 사람들의 굴복을 즐겼다고나 할까. 소설가인 내 이름으로 된 전화를 이십여 년이나 이곳저곳 끌고 다닌 것도 미상불 그의 이런 성향과 관계 맺고 있을 것이었다.

생각의 길잡이

1. 한 인물이 자신의 삶에 대해 반성함에는 이를 객관화해야 한다는 점에서 자신의 삶을 투사할 수 있는 대상이 필요하다. 이 작품에서 우대산(서우빈)은 자신의 반대 편향, 즉 부정적인 면모를 한 몸에 지니고 있는 인물이다.

하지만 주인공인 화자는 자신의 이름을 도용하고 심지어는 자신이 젊은 시절 삶의 정열을 바쳐 만든 시까지도 훔쳐 발표하는 이 인물을 극악한 인물로만 평가하고 있지는 않다. 우대산의 모든 부정적인 면모란 결국 주인공 자신의 분신임을 드러내기 위한 방편이기 때문이다. 결국 이러한 부정적 면모가 극복의 대상이기보다는 자신의 문학에 대해 반성을 하기 위한 수단이라는 점에서, 이를 통해 되돌아본 지금까지의 문학과 삶은 강한 회의와 허무감을 지닌 것이었음이 밝혀지게 되는 것이다.

그러나 우리가 이 소설을 읽으면서 깨닫게 되는 것은 주인공을 통해 내비치는 작가의 삶에 대한 허무감에 그치지 않는다. 도리어 우리는 주인공이 자신의 삶을 반성하는 과정에서 보여주었던 문학 추구 과정 자체에 대한 강한 열정을 주목하게 된다. 대부분의 소설에서 회고 형식을 즐겨 취하는 것은 이 때문인데, 설령 현재의 삶 자체가 무의미하고 단조로울지라도 그 추구 과정에서 보여준 열정은 삶이 결코 무의미하지만은 않음을 역설적으로 암시해 주는 것이다. 그리고 이 부분이야말로 결과보다는 과정을 중시한다는 삶의 진리를 소설에서만 가장 잘 보여줄 수 있다는 유일한 증거이기도 하다.

⟳ 2. 인용된 이 구절에서 우선적으로 드러나는 것은 진짜보다는 가짜에 더욱더 탐닉하는 현실에 대한 부정적인 평가이다. 우대산이라는 인물이 명함에 온갖 화려한 지위를 인쇄해서 내세우고, 실속보다는 외양을 중시해서 꾸미고 다녔던 것은 도리어 세상에 대해 역설적으로 조롱한 것이었던 셈이다.

그러나 위의 인용 구절은 이러한 판단 외에도 우대산이라는 인물이 주인공의 부정적인 면모를 투사시킨 인물이라는 점에 비추어 고찰할 필요가 있다. 이를 다시 주인공의 문학과 연관시켜 보자면, 주인공이 가난과 운명이라는 고난과 맞대결하면서 추구했던 문학이라는 것도 실상 우대산이 행했던 부정적 현실에 대한 조롱 이상의 의미를 지닐 수 없었음이 분명하다.

단순히 부정만을 위한 부정은 내용(실속이나 결과물)이 없는 추상적인 성질의 것에 지나지 않는다. 주인공이 자신의 정열을 다해 문학을 추구한다는 것은 문학을 삶의 목표로 설정하였을 때 비로소 결실을 맺을 수 있다. 그럼에도 이것을 추구하면서 적극적으로 무엇인가 이룩해내고 생산해낸다는 긍정적인 측면이 없이 단지 부정의 부정이라는 추상적 차원에 머무를 때, 그것은 현실을 부정하는 선에서 그치거나 현실에 대한 저주에 지나지 않는다. 부정 자체가 긍정적인 목표를 산출해내는 것은 아니다. 추구하는 목표로서의 문학을 위한 수단이어야 할 현실 부정이 도리어 거꾸로 목표로 설정된 것이다. 주인공 또는 작가가 지나온 삶과 문학이 허무감으로 이어지는 것은 이 때문이다.

그러기에 이 작품의 결말에서 자신의 문학이 과연 참된 것이었던가, 또는 우대산이라는 인물 자체가 과연 진짜인가 하는 의문을 표현하는 것은 당연한 귀결이다. 자신의 문학에 대한 열정이 허위일 수도 있겠다는 허무감으로 이어지기 때문이다.

신 경 숙

풍금이 있던 자리

누구나 가슴 아련한 옛 사랑의 그림자를 하나쯤 간직하고 있을 것이다.
그 사랑 가운데에는 인간으로서는 어찌할 수 없는 불가항력의 힘으로
가로막혀 버렸던 경우도 있었을 것이다. 동서고금을 막론하고
가장 빈번하게 소설의 소재로 등장했던 것이 바로 사랑이 아닐까?
여기에 한 편의 가슴 저리는 사랑 이야기가 있다. 그것도 처녀와
유부남 사이의 이룰 수 없는 사랑 이야기. 아려오는 추억과
상실의 상처를 어떻게 보듬어 가는지 그녀의 고백을 들어 보자.

풍금이 있던 자리

어느 동물원에서 있었던 일이다. 한 마리의 수컷 공작새가 아주 어려서부터 코끼리거북과 철망 담을 사이에 두고 살고 있었다. 그들은 서로 주고받는 언어가 다르고 몸집과 생김새들도 너무 다르기 때문에 쉽게 친해질 수 있는 사이가 아니었다.

어느덧 수공작새는 다 자라 짝짓기를 할 만큼 되었다. 암컷의 마음을 사로잡기 위해서는 그 멋진 날개를 펼쳐 보여야만 하는데 이 공작새는 암컷 앞에서 전혀 반응을 보이지 않았다. 그러고는 엉뚱하게도 코끼리거북 앞에서 그 우아한 날갯짓을 했다. 이 수공작새는 한평생 코끼리거북을 상대로 이루어질 수 없는 사랑을 했다.

……알에서 갓 깨어난 오리는 대략 12~17시간이 가장 민감하다. 오리는 이 시기에 본 것을 평생 잊지 않는다.

　　　　　　　　　　　　　　— 박시룡, 《동물의 행동》 중에서

마을로 들어오는 길은, 막 봄이 와서,

여기저기 참 아름다웠습니다. 산은 푸르고…… 푸름 사이로 분홍 진달래가…… 그 사이…… 또…… 때때로 노랑 물감을 뭉개 놓은 듯, 개나리가 막 섞여서는…… 환하디환했습니다.

그런 경치를 자주 보게 돼서 기분이 좋아졌다가도 곧 처연해지곤 했어요. 아름다운 걸 보면 늘 슬프다고 하시더니 당신의 그 기운이 제게 뻗쳤던가 봅니다. 연푸른 봄산에 마른버짐처럼 퍼진 산벚꽃을 보고 곧 화장이 얼룩덜룩해졌으니.

저, 저만큼, 집이 보이는데,

저는, 집으로 바로 들어가질 못하고, 송두리째 텅 빈 것 같은 마을을 한바퀴 돌고도…… 또 들어가질 못하고…… 서성대다가 시끄러운 새소리를 들었어요. 미루나무를 올려다보니 부부일까? 두 마리의 까치가, 참으로 부지런히 둥지를…… 둥지를 틀고 있었어요. 오래 바라보았습니다. 둘이 서로 번갈아 가며 부지런히 나뭇잎이며 가지들을 물어 나르는 것을.

이 고장을 찾아올 때는 당신께 이런 편지를 쓰려고 온 것이 분명 아니었습니다. 이런 글을 쓰려고 오다니요? 저는 당신과 함께 떠나려 했잖습니까.

비행기를 타버리자.

당신이 저와 함께하겠다는 그 결정을 내려주었을 때, 저는 너무나 환해서 꿈인가? ……꿈이겠지, 어떻게 그런 일이 내게…… 다름도 아닌 내게 찾아와 주려고, 꿈일 테지, 했어요.

죄라면 죄겠지. 내 삶을 내 식대로 살겠다는 죄.

제가 꿈인가? 헤매는데 당신은 죄라면 죄겠지, 하시며 진짜 일을 진척시키기 시작했죠. 당신을 알고 지낸 지난 이 년 동안에 무너져만 내리던 제게 어떻게 그런 환한 일이, 스포츠센터 일을 다 정리하고 나서도 암만 꿈만 같아서, 당신에게 다짐을 받고 또 다짐을 하다가 결국은 또 눈물……이,

이 고장을 찾아올 때는 당신께 이런 글을 쓰려고 온 것이 분명 아니었습니다. 이런 편지를 쓰려고 오다니요? 저는 일단 나서고 보자는 당신에게 제 숨을…… 이 숨을 드리고 싶었습니다. 떠나기 전에, 아무것도 모르시는 부모님과 작별을 하려고 온 것입니다. 당신과 함께 비행기를 타고 나면 이분들을 살아 생전에 다시 뵐 수나 있을까, 하는 생각에.

기차에서 내려 제가 맨 먼저 한 일은 역 구내 수돗가에서 손을 씻었던 일입니다. 십오륙 년 전에, 여학교를 졸업하고 이 고장을 떠나면서도 저는 그 수돗가에서 손을 씻었었습니다. 그 이후로 이 고장에 내려오거나 다시 이 고장을 떠날 때마다 저는 그 수돗가에서 손을 씻었습니다. 그 무엇과 아무 연대감도 없이 이루어진 손 씻는 습관은 이번에도 예외는 아니어서 어느덧 저는 그 자리에 서 있었던 것입니다.

그런데 불쑥 제 속에서 누군가 묻는 것이었어요. 너는 왜 이 고장을 떠나거나 도착할 때마다 이 자리에서 손을 씻는 거지? 저는 그 질문에 답변을 할 수가 없었습니다.

그 자리에서 손을 씻고 마을로 들어가면 도시에서 있었던 모든 일을 잊을 수 있다고 생각해서 그랬을까요? 그 자리에서 손을 씻고 이 고장을 떠나가면 이 고장에서 있었던 일들을 잊을 수 있다고 생각해서 그랬을까요? 글쎄, 그건 단순이 이루어진 습관이었

을까요?

그날, 그 수돗가에 손목시계를 벗어 두고 온 것을 집에 돌아와
서야 알았습니다. 그 노란 시계는 당신이 주신 것이었지요. 제 팔
목에 매달려, 햇살을 받을 때마다 반짝 윤이 나던, 시침과 분침,
초침을 맑게 비추던 유리알에 당신의 이니셜이 새겨진.

제 마음속에 일어난 이 파문을 당신께 어떻게 설명해야 합니
까? 과연 설명이 가능한 파문인지조차 저는 모르겠습니다. 하지
만 영문을 몰라하는 당신이 거기 있으니, 저는 당신께 어떻게든
제 마음을 전해 드려야지요.

지금 제 마음은 어쩌면 당신께 이해를 받지 못할지도 모르겠습
니다. 설령 그렇더라도 제가 할 수 있는 것은 해야 하는 것임을,
그것이 당신에 대한 제 할 일임을 괴롭게 깨닫습니다. 제 표현이
모자라서 이 편지를 다 읽으시고도 제 마음이 야속하시면…… 그
러면 또 어떡해야 하나…….

강물은…… 강물은, 늘…… 늘, 흐르지만, 그 흐름은 자연스러
운 것이지만, 어찌된 셈인지 제게는 그 강과 함께 흐르기로 마음
먹는 일이 제 심연의 물을 퍼주고야 생긴 일임을, 아니에요, 이런
소릴 하는 게 아니지요. 다만, 어떻게 하더라도 제게 어찌할 수 없
는 아픔이 남는다는 걸 알아주시…… 아니에요, 아닙니다.

그 여자…… 그 여자 얘길 당신에게 해야겠어요.

그토록 서성였는데 들어와 보니 집은, 텅…… 텅, 비어 있었습
니다. 텅 빈 집 마루에 앉아 대문을 바라다본 적이 있으신가요?
누군가 열린 그 대문을 통해 마당으로 성큼 들어서 주기를 바라면
서 말이에요.

마당엔 봄볕이 가득 차 있었습니다. 대문 옆 포도나무 덩굴 감김새 위에 메추라기 한 마리가 포르르 내려와 앉더군요. 메추라기는 잠시 어리둥절한 폼을 취하더니 다시 포르르 허공에 금을 긋고 날아갔습니다.

이상한 일이지요. 메추라기를 쫓아가던 시선을 다시 대문에 고정시켰을 때, 제 속에서 매우 친숙한 느낌이 어떤 두꺼움을 뚫고 새어 나왔어요. 저는 파란 페인트 칠이 벗겨진 대문을 눈을 반짝 뜨고 바라다봤습니다. 언젠가 이와 똑같은 풍경이 제 삶을 뚫고 지나간 적이 있음을, 저는 기억해 낸 것입니다. 시누대가 있던 자리에 아스팔트를 깔았는데, 몇 년이 지난 어느 봄에 그 아스팔트를 뚫고 죽순이 솟았다더니, 제 마음에도 바로 그런 요동이 일었어요.

여섯 살이었을까, 아니면 일곱 살? 막내동생이 막 태어나던 해였으니, 일곱 살이 맞겠습니다. 저는 마루 끝에 엉덩이를 붙이고 앉아 누군가 열린 대문을 통해 들어와 주기를 바라고 있었습니다. 그토록 간절히 바란 것으로 보면 어쩌면 어머니를 기다렸던 건지도 모릅니다.

바로 그때 그 여자가 나타났던 것입니다. 그 여자가 열린 대문으로 들어섰을 때 제 발끝에 매달려 있던 검정 고무신이 툭, 떨어졌습니다. 여자는 마당의 늦봄볕을 거느린 듯 화사했습니다. 그때까지 저는 그토록 뽀얀 여자를 본 적이 없었어요.

마을을 단 한 번도 벗어나 본 적이 없는 어린 저는, 머리에 땀이 밴 수건을 쓴 여자, 제삿상에 오를 홍어 껍질을 억척스럽게 벗기고 있는 여자, 얼굴의 주름 사이로까지 땟국물이 흐르는 여자, 호

박 구덩이에 똥물을 붓고 있는 여자, 뙤약볕 아래 고추 모종하는
여자, 된장 속에 들끓는 장벌레를 아무렇지도 않게 집어내는 여
자, 산에 가서 갈퀴나무를 한 짐씩 해서 지고 내려오는 여자, 돌깻
잎에 달라붙은 푸른 깨벌레를 깨물어도 그냥 삼키는 여자, 샛거리
로 먹을 막걸리와 호미·팔토시가 담긴 소쿠리를 옆구리에 낀 여
자, 아궁이의 불을 뒤적이던 부지깽이로 말 안 듣는 아들을 패는
여자, 고무신에 황토흙이 덕지덕지 묻은 여자, 방바닥에 등을 대
자마자 잠꼬대하는 여자, 굵은 종아리에 논물에 사는 거머리가 물
어뜯어 놓은 상처가 서너 개씩은 있는 여자, 계절 없이 살갗이 튼
여자…… 이렇듯 일에 찌들어 손금이 쩍쩍 갈라진 강퍅한 여자들
만 보아 왔던 것이니, 그 여자의 뽀얌에 눈이 둥그렇게 되었던 건
당연한 일이었는지도 모릅니다.

텃밭이 어디니?

그 여자가 제게 다가와 제 어깨를 매만지며 물었어요. 여자는
어느덧 부엌에서 소쿠리를 들고 나와 제 앞에 서 있었지요. 저는
그 여자의 화사함에 이끌려 고무신을 꿰신고, 그 여자를 뒤세우고
는 텃밭으로 난 샛문을 향했습니다.

그 여자에게서는 그때껏 제가 맡아 본 적이 없는 은은한 향내가
났습니다. 그 여자가 움직일 때마다 그 향내는 그 여자에게서 조
금 빠져나와 제게 스미곤 했습니다. 그게 왜 그리 저를 어지럽게
하던지요.

텃밭으로 가는 길에 물을 길어 나르던 장성댁을 만났는데, 장성
댁은 물동이를 내려놓고까지 그 여자와 나를 쳐다봤어요. 샐쭉한
표정으로.

그 여자는 잔배추와 잔배추들 사이를 헤집고 다니며 소쿠리에 잔배추를 뽑았습니다. 텃밭 한켠에 심겨진 푸르른 조선파도 뽑아 담았습니다. 여자는 새각시처럼 뉴똥 저고리를 입고 있어서, 배추를 뽑을 때는 배춧잎같이, 파를 뽑을 때는 팟잎같이 파랗게 고왔습니다. 텃밭지기 노랑나비도 그 여자 머리 위에 내려앉으니 날개를 바꿔 달은 듯했어요. 텃밭에 들어갔다 나오자 여자의 흰 코고무신에 흙이 얼룩졌지만, 여자는 아무래도 상관없는 듯 제 손을 이끌고 다시 샛문을 통해 집으로 돌아왔습니다.

그렇게 우리 집으로 불쑥 들어온 그 여자가 맨 먼저 한 일은 김치를 담그는 일이었어요. 저는 영문도 모르고 김치 담그는 그 여자 곁에서 잔심부름을 해주었어요. 생강 껍질도 벗겨 주고, 마늘도 짓찧어 주었으며, 우물에서 소금에 절인 배추를 씻을 때는 두레박질도 해주었지요. 그 여자는 아무래도 그런 일이 서툰 듯했어요. 어머니께서는 한눈을 파시면서도 단숨에 척척 해내는 무 생채 써는 일은 특히 말이에요. 어머니의 도마질 소리는 깍둑깍둑깍둑…… 경쾌했지만, 그 여자의 도마질 소리는 깍……뚝……깍……뚝……이었어요.

그렇게 그 여자는 파란 페인트 칠이 벗겨진 대문을 통해 우리 집으로 들어왔고, 대신 그 대문으로 어머니께서 자취를 감췄습니다. 안방 아기 그네에 백일이 겨우 지난 막내동생까지 남겨 두고.

여자는 힘들게 김치를 담가서 저녁 밥상을 차려 내놓았지만, 우리 형제들은 아무도 수저를 들지 못했습니다. 큰오빠가 윗목에 버티고 앉아 눈을 부라리고 있었기 때문이에요. 저는 점심도 못 먹었던 터라 밥상이 나오자, 수저를 들려고 했습니다. 그러다가 큰오빠의 매서운 눈초리에 힘없이 내려놓았어요.

밥들 먹어!

여자는 우리 형제들을 향해 애원하듯 말했지만 우리는 큰오빠의 위세를 물리칠 수가 없었어요. 아버진 담배를 피우며 입을 꽉 다문 큰오빠를 지나 어두워진 마당을 내다보실 뿐이었습니다. 그네 속의 막내동생이 울음을 터뜨렸을 때, 큰오빠는 아버지에게 보내는 도전장처럼 무겁게 입을 열었어요.

너희들 모두 나를 따라 나와.

그때 막 중학생이 되었던 까까머리 큰오빠는 무슨 마피아의 두목 같았습니다. 숨이 넘어갈 듯 울어 제끼는 강보의 동생과 어쩔 줄 모르고 손을 맞비비고 있는 그 여자와 뽀금뽀금 담배 연기를 내뿜는 아버지를 남겨둔 채 우리는 어린 두목에게 이끌려 마을 다리로 나갔습니다. 큰오빠는 우리 셋을 나란히 줄세웠어요. 그리고 자기는 중앙에 서서 엄숙하게 말했습니다.

너희들 내 말 잘 들어. 오늘부터 내 말을 안 들으면 너희들 국물도 없을 줄 알어. 오늘 집에 온 그 여자는 악마다. 그러니까 그 여자가 해준 밥은 먹지도 말고, 불러도 대답도 하지 말고, 그 여자가 빨아 준 옷은 입지도 말아라.

성아, 왜?

큰오빠의 옷자락을 잡아 끌며 물었던 사람은 그때 저보다 한 살 많았던 바로 위 오빠였습니다.

배고픈데, 성!

바로 위 오빠의 뱃속에서 꼬르륵 소리가 났고, 그의 목소리는 거의 울듯했어요. 제 심정도 그 오빠의 심정과 같았습니다. 더구나 그 여자는 얼마나 뽀얀가요. 큰오빠는 버럭 화를 냈어요.

그렇게 해야만 어머니가 돌아온단 말이다!

큰오빠는 나란히 줄서 있는 우리 셋 앞을 서성이다가 어느 순간 제 앞에 우뚝 멈췄어요. 저는 숨이 멎는 듯했습니다.

특히, 너…… 너 오늘처럼 그 여잘 졸졸 따라다녔단 봐! 너 엄마 없이 살 수 있어?

저는 주저앉아 울음보를 터뜨려 버렸어요. 그러잖아도 숨막히게 하는 그 무엇이 가슴을 짓누르는 중이었는데, 큰오빠가 그 이유를 정확히 집어내어 주었던 것입니다. 그 여자를 뒤세우고 텃밭으로 갈 때 마주쳤던 장성댁의 그 샐쭉해지던 표정이며, 그 여자의 은은한 향기로움이 좋기만 한 게 아니라 머리를 어지럽게 하던 것의 실체가 잡혔지요.

그 봄날, 그렇게 찾아와 우리 집에 열흘쯤 살다 간 여자가, 제가 이 집에 도착해 마루에 앉아 대문을 바라보고 있는데 죽순처럼 제 속을 뚫고 올라왔던 것이에요, 제 근원을 아프게 건드리면서.

사랑하는 당신.

실로 오랜만에 다시 펜을 들었습니다. 어제는 당신이 다녀가셨지요. 그건 뜻밖이었어요. 제가 이곳에 머물러 있는 것을 어떻게 아셨어요? 저는 그동안 당신께 이곳 얘기를 단 한 번도 해본 적이 없는데요. 여기에 올 때 제 마음은 하루나 이틀만 묵고 갈 생각이어서 당신께 말씀드리지도 않았는데요.

제 심정을 당신께 알려 드리는 일이 가능한 일이 아니라는 생각이 자꾸만 들었어요. 무슨 일을 글로 써보는 것에 습관이 들여지지 않아서인지, 어제 당신의 혹독한 질책처럼 마음이 하고 싶지 않은 일을 제가 억지로 몰아붙이고 있어서……인지…… 펜을 놓고 다시 쓰질 못하고 있었어요.

어제 당신이 오시기 바로 전에 저는 우사(牛舍)에서 소를 분만시키고 계시는 아버지 곁에서 그 뒷심부름을 하고 있었습니다. 그 여자가 우리 집에 처음 왔을 때 제게 물었던 텃밭, 그 여자가 은은한 향내를 풍기며 나비보다 더 가볍게 연두색 배추를 뽑던 그 밭이 지금은 우사가 되었습니다. 다른 소들보다 수월하게 송아지를 낳았다고 아버지께선 어미 소를 쓰다듬어 주셨어요. 그것도 수송아지를요.

아버지께서 소 태(胎)를 거두시는 걸 보며 집으로 돌아왔는데 당신이 제 집 마당에 서 계시더군요. 처음엔 거기 서 계시는 당신이 환영인가…… 어떻게 당신이 여기를? 헛것이겠지…… 했어요. 오죽했으면 아버지가 돌아오실 때까지 당신을 쳐다보기만 했을까요?

당신을 알고 지내는 동안 늘 소망했었습니다. 당신을 아버지께 뵈드릴 수 있으면 얼마나 좋을까, 하고요. 그 간절하던 마음이 이루어졌는데, 저는 마치 도망자를 감추듯이 당신을 끌고 황급히 대문을 빠져나와야 했다니, 아버지와 당신의 그 짧은 만남이라니.

시내 다방에 마주앉았을 때, 당신은 나를 질책하셨어요. 당신은 저를 그렇게도 간절히 바라건만, 제가 당신과의 관계를 그저 남녀간의 어지러운 정쯤으로 생각한다는 것이었지요. 저는 그렇지 않다고 말씀드렸어요. 그렇지 않으면 왜 약속을 어기려 드느냐고 되물으셨지요.

저는 당신께 제 심정을, 복잡하게 들끓고 있는 이 심정을, 단 몇 가닥만이라도 말씀을 드리려고 했습니다. 그 여자가 건드려 놓은 제 심정에 대해서 말이에요. 역시 당신은 무슨 소린지 도저히 모르겠다는 표정이셨지요. 저는 제 심정을 글로 옮겨 놓는 재주만 없었던 게 아니라, 눈썹 하나만 까딱해도 무슨 말을 하는지 안다고 생각했던 당신, 다름아닌 그 당신께 말로 옮기는 재주조차 없었던 것입니다.

제가 그 여자가 만들어 줬던 음식에 대해서, 그리고 제가 근무하고 있었던 스포츠센터에서 눈물을 글썽이며 에어로빅 수강을 받던 중년 부인에 대해서 얘기하면 할수록 당신은 얼굴빛이 붉으락푸르락해지셨어요.

그러다 곧 눈물에 젖는 당신의 눈을 바라봐야 하는 제 괴로움이 그토록 술을 마시게 했습니다. 오이채를 썰어 넣기는 했지만, 그러나 막소주를 저는 얼굴빛이 창백해지며 퍼마셨습니다. 제가 당신과의 관계를 남녀간의 어지러움 정쯤으로 생각하다니요?

어제 당신과 저는 꼭 한 집에 살고 있는 개와 고양이 같았습니다. 둘이 앙앙대는 건 서로를 이해하는 방식이 달라서라지요. 개가 앞발을 들면 함께 놀자는 마음 표시인데, 고양이에겐 그게 언제든지 대들겠다는 경계 신호라잖아요. 고양이가 귀를 뒤로 젖히는 건 심정이 사나우니 건드리면 언제든 할퀴어 놓겠다는 뜻이지만, 개는 당신에게 순종하겠다는 의미라니, 둘 사이에 오해가 싹틀 수밖에요.

어제 당신과 제가 꼭 그랬습니다. 제 마음을 당신은 느닷없이 왜 그렇게 고고해졌느냐며 할퀴었고, 저는 당신 이외의 다른 감정을 모두 뭉개려만 드는 이기주의라고 당신을 물어뜯었습니다.

당신은 출국 날짜를 일러주고 가셨습니다. 그 날짜에 맞춰 제가 돌아올 걸 믿는다고도 하셨습니다. 당신은 석연치 않은 얼굴로 새벽 기차를 타고 다시 도시로 가셨어요.

집에 돌아왔을 때, 아버진 마루에 앉아 계셨습니다. 당신의 팔을 붙들고 황급히 도망치듯 집을 나섰던 저를 보고 짐작하신 게 있으신지 저를 바라보는 표정이 말할 수 없이 일그러져 계셨어요. 무슨 말씀이든 다 들으려고 아버지 곁에 엉덩일 붙이고 앉았으나, 얼마 후에야 아버진 그냥 방으로 들어가시며 힘없이 중얼거리시더군요. 그놈, 그 수송아지가 눈뜬 봉사여야.

방금 어머니께선 상가(喪家)에 가셨습니다. 돌아가신 분은 점촌할머니예요.

생전을 춥게만 살더만 가는 날은 따뜻헌 날 잡았구나.

어머니는 봄볕을 내다보시며 혀를 쯧쯧, 차셨습니다. 가신 분이 점촌댁, 점촌할머니라고 들었을 때, 저는 또 한 번 가슴이 철렁했어요. 기……억은, 이상한 것이에요. 칠흑 같은 무명에 휩싸여 있던 것들이 어떻게 해서 한순간 그렇게도 투명하게 비춰지는지.

제 기억 속의 점촌댁은 울면서 줄넘기를 하고 있습니다. 저는 어머니께 그 할머니가 돌아가셨다는 말씀을 듣기 전까지는 그분이 아직 살아 계신 것도 모르고 있었습니다. 점촌댁, 점촌할머니댁은 이 마을 끝에 있습니다. 어머니를 따라 자주 그 댁에 밤마실을 갔었어요. 그때, 점촌댁은 다리를 절뚝이며 줄넘기를 하고 계셨어요.

다리도 안 성한 사람이 이게 무슨 짓이여!

어머니께서 한사코 말렸지만 점촌댁은 줄넘기를 멈추지 않았습니다.

어머니와 마을 아주머니 몇 사람이 모여 앉아 하는 얘기로는 점촌댁이 제삿장을 봐 머리에 이고 오는 중에 맞은편에서 달려오는 짐 자전거를 피하려다 다리 밑으로 굴러 다리를 다치셨다는 것이었습니다. 점촌댁은 그로 인해 거의 이 년 동안을 운신을 못하셨고, 그 사이 점촌아저씨가 다른 여자를 봤다는 것입니다. 다리를 움직이지 못해 방안에만 있느라고 뚱뚱해진 점촌아주머니는 그 이후로 그 아픈 다리로 서서 울면서 줄넘기를 하신다는 것이었습니다. 새끼줄 두 줄을 뚤뚤 엮어 만든 그 줄.

지금 당신이 있는 그 도시. 제가 강사로 나가던 그 스포츠센터의 에어로빅 저녁반 시간에 어느 날 중년 부인이 새로 들어왔었죠. 아! 당신께 말씀드렸지요? 첫 시간 수업 도중에 폭삭 무너지며 통곡을 했다는 그 중년 부인요. 남편이 집에 들어오지 않기 시작했다고 악을 썼다는 애긴 제가 차마 말씀드리지 못했어요. 그 이후로도 그 여인은 에어로빅 도중에 자주 주저앉아 울었지요.

어제는 그 젊은 애가 전화를 걸어 왔지 뭐예요! 남편이 나와 이혼하고 저랑 살기로 했다고 당당하게 말하더라니까요, 선생님.

점촌할머니가 돌아가셨다는 애길 들었을 때, 그 여인의 에어로빅이…… 할머니의 새끼줄 줄넘기와 함께, 제 가슴을 훑고 지나간 건 또…… 웬…….

점촌댁, 이젠 돌아가신 점촌할머니가 언제부터 줄넘기를 그만두셨는지는 모르겠으나, 그 이후로 점촌댁은 지금껏 홀로 살다가 이제 할머니가 되셔서 가신 거예요.

사랑하는 당신.

어제대로라면 제 얼굴을 빤히 들여다보시겠지요? 그 여자들이
도대체 너와 무슨 관련이 있니? 하시면서. 아무리 신비스런 과거
를 가진 사람이라고 해도 그 과거는 그 사람들의 것이다. 하물며
그닥 엿볼 과거도 아닌 것을 왜 들여다보느냐구요. 자기 자신이
캐낸 인생만이 값어치가 있는 거야. 무리 지어 살면서 생긴 것들
을 남들은 헤치고 나오려고 하는데 넌 이상하구나. 젊은 애가 왜
꾸역꾸역 그 속으로 자신을 밀어 넣고 있냐……고.

어제 차마 당신께 할 수 없었던 말이 있었습니다. 그건 당신과
저를 한꺼번에 어디선가 끌어내려 구덩이에 처넣는 일만 같아, 어
떻게 해서든 이 말만은 당신께 하지 않으려고 그 술집에서 당신께
발광을 부렸던 겁니다. 당신을 발로 차고, 당신의 가슴에 주먹질
을 하고, 당신을 짓이기면서 대들었던 건 막 새나오려고 하는 이
말에게 지지 않으려고 그랬던 겁니다.

창백하게 앉아만 있던 당신. 제가 이 말을 하고 나면 당신이 저
를 질책하셨던 대로 당신과의 연을 남녀간의 어지러운 정쯤으로
수긍하는 셈이 되겠지요. 그래서 하지 못한 말이 있어요.

지금도…… 이 말을…… 당신께…… 꼭, 해야 하는가…… ?

몇 번이고 제 자신에게 되묻게 됩니다. 내뱉고 말면 어쩌면 당
신은 저를 증오할지도 모르겠어요. 사랑이 증오로 바뀌는 건 순식
간의 일이지요. 당신이나 나나 그 두 감정이 서로 동시에 마음을
언덕 삼아 맞대고 있지 않았나요? 다만 그동안 우리는 아주 위태
롭게 사랑 쪽을 지켜왔던 것 아닌가요? 어쩌면 제 이 말이 증오
쪽으로 당신 마음을 돌려놓을지도 모르겠습니다.

당신, 저를, 용서하세요.

이 말을 하지 않으면, 제 말이 모두 당신에게 오리무중일 것만 같으니. 점촌아주머니를 혼자 살게 한 점촌아저씨의 그 여자, 그 중년 여인으로 하여금 울면서 에어로빅을 하게 만든 그 여자…… 언젠가, 우리 집…… 그래요, 우리 집이죠…… 거기로 들어와 한 때를 살다간 아버지의 그 여자…… 용서하십시오…… 제가…… 바로, 그 여자들 아닌가요?

사랑하는 당신.

노여워만 마세요. 저는 그 여자를 좋아했습니다. 어쩌면 이 세상에 태어나서 처음으로 느낀 타인에 대한 사랑이었는지도 모릅니다. 그 여자가 남겨 놓은 이미지는 제게 꿈을 주었습니다.

제가 더 자라 학교에 다니게 되었을 때, 새 학기가 시작되고 나면 담임 선생님은 개인 신상 카드를 나눠 주며 기록을 해오라 했습니다. 그 개인 신상 카드 어느 면에 장래 희망을 적어 넣는 칸이 있었지요. 장래 희망. 저는 그 칸 앞에서 오빠 볼펜을 손에 쥐고 우두커니 앉아 있곤 했어요.

……그 여자처럼 되고 싶다…….

이것이 제 희망이었습니다. 그 여자가 우리 집에 와서 심어 놓고 간 일들을 구체적으로 간추려서 뭐라고 써야 하나? 그것이 고민스러워 우두커니 앉아 있곤 했던 것입니다.

끝끝내 그걸 간추릴 단어를 저는 그때 알고 있지 못했어요. 그래서 다른 아이들처럼 어느 때는 은행원, 어느 때는 학교 선생님, 어느 때는 발레리나라고 써넣을 수밖에 없었습니다만, 그렇게 표현되는 그때그때의 희망들은 모두 그 여자를 지칭하고 있었습니다.

그 여자는 우리 집에 살기 시작한 지 열흘 만에 큰오빠만 빼고 모두를 끌어안아 버렸어요. 백일이 갓 지난, 울 줄밖에 모르던 그네 속의 막내동생까지요.

그 여자의 손이 닿아 제일 먼저 화사해진 게 아기 그네였습니다. 어머니께서 그네 밑에 깔아 놓으셨던 떨어진 아버지 내복을 그 여자는 맨 먼저 걷어 냈어요. 그러고는 어디서 났는지, 잔꽃이 아른아른한 병아리색 작은 요를 깔았어요. 그네 하면 어린애의 울음소리와 그 낡은 내복이 생각났었는데, 그 여자는 뽀송한 기저귀가 옆에 있는 환한 병아리색 이미지로 바꿔 놓은 거예요.

그 여자는 아이를 울리지 않았어요. 처음에 어머니 젖이 아니라, 느닷없이 우유병이 들어오자, 칭얼칭얼대는 것도 그 여자는 잘 해결했죠. 그 여자는 서슴없이 자신의 젖을 꺼내 아이에게 물렸다가 아이가 빈 젖임을 막 알리는 참에 살며시 젖병 꼭지를 밀어 넣었어요. 그러면 어린애는 손가락을 그 여자의 젖 위에 얹어 놓고 꼼지락거리면서 순하게 그 젖병 꼭지를 빨았습니다.

아이는 그 여자 등뒤에서 해사하게 웃었고, 그 여자는 아이를 업고 음식들을 만들었습니다. 도마질만은 무척 서툴렀습니다만, 그 여자는 도마질을 잘 하는 어머니 맛하고는 다른 맛의 음식을 만들어 냈습니다. 밥을 한 가지 해내도 그 여자가 한 밥은 표가 났습니다.

어머니의 밥은 한가지였지요. 보리와 쌀이 섞인 쌀보리밥이 그것입니다. 어머니께선 미리 보리를 삶아 놓았습니다. 그러면 밥뜸을 안 들여도 되었거든요. 그것도 한꺼번에 며칠 것을 삶아 두셨어요. 논일·밭일에 언제나 어린애가 있던 집이어서 보리 삶는 시간도 아끼셔야 했던 분입니다. 삶아 놓은 보리를 밑에 깔고 한켠에 쌀을 얹어서 지은 다음 나중에 밥그릇에 풀 때 서로 섞는 것입니다. 어머니는 언제나 아버지 밥그릇과 큰오빠 밥그릇은 따로 챙겨 두셨다가, 그 두 밥그릇엔 쌀밥이 더 들어가게 섞으셨지요.

그 여자는 보리를 미리 삶아 놓지 않았습니다. 밥을 지을 때마다 그때그때 보리를 먼저 물에 불려 놓았다가 돌확에 갈아 지었습니다. 그리고 알맞은 때에, 밥뜸 불을 밀어 넣어 줘서 밥은 늘 고슬고슬했어요.

그 열흘 중의 어느 날은 보리를 다 빼고 쌀에 수수를 넣은 밥을 지었으며, 또 어느 날은 입에 쏙쏙 들어가기 좋을 만큼의 크기로 만두를 빚어서 밥 대신 만두국을 내오기도 했습니다.

지금도 환하게 생각납니다. 그 여자는 마치 우리 집에 음식을 만들러 온 여자 같았어요. 멥쌀보다 색이 뽀얀 찹쌀로 둥근 경단을 만들어 내놓기도 했으며, 곤로를 마당에 내놓고 진달래 화전을 부쳐 주기도 했어요.

찹쌀로는 그저 시루에 찰떡만 쪄주셨던 어머니.

그 여자는 어느 날 대추·밤을 썰어 넣어 찹쌀 약식을 해주었죠. 찹쌀의 그 끈기가 그렇게 맛있는 것인 줄 그 여자를 통해 알았습니다. 다듬잇돌에 밀가루를 밀어 칼국수를 만들어 내왔을 때, 그 국물 위에 화려하게 얹혀진 고사리와 계란 고명들이 지금도 눈에 환합니다. 어머니가 쑤어 준 풀떼죽하고는 확실히 달랐지요. 맛이야 어떻든 그 폼이 말이에요.

그 여자가 묵었던 그 열흘 동안 도시락을 싸가는 오빠들이 부러었습니다.

어머니께서 싸주시는 도시락 반찬 그릇은 들여다볼 것도 없었지요. 과묵하던 큰오빠까지도 또 염소똥이야, 할 만큼 검정콩 자반이 주를 이루었고, 집에서 담근 단무지, 된장 속에 묻어 놓았던 오이 장아찌, 어쩌다 밥물 위에 얹어 쪄낸 계란 찜이었으니까요.

그 여자의 음식 만드는 멋은 특히나 오빠들 도시락에서 이루어졌습니다. 맨밥에 반찬 싸가는 것이 도시락인 줄만 알았는데, 그 여자는 당근과 오이와 양파를 종종종 썰어서 밥과 함께 볶아서 그 위에 계란 후라이를 얹어 주었습니다. 푸른콩·붉은 강낭콩·검정콩 등을 섞어 설기떡을 만들어서 밥 반쪽, 콩설기떡 반쪽을 싸 주기도 했습니다. 아버지께 쇠고기를 사오라 하여 양념해서 볶고, 시금치도 데쳐서 기름에 볶고, 달걀도 풀어 몽올몽올하게 볶아서, 이 세 가지를 밥 위에 덮어 주기도 했습니다. 꽃밭, 꽃밭을 연상시키더군요.

어느 날은 저에게 큰오빠가 무슨 밥을 좋아하느냐고 물어서 주먹밥을 좋아한다 했더니, 다음날 그 여자는 콩을 넣은 주먹밥을 자그만자그만하게 만들었어요. 먹을 때 밥이 손에 달라붙지 않도록 깻잎으로 하나씩 싸서 도시락을 채웠습니다. 온 식구들이 함께하는 끼니 때는 아버님께 혼이 날까 봐 순가락을 드는 시늉은 했지만, 도시락은 들고 갔다가도 고스란히 되가지고 오던 큰오빠는 그날 등교하다 말고 다시 돌아왔습니다. 그러고는 마루 끝에 그 도시락을 팽개치고 달아났어요. 아무래도 그걸 가지고 학교까지 갔다가는 먹고 싶은 유혹을 물리치기가 힘들 거라는 생각이 들었던 거겠죠.

그 여자는 아버지가 술 드시고 온 다음날은 밤새 읍에 나갔다가 온 것인지, 싱싱한 소 피를 삶아 뚝뚝 잘라 넣은 선짓국을 끓여 내놓았습니다. 그 국물 위에는 어슷어슷 썰어 넣은 생파가 듬뿍 얹혀져 있었지요.

그 여자가 부쳐 주던 두릅 적이며, 그 여자가 무쳐 주던 미나리 나물·쑥 나물 한 접시…… 아, 그 칡 수제비까지 생각나는 걸 보면, 아버지로 하여금 그 여자를 사랑하게 한 게 그 음식들이라고 생각하는가 봅니다, 저는. 국수에 고명을 넣는 그 여자와 넣지 않는 나의 어머니. 글을 더 쓸 수가 없군요.

바깥에서 아버지께서 우사에 가보자고 부르십니다.

다시 펜을 들면서 저는 참담함을 느낍니다. 이 글의 시작은 당신께 제 마음을 전해 드리고자 하는 것이었는데, 저는 아무래도 이 글을 못 끝낼 것만 같습니다.

당신과의 약속 날은 이제 나흘 남았습니다. 당신이 이곳을 다녀가신 뒤에 또 사흘이 흐른 것입니다. 당신에겐, 제가 당신 앞에 나타나는 일은 없을 것이다, 해놓고, 어느 순간의 저를 보면 당신에게 이미 가 있는 것만 같습니다. 나흘 후면 정말 당신은 이 땅에 없으십니까? 제가 당신을 따라나서지 않는데도 당신은 떠나시는 겁니까?

저와 함께 하기 위해서 당신은 이곳을 떠날 생각을 했었습니다. 당신의 두 아이와 당신의 아내, 그리고 당신의 사십 평생이 있는 여기를 말이에요. 무슨 영화 속에서나 벌어질 법한 일이 당신과 저 사이에 생긴 것이지요. 저는 당신의 그 결정이 고맙기만 해서 따라나서겠다고 했습니다. 당신이 두고 가는 것에 비하면 제 것은 아무것도…… 아무것도 아니라고 여겼기에.

여기에 올 때만 해도 당신이 마음을 바꾸시면 어쩌나, 당신을 못 믿어서가 아니라 당신이 저보다 더 어려워 보여서요. 그런데 저는 지금 못 가겠다 하고, 당신은 날을 받아 놓고 있다니.

바깥에서 아버지께서 부르신다고 펜을 놓고서 한 줄도 더 이어 쓰지 못한 지난 사흘 동안, 저는 눈먼 송아지를 돌봤습니다. 어머니께선 지난 사흘 동안 방에서 일어서시면 상가에 가셔서 송아지 돌보는 일은 자연스럽게 제 몫으로 남겨지더군요.

점촌할머니는 어머니에게 평생을 춥게 살다 가신 분, 가여우신 분입니다. 말씀은 안 하시지만, 어머니께서 나이 차도 꽤 나는 그 점촌할머니와 늘 가까이 지내셨던 것은 언젠가 당신이 열흘 동안 겪은 경험으로 그분의 쓰라리고 고됨을 이해하시기 때문인지도 모릅니다.

오늘은 상여가 나가는 날이라 아버지께서도 나가셨습니다. 우사에서 눈먼 송아지의 입술을 제 어미의 젖꼭지에 대주고 도랑가로 나와 철길 너머를 바라봤는데, 점촌할머니 떠나시는 모습이…… 하얗게…… 멀리 보이더군요. 여기 올 땐 그저 봄이 왔었을 뿐인데, 상여 나가는 그 앞산에 눈길을 줘보니, 연푸름이 짙어지고, 늦봄 철쭉이 만발해서는 그 자리에 불을 지를 듯, 그렇게 붉었어요…….

우사의 어미 소는 제 새끼가 눈먼 것을 아직은 모르는 모양입니다. 젖을 놓친 송아지가 다시 젖을 못 물고 배를 더듬거리면, 뒷발을 들어 송아지의 엉덩이를 때립니다. 어리광 그만 부리라는 뜻이겠지요. 하긴 송아지 자신도 자기가 눈먼 걸 모를 테지요. 태를 끊었을 때부터 칠흑이었을 테니 세상이 그런 줄, 그런 줄로만 알겠지요.

대신에 제 어미의 기척엔 예민합니다. 옆에 있던 어미가 부시럭거리면 저도 부시럭거리고, 제 어미가 일어서면 저도 이엉차, 일어섭니다. 아무것도 보지 못하는 눈은 너무나 맑습니다. 그 눈에 제 눈을 헹궈 내고 싶을 정도로요. 헹궈 낸 후엔 곧 제 눈앞도 칠흑이 되어서 당신이 다시 와도 알아보지 못했으면…….

오늘도 더는 못 쓰겠군요. 이 심정으로 어떻게 제가 왜 당신을 만나지 않겠다는 것인가에 대해서 쓴단 말인가요!

……그 여자같이 되고 싶다…….

그 희망은 그 여자가, 아기 그네에 병아리색 이불을 깔아서거나, 숙주나물에 청포묵을 얹어줄 줄 알았던 여자여서만은 아닙니다. 그 여자는 오빠들 속에 섞여 있는 저를 알아봐줬던 것입니다.

위로 오빠 셋만 있는 집의 여자아이란, 어디에 있어도 보이지 않게 마련이지요. 다 자라서는 모르겠지만 서로 그만그만하게 자라고 있는 중에는 말이에요. 어머니 말씀에 의하면 제가 태어났을 때 아버진 마을 사람들에게 막걸리를 내셨답니다. 아들만 있는 집에 양념딸이 났다고 반가워하시면서요. 하지만 곧 저의 존재는 집 안팎에서 뒤처졌습니다.

그렇다고 해서 특별히 어머니나 아버지가 저를 어떻게 대했다는 뜻은 아닙니다. 그냥 내버려둔 거지요. 제가 뒤란에서 울고 있거나, 제가 앞집 아이가 신은 색동 코고무신을 신고 싶어 애달아

하는 것, 제가 오빠가 입던 스웨터는 입고 싶어하지 않는 마음들을 다 내버려둔 거지요.

맞습니다. 그 여자가 제 인상에 각인될 수 있었던 것은 그 여자가 저를 알아봐줬기 때문이에요. 당신을 처음 만난 그날, 느닷없이 내리는 비를 맞고 버스를 기다리고 있는 여러 여자들 중에서 감기를 앓고 있는 여자가 바로 저라는 걸 알아줬던 것처럼 말이에요. 당신은 그날 제게 우산을 받쳐 주며 말했지요. 상습범이라고 생각 마십시오, 독감을 앓고 계시는 것 같아서.

그 여자는 무슨 까닭인지 틈만 나면 칫솔질을 했어요. 밥 먹은 후에 하는 것은 당연한 일이고, 큰오빠가 방문을 꽉 잠그고 나오지 않을 때도, 큰오빠의 사주를 받은 둘째오빠가 아줌마, 술집에서 왔지? 하고 말했을 때도, 그때 초등학교에 막 들어간 셋째오빠가 한밤중에 엄마 내놓으라고 발 뻗고 숨넘어갈 듯이 울어 제낄 때…… 그 여자는 칫솔에 흰 치약을 많이 묻혀 오랫동안 칫솔질을 했습니다. 역시 큰오빠의 사주를 받은 제가 뒤따라다니며, 그 여자의 등에 업힌 어린애를 꼬집어 울릴 때도 말이에요.

어느 날 그 여자는 빨랫줄에 방금 물에서 막 헹궈 낸 흰 기저귀를 널다 말고 칫솔에 치약을 묻혔어요. 저는 그때 마루에 걸터앉아 물끄러미 그 여자를 바라보고 있었습니다. 그러다가 문득 저도 그 여자처럼 이를 닦아 보고 싶어졌어요. 칫솔통에서 제 칫솔을 꺼내 저도 치약을 묻혔죠.

저는 그때껏 그 여자가 칫솔질만 하고 있는 줄 알았는데, 아니었어요. 그 여자는 울고 있더군요. 벌써 그때 눈이 시뻘개져 있었어요. 그 여자는, 우는 모습을 제게 보인 것이 민망했는지, 오른손으로 닦도록 해, 하면서 왼손에 쥐고 있는 제 칫솔을 오른손에 쥐어 주었습니다.

칫솔을 입에 집어 넣고 건성으로 쓱쓱거리고 있는데, 그 여자는 칫솔을 쥔 제 손을 자신의 손으로 싸쥐더니 입 속에서 칫솔을 둥글게둥글게 돌려 닦는 법을 가르쳐 주었습니다. 그래야 잇몸이 안 다쳐. 저는 그때 잇몸이 뭔지도 모르는 때였습니다. 다만 그 여자가 잇몸이라고 발음했을 때, 그 여자의 눈물이 제 손등으로 툭 떨어져서 오랫동안 기억하는 것입니다.

써내려 온 글을 읽어 보니 혼란스러움으로 머리가 빠개지는 것만 같습니다. 지금 제가 당신에게 무슨 짓을 하고 있나요? 혹시 저는 당신에 대한 변심을 열심히 둘러대고 있는 중은 아닐까요? 그렇지 않다면 왜 이렇게 마음이 조급한 것입니까? 느낌들이 마구 엉켜서 어디서부터 이야기를 계속해야 될지를 모르겠습니다. 그리고 제 기억이 어느 정도 정확한 것인지도.

당신과 알고 지냈던 지난 이 년 동안 저는 이 마을을 단 한 번도 찾지 않았습니다. 단순한 우연일까요? 아닌 것만 같습니다. 이곳에 와서 맞부딪칠 얼굴이 저는 두려웠던 게지요. 당신을 사랑하는 일이 자랑할 만한 일이 아니라는 것을, 제 자신이 알고 있었던 겁니다.

그러면 저는 지금, 당신 말처럼 당신과의 관계가 불륜이었음을 나 스스로가 인정하면서, 자랑할 만한 사랑을 하겠다, 그래서 당신을 잊어야겠다, 이런 말을 하고 있는 중이란 말입니까? 사실은 그렇게 간단한 것을 이렇게 복잡하게 얘기하고 있는 건가요? 제가?

그…… 여자, 그 여자는 왜…… 다시 집을 나갔을까요?

당신을 믿어요.

그 여자가 아버지께 한 말 중에 지금껏 기억에 남는 말은 유일하게 이 한마디입니다. 그 여자의 당신이었던 아버지를 믿었으면서, 그 여자는 왜 그렇게 도망치듯 집을 나갔을까요. 어머니 때문이었을까요? 그 여자는 어머니가 잠시 다녀간 다음날 집을 나갔습니다. 그렇다고 어머니께서 그 여자에게 무슨 대거리를 한 것도 아니에요. 어머니는 오셔서 그 여자가 업고 있던 막내동생을 받아 안았을 뿐입니다.

지치셨던 것인가? 아니면 그것이 어머니께서 견디시는 방법이셨는가? 어머니는 그저 말없이 아이를 받아 안고서 젖을 먹이셨어요. 어머니의 젖은 퉁퉁 불어서 푸른 힘줄이 불끈불끈 솟아 있었습니다. 어린애가 한참을 빨고 나니까 그 힘줄이 가셨습니다. 봄볕이 내리쬐는 그 봄날에 마루에 앉아 젖먹이는 어머니와 그 곁에 서서 그저 마당만 하염없이 내려다보고 있는 그 여자라니.

어머니는 젖을 빨다 잠이 든 어린대를 포대기에 싸서 마루에 눕혀 놓고, 토방에 쭈그리고 앉아 있는 제게로 오셨어요. 그때, 제 손에 그 여자가 만들어 준 설기떡이 쥐어져 있었던가 말았던가. 그 풍경을 생각하니 눈물이 번지는군요. 어머니는 한 칸씩 위로 채워진 제 윗옷 단추를 다시 끌러서 제대로 채워 주시고, 벗어 놓은 제 신발에 담긴 흙부스러기를 털어내 주시고서는 물끄러미 제 눈을 들여다보시더니 다시 가셨어요. 삼십 분도 채 안 되는 시간이었지요.

단지 그뿐이었는데 그 다음날 그 여자는 나갔습니다. 뒤란 마당까지 깨끗이 쓸고 난 다음이었어요. 실에 꿴 감꽃을 주렁주렁 목에 매달고 있는 제 손을 그 여자는 잡아당겼어요. 점심상은 방에 차려 났어. 동생은 방금 잠들었구. 깨어나면 기저귀 속에 손 넣어봐서 오줌 쌌거든 얼른 갈아 줘…… 그러구 아버지가 날 찾거든 모른다고 해라. 언제 나갔는지 모른다고 해, 알았지?

어느새 그 여자는 처음 우리 집에 왔을 때 입었던 저고리와 치마로 바꿔 입고 있더군요. 분을 옅게 바르고 있어서 얼굴빛이 더욱 뽀얬습니다. 처음 우리 집에 온 날 저를 어지럽게 하던 그 은은한 향내가 그 여자에게서 다시 났어요. 큰오빠가 무서워 다락에 숨었다가 거기서 잠이 들어 버려 굴러 떨어진 뒤로는 맡지 못했던 냄새였습니다.

어느 날 그 여자가 제게 책을 읽어 주었어요. 어느 대목이 재미있어서 막 웃고 있는데, 큰오빠가 들어왔어요. 큰오빠는 저를 노려보더니 다시 방문을 쾅 닫고 나가 버렸죠. 저녁에 큰오빠에게 혼날 일을 생각하니 무섭기만 했어요. 그래서 숨은 곳이 불이 안 들어가 쓰지 않고 있던 빈방의 다락이었어요.

그 다락은 경사진 좁은 계단을 몇 개 통과해야 올라갈 수 있게 되어 있었습니다. 저는 그곳에서 저녁밥도 안 먹고 잠이 들어 버렸어요. 다락에서 잠이 든 줄도 모르고 잠청을 하다가 밑으로 굴러 떨어져 내렸지요. 제가 쿵, 떨어졌을 때 달려온 이는 그 여자, 그 여자였습니다. 그 여자는 제 엉덩이를 세게 때렸어요.

집을 나가 버린 줄 알았잖니, 이것아!

그 여자는 거의 울듯했어요. 저 때문에 말이에요. 제가 집에 있는지 없는지도 모르고 다른 식구들은 다 깊은 잠에 빠져 있었는데, 아버지까지도 주무시고 계셨는데, 그 여자는 그때껏 마루에 앉아 있었던 겁니다. 그때, 그 여자는 악마다, 라고 했던 큰오빠의 말이 다 틀린 말이라고 생각했습니다.

그 여자에게서 느껴지던 어질머리가 그 다음으로 다 사라, 사라졌어요. 그런데 그 여자는, 그 향내를 다시 풍기면서 그 파란 페인트 칠 대문을 빠져나갔습니다. 저는 그 여자가 처음 우리 집 대문을 열고 들어왔을 때 앉아 있었던 그 마루에 앉아서 집을 나가는 그 여자를 바라봤어요. 역시 환한 햇살 속에서요. 눈물이 날 것 같기도 하고, 어서 아버지가 오셨으면 하는 마음이 생기기도 했어요.

그때 제 눈에 띈 게 칫솔통이었습니다. 그 속엔 그 여자의 노란 칫솔이 그대로 있었어요. 저는 키를 세워 그 칫솔을 꺼냈어요. 그리고 마구 달려갔습니다. 마을을 빠져나가는 길은 큰길과 소롯한 수리조합 둑길이 있었는데, 그 여자는 수리조합 길로 걸어가고 있더군요.

저는 정신없이 뛰어 그 여자 뒤에 섰어요. 제가 뛰어오는 소리가 들렸음직도 한데 그 여자는 그저 여민 치마 한끝을 싸쥐고 뒷모습만 보이더군요. 그 여자 뒤에 바짝 서서 그 여자의 치마를 잡아당겼습니다. 그때서야 그 여자는 돌아다봤습니다.

아, 그때 그 여자의 얼룩진 얼굴이라니. 눈물에 분이 밀려나서 그 여자 얼굴은 형편없었어요. 칫솔을 내밀자 그 여자는 웃을락말락했습니다. 그 여자는 내 손에 있는 칫솔을 가져 가는 게 아니라, 손을 그대로 꼭 잡았습니다. 그러고선, 제 눈을 깊게 들여다봤습니다.

나…… 나처럼은…… 되지 마.

그 여자는 한숨을 포옥 내쉬었습니다. 그러고선 곧 저를, 저를 떠밀었어요. 어서 가봐, 동생 잠 깨겠다아.

오늘은 비가…… 명주실 같은 저, 봄비……가,

자꾸만 바깥을 내다보게…… 귀…… 귀기울이게 해요. 방금 저는, 어버지와 저 속을 쏘다니다 왔어요. 들과 산과 빨래터를요. 산등을 따라 죽 이어지는 봉우리들까지 오르락내리락했습니다. 산쑥은 물론이요, 연둣빛 능선에는 벌써 산수유가 피어서 가는 비에 파들거렸어요. 실비라서 우산 쓸 생각은 하지도 않았었는데, 돌아올 때는 제 머릿결이, 아버지 어깨가 축축했어요.

새를 잡으로 나갔었습니다. 단 한 마리도 못 잡았으니 잡으러 나갔다기보다 쫓아다니다가 왔다는 게 맞는 말이겠군요. 아버지께서 오후 한 차례씩 엽총을 어깨에 메고 들과 산으로 사냥을 나가신다는 건 이번에 처음 안 일입니다. 어머니 말씀에 의하면 벌써 이 년째 습관처럼 하시는 일이라는데요. 하긴 저는 지난 이 년 동안 여길 오지를 않았었으니까요.

사냥이라고 써놓고 보니 말이 크군요. 그 큰 말의 울림 속에는 원시적인 게 섞여 있네요. 이젠 사냥이 딱히 동물을 잡는다는 뜻으로만 쓰이지는 않습니다만, 제게 와닿는 사냥이라는 말의 울림은 아직 원시적입니다.

저 먼 부족이나 더 멀리 씨족들이 무리 지어 살았던 때로 생각이 거슬러 갑니다. 그들은 이런 상상을 하게 해요. 길도 없는, 아니 어느 곳이나 길이 되는 산자락 밑이나 들판 한가운데에 짚으로 엮어 만든 수십 채의 움막집, 그 움막집 앞엔 늘 타고 있는 불기둥, 그 불길은 더 깊은 상상을 불러일으킵니다.

움막 집집마다에 한 가족들이 보입니다. 남편과 아내와 여러 아들과 딸들이 그 속에서 서로 엉켜 삽니다. 그들은 거의 알몸입니다. 햇볕에 그을린 살갗은 희지 않습니다. 그들의 머릿결은 검고 윤기가 흐르며 숱이 많습니다. 종아리와 팔뚝엔 알통이 불쑥 나와 있으며, 가족들 모두 엉덩이가 바람이 빵빵한 공처럼 둥글어서, 걸을 때마다 누가 발로 차내는 듯이 실룩거리는 겁니다.

그런 그들이 모두 함께 사냥을 나갑니다. 짐승을 동그랗게 둘러싸 몰려면 숫자가 많을수록 좋습니다. 그때, 여자들은 누구나 자식을 덩실덩실 여럿 낳고 싶어했을 거라고 저는 생각하는 것입니다. 그들은 산맥같이 얽혀서 사냥해 온 멧돼지나 오소리, 때때로 곰을 그 움막집 앞의 불길에 굽는 겁니다. 사냥이란 모름지기 이런 것이라야 하지 않을까요.

말을 이렇게 해놓고 보니, 방금 다녀온 아버지와의 새 사냥은, 사냥이라 하기가 민망하군요. 그냥 새잡이라고 해두지요. 처음부터 아버질 따라 나설 생각이 있었던 건 아니었습니다. 마당으로 나 있는 창문으로 아버지께서 스쳐 지나시기에 저는 의아한 마음으로 창을 통해 아버질 따라가 보았습니다. 아버지의 차림이 특이했거든요.

아버진 털이 보송보송하고 각이 진 밤색 모자를 쓰고 계셨는데, 갈색 카디건에 검정 목티를 받쳐 입고 계셨는데, 헐렁한 상아색 골덴 바지에 벨트를 꽉 조인 차림이셨는데, 무릎까지 올라오는 장화를 신고 계셨는데, 맑게 쏟아지는 봄볕을 뚫고 가시는 그 모습이 꼭 사냥꾼 같았습니다. 아버지께서 헛간 벽에 걸어 둔 엽총을 꺼내 어깨에 메셨을 때, 그 엽총은 완벽한 소품이 되더군요. 분장을 마친 아버진 대문을 나가셨습니다.

그때, 저도 방문을 열었지요. 처음엔 그저 어리광쟁이 어린애처럼 앞서가시는 아버지 장화 발짝에 제 발짝을 갖다 대며 뒤따랐습니다. 한쪽으로 우리 부녀의 그림자가 나란히 함께 걷고 있었습니다.

바람이 불기 전까지 아버진 꽤 늠름해 보였습니다. 바람이 불자 상아빛 골덴 바지가 아버지 몸에 달라붙는 거였지요. 저는 뒤따르던 걸음을 멈추었습니다. 바지 안에 아버지 몸이 과연 있는 걸까? 믿어지지 않게 바람만 쿨렁거리는 것이었습니다. 제 기척이 끊기자, 아버진 뒤돌아보셨습니다. 털모자를 쓴 아버진 제가 당신 가까이 다시 다가설 때까지 기다려 주셨습니다.

아버지가 저렇게 작아지시다니, 털모자 밑으로 보이는 뒷목덜미까지 흰머리가 수북했습니다. 귀밑으로 탄력을 잃은 살이 처져 겹을 이루고 있는데 거기까지 무수히 핀 검버섯이라니.

저 깊은 곳에서 고함이 터져 나왔어요. 당신을 향해 지르는 것도 같았고, 어쩌면 삶을 향해 내질렀는지도 모르지요. 연민에 휩싸여 아버지 골덴 바지 뒷주머니에 제 두 손을 포옥 집어 넣었습니다. 갑자기 뒤에서 잡아당긴 셈이라 아버진 순간 몸의 중심을 잃으시고서 뒤에 서 있던 제게 쏟아지셨습니다. 주머니 속에서 만져지는 앙상한 아버지의 엉치뼈.

아버진 오늘 콩새 한 마리도 잡지 못했습니다. 들에서도 산에서도 빨래터에서도. 허심해 보이는 산비둘기를 향해 나무 뒤에 거의 나무처럼 붙으셔서 겨냥하시기도 했지만 매번 헛방이었습니다. 그러실 때마다 아버진 저를 바라다보며 겸연쩍게 웃으셨어요. 아버진 제 앞에서 날아가는 새를 멋지게 쏘아 맞히고 싶으셨을 거예요. 하지만 오늘 사냥은 아버지 마음대로 되지 않았습니다.

사냥 얘기를 하다 보니 당신에게서도 언젠가 사냥에 대한 얘기를 들었던 기억이 나는군요. 당신은 아프리카 어느 마을 원주인들에 대한 얘기를 하셨습니다. 그들의 선조들은 기마 민족이었다고 했습니다. 그들은 말을 타고 밀림을 달려 사냥을 해서 물물 교환을 하며 후손들을 번창시켰다고 했습니다.

밀림은 길이 되고…… 밀림은 농사지을 땅이 되고, 원주민 장정들은 더이상 사냥을 할 수 없게 되었다, 했습니다. 그런데도 그들은 밤낮으로 무기를 손으로 만든다면서요. 마을 여자들은 해가 뜨기도 전에 들에 나가서 구슬땀을 흘리며 식구들의 식량을 일구며 하루해를 보내는데, 장정들은 동이 트자마자 떼를 지어 황야로 나간다지요. 창을 들고 활을 메고 말이에요.

그들은 황야로 나가 온종일 서성거리다 돌아오는 게 일이라고 했습니다. 이젠 함성을 지르며 사냥할 짐승도, 피 흘리며 싸워야 할 다른 부족도 없는데, 그들은 그들 선조들이 해왔던 사냥과 전쟁의 습속을 버리지 못해 온종일 지평선을 바라다보다 돌아온다지요.

당신께 그 얘기를 들었을 때 저는, 정말이에요? 하며 웃었습니다. 그런데 지금, 그들이 나의 오라버니들같이 느껴지는 건 웬 까닭일까요? 떼를 지어 웅성웅성 온종일을 서성거리다가, 붉디붉은 황혼을 등에 지고, 공허하게 마을로 돌아오고 있는 그들 속에서 제가 제 아버지를 보았다고 하면 당신, 당신은…… 웃겠지요.

당신과의 약속 시간은 이제 이 밤만 지나면 다가옵니다. 당신은 정말 떠나실 건가요? 그렇다면 저는 지금 무엇을 참고 있는 것일까요? 당신이 떠나 버리면 제가 참고 있는 것은 모두 부질없는 일이 되어 버립니다.

오늘 하루는 종일 중얼중얼거렸어요. 당신에게 달려가려는 쪽으로 마음이 바뀌려 할 적마다, 저를 스쳐간 당신과의 기억들이 모두 나쁜 것이었다고, 속삭이고 속삭였어요. 그래도 불쑥 열이 났고, 당신에게 가야지, 잠깐씩 가방을 챙기기도 했어요. 행여 당신이 저를 데리러 오지 않나, 여러 번 대문을 내다보기도 했어요.

어렵게 견뎌 내고 찾아온 이 밤. 이미 당신에게로 가는 기차는 끊겼는데, 내일 새벽 첫차는 몇 시던가, 저는 지금 그걸 헤아려 보고 있으니, 이 밤이…… 무섭습니다. 산버찌를 먹으면 눈물날 일이 생긴다고 제가 산에서 버찌를 따오면 어머니는 마당에 쏟아 버리시곤 하셨죠. 어머니께서 말씀하시는 눈물날 일이 이것인가요? 어머니 몰래 먹은 산버찌가 지금 저를 울리는 것인가요?

아버지는 그 여자를 정말 사랑했습니다. 아버지는 그 여자가 저녁 설거지를 마치고 들어오면 손크림을 발라 주셨지요. 왜 그것만이 유난히 생각나는지 모르겠어요. 저는 아버지의 손과 그 여자의 손이 전혀 스스럼없이 서로 엉키는 것이 꼭 꿈결인 것만 같았어요. 손크림을 통에서 찍어 내 그 여자의 손에 골고루 펴발라 주실 때 아버지의 그 환한 모습을, 그 이후에도 그 이전에도 본 적이 없는 것 같아요.

손, 그래요. 그 시절의 아버지와 그 여자는 손을, 둘이서 있을 땐 늘 손을 잡고 있었던 것도 같습니다. 그것이 손크림을 발라 주는 한컷으로 합쳐져서 생각나는 모양입니다. 손잡는 일이 뭐 대수겠습니까만, 저는 지금도 아버지 손을 꼭 잡아 보지 못한걸요.

당신의 손. 저도 당신 손을 참 좋아했습니다. 언젠가 운전하는 당신의 손등에 제 손을 갖다 대며, 당신 손이 참 좋아요, 제가 했던 말 기억하십니까.

당신 손엔 늘 결혼 반지가 끼어 있었어요. 그걸 볼 때마다 쓰라림이 제 가슴을 훑고 지나갔지만, 당신은 당신 자신이 결혼 반지를 끼고 있는지조차 모르시는 듯했어요. 그 반지는 그저 당신의 일부분처럼 거기 끼어 있었습니다.

그래도 당신에 대한 어찌할 수 없는 슬픔이 마음에 휘몰아칠 때마다 당신의 손을 찾아 쥐었습니다. 그러면 서러운 마음이 가라앉곤 했어요. 저는 당신에게 반지말고 다른 것을 받았다고, 설령 그 받은 것 때문에 제가 그 속에 갇혀 죽는다고 해도…… 제겐 그것만이 유일하다고 그렇게 저를 달래고는 했…….

사랑하는 당신!

……여기에 오지 말았어야 했습니다. 이 마을은 저를, 저 자신을 생각하게 해요. 자기를 들여다봐야 하다니요? 싫습니다! 저는 지쳤어요. 그 여자가 떠나던 날, 그 여자에게 칫솔을 건네주던 때, 그때 저는 그 여자와 무슨 약속인가를 했다고, 지금이 그 약속을 지킬 때라고…… 이 생각을 당신이 있는 그 도시에서 제가 어떻게 해낼 수 있었겠어요.

그 여자가 그때 떠나 주지 않았다면 우리들은 어떻게 됐을까? 어머니와 우리 형제들은? 그 여자가 떠나 주지 않았어도 과연 우리 가족들이 지금 이만한 평온을 얻어 낼 수 있었을까? 여기에 오지 않았으면 이런 생각들을 하지 않았을 거예요!

그 여자가 우리 집을 떠나고 나서 아버지는 오랫동안 술에 취해 계셨습니다. 아무데나 마구 토해서 부축할 수도 없었어요. 예전이나 지금이나 아버지·인생에서 가장 환했던 때는 그 여자가 있던 그 시절이라고 생각됩니다.

하지만 사랑하는 당신, 그것만이 우리 삶의 다라고 여길 수 없는 불편한 부분이 이 마을에는 흐르고 있어요. 여기에 오지 않았으면 모를까, 이미 저는 그 불편함에 의해 끔찍해져 있는 겁니다. ……여기에, 여기에 오지 말았어야 했어요. 그것밖에 달리 제 마음을 어떻게 쓴단 말인가요. 양잿물을 들이마신 것같이 쓰라리게 당신이 그리워요.

지금…… 막, 당신과의 약속 시간이 지났습니다. 순간, 숯불이 얹혀지는 듯한 뜨거움이 가슴에 치받쳤습니다. 이 치받침은 매우 익숙한 것입니다. 당신을 사랑하는 동안 나의 하루는 이 치받침으로 시작해서 이 치받침으로 끝나곤 했으니, 나에겐 오히려 동무 같은 감정이에요.

당신을 만날 때의 반가움, 당신의 얼굴을 만져 보고 싶은 수줍음, 당신이 없는 동안의 그리움, 누구에게도 당신을 자랑할 수 없어서 곧잘 얼굴이 발그레해졌던 무안함까지 그 치받침 속에는 섞여 있습니다.

그렇게 익숙한 것이지만 방금 것의 치받침은 한 세계를 무너뜨리느라고 쉬이 가라앉지 않을 것입니다. 따지고 보면 세상에는 가까이 가선 안 될 게 얼마나 많은지요. 그 안 된다는 것 때문에 또 얼마나 애가 타는지요.

가슴을 방바닥에 대고 엎드려 있었어요. 오늘 이 치받침은 이렇게 삭여질 수 있는 것이 아님을 알지만, 달리 삭일 방법이 제겐 없습니다. 당신은 정말 떠날 것인가?

한 시간 전부터 저는 시계를 들여다보고 여기 있었습니다. 시침이 오후 3시를 막 지나갈 때, 그토록 간절히 붙잡고 있던 당신과의 끈을 놓아 버린 셈입니다. 제가 놓아 버린 한끝은 지금 여기에서, 당신이 잡고 있는 거기 한끝을 향해 날아가고 있는 중인가요? 당신은 지금 시계를 들여다보며 거기 서 계신가요?

거의 한 달을 글을 못 썼습니다.

당신과의 약속 시간이 지나고 나니, 맥이 풀려서 다시 펜을 들 수가 없었습니다. 아니, 이 글이 목적을 잃어버린 탓도 있었겠지요. 표적이 당신이었는데, 어느새 제 글은 무목의 화살이 돼버린 것입니다.

당신이 제게 주었던 즐거움들이 고통이나 슬픔, 허무로 바뀌어 가는 것을 속수무책으로 바라봐야 했던 처음 며칠은, 마비된 듯이 누워만 있었습니다. 이젠 당신을 다시 볼 수 없다 생각하니, 제가 무슨 엄청난 일을 저질러 놓은 것 같았어요. 제 마음속의 회오리가 다시 시작된 것만 같더군요. 제게 있어 어떤 중요한 것을 내놓아도 이제는 돌이킬 수 없다니, 저는 벼랑 앞에 선 것같이 아찔했어요. 그 절박한 마음이, 어느 날인가 당신에게 수화기를 들게 했습니다. 당신은 정말 떠났는가? 정말 가버렸는가?

전화는 당신 아내가 받더군요. 평화로운 목소리였습니다. 당신 이름을 또박또박 대며 바꿔 달라고 했을 때만도, 당신은 정말 가버렸는가? 가슴이 불덩이 같았어요. 당신 아내 옆에 당신의 아이가 있었던가 봅니다. 당신 아내가 당신 아이에게 속삭이는 소리가 들리더군요.

은선아. 아빠에게 전화 받으시라고 해.

저는 가만히 수화기를 놓았습니다. 당신, 딸 이름이 은선이었군요. 은선이. 그애의 이름을 서너 번 불러 봤어요. 나물 같은 이름. 어디에 고여 있었는지 눈물이 오래 쏟아졌어요. 은선이.

방문을 열어 보니 마당의 감나무에 감꽃이 하얗게 돋아나고 있었습니다. 갑자기 바깥으로 나오자 환한 햇살이 너무나 어지러웠어요. 대문까지 나오는데 서너 번은 무릎이 꺾였어요. 회복기 환자의 걸음걸이가 아마 그런 것이겠지요.

방안에 제가 누워 있는 동안 봄 농삿일은 이미 시작이 돼서, 들판엔 수건을 쓴 여인들이 모판에 볍씨를 뿌리고 있었어요. 갓 돋아났던 파란 쑥들은 너무 웃자라 쇠어 있었고, 팔레트 속의 물감들 같던 꽃들도 그 사이 덧없이 지고, 어느새 푸른 잎새들이 그 꽃자리를 차지하고 있더군요.

걸어다니는 동안 제 마음이 조금은 평온해져서, 다시 집으로 돌아올 때는 봄꽃들은 무엇이 급해 잎도 돋기 전에 저희들이 그리 피어났다가 저리 속절없이 질까? 하는 생각도 했습니다. 볕 바른 골목에서는 두 여자아이가, 한때는 뭉게구름 같았으나 너펄너펄져버린 누런 목련잎을 찢어서 소꿉놀이를 하고 있었어요. 피는 모습을 봤으니 지는 모습도 봐야 하는 거겠지요.

제 얼굴은 지금 볕에 그을려 가무스름해졌습니다. 일손이 귀한 곳이라 더이상 방안에 있을 수만은 없어서 어머니를 거들기 시작한 일이 이제 제법 익숙해졌습니다. 그래봐야 새참 준비하는 일이나, 고구마순 모종하는 일 정도뿐이지만은요.

그래도 눈먼 송아지는 제가 우사의 문을 열면 제 발짝 소리를 알아듣고 몸을 일으킵니다. 이곳에 와서 가장 친해진 대상입니다. 아버지께서,

첨엔, 눈먼 놈이라…… 기가 막히더만은 무던하다. 먹고 잠 잘 자니 살이 몽실몽실 올랐어야, 제 값 받기엔 별 무리 없겠다!
하실 땐 그 송아지를 짐승으로만 생각하시는 아버지 마음이 야속하게 느껴질 정도로 친해졌어요.

어머니께선 본격적으로 모심기가 시작되기 전에 어서 다시 그곳으로 가라 하십니다. 고생한다고요. 무엇을 어떻게 할 것인지는 아직 정하지 못했습니다. 이 평온을 얻기까지 제가 한 일이란, 이 글을 쓰다 말다 한 것뿐이지요.

이 편지를 처음 쓰기 시작했을 땐 처음으로 제 인생을 제가 조정하는 듯한 기분이 들기도 했답니다. 이토록 힘든 것을 모르고서 저는, 이 마을에 내려와 제 마음결에 일어난 일들을 당신께 글로 쓸 수 있다고 믿었나 봅니다.

지금 생각해 보니 이번 일도 제 인생을 제가 조정한 게 아닌 듯 싶습니다. 저는 이 글을 마무리 짓지도 못했는데, 당신은 거기에, 나는 여기에 있잖아요. 어제는 빨래터에서 이 사실이 어찌나 낯설

은지 물밑을 오래 들여다봤습니다. ······화르르 흩어지는 송사리 떼들······ 그래도 몇 년 만에······ 숨을······ 깊은······ 숨을 들이쉬는 것 같습니다.

이 글을 당신께, 이미 거기 계시는 당신께 부칠 필욘 이제 없겠지요. 그래도······ 까치, 까치 얘기는 쓰렵니다. 이 마을에 온 첫날 그렇게 부지런히 둥지를 틀던 까치가 새끼 세 마리를 낳았더군요. 옥수수 씨를 심을 구덩이를 파느라고 산밭에 다녀오다가 봤어요. 먼발치라 자세히는 못 봤지만, 그 중 어느 새끼도 눈먼 새는 없는 듯했어요. 세 마리 모두 다 어미가 먹이를 물어 오니까 서로 밀치며 소란스럽게 한껏 입을 벌리는데, 입 속이 온통 빨갛······ 새빨갰어요.

그 새끼 까치들이 날갯짓을 할 무렵이면 이곳도, 여기 이 고장에도 초여름, 여름······이겠지요. 저기 저 순한 연두색들이 짙어, 짙어져서는 초록이, 진초록이······ 될 테지요. 그때쯤엔, 은선이라는 당신 아이 이름도 제 가슴에서 아련해질는지, 안녕.

작품이해

▌작가 소개 ▌

신경숙은 1963년 전북 정읍에서 태어났다. 그녀는 유년 시절에 대한 기억을 마음에 품은 채 10대에 상경해서 공장 노동자로 일하게 된다. 유년 시절의 가족에 대한 추억이라든가 농촌 공동체에 대한 기억, 그리고 힘겹게 살았던 여공 시절의 체험 등이 그의 소설의 주된 원형을 이루고 있다. 서울예술전문대학을 졸업하고 1985년 중편 〈겨울 우화〉를 발표하여 문단에 등단하였다.

1990년대 문학의 새로운 감수성을 대표하는 작가로 평가받고 있는 그녀 소설의 바탕이 되는 것은 사멸해 가는 것에 대한 그리움, 잃어버린 과거에 대한 고통스러운 기억, 그리고 그러한 고통과 그리움을 안고 살아가는 개인의 내면에 대한 집요한 탐구이다.

또한 신경숙 소설의 기본 모티프는 길이다. 이 모티프는 그녀의 소설에서 여행 혹은 여정의 구성으로 형상화된다. 그의 첫 소설 〈겨울 우화〉에서 노모를 찾아가는 기차 여행의 모습은 최근 작품 《기차는 7시에 떠나네》로 이어진다.

여행은 주로 시간을 거슬러 올라가는 추억 속으로의 회상과 겹친다. 〈밤길〉, 〈풍금이 있던 자리〉, 〈모여 있는 불빛〉 등은 귀향형식으로 신경숙 작품의 한 전형을 보여준다. 〈외딴방〉이나 〈멀리,

끝없는 길 위에〉는 공간 이동이 생략된 화자 내면 속으로의 회상을 그리고 있다. 〈새야 새야〉와 〈멀어지는 산〉은 우화의 형식과 알레고리의 수법을 통해 주제를 형상화하고 있다.

이렇듯 신경숙 소설의 화자나 주인공들이 회상의 방식을 통해 과거의 추억을 더듬어가는 이유는 타자와의 관계가 좌절된 현실을 견뎌내는 방식이라는 점이라고 할 수 있다.

신경숙의 소설들은 대체로 사건의 뚜렷한 전개나 극적인 이야기 구조보다는 어떤 사건이 인물들의 마음속에 불러일으킨 미묘한 심리적 파장을 섬세한 문체로 형상화하는 경향을 보여준다. 첫 번째 작품집 《겨울 우화》(1990)에서 섬세한 심리 묘사의 가능성으로 주목받았던 그는 이후 단편 〈풍금이 있던 자리〉로 대중적인 관심을 모으게 된다.

작품집 《풍금이 있던 자리》(1993)와 장편소설 《깊은 슬픔》(1994)을 통해 자신의 독특한 작품 세계를 구축한 이후 자신의 유년기와 여공 시절의 체험을 그린 자전적 소설 《외딴 방》(1995)을 발표하였다. 그 밖에 산문집 《아름다운 그늘》(1995), 작품집 《오래 전 집을 떠날 때》(1996), 장편소설 《기차는 7시에 떠나네》(1999)가 있다.

▌이해와 감상 ▌

이 소설은 어느 동물원의 공작새 이야기로 시작된다. 수컷 공작새는 암컷 공작새에게 전혀 관심을 갖지 않고 오로지 코끼리거북 앞에서만 우아한 날개를 펴며 한평생 이루어질 수 없는 사랑을 구한다. 이 작품은 그런 이루어질 수 없는 한 편의 사랑 이야기이다. 그것도 유부남과 처녀 사이의 애정이라는 다소 식상한 구도로 이루어진 사랑. 그러나, 그 사랑은 삼류 애정물에 나오는 달콤한 로맨스나 치졸한 불륜이 아니라, 오히려 독자의 가슴속에 깊은 울림을 안겨다 준다. 마치 초등학교 시절 교실에 가득 울려 퍼졌던 아련한 추억의 풍금 소리처럼…….

유부남과 사랑의 도피 행각을 벌이려는 처녀가 있다. 먼 이역땅까지 날아오르려는 도피 행각을 벌이기 전에 그 처녀는 고향길에 오른다. 그리고 그녀는 어린 시절 자기 집으로 찾아온 한 여자를 회상한다. 자신의 아버지와 사랑에 빠져 집안 살림까지 도맡았던 아름다운 도시 여자, 하지만 '나…… 나처럼은…… 되지 마.' 라며 울먹이면서 떠나간 그 여자는 그녀가 가장 닮고 싶은 여자이면서도 또한 닮아서는 안 되는 여자였다. 그녀는 고향에 머무르는 동안 그 여자에 대한 기억, 젊어서 잠시 외도를 했으나 이후 가장으로서의 삶을 성실히 살아온 늙은 아버지에 대한 회상을 통해 결국 도피 행각을 포기한다.

이 작품의 매력은 이야기의 내용도 인물의 성격도 아닌 문체 그 자체라고 볼 수 있다. 독자에게 강한 흡인력을 가져다주는 문체의 매력은 우선 편지 형식을 빌린 고백체에서 찾을 수 있다. 이 작품은 돌연히 일어난 심경의 변화를 '사랑하는 당신'에게 설명하는 편지의 형식을 지니고 있다. 편지는 불특정 다수의 독자를 염두에 두는 일반적인 글쓰기 방식과는 달리 특정한 한 사람의 수신자만을 염두에 두고 자신의 내면을 털어놓는 독특한 방식으로, 이 경우 독자는 남의 편지를 엿보는 은밀한 즐거움을 맛보게 된다.

또한 이 작품은 갈피를 잡을 수 없는 체험, 망설이고 머뭇거리는 심정을 그대로 반영하는 문체, 즉 사건의 핵심으로 곧바로 진입해 들어가기보다는 끊임없이 그것의 주변을 서성거리면서 주저하는 듯한 머뭇거림의 문체로 표현되어져 있다. 잦은 쉼표, 반복 어구, 말줄임 등의 문체는 바로 화자의 견딜 수 없는 혼란과 절망감을 시각화하는 표징인 것이다. 이러한 문체는 이 소설의 제목에서도 드러나듯 풍금의 울림처럼 어떤 인물의 마음속에 번지고 있는 파장, 섬세한 감정의 결들을 그려나감으로써 풍부한 시적 속성을 발휘하고 있다.

　'당신을 사랑하는 일이 자랑할 만한 일이 아니라는 것을, 제 자신이 알고 있었던 겁니다.
　그러면 저는 지금, 당신 말처럼 당신과의 관계가 불륜이었음을 나 스스로가 인정하면서, 자랑할 만한 사랑을 하겠다, 그래서 당신을 잊어야겠다, 이런 말을 하고 있는 중이란 말입니까? 사실은 그렇게 간단한 것을 이렇게 복잡하게 얘기하고 있는 건가요? 제가?'

　이 인용문 속에는 갈피를 잡을 수 없는 복합적 심정이 두서없이 나열되어 있다. 이 진술에는 여러 목소리가 어우러져 있는데, 불륜임을 부정하는 '당신'의 목소리, 불륜임을 강조하는 세상 사람들의 목소리가 있다. 여기에 작중 인물은 긍정과 부정 사이에 혹은 그 경계선에서 끊임없이 갈등하고 있다. 즉 작중 화자는 불륜임을 섣부르게 인정하지도 부정하지도 않으면서, 세상의 일반적인 윤리와 가치관, 그리고 사랑하는 당신, 자기 자신 등 다양한 목소리와 긴장 관계 속에 자신의 심정을 반추하고 있는 것이다.

이러한 작중 화자의 자세는 단순히 사랑하는 사람과의 이별의 고통을 인내하려는 것도, 혹은 기존의 도덕적 잣대에 굴복하려는 것도 아니다. 그 속에는 사랑의 승화를 향한 능동적인 태도가 숨겨져 있다. 작품의 결말 부분에는 사랑의 욕망을 버리려는 오랜 방황 끝에 마침내 마음의 평정을 되찾는 화자의 고백과 가슴 쓰라린 사랑의 체험 뒤에 마침내 건강한 애정으로 승화되어 가는 모습이 담겨져 있다.

작중 화자의 편지는 아마 '사랑하는 사람'에게 끝끝내 보내지 않았을지도 모른다. 그리고 그 사람에 대한 추억을 가슴 한쪽에 고이 접어 둔 채 살아가고 있을지도 모른다. 하지만, 작중 화자의 섬세한 감정의 물결과 가슴 저며오는 기억은 독자의 가슴에 잔잔한 파문을 일으킨다. 마치 초등학교 시절 교실을 가득 울렸던 풍금 소리처럼, 그리고 그 풍금이 놓여 있던 자리에 대한 아련한 기억처럼.

1. 다음은 이 작품의 일부이다. 이 부분의 문체의 특성을 지적하고, 이 문체가 인물의 내면 심리를 묘사하는 데 어떤 효과를 가져오는지 설명해 보자.

> 강물은…… 강물은, 늘…… 늘, 흐르지만, 그 흐름은 자연스러운 것이지만, 어찌된 셈인지 제게는 그 강과 함께 흐르기로 마음먹는 일이 제 심연의 물을 퍼주고야 생긴 일임을, 아니에요, 이런 소릴 하는 게 아니지요. 다만, 어떻게 하더라도 제게 어찌할 수 없는 아픔이 남는다는 걸 알아주시…… 아니에요, 아닙니다.

2. 이 작품의 주제와 관련지어 '풍금이 있던 자리'라는 제목이 갖는 상징성을 생각해 보자.

생각의 길잡이

　　⟹　1. 이 문장의 외형적인 특징은 쉼표와 말없음표이다. 논리 정연한 한줄기의 사고를 전개하는 것이 아니라 생각과 말이 이어지다가 머뭇거리고 또 끊어지고, 간신히 실마리를 잡은 말이 또다시 단절되는 형식이다. 이 속에는 자신의 말이 결국

은 상대방에게 아무런 이해도 얻지 못하리라는 단절감, 아니 자기의 심정을 자기조차도 알 수 없다는 절망감이 배어 있다. 이러한 문체적 특징이 이룰 수 없는 사랑에 대한 애처로운 내면 심리와 어떻게 연관될 수 있는지 생각해 보자.

⊙ 2. 우선, '풍금'이라는 소재 자체가 어린 시절의 아련한 기억을 떠올리게 하는 역할을 한다. 대개 초등학교 시절과 관련된 추억이 깃든 물체가 풍금이다. 어린 시절의 순수한 마음과 그것을 표현하는 매체 역할을 한 것 또한 풍금일 것이다.

그러나, '풍금이 있던 자리'는 곧 '지금 풍금이 그곳에 없다'라는 '존재'와 '부재'의 의미를 동시에 내포하면서, 다만 우리의 아련한 기억 속에서만 자리잡아 근원적 아름다움의 흔적처럼 남아 있을 뿐이다. '사랑'과 '이별'이라는 큰 축 사이에서 끊임없이 갈등하며 망설이는 작중 화자의 미세한 감정의 결, 그리고 중심을 향해 쉽게 다가가지 못하고 주변에서 끊임없이 맴돌며 울려 퍼지는 문체상의 특징 등을 고려하며 이 제목이 갖는 상징성을 생각해 보자.

윤 대 녕

배암에 물린 자국

　　〈배암에 물린 자국〉을 감상할 때, 우선 주의해야 할 점은 표면의
내용보다는 그 이면에 무슨 의미가 숨어 있는지 살펴봐야 한다는 것이다.
'나'가 뱀에 물린 후 겪게 되는 깨달음을 중심으로 이 작품을 감상한다면,
독자는 이 소설을 '교훈 소설'로서 받아들이게 될 것이다. 하지만
이 작품 속의 여러 가지 의미들을 염두에 두고 읽는다면, 예컨대 '뱀은
나를 파괴하는 존재일까, 치료하는 존재일까?'라든지, '내가 살의(殺意)를
느끼게 된 것은 뱀의 독 때문이었을까?', '내가 살의를 잊게 되었을 무렵,
눈 오는 날 마당에 서 있던 젊은 여인은 누구인가?' 등의 점들을 중심으로
읽는다면, 어렵고 모호한 내용을 제대로 이해하면서 감상할 수
있을 것이다. 현실 세계로부터 상상의 공간으로 눈을 돌려 보자.

배암에 물린 자국

배암에 물린 자국

　뱀에 물린 것은 시월 초순이었다. 저녁 여섯시경이었다. 양말을 신지 않았던 때문일까? 아닐 것이다. 그랬다고 한들 사정이 크게 달라졌을 리는 없었을 것이다. 산이라고 해봐야 해발 이백 미터도 채 되지 않는 집 뒤 야산이니 등산화 따위를 신을 이유란 없었다. 등산화는커녕 맨발에 운동화를 아무렇게나 꿰 신고 있었다.

　시월로 접어들면서 해가 짧아진 까닭에 초저녁의 산길은 어둑어둑했다. 약수를 뜨려던 것도 아니었고, 전날 알 만한 계집의 결혼식에 갔다가 퍼마신 술 때문에 종일 배를 싸쥐고 방바닥을 뭉개고 있다가 바람이나 쐴 겸 나선 참이었다. 그렇지 않아도 겨울을 빼놓고는 거의 매일이다시피 오르내리는 것이었다. 야산을 깎아 세운 아파트 단지에서 뒤로 십 분만 벗어나면 바로 오솔길이 나타나고 밋밋한 그 길을 얼마간 빠져나가게 되면 등성이 너머 촌락이 내려다보였다. 말하자면 그 등성이를 경계로 이쪽은 시(市)가 되고 저쪽은 도(道)가 되는 그런 지형이었다. 내가 그 산길을 자주 넘어다니는 것은 버스를 탄다거나 하는 아무 구차한 절차 없이 촌락 풍광을 접할 수 있어서였다. 이제는 촌락이라고 해도 앞마당에 자가용이 서 있는 집이 적지 않고 그에 걸맞게 대부분이 양옥이지만, 어쨌든 한쪽 면은 서양화가 그려져 있고 한쪽 면은 동양화가 그려져 있는 부채처럼 등성이만 넘어가면 곧장 색다른 풍경을 대할 수 있었다. 산길을 따라 내려가 보면 아직도 논과 밭이 계절에 따라 색깔을 달리하며 누워 있을 뿐더러, 밭에서 일하는 농부를 만나 이런저런 얘기를 나누다 상추니 오이니 호박이니 무 배추니 하는 것들을 싼 값에 직접 살 수도 있었다. 그것들을 다듬어 식탁에 올려놓는 것도 분명한 즐거움이었다. 이 년여 전 이곳에 이사를 와서 맞이한 첫 번째 봄은 그리하여 나에게 있어선 하나의 장대하고도 비밀한 기쁨이랄 수밖에 없었다. 아침에 눈을 뜨자마자 나는 산을 타고 부락 쪽으로 달려 내려가 언 땅을 비집고 올라오는 푸릇한 새싹들의 소곤거림과 쌀뜨물 같은 햇살에 도취돼 때없이 술 취한 놈처럼 비트적거리곤 했던 것이다. 매일 해뜨는 시각에 걸음을 맞출 수 없어 이제는 해질 무렵에 나오는 게 버릇이 돼 있었으나 아무때 나와도 머리가 통풍이 되는 듯한 깨끗한 기분엔 변함이 없었다.

아무려나 가을 풀섶엔 들어가지 말라는, 어렸을 적 어른들한테 귀가 닳도록 들었던 말을 그날 저녁엔들 머리에 담아두고 있었다고 할 수는 없었다. 물론 이곳에 이사와 두 해 넘게 사는 동안에 나는 뱀 따위는 구경도 못한 게 사실이었다. 하지만 뱀이 살 만한 충분한 서식 조건을 갖추고 있는 것만큼은 분명했다. 개구리, 여치, 벌, 풍뎅이, 잠자리, 다람쥐, 소금쟁이나 우렁이, 거머리는 물론이고 심지어 두더지, 두꺼비까지 심심찮게 눈에 띄곤 했으니 어디까지나 뱀이 살지 말란 법이 없었다. 비록 보지는 못했지만 내가 산길이나 논밭 두렁을 쑤시고 돌아다니는 동안 몇 번인가는 내 발목 근처를 슬쩍 스치고 지나갔는지도 모른 일이었다.

그렇다, 발목께였다. 정확히 말하면 왼쪽 뒤꿈치 바로 윗부분 인대를 그놈의 뱀한테 물리고 만 것이다. 최초의 느낌은, 풀섶에 쓰러져 있는 가시나무 가지에 발목이 긁혔다, 라는 화끈함 정도가 전부였다. 하지만 긁혔다는 느낌은 곧바로 찔렸다, 라는 좀더 기분 나쁜 자각으로 금세 변하더니 급기야는 회초리로 종아리를 사납게 얻어맞은 듯한 아찔함이 전신을 타고 올라왔다. 누가 그 어둑한 저녁에 슬그머니 내게 다가와 회초리 따위로 종아리를 후려쳤을 리는 만무했다. 아차, 싶어 나는 눈알을 부라려 뜨고 그 자리에 주저앉으며 냉큼 왼쪽 발목을 힘주어 싸잡았다. 그 찰나의 순간에도 나는 설마 하는 가당찮은 생각을 품고 있었다. 그러나 아니었다. 문득 풀벌레의 소요가 사라진 풀섶으로, 내 살을 깨물어 놓고 꾸물꾸물 사라지고 있는 시커먼 그림자가 얼핏 눈에 튀어 들어왔던 것이다.

배암! 지금 내 혈관 속으로 독이 퍼지고 있다는 화급한 생각이 뇌수에 들이닥치기도 전에, 순간 나는 맹렬한 앙갚음 혹은 증오 (그걸 살의라고 해도 좋겠지만)에 사로잡혀 엉겁결에 눈에 들어온 가시나무를 분질러 들고 풀섶을 정신없이 두들겨댔다. 내 달궈진 핏속엔 필시 죽여버리겠다!란 일념만이 가득 들끓고 있었을 것이다. 아니, 들끓고 있었다. 그 맹렬한 살의에서 미처 놓여나기도 전에 다리통으로 쩌릿쩌릿한 통증이 휘감고 올라왔다.

뱀에 물려본 적이 없었지만, 나는 나뒹굴 자세에서 본능적으로 허리띠를 풀어 무릎 아래를 친친 죄어 묶었다. 그러는 사이에 급하게 어둠이 내리덮이며 흘끗 바라본 하늘엔 별이 두세 점씩 돋아나오고 있었다. 누런 콩 잎사귀가 바람에 일렁이고 콩밭 너머로 자줏빛 꽃들을 물고 있는 싸리나무가 가득히 몰려와 있는 게 눈에 보였다. 나는 싸리나무 꽃들을 괜히 노려보며 뱀에게 물린 곳을 이빨로 물어뜯어 마구 피를 빨아대고 있었다.

뱀이라고 해서 다 독이 있는 것은 아니다. 더욱이 낮은 산자락에 덧대어져 곡식이 풍성히 자라고 있는 땅에 독사가 산다는 소리는 들어보질 못했다. 귀동냥으로 들어 알고 있는 것이긴 하지만 흔히 독이 있는 뱀은 가시덤불 밑이거나 돌무지 속에서 발견된다는 얘기다. 하지만 그날 나를 문 건 어김없이 독사였다. 상기도 몸에 퍼지고 있는 독을 생각하며, 이미 어두워진 산길을 몸을 질질 끌며 적군에 쫓기듯 넘어가는데 늦게사 약수터에 다녀오는 젊은 남자가 보였다. 나는 악다구니를 쓰며 그를 불러세웠다.

아파트 단지 안에 있는 병원에 업혀가 응급 처치용으로 혈청주사를 맞고 시내 종합병원으로 택시에 실려가는 도중에 나는 그만 혼절을 하고 말았다. 먹물의 어둠이 관 뚜껑처럼 머리 위로 덮이는데 사타구니께로 발로 호되게 걷어챈 듯한 통증이 몰려들고 있었다. 그런 자각조차 없었더라면 아마도 나는 영영 깨어나지 못했을지도 모른다. 그 활활한 아픔에 나를 맡긴 채 나는 안도의 한숨을 내쉬며 눈 가까이로 내려오는 어둠만 뚫어지게 쳐다보고 있었다.

　겨우 정신이 들었을 때 나는 방금 물에서 꺼낸 시체처럼 내 몸이 둔중하게 부어 있다는 것을 알 수 있었다. 마치 내가 남의 죽은 몸에 들어와 있는 것만 같았다. 움직이지 말아요, 라는 소리가 귓가에서 콧김에 섞여 들려왔다. 살았구나, 이 어처구니없는 봉변으로 하마터면 목숨을 잃을 뻔했구나, 라는 생각이 혈관을 타고 뇌수로 급히 전달돼왔다. 누군가 나를 내려다보고 있다가 이윽고 문을 여닫고 나가는 소리를 들으며 나는 천천히 왼쪽 다리를 안쪽으로 끌어당겨 보았다. 그렇지만 내 다리는 의족인 듯 뇌파의 신호를 제대로 감지하지 못하고 있는 상태였다. 손은 그럭저럭 움직일 수가 있어 관솔처럼 통증이 응어리져 있는 부분을 가만가만 더듬어 내려가 보니 낭심께가 메주처럼 부어올라 있었다. 제기랄!

　한참 후에 눈을 떴지만 온갖 사물이 사각으로 흐릿하게 기울어져 있었다. 그때엔 본다는 것, 생각한다는 것 자체가 굉장한 신경의 피로를 요구하고 있었다. 진정하려 무진 애를 써도 거친 숨은 좀체 가라앉질 않았다. 광대가 들고 있는 막대기 끝의 접시처럼 몸이 공중에서 빙글빙글 회전하고 있는 듯했다. 차라리 잠이 드는 게 좋다 싶어 나는 질끈 눈을 감고, 머리를 비우고, 단색의 어둠을 떠올리며 하나, 두울, 세엣 하는 식으로 숫자를 헤아리고 있었다.

　배암, 너 내 손으로 반드시 잡아죽이고 말 테다! 너 귀머거리, 머리를 갈아 내 상처에다 몇 겹으로 처바를 테야!

　집으로 돌아와 거울 앞에 우두커니 서서 내 몰골을 들여다보니 그야말로 가관이었다. 삼 일을 꼬박 병원에 누워 하루 세 차례씩 궁둥이에 주사바늘을 찔러댔건만 여태도 눈알에 핏발이 선연하고 잇몸까지 거무스레하게 변해 있었다. 무엇보다도 숨이 가빠 복날 개처럼 매양 헐떡거려야만 했다. 가장 염려했던, 남성의 능력을 상실한 건 아니었으나 오줌을 눌 때마다 눈물이 나올 정도로 아랫 도리가 저릿저릿했다. 변기로 떨어지는 오줌 방울도 그나마 두세 방울이 고작이었다. 머리맡에 약봉지를 탄띠처럼 널어놓고 며칠 동안 거동도 제대로 못한 채 나는 이불만 뒤집어쓰고 있었다. 허황한 짓이라는 걸 알면서도 나는 몸에서 독 기운이 빠져나가는 대신 마음속에 시퍼런 독을 키우고 있었다. 그야말로 하루 종일 나를 물었던 뱀 생각, 그놈에 대한 살의를 키우느라 이만 북북 갈고 있었다. 슬슬 시간이 지나면서 그때 어두운 풀섶으로 사라지던 뱀의 생김새가 점차 눈에 잡혀들고 있었다. 칙칙한 땅빛의 등껍질에 일 미터 정도는 될 법한 제법 커다란 놈이었다. 대가리 쪽은 볼 수 없었지만 독사였으니 당연히 세모꼴의 모양을 하고 있을 터였다. 그때에도 내 눈엔 때없이 싸리나무의 환영이 흔들거리고 있었다. 가을이 되면서 싸리나무는 볍씨만한 모란빛 꽃잎을 흐드러지게 달고 있었다.

하필이면 그놈이 왜 나를 물었던 것일까. 제 갈 길로 가던 것을 부러 잡아 해코지라도 했다면 모를까 도대체 나를 물 이유가 어디 있단 말인가. 군에서 야간 행군을 하다 물컹, 하고 군화발로 뱀을 한번 밟은 적이 있는데 그럼 그 일 때문에? 아니면 고추잠자리 몇 마리를 잡아 장난삼아 불뚝거리고 있는 꼬리를 잘라버렸기 때문에? 논가를 지나다 벼 모가지를 함부로 땄기 때문에? 아무렇게나

질겅질겅 풀꽃을 밟고 다녔기 때문에? 하도 내 처지가 딱하고 억울하단 생각이 들어 나는 방바닥에서 기고 있는 동안 이런 어처구니없는 상념에 사로잡히기까지 했다.

하나의 사나운 집착(그걸 미혹이라고 해도 상관없겠지만)이라고 밖에 달리 말할 수 없는 날들이 시월의 어느 날에 그렇게 우연찮게 내게 닥쳐왔다. 상대가 뱀인지 무언지조차도 잊어버린 채 나는 가슴속에 잔뜩 독을 품은 채 오후 다섯시만 되면 산을 넘어갔다. 등산할 때 쓰는 칼로 내 키만한 참나무 가지를 잘라 끝을 Y자로 만들어 가지고서 말이다. 그놈의 뱀이 보이기만 하면 그 끝으로 모가지를 눌러 비틀어버린 다음 두꺼운 비닐 봉지에 처넣어 천장에 매달아놓을 셈이었다. 그 다음엔 어떻게 해야지, 라는 생각은 차라리 뒷전이었다.

내가 뱀에 물린 곳은, 산등성이에서 보면 삼각주처럼 생긴 밭작물지대였다. 말하자면 산자락을 끼고 수수니, 깨니, 배추니, 메밀이니, 고추니, 콩이니, 토란이니 하는 것들을 경작하는 밭이 죽 이어져 있었고 분재용 단풍 묘목을 기르는 밭이 축대처럼 그곳을 떠받치고 있었다. 그 아랫녘으론 계단식 논이 부락 신작로 앞까지 차곡차곡 내려가 있었다. 나는 내가 뱀에 물렸던 자리, 곧 콩밭과 단풍 묘목밭 사이의 두렁에 나 있는 구멍이란 구멍은 벌집처럼 온통 다 쑤셔댔다. 쓰러져 있던 아카시아 나무를 들어내고 풀까지 뽑아가며 두렁을 아예 뭉개버리다시피 했다.

그날 다리의 피를 빨며 얼핏 보았던 싸리나무 무더기는 밭 끝을 둥그렇게 싸안고 있는 산밑에 자리잡고 있었다. 뱀이 나타났던 곳과 그곳과의 거리는 실제로는 상당히 떨어져 있었다. 걸음 수를 세어보니 서른두 걸음이나 됐다. 이만한 거리를 사이에 두고 있던 싸리나무 군락이 그때는 왜 바로 눈앞에서 일렁이고 있었는지 이상하기만 했다. 뱀이 두렁 아래로 사라져 그쪽으로 들어갔다고 생각한다는 것은 아무래도 무리였다. 그렇지만 나는 싸리나무도 죄 분질러가며 뿌리 밑을 샅샅이 찔러댔다. 자줏빛 꽃들이 꺽꺽 소리를 지르며 땀방울과 함께 발 밑으로 쏟아져내리고 남의 묘혈을 파헤치듯 그렇게 난장판을 치고 있는 사이 해 짧은 가을의 땅거미가 무릎 밑으로 다가왔다.

그 며칠 후엔가는 내가 예의 두렁을 마구잡이로 헤집고 있는데 누군가 등뒤로 다가오는 기척이 들렸다. 뒤를 돌아보니 밀짚모자를 쓴 농부 하나가 몇 걸음 뒤에서 물끄러미 나를 바라보고 있었다. 그는 무심한 얼굴로 한참이나 나를 쳐다보며 무슨 말을 할 듯 말 듯하더니 그대로 등을 돌려 가버리고 말았다.

살의에 대한 거의 맹목적인 집착. 그 대상은 다만 뱀이 아닐 거라는 사실을 문득 깨닫고 나서도 나는 뱀을 찾는 일에 몰두했다. 일주일, 열흘이 지나도 뱀이 보이지 않자 나는 거의 선병질적으로 변해갔다. 애써 봄 여름을 버티고 나서 이제 고개를 숙이고 있는 수수 모가지를 뚝뚝 따버리고 콩밭에 들어가 그 작대기처럼 생긴 참나무를 도리깨질이라도 하듯 휘둘러댔다. 그러고도 분이 풀리지 않으면 약수터로 뛰어가 찬물을 벌컥벌컥 들이켠 다음 도로 콩밭으로 뛰어 내려와 숨을 식식거리며 두렁에 퍼질러 앉아 있곤 했다. 나타나기만 해봐라, 이놈의 배암, 단번에 주둥이부터 껍질을 까서 그 붉은 살로 땅바닥을 기어가게 만들 테다! 허나 콩밭은 그만두고 묘목밭 주변을 훑듯이 뒤져도 그놈의 뱀은 그림자조차 보이질 않았다. 나는 벼가 익어가는 논에 해그림자가 떨어질 때까지 작대기를 들고 원시 밀림의 병사처럼 풀섶에 버티고 서 있었다.

그때, 해거름녘의 밭두렁에서 그렇듯 위협적으로 무기를 들고 서 있을 때 나는 과연 어떤 얼굴을 하고 있었을까? 내게 그토록 시퍼런 살의가 살아 숨쉬고 있었다니.

이 년 동안이나 생각 없이 오갔던 산길이 조금씩 달라보이기 시작한 건 시월 중순을 막 넘어서고 있을 때였다. 아니 사실은 그 전부터였는지도 모르겠다. 의식으로 감지 못하는 사이에 조금씩조금씩 눈〔眼〕의 변화가 찾아오고 있었던 것이다. 그날은 점심을 먹기가 무섭게 산으로 올라갔던 것인데 산문(山門)에서부터 문득 칼 같은 것이 마음을 슥 베고 지나가는 게 느껴졌다. 그게 무엇이었는가는 알 수 없었다. 다만, 여느 날과는 다르게 부글부글 끓던 마음이 웬일인지 조금은 가라앉고 그 자리에 은빛 투명한 커다란 공혈(空穴)이 들어와 있는 게 훤히 들여다보였다. 헛배가 부른 듯 거북살스런 현기증이 몰려오며 소나무 가지 사이로 보이는 색종이 한 장쯤의 하늘이 코발트빛으로 흔들리고 있는 게 눈에 들어왔다.

산으로 막 들어가는 길가에는 누군가가 서너 평이 될까말까한 밭을 일궈놓고 있었다. 철이 지났는데도 상추와 쑥갓과 고추가 제법 싱싱하게 자라고 있었다. 밭 주위에는 울타리 삼아 심어놓은 해바라기가 여문 씨를 물고 가만히 고개를 떨어뜨리고 있었다. 나는 산길을 오르다 말고 해바라기 대궁 사이에 앉아 밤색으로 꼬들

꼬들하게 접혀 있는 상추와 빨갛게 들어지고 있는 고추를 오래 들여다보고 있었다. 그저 그렇게, 아무런 생각도 없이.

그날 나는 그동안 한번도 가보지 않았던 산길, 콩밭과 묘목밭과 수수밭과 깨밭을 한눈에 내려다볼 수 있는 반대편 산길로 우연하게 걸어가 보았다. 풀벌레 몇 마리가 햇빛 속에 모여 앉아 있다 푸르르 날아오르고 그새 낙엽이 수북이 쌓여 있는 길엔 두꺼비가 방심한 채 나와 앉아 피할 기미도 없이 떡하니 버티고 앉아 있었다. 어째서 그동안 이 길을 한번도 와보지 않은 걸까. 고개도 아닌 비탈을 슬쩍만 찔러 들어가 보면 그동안 내가 다니던 길이 이렇듯 만화경같이 들여다보이는데, 어째 이쪽 길엔 들어올 생각조차 해보지 않은 걸까. 내 닳도록 오르내리던 길 코앞에, 어디 명부전에도 비할 바 아닌 조용한 숲길이 내 발소리를 기다리고 있었던 것을.

나는 그간 내가 헤매고 다녔던 곳이 가장 잘 보이는 지점에 앉아 울창한 숲 사이로 내비치는 밭들을 내려다보았다. 내가 뱀에 물렸던 바로 그 두렁께를. 한동안 가만가만 흔들리며 앉아 있는데 웬 사내가 콩밭 고랑을 지나가고 있는 게 눈에 들어왔다. 가만히 보니 전에 내가 땅을 파고 있을 때 등뒤에 다가와 나를 바라보고 있던 그 밀짚모자의 농부였다. 그는 빈 지게를 지고 고랑을 따라 걸어가고 있었다. 나는 그가 움직이는 대로 시선을 옮겨갔다. 그때의 기억으로는 사십쯤 돼보이는 마른 남자였었다. 그는 부드러운 걸음새로 정확한 보폭과 속도를 유지하며 두렁을 넘어 이윽고 토란밭 사이로 소리 없이 빠져 들어가고 있었다.

그는 누군가가 숲속에 앉아 자신을 훔쳐보고 있다는 것을 알기라도 하는 듯했다.

그는 토란밭을 가로질러 야트막한 산길로 접어들었다. 그러나 눈으로 좇다 보니 그는 미루나무가 서 있는 곳에서 방향을 틀어 산밑에 있는 슬레이트 건물의 마당으로 들어서고 있었다. 그는 마당가에서 등에 지고 있던 지게를 벗어놓은 다음 펌프에다 입을 댄 채 손잡이를 꾹꾹 눌러 물을 마셨다. 펌프에서 쏟아져나오는 물이 햇빛에 반사돼 이쪽에 앉아 내 눈에까지 튀어 들어왔다.

슬레이트 막사는 올 봄에 생긴 것인데 나는 그저 무관심하게 보아 넘긴 터였다. 처음에는 비닐하우스 모양으로 엉성하게 지어진 것이 한 달쯤이 지나자 지붕이 슬레이트로 변해 있었다. 막사가 들어서 있는 곳은 전엔 밭이었던 자리였다. 몇 년이나 작물을 심지 않아 잡초가 무성히 자라 있던 땅에 어느 날 불쑥 살림집을 겸한 막사가 들어선 것이다. 당시에 나는 누가 여차저차한 일로 집안이 파산해 그곳을 임시방편의 거처로 삼은 걸로 생각했을 따름이었다. 얼굴도 모르는 남의 일이니 더이상 관심을 둘 일도 아니었다. 하지만 근처 부락민은 아닌 듯했다. 집에 불이 나지 않은 다음에야 부락 주민이 거기다 집을 지을 리는 없었던 것이다. 내 생각이 맞았음인지 봄에 생긴 그 막사는 쉬 철수할 기미가 아니었다. 그러기는커녕 아예 거기 눌러 살 작정인지 슬레이트로 지붕을 해 올리고 나서 며칠 후에는 캄캄하던 벽에 창문을 내고 주위 땅을 갈아엎고 파종을 하더니 여름이 왔을 땐 먼발치에서도 뒤란에 곡식이 가득 자라고 있는 게 눈에 띄었다. 그리고 어느 날인가 오랜만에 아침 산책을 나왔다가 나는 초등학생으로 보이는 남매가 책가방을 메고 그 집에서 나와 산길을 넘어 등교하는 모습을 보기도 했다. 그뿐이 아니었다. 무더웠던 여름에는 미루나무 옆에 원두막을 지어놓고 거기 올라앉아 기타를 치고 있는 사내의 모습을 목격한 적도 있었다. 아무려나 얼마 전에 내가 보았던 사십대의 농부는 그 막사의 주인임이 분명했다. 무슨 연고로 일가족이 이런 곳에 들어와 허름한 막사를 지어놓고 사는지 알 수 없었으나 겨울이 오더라도 그들은 쉽게 떠날 눈치가 아니었다.

그 다음다음 날인가 나는 그가 고추 부대처럼 보이는 자루를 자전거에 싣고 마을로 내려가는 것을 멀리서 지켜보고 있었다. 그가 마을 쪽으로 사라진 뒤 괜한 호기심에 사로잡혀 그 집 언저리를 배회하는데 마당에서 개 한 마리가 뛰쳐나와 나를 보고 사납게 짖어댔다. 그러나 고추가 널려 있는 마당엔 사람이 보이지 않았다. 아이들은 학교에 간 모양이었다. 밤나무 두 그루에 연결돼 있는 노란 줄에 걸려 있는 빨래만 펄럭이며 소리를 내고 있었다. 둘러보니 예의 미루나무 원두막에는 덩그러니 기타가 놓여 있었으며 집 뒤편으로 올라가자 고추, 고구마, 가지, 콩 등속을 심은 밭이 보였다. 농사는 잘 돼 있었다. 고랑을 일군 솜씨며 작물을 촘촘히 심고 가꾼 솜씨가 또한 보통이 아니었다. 나는 마당으로 도로 내려와 전에 사내가 하던 대로 펌프 주둥이에 입을 대고 손잡이를 눌러 물을 마셨다. 그때 내 눈앞으로 낯선 그림자 하나가 일긋거리며 다가왔다. 나는 팔뚝으로 입을 훔칠 겨를도 없이 화들짝 놀라 고개를 치켜들었다.

거기엔 머리에 수건을 두른 웬 아낙네가 삭정이 다발을 들고 서 있었다. 색 바랜 쑥색 스웨터에 솔잎 몇 개가 바늘처럼 꽂혀 있었다. 여인의 표정은 고인 물 속의 돌처럼 깊게 가라앉아 있어 이내 잡혀오는 인상 같은 게 없었다. 어떤 놀람도 거부감도 경계심도 그렇다고 반가움도 아닌 그런 심상한 얼굴로 참나무 막대기를 들고 서 있는 나를 지켜보고 있을 뿐이었다. 그러나 나를 향한 그녀의 눈빛에는 내가 무안해 하지 않아도 될 만큼의 기묘한 그윽함과 넉넉함이 배어 있었다. 얼결에 꾸벅 고개를 끄덕이자 그녀는 보일락말락한 미소를 지어보이더니 땔감을 내려놓고 물을 떠가지고 그리고 막사 안으로 사라졌다.

내가 뱀을 본 것은 바로 그날이었다.

어둠이 성깃성깃 내리고 있는 참나무숲을 옆구리에 끼고 어제 농부가 걸어왔던 길로 발걸음을 옮겨놓고 있을 때였다. 열흘 이상 뱀을 쫓아다니면서 이제는 좀 노회해진 걸까. 나는 휘휘 휘파람까지 불어대고 있었다. 밤에 피리나 휘파람을 불면 뱀이 온다는 얘기를 전에 어디서 들은 적이 있어서였을 거였다. 내 입에서 흘러나오는 휘파람 소리를 듣고 내가 짐짓 고개를 설레설레 내둘렀던 건 바로 그 맹목적인 살의에 사로잡힌 나를 확인한 때문이었다. 어쨌든 내가 뱀에 물린 곳에서 약 쉰 걸음쯤 떨어진 토란밭 한가운데서였다.

허리께까지 올라와 서걱대고 있는 토란잎 사이를 헤집고 들어가, 논배미를 둘러싼 억새 군락이 그날의 마지막 햇빛에 희게 타고 있는 것을 훔쳐보며 걸음을 옮겨놓고 있는데 허리 밑으로 시이익 하고 S자 소리를 내며 무엇이 지나가고 있다는 느낌이 전신을 훑고 올라왔다. 그 미묘했던 소리의 반향. 직감적으로 나는 그게 뱀이라는 걸 알아차렸다. 나는 그 자리에 우뚝 멈춰 섰다. 그러나 아래를 내려다보니 토란잎들이 눈앞에 수북이 올라와 있었다. 나는 가만히 숨죽이고 있다가 어깨에 걸쳐놓고 있던 막대기를 슬그머니 내려 오른손에 단단히 꼬나쥔 다음, 소리가 질러가는 쪽에다 대고 무사처럼 그것을 휘두르기 시작했다. 햇빛에 젖어 가로로 희게 떠 있던 억새띠가 눈앞에서 금세 흐트러지며 내 무릎 아래로 토란 잎새 대궁이 뚝뚝 끊어져 후드득후드득 쏟아져내렸다.

이놈의 더러운 배암, 네놈의 모가지를 이빨로 끊어버릴 테다!

그리고 나는 보았다. 몇 겹으로 쏟아진 잎사귀들 중에서 희게 뒤집혀 있는 잎사귀 위를 막 질러가고 있는 뱀의 징그런 몸뚱어리를. 머리 부분은 다른 잎사귀 속에 가려 보이지 않았지만 그게 뱀이라는 것은 의심할 나위가 없었다. 나는 Y자 막대기를 똑바로 고쳐 들고 그놈의 몸뚱어리를 향해 창처럼 세게 내리꽂았다. 토란잎에 구멍이 뚫리며 뱀의 몸뚱이를 문 Y자 막대기 끝이 땅 속 깊이 박혀들었다.

꼬리를 물린 뱀은 제 몸의 위험을 이내 감지하고선 순식간에 막대기를 휘감고 올라왔다. 그러나 이미 소용없는 짓이었다. 아무리 몸부림을 쳐도 그놈은 이미 내 손아귀를 빠져나갈 수가 없었다. 다이아몬드 모양의 몸 비늘을 번뜩이며 그놈은 사납게 고개를 치켜들고 아가리를 쩍 벌린 채 나를 향해 혀를 날름거리고 있었다. 그 전율하던 순간에 나는 뱀도 소리를 낸다는 생경한 사실을 확인하고 있었다. 그 소리는 교접하는 풀벌레의 소리와도 비슷했다.

그 소리를 듣자 온몸에 소름이 확 끼쳐들었다. 뱀도 혼겁하면 소리를 지르는가!

그러나 그놈은 전날 나를 물고 달아났던 뱀이 아니었다. 한 오십 센티나 될까말까한 초록의 꽃뱀이었다. 쉽게 말해서 독사가 아니었다. 생각 같았으면 그 종족까지 멸해야 속이 풀렸겠지만 나는 막대기를 잡고 있던 손을 부들부들 떨고 있다가 맥없이 뱀을 놓아주고 말았다. 그게 나를 문 놈이 아니란 이유 때문만은 아니었다. 경내에 뱀이 들어오면 그것을 숨겨준다는 불승(佛僧)들 생각이 나서도 결코 아니었다. 멀리서 누가 나를 지켜보고 있다는 기괴한 이끌림에 의해 눈을 들어보니, 저쪽 슬레이트 막사 앞에 아까 마당에서 본 아낙이 이쪽을 향해 우두커니 서 있는 게 보였던 것이다.

그 아낙은 무얼 보고 서 있었던 것일까?

토란밭을 나와 집으로 가기 위해 산길을 올라가는데 자꾸 고개가 뒤로 틀어졌다. 토란밭 한가운데가 우묵하게 패어 있는 게 우물처럼 들여다보였다. 등줄기에 남아 있던 땀이 훅 하고 아래로 흘러내리며 간단없이 몸이 떨려왔다. 그 떨리는 몸을 이끌고 산을 넘어오면서 나는 불현듯 이런 생각에 휩싸여 있었다.

……저녁바람 소리를 듣다가 얼결에 목이 달아난 토란 잎새들. 낙엽 떨구고 있는 가을 나무의 뿌리 밑, 저 유수(幽邃)의 땅 속으로 들어가다 되게 혼겁한 꽃배암. 누구를 향한 것인지도 모른 채 그토록 독이 올라, 저녁 대지에 땀방울을 뿌리며 죽어라 무기를

휘두르고 있던 사내…… 그는 과연 누구였을까.

　아파트 단지로 넘어가는 산길 정상에 올라 막사 쪽을 내려다보니 켜켜이 내리고 있는 어둠 속에 아직도 허수아비처럼 서 있는 아낙의 모습이 눈에 들어왔다.

　집으로 돌아오자 그새 감기 기운이 도져 있었다. 나는 쿨럭쿨럭 기침을 하며 약국을 다녀온 다음 요를 깔고 일찌감치 자리에 누웠다. 자리에 눕자마자 후끈한 열기가 뒤통수 쪽으로 몰려들었다. 도마뱀처럼 몸을 재재 뒤치며 판소리 명창 김소희 여사의 구음(口音) 한 대목을 듣다 나는 겨우 잠이 들었다. 그리고 새벽녘 비낀 창문을 들추고 들어온 한기 때문에 나는 잠에서 깨어나고 있었다. 사방이 흙 속인 듯 어둑했다. 아마도 세시쯤 됐을 거였다. 그 잠듦도 눈뜸도 아닌 혼요한 상태에서 나는 땅바닥에 무더기로 쓰러져 있는 하나의 토란잎 위에 도드라져 올라와 있는 아낙의 얼굴을 보고 있었다. 그녀는 여태도 물 속에 누워 있는 천 년 보살의 표정을 짓고 있었다. 피하려 획획 고개를 틀어도 그녀의 눈길은 똑바로 내 얼굴에 들어와 박혀 떨어지질 않았다. 끈적한 괴로움. 그리고 나는 아낙이 김소희 여사의 소리를 흉내내 내게 무어라 하는 소리를 귀에 멍멍하게 듣고 있었다.

　너는 무슨 병을 그리 앓고 있는 것이냐, 그게 어디서 온 마음이길래, 다쳐서 차라리 단단해진 마음은 다 어디 갔길래, 너는 누굴 할퀴면서 그리 아프다 소리치는 것이냐.

　나는 이불 속으로 깊게깊게 몸을 사리며 언젠가 내게 회초리를 들고 아버지가 했던 말을 떠올리고 있었다. 그것은 《한서(漢書)》

에 나오는 고사였다.

제 아비 죽은 이가 있었는데 그는 내일 부친의 장례를 치러야 했다. 때는 초봄이었다. 그는 집 뒷산으로 올라가 무덤 자리를 보아두고 내려왔다. 그날 저녁, 사립문 밖으로 누가 찾아왔다. 키가 훌쩍 크고 도포를 깨끗하게 차려 입은 선비였다. 찾아온 연고를 말하는 즉, 사정이 있어서 그러니 장례를 하루만 미뤄달라는 것이었다. 그 완곡한 말에도 상주는 아니된다며 고개를 가로저었다. 선비는 어두운 얼굴이 되어가지고 하는 수 없이 돌아갔다. 다음날 상주는 보아두었던 무덤 자리, 가시덤불 밑을 곡괭이와 삽으로 파헤쳤다. 그러자 덤불 밑에 얽히고 꼬여 있는 수십 마리의 뱀이 나타났다. 그제서야 상주는 어제 찾아왔던 선비가 누구임을 알게 되었다. 또한 그가 한 말의 뜻을 깨달았다. 뱀들은, 하루만 시간을 주면 동면에서 깨어나 그 가시덤불 밑에서 빠져나갈 요량이었던 것이다.

왜 그 새벽에 뜬금없이 오래 전에 들었던 아버지의 말이 떠올랐던 것일까. 나는 오래오래 그 까닭을 알아내려 이불 속에서 귀를 막고 두 눈을 홉뜨고 있었다.

나 또한 누구에게 저 상주(喪主)였던 적은 없었던가. 내 진정 너를 할퀴면서 내가 아프다 소리친 적은 없었던가. 혹은 너의 사랑을 배신이라 이마에 적어놓고 남몰래 서슬 퍼런 독을 키우며 산 것은 아니었을까. 이토록 울혈진 마음…… 겁내 하는 마음…… 그렇게 비겁한 자 되어 마침내 아침이 와도 이렇듯 포대기 속에 숨어 총칼을 껴안고 있어야 하는 마음.

약을 먹고 자긴 했지만 감기 기운이 떨어지지 않은 것은 새벽녘부터 내리기 시작한 비 때문이었을 것이다. 하지만 나는 점심을 먹고 휘적휘적 산을 넘어갔다. 비가 와서 그런지 풀벌레 우는 소리도 뚝 끊겨 있었고 그 흔하던 고추잠자리 한 마리 보이지 않았다. 낙엽이 수북이 쌓인 길은 무척이나 미끄러웠고 약수터로 내려오자 노인네 두엇이 우산을 쓰고 물을 받고 있는 게 보였다. 전에 몇 번인가 봄 직한 얼굴이라 눈인사를 건넨 다음 나는 슬쩍 토란밭 쪽을 살펴보았다. 나는 느티나무가 있는 돌무지를 돌아 그곳으로 내려가 보았다. 뱀이 나타났던 흔적은 아무데서도 찾아볼 수가 없었다. 무참히 꺾인 토란 대궁만이 어지럽게 바닥에 널려 질펀하게 비에 젖고 있었다. 나는 콩밭 두렁으로 올라와 새삼스럽게 내가 뱀에 물렸던 자리를 살펴보았다. 두렁은 박격포가 떨어진 것처럼 여기저기가 움푹하니 패어 있었다. 모내기철이었다면 논 주인에게 호된 야단을 맞았을 게 뻔했다. 이제는 추수도 어지간히 끝나 여기저기 논바닥이 드러나 보였다. 부락으로 내려가는 길엔 타작한 볏단이 줄지어 쌓여 있었다. 모내기를 하지 않아 온갖 잡초가 무성히 올라와 있던 논도 갈색으로 낮게 엎드려 있었다. 이 비가 그치고 나면 급격히 날이 추워질 터였다.

왜, 라는 생각도 없이 나는 슬레이트 막사로 가는 길로 접어들었다. 가랑비 속에서 미루나무는 얼마 남지 않은 잎새를 원두막 지붕 위에 하염없이 떨어뜨리며 웅웅 바람소리를 내고 있었다. 전에 한번 보았음인지 사과 상자를 뜯어 만든 우리 속에 웅크리고 앉아 있던 개는 내가 마당으로 들어서도 짖지를 않고 멀뚱하게 쳐다보기만 했다. 개집 앞에 놓여 있는 양은 밥그릇 안으로 빗방울이 소리 없이 듣고 있었다. 펌프 아래 놓인 자주색 양동이 안에도 질금질금 비가 듣고 있었다.

막사 안에서는 그날처럼 아무 소리도 들려오지 않았다. 나는 그 막사 주위를 한 바퀴 돌아 몇 번이나 미끄러질 뻔하며 밭이 있는 곳으로 기웃기웃 올라갔다. 비가 오는데 농부는 밭에 주저앉아 고구마를 캐고 있었다. 흠, 하고 인기척을 내자 그의 밀짚모자가 이쪽으로 돌려졌다. 그는 여전 흔들림 없는 얼굴로 나를 바라보더니 다시 고구마 줄기를 잡고 호미질을 계속했다. 나는 그의 등뒤로 다가가 알은체를 했다.

비가 오는데요.

서리 내리기 전에 거둬놔야죠.

색이 좋고 알이 굵어요.

이것도 겨울 양식이니 그래야지요.

예감했던 대로 그의 말씨는 암만해도 흙냄새에 전 농부의 음조는 아니었다. 무슨 사연이 있을 터이었다.

……아주머니는 어디 안 보이시네요.

우산 들고 애들 마중 나갔어요. 아침녘엔 꺼끔하길래 그냥 보냈더니 가을비가 제법 질기게 내리네요.

사내의 등을 쳐다보며 데면하게 이런 얘기들을 주고받고 있는데 건너편 산길로 아이 둘을 거느리고 내려오는 여인의 모습이 보였다. 이참에 뭘 물어볼까 싶기도 했지만 괜한 참견이 될 것 같아 그럼…… 하고 말을 흐리며 돌아서려는데 농부가 호미 끝에 달라붙은 고구마를 빼내며 내게 이런 말을 건네왔다. 여전 호미질을 하면서였다.

들고 다니던 그 참나무 막대기는 어쨌어요?

……다 알고 계셨군요.

그만하면 됐으니 이제 마음을 수습해요.

……글쎄요.

칼은 갈수록 무뎌 보이는 법예요. 그리고 나선 결국 제 몸을 찌르게 되지요. 이런 말 하면 어떻게 들릴지 모르겠지만 언제나 독이 독을 꼬드겨 서로 찌르려 드는 게 아니겠어요.

한갓 뱀였는걸요.

안에서 키우고 있던 뱀였겠지요. 그게 제 몸을 물었던 거예요. 정말 한갓 뱀였다면 그러고 다니지는 않았겠죠.

……

듣기에 따라서는 귀에 거슬리는 말이었으나 나는 입을 다물고 흙 속에서 튀어나오고 있는 붉은 고구마만 쳐다보고 있었다.

아니라고, 고개를 저으며 사양하는데도 그는 검은 비닐 봉지에 금방 캐낸 고구마를 넣어주었다.

날이 갈수록 초조한 마음이 더해갔다. 이러다간 아닌게아니라 며칠 내로 서리가 내릴 거였다. 나는 하루도 거르지 않고 뱀에 물렸던 곳에 쭈그려앉아 그놈이 나타나기만을 기다리고 또 기다렸다. 들녘의 풀잎들은 이제 초록의 빛을 완전히 거두고 땅 속 뿌리 깊은 곳으로 내려가고 있었다. 부락으로 오가는 길에 때없이 경운기가 들락거리며 탈곡한 볏섬을 실어 나르느라 부산을 떨었다. 그날 이후 농부가 사는 막사에는 찾아가지 않았지만 멀리서 보면 그집도 서서히 겨울 채비를 하고 있었다. 막사 지붕에 두터운 검은 비닐을 덮고 펌프도 짚단으로 두텁게 동여맸다. 수확한 곡식이 어지간히 되는지 원두막을 헛간으로 개조해 고추며 고구마며 콩이며 옥수수를 져 나르는 농부의 모습이 자주자주 눈에 띄었다.

십일월로 들어서자 바람이 거세지며 숲머리에 빈 가지가 드러나기 시작했다. 산길에도 노란 솔잎들이 카펫처럼 깔려 좀체 땅바닥을 볼 수가 없었다. 약수터로 내려오는 사람들도 날이 추워지면서 점점 줄어들었고 밭에 넘어져 있던 깻단이며 수숫단도 어느덧 자취를 감추고 김장용으로 쓸 무 배추만 밭에 듬성듬성 남아 있을 뿐이었다. 그놈의 뱀은 벌써 땅 속으로 들어가 버렸는지도 모를 일이었다. 때때로 나는 양말을 벗고 뱀에게 물렸던 왼쪽 발목 인대를 살펴보곤 했다. 거기엔 아직도 내 이빨 자국이 선연하게 남아 있었다. 초조한 마음 뒤편엔 그러나 꼭이 그놈에 대한 살의나 증오 때문만은 아닌 감정이 새로 생겨나 있었다. 겨울이 닥치기 전에 다시 한 번만 그놈을 볼 수만 있다면 하는, 나도 모르겠는 기이한 간절함에 나는 시달리고 있었던 것이다.

바람이 몹시 부는 날 초저녁에 산길을 넘어와 보니 마침내 논이며 밭이며가 그 꼬깃한 주름살만 남은 채 텅 하니 비어 있었다. 밀레의 만종 소리조차 들려오지 않는 논과 밭, 그리고 밤에 퍼붓는 눈처럼 쏟아져내리고 있는 낙엽 속에 묻혀 서서 나는 내 발목을 깨문 뱀이 땅 속으로 들어가 버렸다는 사실을 끝내 받아들이지 않을 수가 없었다. 단념에서 오는 허망함이야 둘째치고 까닭 모를 막막함이 가슴 밑바닥에서 차오르던 그날 나는 엉거주춤한 발걸음으로 그동안 내가 쏘다녔던 길들을 더듬더듬 짚어보고 있었다. 그리고 콩밭이었던 곳과 토란밭이었던 곳이 가로로 면해 있는 부근 산자락 무덤에서 나는 뱀 껍질 하나를 발견했다. 뱀 껍질은 무덤 속으로 머리 부분이 십 센티미터쯤 파고 들어간 상태에서 밖으로 비죽이 나와 있었다. 나는 타고 난 재처럼 바삭거리는 그것을 손가락으로 잡아 조심스럽게 앞으로 당겨보았다. 땅에 파묻힌 부분에서 뱀 껍질은 힘없이 끊어져 버렸다. 나는 오른손 검지를 뱀이 파고 들어간 무덤 구멍에다 깊숙이 찔러넣어 보았다. 그리고 한참을 그대로 있었다. 허나 안에서는 아무런 기척도, 소식도 없었다. 물론 내 손을 다시 깨물거나 하는 일도 일어나지 않았다.

강원도 인제인가 어디에 여느 해보다 보름이나 빠른 첫눈이 내렸다는 뉴스를 들은 날 나는 마지막으로 그곳에 가보았다. 슬레이트 막사가 바라다보이는 밭두렁에, 뱀 껍질을 보았던 무덤에, 내가 악에 받쳐 아무데고 막대를 휘두르던 토란밭에, 논바닥에, 비죽이 대궁이 잘려 날카로운 모가지를 내밀고 있는 깨밭에, 콩밭에…….

그리고 밤이 깊어 나는 뱀처럼 귀를 닫고, 고개를 숙인 채 이윽고 발소리를 죽이며 집으로 돌아왔다. 그렇게 집으로 돌아와서 나는 다시 산을 넘어가지 않았다. 빠르게 날이 추워지며 이제는 억지로 부지런을 떨며 산에 갈 엄두가 나지 않았던 것이다. 물론 뱀에 대한 생각도 차츰 잊어버리고 있었다. 그 사이에 나는 결혼해 이태리로 가버린 계집한테서 한 통의 편지를 받았고 원양어선을 타고 나갔던 아버지가 무사히 돌아왔다는 소식을 들었고 오래 전에 감옥으로 귀양갔던 친구가 뒤늦게 돌아왔다는 풍문을 스쳐 듣기도 했다. 물론 신문(新聞) 같은 날들은 여전히 계속되고 있었다. 그러던 어느 날 내가 살고 있는 중부 산간 지방에도 마침내 겨울이 찾아와서는 십이월 초순께에는 첫눈이 뿌렸다.

새벽이었다. 혼곤히 잠들어 있다 누가 창 밖에서 사각사각 눈 밟는 소리를 듣고서 나는 눈을 떴다. 슬며시 창문을 열어보니 웬 젊은 여자가 새벽 하늘을 올려다보며 마당가를 하염없이 서성이고 있었다. 나처럼 눈 내리는 소리에 깨어 문득 밖으로 나온 모양이었다.

무성영화 한 편을 감상하듯 오래 그 여자의 모습을 훔쳐보고 있다가 나는 도로 창문을 닫고 좀더 자두기 위해 이불 속으로 들어갔다. 그러자 내 눈앞에 불현듯 지난 가을의 일들이 한겹 두겹 밀려왔다. 나는 적외선 안경을 쓰고 푸른 밤 풍경을 보듯 머리맡에 떠오르는 장면들을 희미한 미소를 지으며 바라보고 있었다. 이런 생각에 휩싸여.

저 가을에 나를 물었던 배암. 그놈은 눈 내리고 있는 지금 어느 유수의 깊은 땅 속에서 온몸의 힘을 풀고 태연히 잠들어 있겠지. 그때 나처럼 제 꼬리를 입에 물고서 말이다. 한데 내 몸에 그토록 독한 향기를 부어놓고 사라진 그놈은 이 새벽 내가 저를 생각하듯이 나를 생각하고 있기는 한 것일까…… 아, 그리고, 우리가 그때 그렇게 만났던 것은 정녕 잘못된 일이었을까?

한동안 이런 상념에 시달리다, 나도, 머리에 눈 내림을 보며, 밖의 발자국소리에 귀를 기울이며, 다시 깊은 잠에 빠져 들어갔다.

작품 이해

▌작가 소개 ▌

윤대녕은 1962년 충남 예산군에서 태어났고, 단국대학교 불문과를 졸업했다. 1988년에 《대전일보》 신춘문예에 단편 〈원〉이 당선되고, 1990년 《문학사상》에 단편 〈어머니의 숲〉이 당선되었다.

윤대녕은 새로운 소설 세계를 열었다는 평가를 받는 작가이다. 첫 창작집 《은어 낚시 통신》을 낸 후 문단의 주목을 받기 시작하였고, 첫 장편 《옛날 영화를 보러 갔다》와 두 번째 창작집 《남쪽 계단을 보라》를 발표한 후 1990년대 한국 문단의 주요 작가로 꼽히고 있다.

평론가들은 다양한 각도에서 그의 작품을 평가하고 있다. 한 평자는 그의 소설을 '미적 신비주의'로 분류하기도 하고(서영채), 다른 평자는 '이미지의 황홀경에 대한 편집(偏執)'이라 말하기도 한다. 또 다른 평자는 신세대 문학의 새로운 징후로서 '사이버 스페이스적 분위기'를 가진다고 평하기도 하고(김주연), 그의 소설이 '존재의 시원'에 대한 물음을 다룬다고 하기도 한다(남진우). 쉽게 말하자면, 윤대녕의 소설은 신비롭고, 영화 같은 소설이라는 말이다. 또 그의 이야기는 현실의 공간이 아닌 가상의 공간 속에서 진행되며, 인간이라는 존재가 언제 어디서부터 시작되었는지를 묻는다는 것이다.

위의 평대로, 윤대녕의 작품은 신비롭고 모호하며 마치 영화를
보는 것 같은 느낌을 준다. 그의 소설을 읽으려면 우리가 몸 담고
있는 현실에서 떠나 가상의 공간, 가상 세계로 들어가야 한다. 흥
미진진한 줄거리, 처음과 끝이 분명한 이야기가 있는 것이 아니라
다양한 이미지로 이루어진 이야기가 독자를 가상의 공간으로 끌
어들인다. 그렇게 이미지를 따라 가상의 공간으로 들어가면, 독자
는 아주 새롭고 신비로우며 모호한 세상을 보게 된다. 그리고 그
소설 속의 세상은 우리가 지금 살고 있는 현실과 우리가 잃어버린
세계가 혼합된 곳이다. 즉, 지금의 현실처럼 고도로 발달한 도시
문명과 이제는 신화 속에서나 등장하는 원시적인 세계가 겹쳐져
있다.

소설 속의 인물들은 영화를 보다가, 재즈 음악을 듣다가, 사진
을 보다가 우리가 잃어버린 기억을 떠올리게 되고, 그 이후 그 잃
어버린 세계로 빠져들게 된다. 그런데 그곳은 우리가 살아가는 현
실과 함께 있는 곳이면서 동시에 우리의 현실과 엄연히 다른 곳이
기도 하다. 현실 저편의 또다른 현실은 자연적인 이미지이다. 안
개 속에 타오르는 불꽃나무이고(〈말발굽 소리를 듣는다〉), 강물을
거슬러 오르는 은어떼(〈은어(銀魚)〉, 〈은어 낚시 통신〉)이기도 하
며, 우주를 가로질러 날아가는 새떼(〈옛날 영화를 보러 갔다〉)이기
도 하다. 이 이미지들은 단순한 환각인 것 같기도 하고 인간의 의
식 저편(무의식)에 남아 있는 기억 같기도 한데, 모두 소설 속 인
물들의 인생에 중요한 영향을 끼치게 된다.

▌이해와 감상 ▌

〈뱀에 물린 자국〉은 소설 속 인물이 영화를 보다가, 음악을 듣다가, 아니면 사진을 보다가 현실을 벗어나 신비로운 세계로 빠져드는 것은 아니지만, 마치 신화 속의 뱀이 현실로 기어나온 것과 같은 느낌을 준다. 우선 작품의 표면적인 내용을 따라가 보자. '나'는 산길을 가다 독사에게 발목을 물린다. 뱀의 독은 혈관 속으로 퍼지고 온몸이 마비된다. 심한 고통을 느끼면서 '나'는 뱀을 죽여버리고 말겠다는 강한 살의(殺意)를 품는다. 그리고 몸이 거의 나은 후에 산을 뒤지고 다니기 시작한다. 그래서 오후 다섯시만 되면 끝을 잘라 Y자로 만든 참나무 가지를 들고 뱀을 찾으러 다닌다. 스스로도 놀랄 정도로 마음에 독한 기운을 품고 뱀을 찾아다니다가 '나'는 우연히 마치 불자와 같이 인자한 부부를 만나게 되고, '나'의 마음속의 뱀이 '나'의 발목을 문 것이라는 말을 듣는다. 그리고 얼마 후 무덤 속으로 향해 있는 뱀의 허물을 발견하게 된다.

이렇게 따라가다 보면, 독자는 '마음속의 독이 남을 해한다.'라는 교훈을 발견하게 될지도 모른다. 정작 '나'를 괴롭히고 살의를 품게 만든 것은 이태리로 떠난 애인, 원양어선을 타고 소식이 없는 아버지, 감옥에 간 친구 등의 사실이었는데 괜히 뱀에게 책임을 돌리고 뱀을 죽이려 했다는 것이다.

하지만 작가는 이 작품에서 그런 교훈을 주려고 한 것이 아니다. 윤대녕의 소설을 제대로 이해하려면 그의 소설 전반에 걸쳐 있는 어떤 문학적 경향을 염두에 두어야 한다. 그의 소설 속 세계는 우리가 살아가는 현실과는 사뭇 다르다. 그의 세계는 동물과 인간이 하나였던 때, 주술과 마법이 있었던 오래 전 신화 속의 세계인 것이다.

이 작품에서 뱀은 그냥 '한갓 뱀'일 수도 있고 사람의 발에 놀라 자기를 방어하기 위해 사람의 발목을 문 것일 수도 있지만, 동시에 자기가 어떤 존재인지 잊어버린 인간에게 원시성, 순수성을 돌려주는 존재이기도 하다. 결국 뱀의 독은 '나'를 해하는 것이 아니라 오히려 '나'를 치료하기 위한 것이다. 그러므로 '나'가 뱀에 물려 얼굴이 붓고 온몸이 마비되는 고통을 겪은 것은 새롭게 태어나기 위한 과정이다. 이런 점에서 뱀이 자기 꼬리를 물고 겨울잠에 들어가는 행위는 바로 '나'가 서서히 변해가는 것과 다를 바가 없다. 겨울밤 '나'가 눈 내리는 마당에 서 있던 젊은 여자를 본 것도 이와 연결해서 이해하면 된다. 뱀은 '나'를 변화시킨 것이다. 자연과 인간이 하나가 된 시절이 있었고, 남자의 속성과 여자의 속성이 구분되지 않던 먼 옛날의 기억을 '나'에게 가져다 준 것이다. 젊은 여자의 이미지는 바로 '나'의 숨어 있던 모습이자, 새로운 모습이다. 남자의 속성 속에 묻혀 있던 여자의 속성인 것이다.

위와 같은 의미를 찾는 것은 쉬운 일이 아니다. 특히 우리가 살아가는 현실의 모습대로 소설 속 세계를 이해하려는 습관을 가진 사람은 윤대녕의 소설을 이해하기 힘들다. 하지만 현실로부터 상상의 공간으로 눈을 돌리고, '인간이라는 존재는 어디서부터 나왔는가.', '눈에 보이는 모습이 세계의 전부인가.'라는 윤대녕의 질문을 염두에 두고 작품을 감상한다면 새로운 독서 체험이 될 것이다.

1. 아래 인용문에서, '그게 제 몸을 물었던 거예요.'라는 말의
   의미와 '그놈은 눈 내리고 있는 지금 어느 유수의 깊은 땅
   속에서 온몸의 힘을 풀고 태연히 잠들어 있겠지.'라는 말의
   의미는 무엇인가? 뱀이 겨울을 나고 새로운 모습으로 변하
   기 위해 허물을 벗고 무덤 속에 들어가는 행위와 '나'가 뱀
   에 물린 후 변하는 모습을 중심으로 말의 의미를 생각해 보
   자.

   그만하면 됐으니 이제 마음을 수습해요.
   ……글쎄요.
   칼은 갈수록 무뎌 보이는 법예요. 그리고 나선 결국 제 몸을
   찌르게 되지요. 이런 말 하면 어떻게 들릴지 모르겠지만 언제
   나 독이 독을 꼬드겨 서로 찌르려 드는 게 아니겠어요.
   한갓 뱀이었는걸요.
   안에서 키우고 있던 뱀였겠지요. 그게 제 몸을 물었던 거예
   요. 정말 한갓 뱀였다면 그러고 다니지는 않았겠죠.
   ……

   저 가을에 나를 물었던 배암, 그놈은 눈 내리고 있는 지금
   어느 유수의 깊은 땅 속에서 온몸의 힘을 풀고 태연히 잠들어
   있겠지. 그때 나처럼 제 꼬리를 입에 물고서 말이다. 한데 내
   몸에 그토록 독한 향기를 부어놓고 사라진 그놈은 이 새벽 내

가 저를 생각하듯이 나를 생각하고 있기는 한 것일까…… 아, 그리고, 우리가 그때 그렇게 만났던 것은 정녕 잘못된 일이었을까?

2. 뱀이 자기 꼬리를 물고 겨울잠을 자는 것과 '나'가 뱀에게 발목을 물린 후 여러 변화를 거친 후 깊은 잠에 빠지는 것은 어떤 연관이 있는지 생각해 보자.

3. '나'가 뱀에 대한 살의를 잊고 일상으로 돌아간 후에 새벽에 보았던 젊은 여자가 누구인지에 대해서 생각해 보자.

생각의 길잡이

◐ 1·2. 뱀이 '나'를 문 것은 '나'를 해치려 한 행동이었을까, 아니면 '나'를 치료하기 위한 것이었을까 한번 생각해 보자. 뱀이 '나'를 문 후, 나는 온몸에 독이 올라 사경을 헤맨 후 마음속에 독한 살의까지 품게 되었지만, 결론적으로 그것은 뱀이 '나'를 변화시키기 위한 행위였다.

뱀이 새롭게 변하기 위해 자기 꼬리를 물고 겨울잠에 빠지는 것처럼, '나'의 발목을 물어 '나'가 새로운 모습으로 거듭나게 도와준 것이다. '나'가 깊은 잠에 빠져드는 것으로 소설이 끝나는 것도 이 이유 때문이다.

◐ 3. 윤대녕은 소설에서 새로운 존재, 새로운 세계를 신비롭고 환상적인 이미지로 나타내는 경우가 많다. 새벽 하늘을 올려다보며 마당가를 서성이던 여인은 속에 깊숙이 숨어 있던 '나'의 모습이다. '나'는 스스로 새롭게 변한 모습을 잠결에 본 것이다. 남자인 '나' 속에 숨어 있던 여성적인 모습이라고 이해하면 된다.

일반적으로 윤대녕의 작품세계는 '존재의 시원에 대한 탐구'라는 말로 요약된다. 그냥 존재하는 것이 아니라 말의 참된 의미에서 존재하고자 하는 욕망이다. 존재에 대한 물음은 감각할 수 없는 것에 대한 그리움을 대변한다. 감각할 수 없지만 분명히 존재하는 것이 문제되는 이유도 여기에 있다. 숨어 있는 그 무엇, 드러나지는 않지만 존재하는 그 무엇이 감각적인 것과 결합될 때 우리는 구체적인 대상을 만나게 된다. 여성적인 모습도 이런 맥락에서 이해해야 한다.

이 청 준

해변 아리랑

이청준의 문학 세계를 통해 우리는 진정한 삶, 본래적 가치를 추구하는
한 소설가의 장인정신을 볼 수 있다. 때로는 그가 부자연스럽고 불가능한
주관적인 내용의 작품을 써 온 것은 사실이다. 그러나 그것은 현실과 밀접한
관계를 맺고 있는 상상력으로 이루어진 문학이다. 그에게 있어서
문학을 한다는 행위는 현실과의 치열한 싸움이다. 작가는 이를 고도의
지적 방법으로 형상화시킨다. 〈해변 아리랑〉은 근대화 과정 속에서
한 가족이 겪는 삶의 여정을 잘 형상화하고 있다. 따라서 이 소설에서
어머니의 소리와 그 가족의 삶이 우리 민족의 특유한 정서라 할 수 있는
한과 어떻게 관련되는지를 곰곰이 생각해 보며 작품을 감상해 보자.

해변 아리랑

1

아이는 바닷가 외딴 산기슭 밭가에서 태어났다, 라고 하는 것은 세월이 지나 아이가 자란 다음까지 가장 오랜 기억이 그 바닷가 산기슭에 밭머리 시절이었기 때문이다.

눈부신 여름 햇빛, 그 한낮의 볕발 아래 길고 긴 밭이랑이 푸른 지열기에 흔들리며 산허리를 빗겨 넘어갔다. 드문드문 수수가 점섞인 더운 콩밭을 아이의 어머니 금산댁(金山宅)은 그 아지랑이 속을 떠도는 작은 쪽배처럼 하루종일 오고가며 김을 매었다. 우우우우 노랫가락도 같고 바람소리도 같은 이상한 소리를 몸에 싣고 오가며 돌을 추리고 김을 매었다.

아이는 날마다 그 금산댁을 기다리며 밭귀퉁이 무덤가에서 해를 보내곤 하였다.

밭머리 한쪽에는 언제부턴가 잔디 푸른 무덤 하나가 누워 있었다. 푸나무꾼들이 산을 오르내리며 지게를 쉬고 가는 길목 무덤터였다.

아이는 그 무덤가 잔디에서 울음을 참으며 어머니를 기다렸다. 이마를 불태우는 햇덩이를 동무삼아 하염없는 원망 속에 어머니를 기다렸다. 목이 타면 근처 도랑물로 목을 축이고 배가 고프면 언덕에 피어 익은 산딸기 열매를 따먹으며 하루 종일 이제나저제나 어머니를 기다렸다. 이따금씩 하얗게 콩잎을 이랑치며 굴러가는 바람기, 일된 수수모개를 타고 앉아 간들간들 위태로운 곡예를 피우다가 푸르륵 홀연 환청 같은 날갯짓 소리를 남기고 사라져 가는 멧새, 오래오래 하늘을 아껴 흘러가는 구름덩이, 그리고 산 아래론 물비늘 반짝반짝 눈부신 바다 위에 어이 어이 어여루면 뱃노래 소리 한가로운 돛배들의 들고 남……. 그 한가롭고 절절한 적막감 속에서 아이는 무료스레 어머니를 기다리곤 하였다.

금산댁은 그러나 아이의 기다림에는 아랑곳없이 무한정 밭이랑만 오가고 있었다. 우우 우우 그 노랫가락도 같고 울음소리도 같은 암울스런 음조를 바람기에 흩날리며 조각배처럼 느릿느릿 밭이랑을 오고 갔다. 소리가 가까워지면 어머니가 어느새 눈앞에 와 있었고, 그 소리가 어느 순간 종적을 멎고 보면 그새 그녀는 저만큼 이랑 끝에 아지랑이를 타고 하늘로 올라가 버리기라도 할 듯한 점 정적으로 멀어져 있었다. 뒷산 봉우리의 게으른 구름덩이가 모양새를 몇 번이나 갈아 앉고 있어도, 눈 아래 바다의 한가로운 돛배들이 셀 수 없이 섬들을 감돌아 나가고 있어도, 그리고 아이의 도랑물길 다리가 더위와 허기에 지쳐 덜덜 떨려 오도록 금산댁은 내처 언제까지나 밭이랑만 무한정 떠돌고 있었다. 그러면서 무슨 필생의 업보처럼 여름밭 김매기로 긴긴 해를 보냈다. 점심 때도 없었고 휴식도 없었다. 점심 때가 기울면 금산댁은 어쩌다 콩밭 무뿌리로 제 허기를 달랬고, 아이에겐 일된 수수모개를 잘라다 꽁대기의 풋여물을 훑어 씹게 하였다. 이따금은 밭가로 걸어나온 금산댁이 땀에 밴 무명천 치맛말 속에서 아이에게 노란 밭딸 한두 개를 꺼내주기도 하였다. 금산댁이 아이에게 해주는 노릇이란 종일 가야 그 정도가 고작일 뿐이었다. 그리고 그렇게 진종일 아이를 기다리게 했다가 해가 기울고 산그늘이 어둑어둑 밭이랑을 덮어 내려 와야 금산댁은 비로소 소리를 그치고 머릿수건을 벗어 털며 아이에게로 돌아왔다……

아이의 기억 속에 뒷날까지 살아남은 생애 최초의 세상 모습이자 그 여름의 나날의 경험이었다. 아이는 이를테면 그 여름 밭가의 무덤터에서 생명이 태어난 셈이었고, 그 하늘의 햇덩이와 구름장, 앞바다의 물비늘과 돛배들을 요람으로 삶의 날개가 돋아오른 셈이었다.

2

아이가 그 어머니와 어머니의 바닷가 돌밭을 떠나간 것은 십 년쯤 세월이 흐른 뒤였다. 그것은 아이가 이미 재 너머 초등학교 분교를 졸업한 열여섯 살 소년이 되어서였다. 소년은 이제 그것으로 마침내 그의 외롭고 남루하고 길고 긴 영혼의 이유기를 넘어선 것이었다.

하지만 소년이 그 어머니 금산댁과 바닷가 마을을 떠나간 것은 그의 집에서 처음 생긴 일이 아니었다. 그것은 그의 나어린 형과 열여덟 맏누이의 시집길에 뒤이은 마지막 세 번째의 떠남이었다.

금산댁은 원래 그녀 혼자서 나어린 세 남매를 길러 오고 있었다.

아이들은 차츰 나이를 먹어 가면서 차례차례 그녀와 고향 동네를 떠나갔다.

제일 먼저 집을 떠나간 것이 소년의 네 살 손윗형 아이였다. 소년이 금산댁의 밭매기를 따라다닐 때 그 형 아이는 재 너머 분교로 혼자 초등학교를 다니고 있었다. 하지만 어느새 6년이 흘러가고 그 형 아이가 학교를 졸업하고 났을 때 그는 유난히 게으름만 부리며 집안일을 아무것도 돌보려 하지 않았다. 그는 처음부터 다른 아이들처럼 대처 학교 공부는 꿈도 꾸지 않았다. 금산댁이 굳이 만류할 것도 없이 스스로 형편을 알고 있었기 때문이었다. 턱없는 상급학교 공부를 꿈꾸지 않는 대신 그가 그때까지 집에서 해 오던 다른 일을 아무것도 손에 대지 않았다. 초등학교조차 가 보지 못한 두 살 위의 누이가 밭일에만 매달려 사는 금산댁을 대신하여 끼니를 끓이고 헌옷을 기워대고 심지어 산에 나가 푸나무까지 베어 날라와도 그런 건 전혀 내 알 바 아니라는 듯 눈치를 보거나 손을 보탠 일이 없었다. 그러면서 그저 연놀이에만 넋이 팔려 바닷가 언덕들만 쏘다니고 있었다. 형 아인 원래 학교를 다닐 때도 연놀이를 좋아해서 금산댁과 누이에게 연실 투정을 자주 해댔지만, 그 봄은 그렇게 한철이 다 가도록 때도 없이 바닷바람만 몰아 헤매고 있었다. 그리고 어느 날 세찬 바람기에 그의 연이 실을 끊고 하늘 멀리 날아갔을 때 그것을 붙잡으러 따라나서기라도 하듯이 그도 함께 훌쩍 집을 떠나가 버렸다.

— 나 돈 많이 벌어 가지고 돌아올게.

그 형 아이가 마을을 떠나가면서 그를 말리는 누이에게 남기고 간 말이었다.

집을 떠나 어디로 갈 거냐는 누이의 마지막 간절한 물음에도 그는 어디라 정해진 곳이 없이,

— 큰 항구가 있는 곳으로 갈 거야. 돈을 벌려면 큰 배를 타야 하니까.

망연스레 고갯길을 넘어갔다는 것이었다. 그날도 바닷가 밭고랑을 떠돌던 어머니 금산댁에겐 하직인사도 않은 채.

소년도 이제는 그 형 아이를 따라 초등학교 5학년이 되던 해의 봄이었다.

그렇게 형 아이가 집을 떠나가고 나자 금산댁은 당연히 바닷가 돌밭 출입이 더욱 잦아졌다. 틈만 나면 금산댁은 밭뙈기로 나가 앉아 그 지겨운 푸르름 속을 떠돌면서 끝없이 김을 매고 돌을 추렸다. 그 무성하고 음울스런 읊조림 속에 날들이 저물고 철이 바뀌었다.

소년이 학교를 파하고 돌아와 푸나무 지게질을 나가 보면 금산댁은 언제나 거기 그런 나날이었다.

하지만 그 원망과 체념과 자탄기가 한데 실린 금산댁의 바람소리 같은 입속 읊조림은 한번 떠나간 그의 아들을 다시 고향집으로 돌아오게 하지 못했다. 아들을 다시 돌아오게 하기커녕 몸을 의탁

해 지내고 있는 산하의 소식 한 마디 전해 들은 일이 없었다.

한번 떠나간 아들 아이에게선 생사간의 소식마저 감감 세월이었다.

그리고 그 몇 년 후에는 소년의 누이가 다시 집을 떠나갔다.

이번에는 소년이 초등학교를 졸업하고 그의 누이와 집 나간 형을 대신하여 바닷가 돌밭 쪽 산들을 오르내리며 이태째 푸나무를 해나르던 무렵이었다.

어느 날 소년이 아침 나절 나뭇짐을 해 지고 돌아오자 집에서 웬 낯선 여자 두 사람이 누이를 데리고 사립을 나서고 있었다. 그때 누이는 웬일인지 어디 몹쓸 데로나 끌려가고 있는 몰골이었다. 작은 보퉁이 하나를 꾸려안고 사립을 나서면서 누이는 차마 발길이 떨어지지 않는 듯, 엄니 엄니 자꾸만 뒤를 돌아다보았고, 뒤에 남은 금산댁은 금산댁대로 쉬쉬 남몰래 못할 짓을 하는 양 당황스럽고 조급한 손짓으로 그녀의 발길을 재촉해대고 있었다. 소년이 나뭇짐을 지고 사립을 들어서자 금산댁은 그나마 딸아이가 떠나가는 것도 아랑곳을 않은 채 부엌 쪽으로 훌쩍 몸을 숨겨 들어가버렸고, 누이는 아직 나뭇짐을 지고 선 채 넋이 빠져 멍해 있는 소년에게로 다가와 그의 손을 가만가만 쓰다듬어 보고는 끝내 울음 속에 발길을 돌아섰다.

— 동상아, 잘 살거라. 불쌍한 우리 엄니 모시고 잘 살거라. 동상아, 내 동상아……

소년은 그때 이미 짐작을 하였지만, 누이는 그렇게 시집을 간 것이었다. 남들처럼 이런저런 긴 의논도 없이. 한 피받이 소년에게마저 눈치를 보이려 하지 않았을 만큼 남의 눈을 피해 가며 남루하고 황망하게. 버리고 떠맡기듯 별안간에 매정하게.

누이의 나이가 어지간했기 때문이었을 터였다. 딸아이의 물색이나 집안 형편에 금산댁도 심사가 조급했을 터였다. 홀아비 처지나 전실 자식들보다도 그저 배나 곯지 않을 전답 마지기가 딸아이 팔자엔 당해 보였을 터였다.

그러나 그것은 금산댁에게 또 하나 가슴의 못이 되었다. 혼례도 못 치른 채 헌 옷 보퉁이 하날 달랑 손에 들려 낯설고 물선 반백리 산중길을 저 혼자 따라 보낸 딸아이의 시집길. 전실 자식을 둘이나 거느린 늦서른 홀아비에게 어린 것을 버리듯 내맡겨 보낸 일……. 금산댁은 이제 자기 삶을 돌볼 일이 없어진 나무가 그 잎을 차례차례 낙엽져 내리듯 자식들이 하나씩 곁을 떠나갈 때마다 가슴엔 아픈 못이 늘어가고 있었다.

그녀의 바람소리 같은 입속 읊조림도 그래 그만큼 더 무성해졌다.

이제는 그 바닷가 돌밭 이랑에서뿐 아니라 집안에서까지 늘상 같은 소리가 떠돌았다.

소년은 다시 한햇동안 그 소리를 들었다. 소리를 들으면서 산을 오르내리고 바다를 나가고 집안일을 돌봤다. 누이의 시집살이 소문을 참고 참아가며 집을 떠난 형이 다시 돌아오기를 기다렸다.

그러나 그 모든 것은 끝내 보람이 없었다. 형에게선 언제까지나 정처의 소식이 감감했고, 들려오느니 누이의 애틋한 시집살이 소문뿐이었다. 누이를 데려간 서방이란 위인은 알고보니 전실 소생이 넷씩이나 되었고, 배는 곯지 않으리라던 살림 형편마저 사실은 끼니가 간데없는 험한 날건달 꼴이더라 하였다. 게다가 위인은 술에 놀음질에 세월 가는 줄을 모르는 판이었고, 그 위에 매질과 업수이 여김으로 누이의 박대가 개짐승 취급이더랬다.

마른 생선 산중 동네 장삿길 아니면 엿장수 아낙이나 떠돌이 점쟁이 발길들에 산중길 반백리 누이에게선 그런 소리만 하필 잘도 묻어 전해 왔다. 죽어 헤어졌다던 전실 여자마저 이따금 눈을 까 뒤집고 나타나 머리끄뎅이질을 치고 가는가 하면 남의 아이들 못된 빈눈치 봐오는 것도 피를 말리는 괴로움이더라 하였다.

금산댁의 지겨운 입속 읊조림은 그럴수록 더욱 극성스러워져 가게 마련이었다.

하여 다시 한 해, 그 답답하고 암울스런 날들이 지나가고 이듬해 봄이 돌아오자 이번에는 마침내 소년이 마지막으로 그 형과 누이를 뒤따라 금산댁과 바닷가의 마을을 떠나갔다.

그 동안 소년은 어머니 금산댁의 그 음습한 노랫가락과 가엾고 딱한 누이의 소식들을 견디면서 자신이 얼마나 답답하고 초라한 존재인가를 깨달았기 때문이었다. 그것이 얼마나 보람이 없으며 남루한 삶인가를 알았기 때문이었다. 비로소 집을 나간 형을 이해하고, 그가 가슴에 품고 떠나간 원망을 깨닫고, 그 형을 기다림이 얼마나 부질없는 노릇인가를 깨달았기 때문이었다. 그 형을 용서할 수가 있었기 때문이었다.

형은 돌아오지 않을 사람이었다…….

하지만 소년은 그의 형처럼 기약없이 마을을 떠나가진 않았다. 그는 먼저 간 형과는 달리 공부가 끝나고 돈이 벌어지면 다시 마을로 돌아올 결심이었다. 그는 자신의 그런 결심을 어머니 금산댁에게 몇 번이나 다짐했다. 형때의 아픔으로 가슴이 삭아선지 금산댁도 굳이 그를 말리지 않았다. 금산댁은 다만 떠나가는 아들에게 소식이나 끊지 말라는 당부뿐이었다. 다시 돌아오질 않아도 좋으니 어딜 가든 몸이나 성하게 지내면서 소식이나 종종 띄워 보내랬다. 그 한 마디 조그만 당부말로 그녀의 모든 소망을 대신했다.

하여 그 봄 어느 날 소년은 어머니 금산댁과 마지막으로 한 번 더 외딴 바닷가 산기슭 돌밭으로 나갔다. 그리고 그 밭언덕 끝에서 금산댁의 입속 노랫가락 소리를 들었다. 바람소리 같은 입속 읊조림을 듣고 물비늘 반짝이는 바다를 보았다. 그 바다의 섬들을 지나가는 멀고 한가로운 돛배의 소리를 듣고, 그리고 마침내 마을을 떠나갔다. 소년의 나이 열여섯째 되던 해의 꽃샘바람이 유난히 사납던 날이었다.

3

몇 달 뒤 소년은 서울로 갔다는 소식이 돌아왔다.

— 이곳에는 저처럼 빈손으로 고향을 떠나온 아이들이 참 많아요…….

그 아이들 도움으로 신문을 팔면서 틈틈이 공부까지 하고 있으니 아무 염려 말라는 소식이었다. 공부가 끝나고 돈벌어 돌아갈 때까지 마음놓고 기다리라는 다짐의 편지였다.

하지만 그것은 그저 다짐일 뿐이었다.

소년은 오랫동안 다시 바닷가 고향마을을 돌아오지 못했다. 한 몇 년 공부를 하고 돈을 벌어 고향으로 돌아오겠다는 것은, 어머니나 마을을 떠나 사는 것은 그 동안뿐이라는 생각은 그의 형 한 가지로 집을 떠날 때의 결심이자 희망일 뿐이었다.

소년은 철따라 잊지 않고 편지를 보내왔다. 공부를 열심히 하고 있다고도 하였고, 조그만 돈벌일 시작했다고도 하였다. 그러면서 언젠가는 다시 고향으로 돌아가 어머니를 편하게 모시겠노라 변함없는 다짐을 되풀이하였다.

하지만 해가 몇 번씩 바뀌어 흘러가도 소년은 정작 돌아올 기미가 없었다. 편지대로라면 이제는 제법 돈냥이나 손에 쥐고 여봐란 듯 성공해 돌아올 때가 됐는데도 아들 아이는 분수없이 계속 때를 미루고 있었다.

— 어머니를 좀더 편히 모실 수 있기 위해섭니다……

그 어머니 곁으로 좀더 떳떳하게 돌아가기 위해 하루하루 어려운 일들을 참아가며 돈을 조금씩 모아 간다고 하였다.

— 몇 년만 참고 기다려 주십시오.

많은 돈은 못 벌지만 조금씩 정직하게 그러나 뼈가 부서지게 노력하고 있으니 몇 년만 더 참고 기다리자는 것이었다.

그 몇 년만 몇 년만 하던 것이 어느새 십 년 가까운 세월이 흘러가고 있었다.

하다보니 금산댁에겐 그 아들이 돌아오기가 싫어선지 돌아올 수가 없어선지 뒷사연이 차츰 미심쩍어지고 있었다. 돈푼이나 쥐고 보니 그새 마음이 달라져 못난 어미를 잊어가는 듯도 싶었고, 아니면 아예 제 처지가 부끄러워 고향땅을 찾을 수가 없는 것 같기도 하였다. 이런저런 사연들이 사실은 제 처지를 숨기고 어미를 안심시키려는 마음 아픈 구실인 듯싶어지기도 하였다.

한데 고향엘 돌아오기가 싫어서든 돌아올 수가 없어서든, 아들은 끝내 그 바닷가 마을로는 돌아오지 않으려는 것이 확실해지고 있었다.

— 어머니, 저는 노래를 짓는 사람이 되어 보렵니다…….

아들에게선 마침내 그런 사연이 적혀 왔다. 그가 떠나간 지 열두 해째 되던 해의 늦가을녘이었다. 그가 노래를 짓는 사람이 되려는 것은 그것이 바로 어머니와 어머니의 노래를 사랑하는 일이며 어머니에게로 돌아오지 않고도 어머니 곁에 함께 있을 수 있는 길이기 때문이라는 것이었다. 어머니의 노래와 삶과 바다를 만인의 노래로 지어 만드는 일이 자기로선 천금을 얻는 일보다 보람 있는 노릇이며, 그것이 무엇보다 정직하고 떳떳하며 사람같이 사는 길이기 때문이랬다. 그는 그 일의 귀중함을 너무 늦게 깨달았지만, 그러므로 그만큼 그 일에 열심이어야 한다는 것이었다. 그리고 그가 그 일에 열심하여 어렵고 외로운 사람들이 함께 그의 노래를 불러주는 동안은 그는 언제나 어머니와 함께 있으며 그 바다와 섬들과 돛배와 돌밭의 바람으로 함께 있을 거라 하였다.

— 그러니 어머니, 이제 저는 돈을 벌어 돌아갈 수가 없습니다. 그런 아들은 기다리지 마십시오. 아들이 진정 기다려지시거든 어머니의 노래를 부르십시오. 그러시면서 그 노래 속에서 저를 대신 만나 주십시오. 저는 언제나 어머니의 밭가에서, 그 뒷산의 구름 덩이와 바람결로, 앞바다의 반짝이는 물비늘과 돛배들로, 어머니의 노래에 함께 귀기울이고 있을 것입니다…….

금산댁은 물론 아들의 사연을 다 알아들을 수 없었다. 간절스런 아들의 설명에도 불구하고 노래를 짓는 일이 도대체 무엇이며, 그것이 왜 그토록 소중스러워진 것인지 아들의 말뜻을 알아들을 수가 없었다. 하지만 그 금산댁으로서도 아들이 이제는 돈을 버는 일에서 마음이 떠난 것을 짐작할 수 있었다. 그리고 그것이 소중하든 안 하든 그 노래를 짓는 일로 인하여 아들은 이제 정처없는 노래꾼으로 고향길이 아예 어려워져 버린 것을 알았다.

일은 금산댁의 짐작대로 되어 갔다.

철이 바뀌어 이듬해 봄이었다.

아들에게서 다시 편지가 날아왔다.

아들이 드디어 색시를 구해 얻어 새살림을 시작했다는 소식이었다. 그러니 이젠 금산댁도 그만 고생살이 떨치고 서울로 올라와 세 식구가 함께 살자는 사연이었다.

아들이 고향으로 돌아오는 대신 금산댁을 서울로 데려가겠다는 것이었다. 그리고 며칠 후에 아들은 정말 금산댁을 서울로 데려가기 위하여 그의 색시를 마을로 내려보냈다.

금산댁은 필경 올 일이 닥쳐온 것뿐이겠거니 하였다.

하지만 금산댁은 물론 그 아들네를 따라가지 않았다. 언젠가는 다시 고향 마을로 돌아와 그녀 곁에 함께 살겠다던 아들이 제물에 제 다짐을 어긴 것이 서운해서가 아니었다. 아들네 형편이 시원찮을지 모른다는 지레 짐작을 겁내서도 아니었다. 금산댁은 실상 전부터도 크게 아들의 다짐을 믿어온 편이 아니었다. 그 큰아이 때처럼 작은애가 떠날 때도 그녀는 아마 그것으로 어쩌면 영영 마지막이 될지 모른다는 마음이었다. 제가 자꾸만 같은 다짐을 보내오니 어미로서 그저 행여나 했을 뿐, 그것도 대개는 반신반의 심사였다. 그렇게 혼자서 마음을 정해 먹고 이렁저렁 지내온 세월이었다. 게다가 이제는 그 아들이 정처없는 노래꾼이 되겠노라 어미의 마음까지 미리 다져놓은 터였다. 다늦게 무슨 호사를 보겠다고 아들네를 따라가고 말고 할 일이 없었다.

그럴 마음부터가 생기지 않았다. 또한 그런 마음을 먹어서도 안 되었다.

남부러움을 살 만한 전답은 못 되어도 그녀에겐 무엇보다 소중한 땅이 있었다. 그녀를 만나기 전 아이들의 아배가 혈혈단신 낯선 마을을 찾아들어 몇 년씩 걸려서 일궈낸 밭이랬다. 그리고 이제는 그 땅을 지키듯 자신이 한쪽에 누워 있는 곳이었다. 해방 이듬해 그 돌림열병 등살에 시신을 떠메다 파묻어 줄 사람도 손이 귀해 지겟짐으로 집을 나간 남편의 무덤이었다. 서러운 혼백이 외롭게 잠들어 누운 땅이었다.

뿐만이 아니었다. 그곳은 또한 그녀의 딸아이의 가엾은 원혼이 함께 떠돌고 있을 땅이기도 하였다.

금산댁의 둘째가 마을을 떠나간 뒤로도 바닷가는 바닷가대로 세월을 엮어가고 있었다. 금산댁은 그 동안 오래 전에 이미 딸아이의 마지막 소식을 듣고 있었다.

내버리듯 떠나보낸 딸아이의 동네에선 그 동안도 내내 귀에 담고 싶지 않은 답답하고 안타까운 소식들만 전해 왔다. 하더니 끝내 마지막 판에는 서방놈 매질에 허리가 부러져 운신을 못하고 누워 지낸다는 딸아이의 소문이었다. 그래도 서방놈과 의붓아이 새끼들은 한통속으로 학대만 일삼는다는 것이었다. 약을 쓰기커녕 끼니참도 버려둔 채 숨을 거둬 갈 날만 기다린다는 것이었다.

하지만 금산댁은 한사코 모른 척 귀를 막고 지냈다. 설마하면

인두겁을 쓰고 난 자가 그토록 무도할 수가 있을까보냐 하였다. 소문이 사실이 아니기를 바랐다. 두려운 마음으로 헛소문이기만을 기원했다. 그것을 믿는 것이 죄가 되어 돌아갈 듯, 그녀가 할 수 있는 일이 오직 그뿐이듯, 한사코 소문을 못 들은 척하고 지냈다.

하지만 끝내 그 금산댁으로서도 귀만 막고 지낼 수가 없게 될 날이 찾아왔다.

— 죽기 전에 친정엄니 얼굴이나 한번 보았으면…….

딸아이에게선 드디어 거기까지 막다른 소식이 들려왔다. 딸아일 떠나보낸 지 일곱 해째 되던 해의 겨울녘 일이었다.

금산댁은 그제서야 모든 걸 체념했다. 그리고 처음이자 마지막이 되고 만 반백리 산중길 딸아이네를 찾아갔다.

찾아가 보니 모든 것이 소문대로였다. 못 먹고 박대당한 딸아이의 병세는 하루 한나절을 안심할 수 없도록 막다른 고비까지 다가와 있었다. 제 남정이란 위인이 자주 했다는 소리처럼 어려서부터 못 먹고 못 입어 온 아이였다. 아직도 제 속으로 낳은 자식 하나 없는 아이였다. 그 의지가지 없는 천한 몸뚱이가 사내와 의붓자식들에게 안방까지 빼앗기고 얼음장 같은 문간방으로 쫓겨나 있었다. 문간방 한구석으로 걸레처럼 내던져져서 오늘이야 내일이야 저승길만 기다리고 있었다.

금산댁은 그 딸아이의 목숨이 소생할 길이 이미 없음을 알았다.

그래 마지막 죽음길이나 지켜주려 딸아일 집으로 데려오려 하였다.

— 가자. 에미 곁으로 가자. 죽더라도 이 에미한테로 가서 에미

곁에 마음놓고 눈을 감거라.

하지만 딸아인 그마저 반대였다. 고향땅 죽음길을 따라나서려기커녕은 어미의 간병마저 부질없어 하였다.

— 엄니, 이젠 그만 돌아가 보셔요. 살아서 이렇게 엄니 얼굴을 보았으니, 이제는 아무 여망도 없는 것 같소⋯⋯.

찬 방바닥이라도 덥혀줄 겸하여 문간방 아궁이에 섶불을 지펴워 뜨거운 쌀미음 몇 순갈을 입술에 흘려넣어 주니, 딸아인 그것으로 간신히 기력이 되살아나서 그 어미의 먼 귓갓길부터 재촉이었다.

— 고우나 싫으나 나는 이 집 귀신이 될라요⋯⋯. 한평생 궂은 일만 보고 살아온 엄니 앞에 저승길 앞장서는 자식 꼴을 어찌 보이겠소.

딸아인 무엇보다 그것이 두렵고 부끄럽다 하였다. 퀭한 눈시울에 물기가 소리없이 고여오르면서도, 정신을 놓기 전에 '엄니 떠나는 걸 보아야 마음을 놓겠다.'고 딸아인 한사코 금산댁의 발길을 되짚어 세우고 싶어했다.

무정한 것은 사람의 마음이었다. 딸아이의 재촉이 그처럼 조급하고 간절했기 때문일까. 금산댁도 마침내는 그 딸아이의 재촉이 그녀의 본심인 듯 생각되기 시작했다. 아닌게아니라 그 어미가 자식의 마지막을 지켜보는 것이 안 될 일처럼만 여겨진 것이었다. 그것은 자신도 두려운 일이었다. 자신이 곁에 지켜앉아 있는 것이 딸아이의 갈길을 막아서는 일 같기도 하였다. 혼자 놔둬 주는 것이 그나마 딸아이의 마지막을 편하게 해주는 길 같았다. 그것이 지금까지 자신들이 살아온 모질고 저주스런 팔자들이었다. 딸아이는 벌써부터 그것을 알고 있었던 것 같았다. 게다가 시종 뒤에 숨어 지켜보는 그 축생 같은 인간들의 눈길들…….

— 그래…… 이것이 정녕 이승에 점지된 너하고 에미의 인연이었던가 보구나.

금산댁은 마침내 거기까지 마음이 모질어지고 있었다. 그리고 그때 해가 설핏해질 무렵 금산댁은 마지막으로 딸아이의 손을 쥐고 그녀의 저승길을 비켜서 주었다.

— 그래, 가려거든 차라리 일찍이나 가거라. 예서 더 살아남아 설움이나 사지 말고…… 죽어 혼령이라도 에미 곁으로 오거라.

죽음을 눈 앞에 둔 딸아이를 두고 돌아서는 매정스런 어미의 마지막 소망이었다.

금산댁은 그것으로 딸아이의 손을 놓고 어두워 오는 그녀의 방을 나왔다. 그리고 아궁이에 다시 군불 한 부삽을 밀어넣고 그 길로 도망치듯 길을 나서 버렸다.

하지만 그렇게 돌아선 발길 앞에 딸아이의 얼굴이 밟히지 않을 수 없었다. 삶과 죽음길을 갈라서는 마당에서도 차고 가는 손목을 힘없이 내맡겨 둔 채 말 한 마디 없이 그저 눈물만 고여오르던 눈길 —— 그 몹쓸 딸아이의 눈길이 금산댁의 귀로를 끊임없이 뒤쫓았다.

— 가자. 아가, 나하고 같이 가자. 이승의 팔자가 그렇거들랑 죽어 혼백이라도 이 길로 같이 가서 이 못된 에미한테서 저승길을 떠나거라.

코가 맵싸한 겨울 찬바람에 눈발까지 흩날리던 저녁 산길 50리. 그 먼 길을 혼자 걸어 돌아오며 금산댁은 내내 그렇게 기원했다. 그리고 그렇게 금산댁이 돌아오던 날 딸아이는 끝내 그 밤을 못 넘기고 마지막 숨을 거둬갔다는 뒷소문이었다…….

하니까 그날 금산댁의 귀갓길은 그녀 혼자 돌아옴이 아니던 셈이었다. 그녀는 그때 이미 딸아이의 혼백을 마을로 함께 데려온 셈이었다. 그 딸아이의 혼백이 아직도 그녀 곁에 함께 떠돌고 있을 땅이었다.

설움에 찌들은 가엾은 혼백들만 외롭게 떠도는 웬수놈의 땅이었다. 하지만 그래 그 외로운 혼백들을 그녀라도 곁에 남아 지켜야 할 땅이었다. 딸년의 혼백이 아직 무주고혼으로 구천을 헤매고 있다면 그것이 찾아오기를 기다려야 할 곳이었다.

세상사가 고되고 의지가 없을수록 마음 거두어 떠나기보다는 심사가 더 애틋해지는 숙명의 땅이었다.

하지만 금산댁이 서울의 아들네로 떠나갈 수가 없는 것은 그 외로운 혼백들 때문만이 아니었다.

그것은 무엇보다 살아 있는 큰아이의 소식 때문이기도 하였다. 큰아이의 소식이 늦게라도 찾아들면 그것을 맞을 곳이 있어야기 때문이었다. 어미마저 마을을 떠나가고 없으면 마을을 찾아든 생목숨의 소식마저 깃들 곳을 잃고 헤맬 것이기 때문이었다.

어미가 남아서 그것을 기다리고 있어야 하였다.

금산댁은 이래저래 아들네를 따라서 바닷가 고향 마을을 떠나갈 수가 없었다.

4

그러나 끝내는 그 금산댁마저도 소문없이 마을을 떠나가고 말았다. 다시 몇 년의 세월이 흘러간 뒤 마침내 큰애의 소식이 왔기 때문이었다. 그러나 그녀는 그 큰애의 소식을 좇아 보란 듯 마을을 떠나간 것이 아니었다. 큰애의 소식은 그럴 만한 것이 못 되었다. 단 한 번 전해온 큰아이의 소식은 금산댁의 기다림과는 오히려 반대였다.

어느 날, 한 낯선 사내가 바닷가 돌밭으로 금산댁을 찾아왔다. 그리고 그 밭뙈기가에 서서 뜻밖에 큰아이의 묵은 소식을 전했다.

— 아드님은 저하고 한 배를 탔었지요. 남해 일대를 멀리 나다니며 고기를 잡는 큰 배였습니다…….

그런데 어느 해던가 바다를 나갔을 때, 금산댁의 아들은 배 위에서 갑자기 병을 얻어 자리에 눕게 되었다 하였다. 그리고 그로부터 며칠이 못 가서 배에서 죽어버려 소식도 못 전한 채 이름 모를 섬기슭에 묻혔다는 것이었다.

— 매정하게 생각될지 모르겠지만, 그게 뱃사람들 사는 법이니까요. 벌써 십 년도 지난 일입니다.

사내는 눈 아래로 바다를 내려다보며 메마른 목소리로 말하고 있었다. 그 십 년 동안 소식 한 마디 못 전한 것도 뱃사람들 사는 법이 그래서라는 것이었다.

— 이제나마 뒤늦게 소식을 가져오게 된 것은 아드님의 무덤이 그 섬에 그대로 버려져 있는 것을 보고서랍니다. 얼마 전에 저는 다른 배로 모처럼 그 섬을 다시 지나가게 되었는데, 거기 아드님

의 무덤이 아직도 잡초 속에 조그맣게 허물어져 가고 있더군요.

사내는 그제서야 고인의 소식을 고향에 전해준 사람이 아무도 없음을 알았다 하였다. 그래 혼백이라도 고향으로 거둬 가라고 물어 물어 마을을 찾아왔다는 것이었다. 누군가 뒤에 뱃길을 지날 일이 있으면 어린 친구의 소식이나 전해주자고 고향 주소를 나눠 가진 것이 지금껏 수첩에서 지워지지 않고 있었던 덕이라 하였다.

사내는 그러면서 아들이 누워 있다는 멀고 먼 섬길 지도쪽지 하나를 남기고 돌아갔다.

기다리고 기다리던 큰아이의 소식은 결국 그렇게 끝이 난 것이었다.

금산댁은 이제 새삼 눈물조차 흘리지 않았다. 큰아이의 죽음은 실상 어제 오늘의 일은 아니었다. 그 상서롭지 못한 기다림의 세월들——. 그것은 어쩌면 그동안 마음속에 미리 자리잡아 온 일이었을 수도 있었다. 눈물 따위는 오히려 부질없기만 하였다.

그녀는 차라리 마음이 덤덤했다. 이제는 외딴 바닷가 밭고랑의 입속 읊조림조차 남부끄러웠다. 고향 동넬 찾아올 아들의 혼백을 기다리재도 하늘 부끄러워 낯들고 지낼 수가 없었다.

마을을 떠나거나 해야 할 심사였다.

그러나 금산댁은 아직도 금세 마을을 등지고 나설 수가 없었다. 언젠가는 일이 정말 그리 된다 하더라도 그것은 큰아이의 유골이나 거두어다 아배 곁에 묻어 준 다음이어야 하였다. 뱃사람의 마지막 당부가 아니더라도 아이의 혼백만은 거둬와야 하였다.

금산댁은 밤낮으로 그 일만을 궁리하며 바닷가 돌밭에서 다시 몇 달을 보냈다. 하지만 그녀는 자기 손으로는 차마 혼백을 거둬

올 수가 없었다. 혼자선 감당할 수도 없는 일이려니와 딸아이 말마따나 살아 있는 에미가 앞서 간 자식 무덤을 찾아 헤매기란 제 팔자가 저주로와 못 나설 노릇이었다. 그 일만은 손아랫 사람이 나서 줘야 하였다. 누이의 일 때는 공연히 심사가 사나울까 소식조차 숨겨 온 작은아이였다. 하지만 이번엔 서울의 작은애밖에 달리 의논을 해볼 데가 없었다.

금산댁은 그래 벼르고 별러서 마침내 작은애네의 서울길을 나섰다.

― 내 잠시 속도 주저앉힐 겸 작은애들 사는 거나 둘러보고 올라네.

길을 나서다 만난 마을 사람들에게 그런 귀띔만을 남기고서였다. 그리고 스스로도 자신의 나들이를 그만큼 쉽게 생각하고서였다. 큰아이 소식이 온 여름철이 다해가던 그녀 나이 쉰아홉 고개 때의 일이었다.

그런데 그게 금산댁의 오산이었다.

그것은 금산댁의 마지막 길이었다. 살아 생전 다시는 고향땅을 돌아올 수 없게 된 그녀의 마지막 떠남이었다. 고향 마을엔 자세한 사정이 알려지지 않았지만, 그 후로 일은 어쨌든 그렇게 되고 말았다. 그렇게 한번 떠나간 금산댁은 다시 마을로 돌아오질 않았다. 그 바닷가 오막살이나 밭뙈기를, 밭머리를 맴돌 외로운 혼백들을 다시는 돌보러 내려오질 않았다.

그렇게 달이 가고 철이 바뀌었다. 철이 바뀌고 해가 바뀌었다. 주인 없는 오두막은 바람에 허물어져 가고, 이듬해 봄이 되자 바닷가 돌밭엔 제물에 잡초만 무성해졌다.

그리고 그러자 어느 날인가는 금산댁 대신 서울의 며느리가 나타나서 집터와 밭뙈기를 정리해 올라갔다.

— 엄니는 서울서 잘 지내고 계시지요.

금산댁의 흔적들을 정리해 가면서 서울의 어린 며느리가 전한 소식이었다. 그리고 그것으로 마을 사람들은 그만 금산댁이 영영 마을을 떠난 것을 다시 한번 똑똑히 알아차리게 되었다.

5

바닷가 산밭은 주인이 바뀌고, 돌볼 이 없는 이랑끝 무덤은 외롭게 버려져 허물어져 가고 있었다.

그렇게 다시 긴 세월이 흘러갔다.

사람들은 옛날 산밭의 주인이 누구였던가를 차츰 잊어갔다. 한여름 푸르름 속을 조각배처럼 떠돌던 금산댁을 기억에서 까맣게 잊어갔다. 그리고 그 금산댁 일가의 이향의 내력이 망각되어 가는 만큼 마을 사람들의 면면도 서서히 변해갔다. 어른들은 나이 먹어 늙은이가 되어 갔고, 나이 먹은 노인들은 세상을 떠나갔다. 마을에선 죽어가는 사람들의 뒤를 이어 더 많은 아이들이 태어나 자라났다.

새로 태어난 아이들은 금산댁과 금산댁네의 일을 알지 못했다. 더욱이 그 외딴 해변 산밭 이랑가의 낡은 무덤의 내력을 알 수는 없었다. 그걸 알 수 있는 사람은 적어도 나이 마흔 살이 넘은 어른들뿐이었다. 그러나 그것을 알고 있는 어른들도 그런 걸 기억에서 들춰내려 하거나 마음을 쓸 일이 전혀 없었다. 마을을 떠나고 나서 소식이 감감해져버린 금산댁의 뒷일을 궁금해해 본 사람 하나 없었다.

하지만 마을과 바닷가의 일들은 예나 이제나 변함이 없었다. 그 뜨거운 여름 햇덩이와 무더운 산밭의 푸르름, 피어오르는 지열 속에 조을 듯 멀어져 가는 긴 밭이랑과 묵연한 뒷산봉우리의 흰 구름덩이, 그리고 속삭이듯 반짝이는 영겁의 파도비늘과 어이 어이 섬들을 지나가는 먼 돛배들의 어렴풋한 노랫소리들 —— 그 모든 것은 언제까지나 이곳 바닷가의 세월을 같은 숨결로 수놓아가고 있었다.

그러던 어느 해 봄이었다.

마을엔 흔치 않은 한 나그네가 바람결처럼 문득 바닷가를 찾아왔다.

나이 50고개를 넘은 반백의 사내였다.

사내는 먼저 바닷길을 돌아오다 오랫동안 버려져 온 그 산밭 귀퉁이께의 낡은 무덤을 들러 동네로 들어왔다.

마을에선 처음 그가 누구인지를 알아본 사람이 아무도 없었다. 그가 마을로 들어와서 이미 세상을 떠나고 없거나 그 이름을 부를 수 없을 만큼 나이 많은 몇몇 어른들을 물었을 때, 그리고 그가 그 어른들을 찾아가 자신의 이름을 대며 오래 전의 기억들을 들추어냈을 때, 그 살아 있는 어른들 중의 몇 사람만이 그를 간신히 알아보았을 뿐이었다.

사내는 물론 오래 전 소년기에 마을을 떠나간 금산댁의 둘째였다.

까마득히 잊혀져 온 금산댁의 아들 하나가 반백의 나이로 다시 마을을 찾아온 것이었다.

하지만 마을에선 그 사내를 알아보고 금산댁네의 옛일을 기억해 낸 사람들마저도 그가 다늦게 웬일로 고향 마을을 다시 찾아온 것인지 사내의 속사연은 알 수가 없었다. 사내는 그저 하루 저녁 마을을 찾아들어 서너 집 나이 많은 어른들을 찾아보곤 이튿날로 다시 슬그머니 떠나갔기 때문이었다. 그가 어디서 무엇을 하고 지내왔는지, 금산댁은 그 후 어떻게 되었는지, 게다가 그가 무엇 때문에 새삼 잊혀온 고향을 찾아들게 되었는지, 아무것도 분명한 말이 없는 채 바람처럼 다시 마을을 떠나갔기 때문이었다.

하지만 사람들은 그로부터 차츰 사내의 속사연을 알아차려가기 시작했다. 그 모처럼만의 귀향을 계기로 사내는 이제 고향 마을 발길이 예정없이 잦아지고 있었기 때문이었다.

사내는 같은 해 가을철에 다시 마을을 찾아왔다. 그리고 이듬해 봄에도 다시 왔다. 사내는 여전히 예고없이 나타났고 하룻밤이 지나면 소문없이 떠나갔다. 마을을 찾아와 그가 한 일이라곤 나이 많은 어른들을 찾아보는 것과 그 바닷가 밭귀퉁이의 무덤을 묵묵히 살피고 돌아가는 것뿐이었다. 낮 동안은 대개 산밭을 찾아가 내내 바다를 내려다보고 앉아 해를 보냈고, 어둠이 지면 마을 어른들 집에서 이런저런 세상살이 이야기를 나눴다. 그 밖엔 드러나게 하는 일도 없었고, 맘 속에 먹은 일이 알려진 것도 없었다.

그가 몇 차례 그런 식으로 마을을 다녀가고 나자 사연이 저절로 알려지기 시작했다. 그가 마을을 한 번씩 다녀갈 때마다 소문이 한 가지씩 번져나곤 하였다. 먼저 알려진 것이 금산댁의 소식이었다.

사내가 무엇을 해 먹고 사는지는 아직도 마을에 알려진 것이 없
었다.

― 우리 눈엔 그 사람 입고 다닌 옷거리가 번번이 조금씩 철이
지난 듯해 뵈더구먼. 살아가는 형편이 그리 윤택해 뵈진 않어.

― 그래도 갈수록 고향길이 때없이 쉬워지고 있는 걸 보면 각박
하게 좇기며 사는 처지는 아닌 게지.

마을 사람들은 사내네의 서울 형편을 대충 그렇게 짐작해 내었
다. 사내도 마을 사람들의 그런 등뒤 짐작 후엔 가타부타 말이 없
이 눈웃음만 흘렸다. 그런데 금산댁은 그 서울의 아들네에게서 호
강스럽지도 그렇다고 어렵지도 않은 노년을 그럭저럭 탈없이 지
내가고 있다는 것이었다. 사내가 두 번째로 마을을 다녀가고 나서
떠돈 소문이었다.

한데 그 아들이 세 번째로 마을을 다녀가고 나자, 이번에는 바
로 새삼스레 고향 마을을 드나들게 된 속사연이 알려졌다. 다름아
니라 그는 고향 마을에 다시 자기 땅을 얼마간 마련하고 싶어한다
는 것이었다. 그리고 그가 원하고 있는 땅은 옛날 금산댁의 바닷
가 산밭이었다. 그의 진짜 고향 나들이의 목적은 그 땅을 살피고
사들이기 위해서랬다. 그는 한사코 그 땅을 되사고 싶어 동네 어
른들에게 뜸을 들이곤 하더랬다.

마을 사람들은 처음 그를 이해하지 못했다. 자신이 태어나 태를
묻은 곳이긴 하지만 이런 바닷가 외진 벽지에 땅을 마련해 무엇하
느냐는 것이었다. 그러나 그가 원하는 땅이 옛날 바닷가 산밭이라
는 걸 알고는 마을 사람들도 대개 고개를 끄덕였다. 그의 아비의

낡은 무덤이 여태도 남의 땅에 누워 있기 때문이었다. 남의 것이 되어버린 돌밭을 되찾아 아비의 혼백이라도 제 땅에 누워 쉬게 하는 것이 자식의 도리요, 소망일 것이기 때문이었다.

마을 사람들은 그 아들의 소망대로 산밭이 다시 옛 주인에게로 돌아가는 것이 의당하다고 하였다. 그리고 그런 마을 사람들의 마음이 힘이 되었던지, 일은 마침 소문대로 되어갔다.

아들이 네 번째로 초여름께에 급히 마을을 다녀가고 났을 때였다. 이번에는 정말로 일이 이루어져 바닷가 돌밭의 귀퉁이 한쪽이 금산댁네 아들네로 되돌아갔다 하였다. 마을의 나이 먹은 어른들이 들어서 그 일을 그렇게 주선해 주었는데, 아들은 경작이 목적이 아니라며 그의 아비의 혼백이 누워 있는 무덤쪽 한 귀만을 사고 갔다는 것이었다.

하여 금산댁의 망부의 혼백은 이제 한 쪽이나마 다시 돌아온 제 땅에 내생을 누워 쉬게 된 셈이었다. 그리고 그 일이 목적이었다면 사내도 이젠 그것으로 다시 고향마을 나들이가 뜸해질 계제였다.

마을 사람들은 대개 그렇게들 짐작했다.

그러나 그것은 빗나간 생각이었다. 아들이 되찾아 마련한 땅에 대한 마을 사람들의 겉짐작이 빚어낸 오해였다.

산밭의 용도는 더 절실한 것이었다.

사내는 계속해서 마을을 찾아왔다. 다음번엔 밭을 사고 간 지 한 달도 안 되어서였다. 게다가 이번에는 어머니 금산댁의 화장한 유골상자를 안고서였다.

사내는 금산댁의 유골을 안고 와 그날로 마을 사람들의 손을 빌어서 먼저 간 아버지 곁에 무덤을 만들었다.

그래 마을 사람들은 그제서야 비로소 산밭의 진짜 용도를 알게 된 셈이었다. 그리고 속깊은 아들의 심량에 새삼 놀라고 감탄을 하였다. 왜냐하면 금산댁은 이제 죽어서나마 그토록 오랫동안 떠나 살던 고향땅을 끝내 다시 돌아올 수가 있었기 때문이었다. 그녀의 남루하고 고달픈 혼백은 어디보다 그곳에 누워 쉬기를 원했을 것이기 때문이었다. 아들이 그것을 미리 헤아렸음은 당연하고도 기특한 일이었다. 게다가 뒤에 떠도는 소리로는, 금산댁은 오랫동안 지병을 앓고 있었는데, 아들이 고향 쪽에 터를 마련하고 온 것을 알고는 그것을 기다리고 있었기라도 하듯이 그날 밤으로 세상을 떠나갔다는 것이었다.

하지만 알고보니 바닷가 돌밭은 그것으로도 아직 쓰임이 다하지 않고 있었다.

사내는 계속 마을을 찾아왔다.

이번에는 금산댁을 묻고 간 지 일 년쯤 만이었다. 사내는 다시 바닷가를 찾아와 마을 사람 몇 명과 뱃길을 떠나갔다. 뱃길을 떠나간 지 사흘이 지난 뒤에 또 하나의 유골을 파 싣고 돌아왔다. 남해의 어느 이름 없는 섬 위에 오랫동안 버려져 온 형의 유골이었다.

사내는 다시 그 형의 유골을 아버지와 어머니의 곁에다 묻고 갔다……

사내의 그런 고향 나들이는 그러니까 다시 두어 해 세월이 흘러간 그의 누이 때까지 계속되어 나갔다. 사내는 다시 이 년쯤이 지나자 끝내는 그의 요절한 누이의 반백리 산길 밖 무덤까지 찾아갔다. 그리고 그 버려진 유골을 파 안고 멀고 적막스런 산길을 돌아왔다. 사내의 발길이 다시 끊어진 것은 그 누이의 유골을 마지막으로 그의 옛식구들 곁에 묻고 간 다음부터였다. 그 누이를 묻고 간 다음부터 사내는 이제 그것으로 마침내 그가 그곳에서 할 일을 다한 듯 소식이 감감 멀어져 버린 것이었다.

6

바닷가 산밭에는 또다시 묘지들만 고즈넉했다. 살아서 일찍 고향을 떠난 사람들이 죽어 다시 만난 혼백들의 집터였다.

그 혼백들의 안식처를 위하여 여름의 밭이랑은 여전히 푸르렀다. 뒷산 봉우리의 구름덩이도 여전했고 눈 아래로 반짝이는 바다의 물비늘과 한가로운 돛배들도 변함이 없었다.

옛날과 다른 것은 작은아들뿐이었다. 살아 흩어져 떠나간 사람들을 죽어 혼백으로 다시 거둬 모은 사내만이 혼자 멀리로 떠나살고 있었다.

하지만 마을 사람들은 그를 탓하지 않았다.

─언젠가는 그도 돌아올 게야.

─하지만 서둘러 돌아올 건 없을 테지. 그가 이곳으로 다시 돌아오는 건 자신이 죽어 묻히게 될 때일 테니까.

사람들은 필경 사내도 죽어서는 그곳에 함께 묻히길 바랄 거고, 그때가 되면 사내가 다시 한 번 마을을 찾아올 게 분명하다 하였다.

그리고 그렇게 바닷가 세월은 흔적없이 다시 십여 년이 흘러갔다. 그런데 마을 사람들의 그런 예언이 사내의 운명의 고삐가 된 것인가.

예언은 결국 맞아들어가고 있었다.

어느 해 여름 사내는 과연 사람들의 말대로 다시 마을을 찾아왔다. 이번에는 전보다도 더 머리가 희어지고 기력도 쇠진해진 모습으로. 그가 마을에 머문 기간도 어느 때보다 차분하고 길었다.

사내는 날마다 산밭으로 나가서 그 돌밭의 주위를 맴돌았다. 밭뙈기 언덕을 끝없이 떠돌며 스쳐가는 바람결을 우러르곤 하였다. 무덤들 한곁에 묵묵히 주저앉아 한나절씩 바다를 내려다보기도 하였다.

그것은 영락없이 마을 사람들이 예상해 온 대로 자기 묘터를 찾아 헤매는 모습이 완연했다. 혹은 마지막으로 그의 몫으로 남겨진 자리가 맘에 들지 않아서 생각을 끝없이 망설이고 있거나, 아니면 자신의 죽어 묻힐 내세의 땅에 대한 용허와 낯익힘을 구하고 있는 것 같기도 하였다. 그 산밭의 한쪽 귀퉁이에는 과연 아직도 그가 죽어 묻힐 만한 한 조각 묘터가 남아 있었기 때문이었다. 그리고 사람들은 그게 필경은 사내의 자리려니 여겨왔기 때문이었다.

어쨌거나 사내는 그런 식으로 보름 가까이나 마을에 머물렀다.

그리고 어느 날 소문없이 문득 마을에서 모습이 다시 사라졌다.

그런데 그것이 사람들이 마을에서 그를 본 마지막 생전의 모습이었다.

사내는 다시 도시로 돌아갔다.

그러곤 몇 달째나 소식이 감감했다.

하지만 마을 사람들의 예상은 끝내 빗나가지 않았다. 여름이 가고 늦가을이 되었을 때 사내는 다시 바닷가 마을로 돌아왔다. 이번에는 전처럼 살아서가 아니라 죽어 화장된 유골로였다. 그의 서울의 병약한 아내와 마을에선 낯이 선 몇몇 친지들을 동행삼아서였다.

모든 일이 마을 사람들의 짐작대로였다.

그리고 그것으로 사내네 일가의 곡절 많은 사연도 마감이 된 셈이었다.

하지만 한 가지 빗나간 일이 있었다. 그것이 실상은 이 이야기의 가장 중요한 대목인지도 모르는데, 빗나간 일이란 사내가 묻힌 곳이었다.

사내의 유골은 마을 사람들의 손에 묻히지 않았다. 마을 사람들이 묻지 않았을 뿐 아니라, 묻힌 장소도 뜻밖의 곳이었다.

사실은 유골이 묻힌 것도 아니었다.

장례 일을 치른 것은 사내의 아내였다. 사내의 아내와 유골을 봉송해 온 낯선 사내의 친지들이었다.

사내의 아내와 그의 친지들은 망인의 일가의 묘터를 물었다. 그리고 그의 유골을 잠시 그의 옛 가족의 묘터로 가져갔다.

하지만 위인들은 그를 거기 묻는 대신 그의 유골을 바다로 싣고 갔다.

그리고 그 물비늘 반짝이는 바다에 유분을 뿌리고 돌아갔다.

사내가 생전에 한나절씩 주저앉아 바다를 내려다보던 돌밭가 언덕에 쓸쓸한 비목 하나를 남겨둔 채였다. 그게 사내의 마지막 당부더랬다.

하여 사내는 이제 그 돌밭가 언덕 위에 자신의 묘비가 되어 서게 되었다. 그리고 생시처럼 하염없는 모습으로 바다로 간 자기 묘지를 지켜서게 된 것이었다.

하지만 그도 다 부질없는 노릇이었다.

비목은 세월을 이길 수가 없었다. 그의 죽음의 사연이 담긴 먹글씨는 일 년이 못 가서 비바람에 씻겨가고, 비목은 한두 해 더 세월을 견디다가 흔적없이 삭아내려 주저앉을 것이었다. 비목은 사람들의 기억에서조차 사라지고 눈 아래론 그저 끝없는 세월 속에 바다만 변함없이 눈부실 것이었다. 바다만 변함없이 물비늘을 반짝이며 한가로운 돛배들의 꿈을 엮어갈 것이었다.

뒤에 남은 사람들도 그걸 안 모양이었다. 그래 비문을 그렇게 적은 모양이었다.

미구에 사라져 잊혀져갈 비문──그러니까 그 죽은 사내의 아내와 친지들이 그의 유골을 바다에 뿌리고 나서 바람잦은 밭언덕에 세워 남기고 간 비목, 사내 자신이 자신의 비목 되어 자신의 묘지를 내려다보듯 하고 있는, 그 비목의 뒷글은 이러했다.

── 노래장이 이해조.

그는 생전에 늘 여기와 앉아서 그의 바다의 노래를 앓고 갔다. 그리고 그 노래가 끝났을 때 그의 혼백은 바다로 떠나갔다. 바다로 가서 반짝이는 물비늘이 되고 작은 섬이 되고 돛배가 되었다. 그 돛배의 노래가 되고 바닷새가 되고 바람이 되었다. 그가 사람들의 기억에서 잊혀지고 이 비목마저 세월 속에 삭아져도, 이 땅에 뜨거운 해가 뜨고 자는 한 그의 넋은 영원히 살아 있을 것이다. 그가 이 땅에 노래로 살다간 사랑은 저 바다의 눈부신 물비늘로 반짝이며 먼 돛배의 소리들로 이어지며 작은 바닷새의 꿈으로 살아갈 것이다.

작 품 이 해

▌작가 소개 ▌

1939년 전남 장흥에서 태어난 이청준은 1965년 서울대 독문
과 재학중 사상계 신인문학상 작품공모에 〈퇴원〉이 당선됨으로써
문단에 나왔다. 그는 30여 년 가까이 지속적인 작품 활동을 해 오
면서 《별을 보여 드립니다》, 《이어도》, 《당신들의 천국》, 《소문의
벽》, 《남도사람》, 《비화밀교》, 《키 작은 자유인》 등의 많은 창작집
을 내놓았으며 이상문학상, 대한민국 문학상 등을 수상한 바 있는
중견 작가이다.

이청준은 자신의 글쓰는 행위를, 자신과 독자의 삶을 보다 자유
로운 세계로 해방시킴으로써 삶을 보다 깊이 있게 사랑하고 넓게
실현해 나가게 하는 데 있다고 생각한다. 그래서 그는 문학의 이
상향을 성취하기 위해 세계에 대한 이해와 인식의 폭을 끊임없이
확대해 나가고 있는 지적 작가라 할 수 있다.

이러한 그의 문학세계는 〈퇴원〉 이후 몇 가지 계열로 묶어 볼
수 있다. 첫째 고향 체험 소설, 둘째 전통적 예인(藝人)을 다룬 소
설, 셋째 유토피아적 체험 소설, 넷째 언어의 사회학적 고찰에 관
한 소설, 다섯째 산업 사회의 문제를 다룬 소설, 여섯째 존재의 절
대 고독에 관한 소설, 일곱째 압제와 폭력의 상징성을 탐구한 소

설의 유형 등으로 분류할 수 있다.

그러나 사람의 삶의 양식 가운데 그가 자신의 삶과 이 세계를 어떻게 이해하고 그 고유의 가치관을 어떻게 실현해 나가는가 하는 것들과 연관시켜 볼 때, 이청준의 소설은 고향을 축으로 하여 고향의 공동체 삶을 다룬 〈남도 사람〉, 〈눈길〉, 〈해변 아리랑〉 등과 도회 공동체 삶의 양상을 다룬 〈빈방〉, 〈소문의 벽〉, 〈이교도의 성가〉 등으로 나눌 수 있다. 이 밖에 일반적 삶의 진정성과 숨겨진 세계의 비밀을 탐색해 보려는 〈이어도〉, 〈황홀한 실종〉, 〈시간의 문〉, 〈비화밀교〉, 〈살아 있는 늪〉, 〈자유의 문〉, 〈당신들의 천국〉 등으로 묶어 볼 수 있다.

▌이해와 감상 ▌

이청준의 작품 가운데 상당수는 인물의 기억을 끄집어내는 것으로 되어 있다. 그 기억의 바닥에는 고향이 자리잡고 있는데, 그의 인물들의 가장 두드러진 특징은 고향을 찾아갈 경우 원죄의식과 같은 부끄러움을 느낀다는 것이다. 이러한 소설들은 고백체적 성격이 강하며, 그의 소설에 있어서 고향 체험은 많은 비중을 차지한다.

그의 아픈 상처의 상징적 의미는 〈해변 아리랑〉의 금산댁의 소리에서 잘 드러난다. 금산댁의 소리는 남도 소리로서, 자신을 회복하는 것에 집착하지 않고 스스로 타인이 되어 타인 속으로 흘러들어가 넓게 퍼지는데 그 안에는 인류가 보편적으로 지니고 있는 삶의 진정성을 지니고 있다. 소리가 질서를 본질로 한다는 것을 전제로 할 경우, 삶의 질서 파괴는 곧 소리의 파괴로 나타나기 마련이다. 〈해변 아리랑〉의 어머니가 소리를 잃게 되는 것도 이런 맥락에서 이해할 수 있다.

〈해변 아리랑〉은 바닷가 외딴 산기슭을 배경으로 하는데, 그곳은 죽음과 재생의 공간이다. 아이가 태어난 곳이 바닷가 외딴 산기슭 밭가라고 한 것은 그가 어른이 되어서도 그곳이 가장 오랜 기억으로 살아 있기 때문이다.

그곳은 이 소설의 중심 무대이기도 한데, 바다 혹은 바닷가는 이청준 소설에서 지속적으로 보여지는 무대이기도 하다. 〈바닷가 사람들〉, 〈이어도〉, 〈석화촌〉, 〈침몰선〉, 〈남도사람〉, 〈선학동 나그네〉, 〈섬〉 등이 그런데, 우리는 그것이 직간접으로 작가의 고향 체험과 연결된다는 것을 어렵지 않게 짐작할 수 있다. 〈바닷가 사람들〉의 소년이 〈이어도〉에 와서 적극적으로 신비의 낙원을 찾아 나섰다면, 〈해변 아리랑〉에서는 어린 시절 자신이 그토록 괴로워했던 해변가를 떠났다가 죽어서라도 다시 찾는 재생의 공간이 된다.

고향을 떠난 그는 세계와의 대결에서 승리하려는 노력을 한다. 하지만 그는 한계에 직면하고 정처 없는 노래꾼이 되어 고향길이 아예 어려워진다. 이때 자신의 기억을 그렇게도 사로잡고 있는 노래의 세계와 접목을 시도하게 된다. 노래에의 접목은 무엇인가. 그것은 다름 아닌 그의 유년 시절의 기억이다. 그가 세계와의 대결에서 실패하고 새로운 출발을 할 수 있었던 것은 기억 속에 살아 있는 어머니의 노래가 있었기 때문이다.

금산댁은 필생의 업보처럼 늘 소리를 한다. 금산댁에게 소리는 삶과 분리될 수 없다. 소리에 대한 애환이 깊어 갈수록 아직도 그녀가 아픈 맺힘 속에 있다는 것을 의미한다. 그렇다면 어머니의 맺힘이란 무엇이며, 그녀는 그 맺힘을 어떠한 방식으로 극복하고 있는가. 남편이 죽고, 아이들이 그녀의 품을 떠날 때, 무엇보다 그 떠난 아이들로부터 좋지 못한 소식이 들려올 때, 금산댁의 소리는 더욱 무성해진다. 그러나 세월이 지나면서 맺힘이 더해 가고, 금산댁으로서도 견뎌낼 수 없는 지경에 이른다.

여기에서 금산댁이 할 수 있는 길은 두 가지, 즉 하나는 자신도 떠남에 가담을 하든지 아니면 어떤 절대적인 존재에 의탁을 하는 것이다. 결국 그녀는 자신의 맺힘을 푸는 방식으로 떠남을 선택했다. 그녀의 떠남이 가능하게 된 것은 이처럼 자발적 떠남이 아니라, 소리를 더는 낼 수 없는 그곳에서 더이상 살 수 없다는 데 있다. 그러나 그녀의 떠남이 영원한 떠남이 아닌 것은 그녀의 아들이 소리꾼이라는 점에 있다. 〈해변 아리랑〉에서 그녀의 둘째아들이 바닷가 외딴 산기슭 밭가에서 태어났다고 했을 때, 소리는 아이의 최초의 경험으로써 생명의 요람의 일부인 점에서 아이의 삶을 통하여 실현될 가능성이 있는 것이다.

생각의 길잡이

1. 이청준의 글쓰기 행위가 본질적 가치의 추구에 있다면 그것은 구체적으로 어떻게 드러나고 있는가? 〈해변 아리랑〉은 일상적이지 않은 공간이 주무대이며, 소리를 통해 진정한 삶에 대해 질문을 던지고 있다. 그러나 그것들은 본질적으로 현실 세계와 동떨어진 것이 아니라, 오히려 그러한 제재와 구성 방법에 의해 세계에 대한 참가치를 추구하고 있다.

이런 점에서 〈해변 아리랑〉은 고도의 상징성을 드러내고 있다고 볼 수 있다. 원초적 요람인 바닷가 산기슭을 떠나면서, 그가 구하고자 했던 것이 무엇이었는지를 주목할 필요가 있는데, 그의 형은 그것이 돈이었으며, 그 소년도 역시 돈이었다. 그리고 누이의 그것은 시집살이라는 새로운 미지의 세계였다.

그러나 그들이 나선 곳은 이미 참다운 가치가 망가진 세계였다.

그들은 바닷가 외딴 산기슭 밭가를 떠나는 순간부터 세계의 폭력 앞에 무너지고 만다. 그 왜곡된 모습은 그의 형과 누이의 죽음으로 나타나며, 그로 하여금 그가 노래꾼이 되지 않을 수 없게끔 만드는 요인이 된다. 바닷가의 삶이 보람 없고 남루한 삶이라고 비판하면서 그곳을 떠난 그가, 그토록 지겹게 들어왔던 어머니의 소리를 잇는 소리꾼이 된 것이다. 이것은 참으로 아이러니가 아닐 수 없다.

이 작품은 훼손되지 않은 세계의 인물이 훼손된 세계에 나서게 되면 여지없이 무너지고 마는 것을 보여준다. 이것은 무엇을 의미하는가. 우리는 여기에서 소설의 본질을 생각해 볼 수 있다. 이청준의 글쓰기 발상법이 인간스러움의 회복에 있다 하여 그것을 고백체라 규정하지만, 그럴수록 그것은 서사시적 세계에의 형언할 수 없는 그리움의 천명에 다름 아니다. 그 열도가 강하면 강할수록 그것은 마침내 소설 형식의 가능성의 증명으로 나아가는 길에 지나지 않는다.

○ 2. '금산댁은 그러나 아이의 기다림에는 아랑곳없이 무한정 밭이랑만 오가고 있었다. 우우 우우 그 노랫가락도 같고 울음소리도 같은 암울스런 음조를 바람기에 흩날리며 조각배처럼 느릿느릿 밭이랑을 오고 갔다.'

점심도 없이 휴식도 없이 점심 때가 되면 어쩌다 콩밭 무뿌리로 제 허기를 달래고, 아이에겐 수수모개를 잘라다 꽁댕이를 씹게 한다. 그토록 필생의 업보처럼 여름밭 김매기로 긴긴 해를 보낼 수 있게 한 근원은 어디인가. 현상적으로 그것은 노동이며 거기에는 소리가 자리한다. 그런데 그 소리는 개인의 흥얼거림에서 끝나지 않는 일상적 사람들의 깊은 애환이 담겨 있는 문학적 형태로서의 남도소리를 의미한다.

우리의 고단한 역사 속에서 끊임없이 변주를 거치며 면면히 내려온 소리는 그 역사 속의 민중의 한을 표현하고 있다고 흔히 얘기된다. 소리는 한을 표현하는 데 그치지 않고 한을 풀어내는 적극적 의미를 지니기도 한다. 작가는 〈다시 태어나는 말〉에서 김석호 씨의 입을 빌어 이렇게 말하고 있다.

'사람들은 흔히 남도소리를 한의 가락이라 말들하지요. 하지만 그걸 좀더 옳게 말하자면 한풀이 가락이라고 해야 할 거외다. 남도소리는 우리의 마음속에 그 몹쓸 한을 쌓는 것이 아니라, 거꾸로 그 한으로 굳어진 아픈 매듭들을 소리로 달래고 풀어내 준 것이란 말이외다. 그래 그 한의 매듭이 깊은 사람에겐 자기 소리로 그것을 풀어내는 일 자체가 삶의 길이 되는 수도 있는 거지요.'

소리와 삶은 분리될 수 없다. 한이 '인생살이 한평생을 살아가면서 긴긴 세월 동안 먼지처럼 쌓여 생기는 것(〈南道사람〉)'이라면, 그것을 소리로 풀고, 소리로 풀 것이 많음은 삶으로 맺힌 것이 그만큼 많다는 것이다. 그렇기에 소리가 맺힘으로 다가오는 터이다. 소리에 대한 애환이 깊어갈수록 아직도 아픈 맺힘 속에 있다는 것을 의미한다. 이런 어머니의 맺힘이 이야기가 전개되면서 어떻게 이야기로 형상화되는지 아이, 소년, 사내, 형, 딸의 삶과 관련해서 생각해 보자.

정　　찬

패랭이꽃

서술자가 자신의 아들과 함께 '바다 속 길'을 찾아가는 여행이 무엇을
의미하는지 살펴보면서 소설을 읽어 보자. 그리고 서술자가 바다 속 길을
찾아가는 행위와 서술자의 어머니가 길을 찾아 벌이는 기이한 행동을
잘 연결시키면서 감상해 보자. 현재와 '나'의 기억, 그리고 어머니의
기억을 왔다갔다하면서, 이 세상에 가야 할 길을 잃어버린다는 것이
얼마나 슬픈 일인지 느껴 보자.

패랭이꽃

1

기다리는 버스는 좀처럼 오지 않는다. 4월이건만 바람은 차갑고, 하늘은 황사로 뿌옇게 흐려져 있다.

"아빠, 버스가 여기 서는 게 맞아?"

아이는 조심스럽게 묻는다. 20여 분이 지나도 버스가 오지 않자 슬며시 의심이 드는 모양이다. 나는 미소를 지으며 고개를 끄덕인다.

"섬으로 가는 버스라 뜸하게 오거든. 조금만 더 기다리면 올 거야."

학교에서 돌아온 아이에게 여행을 제의했을 때 아이는 눈을 반짝이며 어디를 가느냐고 물었다.

"오이도라는 섬인데 서해 바닷가에 있지."

"섬이 오이처럼 생겼어?"

"가보면 안단다."

"그 섬에 무엇이 있는데?"

아이는 서울랜드 같은 놀이동산이 있지 않나 하는 기대감으로 다시 눈을 반짝였다.

"언덕이 있고, 조개껍질로 만든 길이 있고, 언덕 너머 아늑한 갯마을이 있지."

"섬이니까 배를 타고 가야 되겠네."

"아니, 버스를 타고 간단다. 외삼촌네 집이 있는 안양 알지? 거기에서 한 시간 반쯤 버스를 타고 가면 섬에 닿을 수 있어."

"섬은 바다 속에 있잖아. 그런데 버스가 어떻게 바다 위를 가? 아, 알았다. 큰 다리가 있구나."

"아니, 다리는 없단다."

아이는 고개를 갸웃했다.

"바다와 바다 사이에 길이 있지."

나는 아이의 부드러운 귓불을 만지작거리며 속삭였다.

"아빠 저기 봐. 버스 위에 오이도라고 쓰여 있어."

아이의 반색하는 소리에 나는 숙였던 고개를 든다. 낡은 버스 한 대가 천천히 오고 있다. 아이의 말대로 오이도라는 글자가 눈에 들어온다. 가슴이 설레기 시작한다. 10년 만에 보는 버스이다. 그 아득한 시절의 추억.

버스에 오르자 나는 뒤편 오른쪽 창가 좌석으로 눈길을 던진다. 다행히 그쪽 좌석은 비어 있다. 아이는 창가에, 나는 그 옆에 앉는다.

"이쪽 창에 앉아야 바다 속의 길이 잘 보인단다."

만족스러운 내 얼굴 표정에 아이도 덩달아 화사한 얼굴이 된다.

2

어느 날 어머니 방에서 낡은 사진 한 장을 보았다. 세월에 절어 노랗게 바랜 사진이었는데, 대밭이 보이는 뜰에서 갑사 치마에 짧은 저고리를 입은 옛 처녀들이 환한 웃음을 짓고 있었다. 나는 파초 옆에 다소곳이 앉아 미소를 머금고 있는 어머니를 어렵지 않게 찾아내었다. 고개를 약간 숙이고 있어 머리의 하얀 가리마가 유독 도드라져 보였다. 나는 사진을 만지작거리며 그 전에 이 사진을 본 적이 있는가를 기억하려고 애를 썼다. 그러나 아무리 생각해도 처음 보는 사진이었다. 어딘가 깊숙이 묻어 놓았던 이 사진을 어머니는 왜 지금에사 끄집어내는 것일까.

그날 밤 어머니는 온 방안을 뒤지며 무엇을 찾고 있었다. 반닫이 속의 물건을 모조리 꺼내놓고도 모자라, 그토록 애지중지하던 옛 상자를 뒤집어 놓았다. 그것은 상상할 수 없는 광경이었다. 반닫이 속에 무엇이 어떤 모양으로 들어 있는지 환하게 외고 있는 어머니였다.

—어머니 무엇을 찾으세요?

—사향을 넣은 백옥향갑을 찾는다.

어머니의 이마에는 땀이 송골송골 맺혀 있었다.

—백옥향갑은 피란 내려오실 때 잃어버리셨다고 그랬잖아요.

백옥향갑은 외할머니가 애지중지한 것으로 어머니가 시집올 때 손에 꼭 쥐어준 것이었는데 피란 때 잃어버렸다고 어머니는 안타까워했다. 그 백옥향갑을 찾겠다고 온 방안을 뒤지고 있었다.

—아니다. 내가 상자 속에 꼭꼭 넣어두었다.

어머니는 고개를 가로저으며 물건들을 다시 하나하나 점검하기 시작했다.

3

"아빠, 바다 속의 길이 언제 나와?"

아이는 졸리는 눈을 깜빡이며 묻는다.

"조금 더 가야 되는데, 졸리면 자렴. 내가 깨워줄 테니까."

아이는 고개를 끄덕이며 나에게로 몸을 기댄다. 나는 차창 밖으로 눈을 돌린다. 버스는 아직도 번잡한 도시를 벗어나지 못하고 있다. 잿빛 하늘 아래 삭막하고 냉랭한 콘크리트 건물들과, 차량들의 긴 행렬이 보인다. 저 소음과 매연의 아우성 속에 내 삶이 묻혀 있다.

갈증과 열망을 끊임없이 지워야 하는 삶. 자본의 증식을 위한 욕망의 흡반 속으로 정신을 투여하는 삶. 눈을 감는다. 나는 지금 어디로 가고 있는가. 갈증과 열망이 살아 있었던 추억의 길을 찾고 있다. 바다 속의 길, 언덕 너머 아득한 갯마을이 있는 길.

4

어머니에게 심상치 않은 일이 일어나고 있다는 것을 알게 된 것은 아버지의 기일 때문이었다. 전쟁이 터지자 먼저 피란을 떠난 아버지는 어머니 앞에 영영 나타나지 않았고, 동행했던 친구가 아버지를 마지막 보았다는 날짜로 제사를 지내게 된 것은 전쟁이 끝난 지 10년 후의 일이었다. 어머니를 오랫동안 모시고 있었던 형의 말에 의하면 어머니의 표정에서 아버지의 기일이 다가온다는 것을 알 수 있다고 했다. 얼굴에 쓸쓸한 기운이 감돌고, 평소보다 일찍 일어나 어둑어둑한 새벽 뜰을 서성거리고……. 그런데 금년에는 아버지의 기일을 까맣게 잊고 있었다. 음력 몇 월 며칠이라는 말까지 하며 사흘 후가 아버지 기일이라고 몇 번 되풀이했으나 어머니는 멍한 표정으로 고개만 흔들었다.

나는 아연했다. 지금 이 노인에게 무슨 일이 일어나고 있으며, 그것은 형의 참변과 관련이 있을 것이란 막연한 생각만 머리 속에 맴돌고 있었다.

6개월 전 형은 두 조카를 데리고 새벽낚시를 가다가 고속도로 상에서 중앙선을 침범한 트럭과 정면 충돌, 세 부자가 즉사했다. 이 세상에 홀로 덩그렇게 남은 사람은 형수였으나, 어머니의 충격도 참으로 컸다. 장례식에서 어머니가 한 유일한 말은 '내 죄'였다. 당신의 죄 때문에 큰아들과 두 손자가 죽었다는 것이다. 그러나 그것은 운명이었다. 그 운명을 누가 예정했는지 모르지만 잔인한 운명일 뿐이었다.

어머니는 부득이 작은아들 집으로 거처를 옮겼고, 갑자기 시어머니를 모시게 된 아내와 불편한 동거 생활을 감수해야만 했다. 우선 형의 집은 뜰이 있는 이층 양옥인 데 비해 작은아들 집은 25평짜리 좁은 아파트였다. 더구나 방이 두 개밖에 없어 아이의 방을 어머니에게 넘겨주어야 했다. 이 급작스러운 환경의 변화는 우리 가족 모두에게 고통이었다. 양지바른 뜰에서 꽃을 가꾸고, 나무를 키우고, 상추를 심어 식탁에 올리던 어머니에게 허공에 떠 있는 좁은 콘크리트 공간 자체가 커다란 고통이리라는 것은 능히 짐작되었다. 아내는 아내대로 못 견뎌 했다. 집안에 어른이 있다는 것이 이렇게 힘든 일인지 몰랐다고 절망스러운 얼굴로 말했을 때 나는 아무런 말도 할 수 없었다. 그것은 아내의 탓도, 어머니의 탓도 아니었다. 운명의 결과일 뿐이었다.

5

차창 밖은 들판이다. 황갈색 들판과 들판 너머 낮은 산들이 보인다. 이제 버스는 번잡한 도시를 벗어나 가난한 시골길을 달린다. 그 길의 끝은 바다일 터였다. 뉘엿거리는 낙조, 갈대와 염전과 벌판, 수인선 협궤 열차와 검은 소금창고, 그 아늑한 바닷길. 15년 전 가을, 내 상처 난 영혼은 그 길과 처음 마주쳤다. 우연히, 지극히 우연히.

나는 한 여자를 사랑했고, 그 사랑은 버림받았다. 한없이 추웠던 어느 겨울날, 면접시험을 치르기 위해 들어섰던 낡은 목조 교실 안에서 그녀를 처음 보았다. 첫해 대학 입시에서 실패한 후, 한

해 동안 또다시 자신과 힘겨운 싸움을 벌였고, 이듬해 똑같은 절차를 거쳐 시험을 보았다. 필기시험 다음날이 면접시험이었는데, 날은 몹시 추웠다. 지정된 교실 안으로 들어서자 톱밥난로가 있었고, 몇 사람이 옹기종기 모여 몸을 녹이고 있었다. 그러나 작은 톱밥난로 하나만으로 교실의 냉기가 사라질 리 없었다. 모두가 난로 주위에서 몸을 꼼지락거리고 있었는데, 한 여자만이 멀찍이 떨어진 창가에 서 있었다. 코트 깃을 세우고, 몸을 약간 기울인 채 창밖 겨울 하늘을 쳐다보고 있는 그녀는 오랫동안 꼼짝도 하지 않았다. 면접시험관이 들어오자 그녀는 몸을 돌렸는데, 맑고 동그란 얼굴이 내 눈 속으로 빨려들 듯 들어왔다.

그 해 봄날, 나는 교정에서 그녀를 다시 보았다. 그 사이 그녀의 얼굴은 살이 약간 올라 있었고, 투명함 속에 경쾌한 기운이 보였다. 나는 그녀 주위를 맴돌기만 했을 뿐 선뜻 다가서지를 못했다. 영혼은 늘 그녀와 함께 있는 것을 꿈꾸었으나, 몸은 꼼짝도 하지 않았다. 두려움 때문이었다. 그 두려움은 무엇이었을까.

나는 어려서부터 언제나 형의 등뒤에 있었다. 형은 장자(長子)이며, 마땅히 그 대우를 받아야 한다고 어머니는 입버릇처럼 말했고, 나는 그 말이 주는 위압감과 함께 슬픔을 느꼈다. 그것은 기묘한 슬픔이었다. 나는 결코 형처럼 될 수 없다는 절망이기도 했고, 세상의 맨얼굴과 맞닿아 있는 형과는 달리 형의 등뒤에 숨어 아무도 없는 어둠 속에 몸을 웅크릴 수 있는 안온함이기도 했다. 형은 어머니의 기대에 한치의 어긋남도 없었다. 학교 성적은 늘 선두였고, 어머니의 소망대로 사법고시에 합격했다. 그런 형에 비하면 나는 인내심 없고, 허둥거리며, 산만하며, 유약한 아이였다. 어머니가 나에게 세상의 첫 맨얼굴이었다면, 그녀는 세상의 두 번째 얼굴이었다. 그 얼굴에 다가가고 싶었으나, 다가가 내 얼굴을 대고 싶었으나, 버림받을 것이란 두려움. 그 두려움은 그녀를 향한 내 발걸음을 막고 있었다.

이듬해 나는 그녀와 나란히 서 있는 남자를 보았다. 그들이 늘 상 같이 있었고, 마주 보며 환하게 웃었고, 때로는 손을 잡기도 했다. 나는 그들을 엿보기만 했다. 그것은 엿봄이었다. 어둠 속에 몸을 숨기는 햇빛 가득한 그들의 길 속을 훔쳐보는 것. 시간은 흐르고 내 마지막 대학 생활이 저물고 있었다. 그 깊은 가을 속에서 나는 집을 나섰다. 그것은 목적 없는 여행이었다. 쓰라림과 황량이 가슴을 두드리고, 낙엽은 바람에 쓸리고 있었다. 나는 내가 본 첫 번째 버스를 탔고, 잠에서 깨어 내렸을 때 버스는 서울을 벗어나 안양까지 와 있었다. 남루한 주막에서 밥 대신 술을 마셨고, 비틀거리며 거리로 나왔을 때 가을 햇살은 기울고 있었다. 막막함으로 길 위에 서 있는데 버스 한 대가 털털거리며 섰다. 나는 무심코 시선을 올렸고, 안양 ─ 오이도라는 글자가 보였다. 오이도? 그것은 섬의 이름인 것 같았다. 이 삭막한 도시에도 섬으로 가는 길이 있는가. 섬이 아닐지도 모른다. 아니 섬이 아닐 것이다. 그러나 버스가 출발하려는 순간, 나는 훌쩍 차에 올랐다.

6

─ 창근아, 길이 보이지 않는구나.

나는 무슨 소리인지 몰라 멀뚱히 어머니를 쳐다보았다. 불빛을 등진 어머니의 얼굴은 그늘져 있었고, 정갈하게 빗어올린 흰 머리가 불빛에 반짝거렸다. 그러나 어머니는 더이상 말이 없었다. 다음날 새벽, 이상한 소리에 나는 잠을 깼다. 그 소리는 어머니방에서 들려오고 있었다. 나는 눈을 비비며 일어났는데 어이없게도 어머니는 방을 닦고 있었다.

—어머니, 지금 시계가 몇 신데 방을 닦으세요?

—손님이 오시니까 닦는다.

—어떤 손님인데요?

—나에게 길을 가르쳐주실 귀한 분이다.

—어떤 길을 말입니까?

—내가 가야 할 길이다.

—그 길이 무슨 길이데 어머니가 가셔야 해요?

어머니는 고개를 들고 내 얼굴을 빤히 쳐다보았다.

—사람에게 가야 할 길이 없는 것처럼 끔찍한 일은 없다.

7

버스 안에서 나는 잠이 들었다. 낮술 때문이었다. 몸은 피폐해 있었으나 정신은 언제나 술을 탐욕스럽게 빨아들였다. 몸은 술을 이겨 내지 못하고 있음에도 불구하고 정신의 탐욕스러움에 나는 무방비 상태였다. 아니 그 가학적 탐욕스러움을 즐기고 있었다. 머리를 차창에 박고 자고 있었던 나는 꿈을 꾸었다. 초가집 마당이었다. 여름의 땡볕이 뜨겁게 내리쪼이고 있었고, 식물들은 허옇게 말라죽어 있었다. 식물들이 왜 죽었는지 알 수 없었다. 다만 나는 땡볕 속에서 땀만 뻘뻘 흘리고 있었다. 아무리 주위를 두리번거려도 그늘은 보이지 않았고, 나는 마당을 벗어날 수 없었다. 마당은 세계였고, 세계를 벗어난다는 것은 불가능한 일이었다. 땡볕 속에서 내 몸은 조금씩 조금씩 말라갔다. 나는 식물처럼 죽어가고 있었다. 몸을 뒤척이면 바스락 하는 소리가 났다. 나는 그 몸을 땅에 뉘었다. 뼈가 우드득거렸고, 뼛가루가 먼지처럼 날렸다. 흐릿한 시야 속으로 무엇인가가 움직이고 있었다. 나는 눈앞을 가리는 땀을 훔치며 눈을 크게 떴다. 그것은 새 같기도 하고 닭 같기도 했다. 날카로운 부리와 울긋불긋한 날개가 보였고, 세 가닥의 발톱이 달린 발가락이 있었다. 그 짐승은 부리로 땅을 쪼며 나에게로 다가오고 있었다. 나는 몸을 일으키려고 했으나 웬일인지 꼼짝도 할 수 없었다. 몸이 땅에 붙은 느낌이었다. 짐승은 점점 가까이 오고 있었다. 머리를 덮은 선홍빛 깃털과 텅 빈 뼈로 이루어진 날개가 선명히 보였다. 나는 여전히 그것이 새인지 닭인지 알 수 없었다. 마침내 짐승은 내 옆에 섰고, 나를 내려다보았다. 눈은 텅 비어 있었다. 짐승은 발톱을 치켜세우며 부리를 벌렸다. 나는 비명을 지르며 눈을 떴다. 버스 안이었다. 앞 사람은 이상한 표정으로 나를 보고 있다가 슬며시 시선을 돌렸다. 나는 땀에 젖은 얼굴을 쓸었다. 내 삶이 이 세상 속에서 쓸모 없는 모습으로 버려져 있다는 생각이 들었다. 나는 창에 얼굴을 기댔다. 유리의 냉기가 뺨에 서늘히 닿았다. 눈이 젖고 있었다. 그 젖은 눈 속으로 한 풍경이 들어왔다. 낙조 속에서 흐릿한 들이 보였고, 황금빛 갈대가 일렁이고 있었다. 저 환상의 풍경은 왜 지금 내 눈앞에 나타나는가. 그러나 그것은 환상이 아니었다. 창 밖의 풍경이었다. 저문 햇살 속에서 들은 막막히 누워 있었다. 갈대는 여전히 일렁이고, 그 너머 은빛 물이 반짝거렸다. 그제서야 나는 이 버스가 섬으로 가고 있다는 사실을 깨달았다. 서해의 섬. 나는 중얼거리며 창문을 조금 열었다. 젖은 바람이 뺨에 닿았다. 머리를 창에 기대고 풍경을 찬찬히 살폈다. 흐릿하고 낮은 들판과 막막한 공간, 그 막막함을 쓸고 있는 일렁이는 갈대, 그것은 저무는 풍경이었다. 떠오르는 태양 아래에서는 지탱할 수 없는, 저문 햇살 속에서 비로소 숨을 쉬는 풍경. 가슴이 아늑해지고 있었다. 아늑함이 따뜻함으로, 따뜻함이 아늑함으로 바뀌면서 내 가슴을 토닥거렸다. 나는 참으로 오랜만에 평안함을 누리고 있었다. 덜컹거리던 버스는 한 남루한 마을에 멈추었다.

　—여기가 어딘가요?

　—군자역입니다. 군자역.

　—역?

　—수인선 협궤 열차가 지나가는 역이지요.

　나는 창 밖으로 고개를 쑥 내밀었다. 세월에 바랜 검은 나무 건물이 보였고, 그 너머 은빛 물이 고여 있었다.

　—저 나무 건물은 무엇인가요?

　—소금창고지요. 이 일대가 그 유명한 군자염전입니다.

　버스는 다시 움직였고, 놀랍게도 은빛 물을 향해 달렸다. 그 은빛 물 속에 길이 있었다. 은빛 물을 가로지르는 아늑한 길.

　—염전 둑길입니다. 이 길이 처음인 모양이군요.

그것은 지상의 길이었던가. 지상에 그런 길이 있었던가. 내 가슴은 설렜고, 눈은 어린아이처럼 빛나고 있었다.

— 군자염전이 한때 남한에서 소금 생산량이 제일 많았지요. 엄청나게 큽니다. 벤또밥 싸들고 하루종일 돌아다녀야 겨우 한 바퀴 돌 수 있습니다.

8

저녁상을 물린 어머니는 한동안 창 밖에 시선을 두다가 아이를 불렀다. 그리고 나직나직 이야기를 시작했다.

— 할머닌 일천구백이십일 년 경기도 고양군에 있는 아름다운 기와 지붕 아래 다섯 형제 중 막내로 태어났다. 고향 마을은 아늑했지. 한쪽에는 강이 있고, 또 한쪽에는 들이 있고, 기와 지붕 뒤에는 작은 동산이 있었다. 그 동산에 커다란 느티나무가 있었는데, 그네가 높다랗게 매어져 있었어.

어머니는 아이의 손을 당신의 무릎 위에 가만히 올려놓았다. 그것을 지켜보던 아내는 의아한 표정으로 나를 쳐다보았다. 어머니는 우리 집으로 들어온 후 웬일인지 아이를 멀리했다. 형이 참변 당하기 전 어머니의 손자 사랑은 여느 할머니들과 다를 바 없었다. 우리가 가끔 형네 집으로 나들이하면 어머니는 세 손자를 불러앉히고선 뺨을 토닥거리며 흐뭇한 표정을 지었다. 그런데 형의 참변 이후 아이에 대한 어머니의 태도는 완연히 달라졌다. 좁은 아파트 속에서 어머니에게 맞춤한 소일거리는 전혀 없었다. 그런 어머니에게 아이가 좋은 말동무가 될 수 있었다. 더구나 아이는 마지막 남은 손자였다. 그런데 아이에 대한 어머니의 태도는 참으로 냉정했다. 도무지 아이에게 먼저 말을 거는 법도 없었고, 가끔 아이가 무어라고 말을 할라치면 짤막한 대꾸로 대화 자체를 막아 버렸다. 그런 어머니에 대해 아내는 소름이 돋는다고 했다.

— 할머닌 열다섯 살 때 선을 봤는데 침모가 색시감 속눈썹이 길고 귀가 작다고 타박을 놓았지. 그러나 네 증조모께서는 속눈썹이 길면 심성이 착할 것이고, 여자는 귀가 크면 못 쓴다 하시면서 혼인을 서두르셨다.

아이의 얼굴에는 난처한 표정이 역력했다. 우선 이야기 자체가 두서없고, 흥미를 끌지 못했다. 초등학교 2학년인 아이가 침모라는 말을 알아들을까. 어머니 등뒤에서 그것을 지켜보고 있었던 나는 아이가 조금 참아주었으면 하는 생각이 간절했다.

— 혼행하기 하루 전날, 할머닌 뒤뜰 굴뚝 뒤에 숨어 울었다. 울다 지쳐 잠이 들었는데, 꿈을 꾸었지. 가난한 초가집 방안에서 내가 늙수그레한 여인이 되어 베틀 앞에 앉아 있는 꿈이었는데, 소스라치게 놀라 눈을 떴지. 해 저문 하늘이 눈에 들어오고, 그 하늘 가에 감나무 가지가 흔들리고 있었다. 지금도 할머니 눈에 선해. 조용히 흔들리는 감나무 가지가…….

다음날 어머니는 이른 새벽에 일어나 목욕을 했다. 물소리가 크게 날까 조심조심하고 있는 것을 잠에서 깨어난 아내가 귀로 듣고 있었다. 그런데 그 목욕은 다음날도, 그 다음날도 계속되었다. 아내는 걱정을 넘어서서 두려워했고, 나 역시 무거운 불안감에 짓눌리고 있었다. 그러던 어느 날 어머니는 외출을 했는데, 그 모습에 나는 눈을 휘둥그레 떴다. 젊었을 때 입었다는 옥색 한산모시에다 단정히 빗어넘긴 머리 뒤에는 은비녀가 있었다. 그 은비녀, 식구들도 손을 못 대게 하는 곽종이로 만든 옛 상자 속에 들어 있는 물건 중의 하나였다. 어머니는 그 상자를 언제나 윗목 반닫이 속 깊숙이 넣어두었다. 상자 뚜껑을 열면 연분홍 갑사에 싸인 작은 물건들이 보인다. 시집오기 전 어머니가 만들었다는 조각보, 삼작노리개, 옥가락지, 호박단추, 그리고 혼수 중의 하나인 은비녀가 있었다. 어머니에게 있어서 그것은 머리를 단장하는 도구가 아니었다. 도구를 넘어서는 어떤 것, 물건이라기보다 추억을 피워올리는 어떤 생명체였다. 그 은비녀로 어머니는 머리를 단장하고 있었다.

그 날 어머니는 돌아오지 않았다. 나는 온갖 불안한 상념에 시달리며 밤을 지냈는데, 다음날 오후 어머니는 지친 모습으로 나타났다. 옷은 이리저리 구겨져 있었고, 바짝 마른 입술과 창백한 안색이 예사롭지가 않았다. 어머니는 허물어지듯 이불 위에 누웠다. 내가 어디를 다녀왔느냐고 거듭 물었으나 어머니는 눈을 감았고, 곧 잠이 들었다. 해가 뉘엿뉘엿 질 무렵 어머니는 일어났다.

―어디를 가셨어요?

―복사꽃을 찾아나섰다.

―복사꽃은 왜 찾으셨어요?

―아이 우는 소리를 듣고 싶었다.

―복사꽃에서 아이 우는 소리가 나요?

―그렇단다. 복사꽃밭 속에는 길이 있고, 그 길을 따라가면 아이 우는 소리를 들을 수가 있다.

—길을 찾으셨어요?

—찾지 못했다. 아무리 에돌아도 길은 보이지 않았다.

9

버스는 섬에 닿았다. 얼마 남지 않은 승객들은 느릿느릿 내렸다. 나는 약간 혼란스러웠다. 섬이란 물로 싸인 땅이 아닌가. 그런데 염전 둑길이 끝나자 바로 섬이었다.

—일본 사람들이 염전을 만들면서 섬 사이의 바다를 다 메워 버렸지요.

—왜 이 섬을 오이도라고 하지요?

—까마귀 오(烏)자 귀 이(耳)자인데, 일본 사람들이 섬의 지세가 까마귀 귀처럼 생겼다고 해서 지은 이름인데, 섬 어른들은 그 이름을 탐탁지 않게 생각하지요. 원래 이름은 다른 글자인데 내가 원체 무식해서……

섬에 발을 가만히 디뎠다. 바람 속에서 갯내음이 났다. 일렁이는 갈대가 떠올랐고, 바람소리가 귀에 가득했다. 헐겁고 초라한 집들 사이를 지나자 야트막한 언덕이 있었고, 작은 나무 팻말이 보였다. 나는 팻말 앞에 걸음을 멈추었다.

고개 너머 아늑한 갯마을.

언덕은 조개껍질이 깔린 길이었다. 발 밑에서 사각거리는 소리가 귀를 부드럽게 자극했고, 입가에 미소를 배이게 했다. 언덕 위에 올라서니 황량한 흑갈색 개펄이 아득히 펼쳐져 있었다. 그것은 하염없이 말라비틀어진 땅의 모습이었다. 거역할 수 없는 시간에 의해 욕망도, 격정도, 비애도, 논리와 문명도 깡그리 부재한 땅의 모습이었다.

그 언덕에서 나는 술을 마셨다. 황혼의 빛마저 꺼져가고, 어둠이 흑갈색 땅과 그 너머 아득한 수평선을 덮을 때까지.

10

복사꽃을 찾아나섰다는 그 이상한 외출 이후 어머니는 다행스럽게도 별다른 행동을 보이지 않았다. 단지 방안에만 종일 붙박여 있는 것이 걱정스러웠다. 가끔 살며시 문을 열어보면 윗목 반닫이 옆에 쪼그리고 앉아 옛 물건들을 만지작거리고 있거나, 태아처럼 몸을 웅크리고 자고 있었다. 그런 지 열흘쯤 지났을까. 온 식구가 잠 속에 빠져 있던 시각에 어머니는 다급하게 안방 문을 두드렸다. 나는 화들짝 놀라 일어났는데, 시계를 보니 새벽 세시였다.

─어머니 같아요.

아내는 겁에 질려 있었다. 문을 여니 어머니가 새파랗게 질린 얼굴로 서 있었다.

─창근아, 손재봉틀이 보이지 않는다.

─손재봉틀이라니요?

나는 아직도 잠이 덜 깬 얼굴이었다.

─피란 올 때 가져온 손재봉틀 말이다. 아무리 찾아도 그게 보

이지 않는다.

　나는 가슴이 덜컹했다. 그것이 없어진 지 20년도 넘었는데 이 새벽녘에 무슨 난리인지 몰랐다.

　―그게 없으면 우리 식구 꼼짝없이 굶는다. 이를 어떡하나.

　어머니의 얼굴은 근심과 절망으로 일그러지고 있었다.

　―어머니, 그 손재봉틀 궁상맞다고 남 줘버렸잖아요.

　어머니는 완강히 고개를 저었다.

　―그 손재봉틀 우리 식구 식량이었는데 누가 그것을 줬단 말이냐?

　피란 당시 갓난아기에 불과했던 나는 특히 고모에게서 고달팠던 피란살이 이야기를 많이 들었다. 1·4후퇴가 시작되고 공산군이 다시 서울로 남하하자 어머니는 형을 걸리고, 나를 업고, 먼저 피신한 아버지를 찾아 무작정 피란길에 올랐다. 대전까지 내려온 어머니는 더이상 갈 수 없다고 판단, 피란 보따리를 풀었다. 그 보따리에서 나온 것이 손재봉틀이었다. 시집오기 전 외할머니 밑에서 조선옷 맵시를 익혔던 어머니는 곧 주위에서 알아주는 기술자가 되었고, 일감이 끊이지 않았다. 서울이 다시 수복되자 어머니는 황급히 올라왔다. 그러나 아버지는 끝내 돌아오지 않았고, 고달픈 재봉틀 소리만 집안에 가득했다. 때마침 나일론 섬유가 쏟아져 나올 무렵이라 어머니의 일감은 넘쳐흘렀다. 손재봉틀로 한푼 두푼 모은 어머니는 식당을 시작했고, 장사가 제법 잘 되었다. 내가 중학교 2학년 때 어머니는 다락 속에 묻어두었던 손재봉틀을 꺼내 지나가는 고물장사에게 줘버렸다. 형이 의아해하며 어머니가 아끼는 손재봉틀을 왜 주었느냐고 물었는데, 어머니는 고생살이가 덕지덕지 묻어 있는 물건은 떠나보내야 한다고 담담히 말했다.

그런데 어머니는 20년도 더 지난 이 한밤중에 그 재봉틀을 찾고 있었다. 그 동안 온 집안을 샅샅이 뒤졌는지 물건들이 여기저기 어지럽게 널려 있었다. 어머니가 안방 장롱까지 들쑤시기 시작하자 아내는 파랗게 질려 내 등뒤에 섰다. 그때 아이가 일어났다. 아마도 소란스러움에 잠이 깬 모양이었다.

— 할머니 뭐해?

아이를 본 어머니는 흠칫 놀라며 손을 멈추었다. 한동안 꼼짝도 않고 시선을 놓고 있던 어머니는 고개를 천천히 젓기 시작했다. 그리고 혼잣말로 나직이 중얼거렸다.

— 내 짐은 내가 들고 가야지.

11

나는 곤히 잠든 아이를 깨운다. 잠 속에서 빠져나오기 싫어 몸을 뒤척이던 아이는 힘겹게 눈을 뜬다.

"조금 있으면 바다 속의 길이 나온단다."

나는 아이의 귀에다 속삭였다. 눈에 잠이 그렁그렁하던 아이는 황급히 몸을 일으키고 창 밖을 본다.

"조금 더 가야 돼."

나는 아이의 뺨을 토닥이며 빙그레 웃는다. 창 뒤로 낮은 산과 들과 가난한 집들과 원두막이 빠르게 스쳐 지나간다.

이상한 일이었다. 아득한 들판도, 일렁이는 갈대도, 은빛 물도 좀처럼 보이지 않는다. 나는 얼굴을 바짝 창에다 대고 바깥을 살핀다. 지금쯤은 나타나야 하건만 패어 벌건 흙이 드러난 언덕과 메마른 들판뿐이다. 버스는 멈춘다. 나는 앞 남자에게 여기가 어디냐고 묻는다. 군자역이라고 한다. 나는 버스 앞 유리창 너머를 살핀다. 낯익은 검은 소금창고가 눈에 들어온다.

"저것이 소금창고인데 저 소금창고 너머 바다 속의 길이 있단다."

버스는 왼편으로 돈다. 작은 철로가 보인다. 수인선 협궤 열차의 길이다. 우리 나라에서 하나밖에 없다는 그 구식 열차는 수원을 떠나 서해의 염전마을과 작은 포구를 거쳐 인천 송도역에 닿는다. 어천, 야목, 고잔, 사리, 군자, 소래…… 먼 옛날, 나는 염전 둑길을 어슬렁거리며 이 흙내음 나는 역사(驛舍)의 이름을 중얼거리곤 했다.

나는 눈을 크게 뜬다. 왼쪽으로 꺾은 버스가 보여주는 풍경은 마술처럼 달라져 있다. 일렁이는 갈대도, 은빛 물도, 바다 속의 길도 깡그리 사라지고 메마른 들판이 덩그렇게 누워 있다. 그 들판은 몹시 거칠고 흉한 몰골이다. 곳곳에 흙더미와 골재와 건재들이 쌓여 있다. 나무 팻말에 붙어 있는 검은 글씨가 눈에 들어온다. 시화 지구 개발 삼공구. 시화 지구? 어디서 들은 말 같다. 나는 앞 남자에게 황급히 묻는다.

"바다를 메워 땅으로 만든다는 데가 바로 여기 아닙니까. 군자 염전 벌써 없어졌지요. 시화 지구 개발 계획, 그것 대단합니다. 군자만을 송두리째 땅으로 만든다니까요."

"아빠, 바다 속의 길이 없어졌어?"

아이는 망연자실해 있는 내 얼굴을 불안스럽게 쳐다보다가 조심스럽게 묻는다. 대답을 해야 하는데, 할 말이 금방 떠오르지 않는다. 머리 속이 텅 비어버린 것 같다. 차창 밖으로 시선을 돌린다. 듬성듬성 들어선 공장 가건물과 먼지를 허옇게 뒤집어 쓴 폐허의 집들이 을씨년스럽다.

12

—어느 날 네 외증조부께서 낫 한 자루를 들고 나를 불렀다. 그리고 고향 마을 뒷산으로 올라가셨는데, 그때 할머닌 아마 열두세 살쯤 되었을까…….

어머니는 다시 아이에게 이야기를 시작했다. 최근에는 뜸해서 아이가 내심 좋아했는데, 그 날은 웬일인지 잘 시간에 아이를 불렀다. 아이는 눈을 동그랗게 뜨고 나를 보았는데, 나는 길게 이야기하지 않을 것이니 참고 들으라고 귀에다 속삭였다.

—작은 실개천을 지나 한참 산을 오르니 무덤이 보였다. 무덤 위에는 풀이 무성했고, 패랭이꽃이 진홍빛으로 피어 있었는데 어린 내 눈에 참으로 곱게 보였다. 외증조부께서는 말없이 고운 패랭이꽃을 베셨고, 나는 잘려져 나간 패랭이꽃을 바라만 보았다. 그런데 어젯밤 나는 그 패랭이꽃을 보았다. 할머니가 배꽃이 가득 피어 있는 길을 가는데 어깨 위에 패랭이 꽃잎이 사뿐 내려앉았다. 배꽃 숲을 걸었는데, 주위에는 패랭이꽃이라고는 하나도 없었

는데, 어디에서 떨어졌을까.

아이의 표정은 점점 굳어져 갔고, 어머니의 눈은 이상한 생기로 빛나고 있었다.

—할머닌 하늘을 쳐다보았다. 파란 하늘 위에 하얀 띠 같은 것이 보였는데, 그것은 패랭이꽃이 지나온 길이었다. 오랫동안 이 할머니가 애타게 찾았던 길이 마침내 나타났던 게야.

길? 신문을 들고 있었으나 정작 어머니의 이야기에 귀를 기울이고 있었던 나는 무심코 그 말을 되뇌었다.

—세상에 가장 끔찍한 것이 가야 할 길을 잃어버리는 일이다. 그런데 그 길을 찾았으니 이 할머니가 얼마나 좋았겠냐.

어머니는 아이의 손을 잡으며 당신의 마른 볼에다 대었다.

사흘 후 어머니는 돌아가셨다. 아침에 기척이 없어 아내가 방으로 들어갔는데 어머니는 잠자듯 죽어 있었다. 온몸을 태아처럼 웅크리고.

13

버스는 여전히 황량한 들판을 가로지르고 있다. 아이에게 보여주고 싶었던 길은 어디에도 없다. 흙을 실어나르는 트럭들과 건축 중인 콘크리트의 형해, 모래더미, 버려진 집들, 먼지를 뒤집어쓰고 죽어가는 풀들이 아프게 눈을 찌른다. 나는 눈을 감는다. 저문 햇살 속에서 비로소 숨을 쉬는 길. 그 길은 어디로 갔는가.

—창근아, 길이 보이지 않는구나.

빈소에서 밤을 지새우며, 관 위로 흙을 덮으면서 나는 그 말을 생각했다. 왜 어머니에게 길이 보이지 않았을까. 끊어진 길 위에서 서성이는 모습이 바로 그 낯설고 이상한 행동이었던가. 잃어버린 옛 물건을 찾고, 길을 가르쳐줄 손님을 맞이하기 위해 새벽녘에 방을 닦고, 아이 우는 소리를 듣기 위해 복사꽃밭 속의 길을 찾아 헤매는 것.

어머니를 땅에 묻고 돌아온 나는 좁고 어둔 어머니의 방에 몸을 뉘었다. 잠이 쏟아져 내렸고, 정신없이 곯아떨어졌다. 내가 눈을 떴을 땐 자정이 넘어 있었다. 아내와 아이는 이미 잠들어 있었다. 나는 냉장고에서 술을 꺼냈다. 잠은 더이상 올 것 같지 않았고, 얼음이 담긴 찬 술을 마시고 싶었다. 양주병의 반이 비어졌을 때 취기가 왔다. 혼곤한 취기였다.

어머니의 삶은 어떤 모습이었나. 전쟁중 남편을 잃었고, 두 자식을 키우기 위해 악착같이 돈을 벌었고, 그토록 원하던 손주를 셋이나 보았고, 큰아들과 두 손주를 먼저 보내고 그리고 흙 속에 묻혔다. 무엇이 어머니로 하여금 길을 잃게 만들었는가? 어머니는 아이에게 길을 찾았다고 했다. 외증조부의 낫에 의해 잘린, 무덤 위의 패랭이꽃이 어찌 길이 될 수 있는가. 길이란 무엇인가?

나는 지금 어느 길 위에 서 있는가. 냉혹하고 탐욕스러운 자본의 욕망이 지배하는 세상 속에서 나는 어떤 모습으로 서성거리고 있는가. 산다는 것은 자본의 욕망에 순응하는 행위이다. 자본의 욕망에서 해방된 공간이란 이 세상 어디에도 없다. 만약 있다면, 그것은 원시적 삶이며, 유적의 삶이며, 버려진 삶일 뿐이다. 이 욕망의 틀 속에서, 욕망을 조금이라도 거스르면 욕망의 날카로운 이

빨이 어김없이 파고든다. 자본은 패배를 용납하지 않는다. 그것은 이윤 추구의 무한정한 욕망이며, 이 수직적 질주 속에서 같이 질주하지 않으면 낙오된다. 낙오란 패배이며, 상처이며, 버려진 삶이다. 그런데 나는 그 패배를 꿈꾸었다. 질주의 등에서 잠시 내려와 아늑한 수평의 공간 위에 몸을 뉘는 것. 자본의 욕망에 질식된 갈망, 은폐된 내 갈망을 바람과 햇빛 속으로 살며시 끄집어내어 생명의 숨을 쉬게 하는 것. 하지만 내려선 자가 다시 그 말을 탈수 있는가. 목적을 향해 질주하는 자본은 한번 내려선 자의 손을 결코 잡지 않는다. 더 빨리 달리기 위해 내려선 자의 손을 기꺼이 뿌리친다. 그러므로 나는 패배를 꿈꾸었을 뿐 패배의 자리로 내려서지 못한다. 나는 혼자가 아니었다. 내 등에는 어머니와 아내와 아이가 타고 있었다. 이제 어머니는 내 등을 가볍게 했지만 아내와 아이의 몸은 여전히 무겁다. 그 무거움으로 나는 뒤뚱거리며, 헐떡이며 어디로 가고 있는가.

—세상에서 가장 끔찍한 것이 가야 할 길을 잃어버리는 일이다.

어머니의 목소리가 먼 데서 아련히 일어서고, 진분홍 패랭이 꽃잎이 하늘하늘 떨어지고 있었다. 바람소리가 들렸다. 죽은 세상을 흔드는 바람소리. 그 바람 속에서 무엇이 흔들리고 있었다.

사각 사각 사각.

그것은 식물이 흔들리는 소리였다. 식물이 서로의 몸을 비비며 속삭이는 소리. 그 속에서 황금빛 갈대가 출렁이고 있었다. 비낀 햇살 아래 흐릿한 들과 일렁이는 갈대와 은빛 물. 그 은빛 물 사이로 길이 보였다. 하얀 띠 같은 길. 낮고 아늑하고 평온한 길. 흐르는 세월 속에서 까맣게 잊었던 길. 다음날 나는 어리둥절해 있는 아내를 뒤로하고 아이와 함께 집을 나섰다.

들판은 끝나고, 공장 건물과 전투 태세 완비라는 구호가 적힌 군부대를 지나자 철조망이 보이고, 그 너머 바다가 있다.

버스는 종착역에 닿는다. 몇 안 남은 승객들이 느릿느릿 내린다. 나는 아이의 손을 잡는다. 손은 여전히 작고 따뜻하다. 아이에게 무어라고 말을 해야 될 것 같은데, 할 말이 좀처럼 떠오르지 않는다. 버스에서 내려 언덕을 향해 걷는다. 조개껍질의 길은 시멘트로 포장되어 있다. 고개 너머 아늑한 갯마을이라 적힌 팻말은 어디에도 없다.

언덕 위에 서서 서해의 개펄을 내려다본다. 흑갈색 개펄 너머로 은빛 물이 반짝인다. 그러나 저 은빛 물은 길이 아니다. 길은 끊어졌고, 사라져 버렸다. 아이는 풍경에 대한 실망을 감추려 애를 쓰지만, 그러나 얼굴에 역력히 나타난다. 개펄 왼쪽에는 거대한 방조제가 바다를 가로지르고 있다. 이른바 시화방조제일 것이다. 그 위로 흙을 실어나르는 트럭들이 보이고, 방조제 끝에는 포클레인이 공룡의 뼈처럼 움직이고 있다. 나는 돌아서서 언덕을 내려온다. 아이는 말없이 나를 따른다. 언덕 아래 가게에서 소주와 마른 안주, 아이가 먹을 빵과 음료수를 산다. 그리고 언덕과 다른 길로 들어선다. 낮고 초라한 슬레이트 지붕의 집을 지나니 공터가 있었고 폐기된 차와 버려진 냉장고, 녹슨 쇠붙이가 더미로 쌓여 있다. 그 아래에는 연탄재와 쓰레기로 악취를 풍기고 있는 늪이 있고, 늪 앞에는 담이 없는 집이 덩그렇게 서 있다. 늪이 곧 마당인 모습이다. 아이는 얼굴을 찡그린다. 얼굴이 검게 그을은 늙수그레한 남자가 우리들을 힐끗 쳐다보며 지나간다.

철조망이 보인다. 버스 속에서 보았던 철조망이다. 철조망 너머에는 개펄이 있다. 바다의 밑창이다. 우리들은 철조망을 따라 걷는다. 철조망이 끝나자 작은 둑이 보인다. 둑 위에는 벌겋게 녹이 슨 닻이 누워 있고, 그 아래 개펄에는 작은 배가 기우뚱 서 있다. 개펄 오른쪽 너머에는 모래톱이 있고, 초록빛 지붕의 공장이 보인다. 그러나 모래톱에서 왼쪽으로 휘어진 개펄은 은빛 물과 만나고, 안개로 흐려진 섬과 그 너머 수평선으로 이어진다. 아이와 나는 둑 위에 걸터앉는다. 나는 소주를 마시고, 아이는 빵을 먹는다. 개펄 위에는 수많은 새들이 있다. 꽁지와 뒷등의 일부가 잿빛일 뿐 온몸이 하얗다. 날개를 치면 이상하게 잿빛이 흰색을 압도한다. 새들은 끊임없이 움직이며 울고 있다. 적막하고 음울한 울음이다. 아이는 무어라고 말하고 싶은 표정이나, 좀처럼 입을 열지 않는다. 개펄 위에 기우뚱 서 있는 배 안에서 무엇이 튀어나온다. 아이는 흠칫 놀라며 나에게 몸을 기댄다. 고양이다. 몸통이 투실투실하고 늙은 고양이는 둑 너머로 달아난다. 이 적막한 둑 위에 좀처럼 없었던 사람의 기척에 놀란 모양이다. 아이는 겁먹은 표정으로 사라져가는 고양이를 눈으로 좇는다. 고양이는 보이지 않고 적막만이 가득하다. 나는 아이에게 말을 해야 한다. 내가 약속했던 길이 왜 없었는가를.

길 끝에는 황량한 개펄이 있었다. 하염없이 말라비틀어진 그 흑갈색 땅. 하염없이 말라비틀어진 모습 자체가 내 영혼이었으며, 나는 그것을 내 운명의 일부로 받아들였다. 길이 없었다면 흑갈색 개펄이 무슨 의미가 있었을까.

　아이는 마른 빵을 씹으며 여전히 고양이가 사라진 쪽을 두리번거린다. 이제 어머니는 어떤 길을 걷고 있을까. 저 너머 아득한 세계의 길. 아무리 보고자 해도 볼 수 없는 길. 나는 눈을 감는다. 아이의 손이 내 얼굴에 닿는다. 눈을 뜬다. 아이의 작은 손이 내 얼굴을 쓸고 있다. 가만히 손을 잡는다. 바다새의 적막한 울음이 가슴에 내려앉는다.

작 품 이 해

▌작가 소개 ▌

정찬은 1953년 부산에서 태어났다. 서울대 국어교육과를 졸업했으며, 1983년 《언어의 세계》에 중편 〈말의 탑〉을 발표하며 문단에 나왔다. 중편 〈슬픔의 노래〉로 제26회 동인문학상을 수상했다.

그는 감각적이고 이미지 위주의 소설을 쓰는 90년대 신세대 작가와는 달리 역사에 대해 진지한 성찰을 하는 작가로 평가받는다. 즉, 인간이 서로 지배하고 지배받는다는 것의 의미, 한 인간이 다른 인간에게 폭력을 행사하고 죽이는 것 등에 대한 진지한 물음을 던지는 작가이다. 특히 80년 광주민주항쟁중 벌어졌던 비극이 그의 소설의 주된 테마이다.

임철우, 홍희담, 최윤, 이순원 등 많은 작가들과 마찬가지로 정찬에게 '광주' 는 이 시대 고통의 근원을 나타내는 메타포(은유)이다. 지배자가 민중을 학살하고 억압했던 역사적 사실은 그에게 소설을 쓰도록 하는 힘이 되었고, 이 시대의 모든 모순과 고통을 의미하는 메타포가 되었다. 그의 대표작 〈슬픔의 노래〉는 광주의 비극을 아우슈비츠의 그것으로 형상화했고, 〈새〉는 피해자와 가해자의 심리를 복합적으로 해부해냈으며, 〈아늑한 길〉 역시 광주 학

살의 기억에서 벗어나지 못한 인물을 그려내고 있다.

정찬에게 '광주'는 역사적인 사건이자 인간의 고통을 대변하는 메타포로서 《기억의 강》(1989), 《완전한 영혼》(1992), 《아늑한 길》(1995) 등 세 창작집에 걸친 주된 테마이다. 그의 소설은 단순히 지배자가 민중을 학살했던 비극으로서 광주를 다룬 것이 아니라 인간이 다른 인간을 지배하고 억압하는 것, 권력이란 무엇인가, 누가 가해자이고 누가 피해자인가에 대한 진지한 물음을 제기하고 있다.

〈패랭이꽃〉은 정찬이 줄기차게 고민해 온 '광주'와 직접 연관은 없지만, 남과 끊임없이 경쟁해야 하는 사회, 산업화와 도시화로 인간적인 가치가 사라지는 사회와 시대에 대한 비판을 가하고 있다. 한마디로, 이 시대는 우리가 가야 할 길을 잃어버린 시대라는 것이다.

▋이해와 감상 ▋

이 소설은 '나'가 길을 찾는 이야기와 '나'의 어머니가 길을 찾는 이야기가 맞물려 있다. '나'는 어머니의 죽음 후 아들과 함께 젊은 시절에 상심한 마음을 추스르게 해주었던 '바다 속 길'을 찾아 나선다. 젊은 시절의 '나'는 장자인 형에게 열등감을 느끼며 살아가고 대학입학 시험에서 만난 여자에게 접근하지도 못한 채 주위만 맴돌 정도로 소심한 인물로서, 여자가 다른 남자와 함께 있는 모습을 본 후 상심해서 여행을 떠난다. 그 때 술에 취해 떠난 여행에서 우연히 찾게 된 '바다 속 길', 황폐하고 삭막한 도시와는 다른 정취를 지닌 '오이도(烏耳島)'의 모습을 본 기억이 지금도 생생하게 남아 있다.

아들과 함께 기억 속의 이 길을 찾아가는 '나'의 이야기는 어머니가 죽기 바로 전 '길'을 찾아 벌였던 기행에 관한 이야기와 맞물린다. 어머니는 6·25 피란 시절 남편을 잃은 슬픔과 몇 해 전 큰아들과 두 손자를 잃은 슬픔을 안고 사는 인물로서, 먼 기억 속에 보았던 길을 찾는다. 오래 전에 버린 물건을 찾고, 젊은 시절 입었던 옷을 차려 입고 외출하는 등 기행(奇行)을 거듭하다가 결국 어머니는 죽음을 맞이한다. 그녀가 그렇게 찾았던 '패랭이꽃이 지나온 길'을 찾아간 것이었다.

그러나 어머니의 죽음 이후 '나'가 아들과 함께 찾아간 길은 사라져버린 지 오래였다. 산업 개발로 '바다 속 길'은 자취를 감춰 버렸고 신비로운 정취를 지녔던 오이도의 모습도 변해 버렸다. '세상에 가장 끔찍한 것이 가야 할 길을 잃어버리는 일이다.'라는 어머니의 말처럼 '나'는 사라져 버린 길 앞에서 씁쓸한 마음을 감출 수가 없다. 어머니는 길을 찾아서 갔지만 아들인 '나'는 길을 찾지 못한 것이다.

그렇다면 '나'가 가야 할 길은 무엇인가? 소설에서 작가는 직접 그 길이 무엇인지 제시하고 있다. '나'가 길을 찾아가면서 '나에게 길은 무엇인가?'라고 질문하는 것에 답하듯이, 이 시대에 길은 무엇인지 직접 서술하고 있는 것이다.

'나는 지금 어느 길 위에 서 있는가. 냉혹하고 탐욕스러운 자본의 욕망이 지배하는 세상 속에서 나는 어떤 모습으로 서성거리고 있는가. 산다는 것은 자본의 욕망에 순응하는 행위이다. 자본의 욕망에서 해방된 공간이란 이 세상 어디에도 없다. 만약 있다면, 그것은 원시적 삶이며, 유적의 삶이며, 버려진 삶일 뿐이다.'

'나'는 사람을 도구화·기계화시키는 사회, 경쟁에서 살아 남아야 하는 삭막한 자본주의사회에서 벗어나 다른 사회를 꿈꾸었던 것이다. 그 다른 사회라는 것이 구체적으로 어떤 것인지는 말하지 않지만, 우리는 자본주의의 모순에서 해방된 공간임을 알 수 있다. 그가 젊은 시절 보았던 오이도처럼 자본주의라는 모순된 사회와 접촉하지 않는 유토피아인 것이다. 하지만 그런 유토피아로 난 길은 사라져버렸고, '나'는 아이와 함께 막막한 바다를 바라다 볼 수밖에 없다. '바다새의 적막한 울음'이 가슴에 내려앉을 뿐이다.

생각해볼문제 ···

1. '세상에 가장 끔찍한 것이 가야 할 길을 잃어버리는 일이다.'라는 말의 의미를 염두에 두고, '나'의 어머니에게 길은 무엇이며, '나'에게 길은 무엇인지 생각해 보자.

2. '나'가 왜 아들을 데리고 바다 속 길을 찾아 여행을 갔는지, 그리고 아들과 함께 찾아간 길이 사라져버렸다는 것은 무엇을 의미하는지 생각해 보자.

3. 이 소설은 '나'가 길을 찾아가는 이야기와 어머니가 길을 찾아가는 이야기가 맞물려 있다. 시간적으로 교차되어 있는 두 이야기를 풀어서 다시 구성해 보자. 또 어머니가 길을 찾는 이야기를 어머니의 시점에서 다시 써 보자.

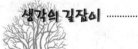

생각의 길잡이

◆ 1. 다음 구절들을 먼저 다시 읽어보자.

어머니의 길

작은 실개천을 지나 한참 산을 오르니 무덤이 보였다. 무덤 위에는 풀이 무성했고, 패랭이꽃이 진홍빛으로 피어 있었는데 어린 내 눈에 참으로 곱게 보였다. 외증조부께서는 말없이 고운 패랭이꽃을 베셨고, 나는 잘려져 나간 패랭이꽃을 바라만 보았다……(중략) 할머닌 하늘을 쳐다보았다. 파란 하늘 위에 하얀 띠 같은 것이 보였는데, 그것은 패랭이꽃이 지나온 길이었다. 오랫동안 이 할머니가 애타게 찾았던 길이 마침내 나타났던 게야.

'나'의 길

나는 지금 어느 길 위에 서 있는가. 냉혹하고 탐욕스러운 자본의 욕망이 지배하는 세상 속에서 나는 어떤 모습으로 서성거리고 있는가. 산다는 것은 자본의 욕망에 순응하는 행위이다. 자본의 욕망에서 해방된 공간이란 이 세상 어디에도 없다. 만약 있다면, 그것은 원시적 삶이며, 유적의 삶이며, 버려진 삶일 뿐이다.

어머니의 길을 이해하는 것은 '패랭이꽃이 지나온 길'을 찾는 것이 의미하는 바를 이해하는 것이다. 어머니는 6·25때 남편을 잃고, 큰아들과 두 조카마저 잃어버린 채 슬픔을 간직하게 된다. 이 슬픔은 기억 속에 보았던 길을 찾도록 하는데, 그것은 오래 전에 버린 물건을 찾고, 젊은 시절에 입었던 옷을 차려입고 외출하는 기행으로 나타난다. 그것은 슬픔과 고통 속에서 그것을 굳건하게 견뎌왔던 할머니의 행위를 통해 암시된다. 파란 하늘 위에 걸쳐진 패랭이꽃의 길이 상징하는 것인 바, 욕망이 지배하는 혹은 고통과 한이 지배하는 이 시대 이 땅을 넘어선, 초월의 세계를 꿈꾸는 것이다.

'내'가 걷고자 하는 길도 도구화·기계화된 현실, 즉 자본의 욕망에 순응하는 삶을 벗어나는 것이다. 그러나 내가 생각하는 그런 유토피아의 길은 사라져 버리고, '나'는 아이와 함께 바다를 볼 없게 된다.

◆ 2. 소설에서 '나'는 나의 길뿐 아니라 모두의 길을 찾고 싶었던 것이다. 인간이 철저하게 개별자로 분리되는 현대사회는 사회적 집단 차원에서 가야 할 지표가 불분명하고 철저하게 개인주의로 치닫고 있다. 이런 사회적 특징과 인간의 특성을 지닌 자본주의 사회에서 '나'는 나 혼자서 가야 할 길이 아니라 사회가 가야 할 길, 시대가 가야 할 길을 찾고 싶었던 것이다. 그

래서 '나'가 아들을 데리고 간 것은 혼자가 아닌 '우리'가 길을 찾는다는 의미가 있다. 따라서 개인주의를 극복하는 길은 공동체감을 획득하는 것으로, 인간이 고립되거나 해체되는 것이 아닌 공동체적 자아로서의 길을 모색하는 것이다.

● 3. 이 소설은 '나'가 길을 찾는 이야기와 어머니가 길을 찾는 이야기가 교차되어 구성되어 있다. 어머니가 길을 찾아낸 것(죽음을 맞이한 것)이 아들이 길을 찾지 못한 것과 교차되어 후자를 부각시키기도 한다. 그런데 만일 '나'의 이야기와 어머니의 이야기를 시점을 바꿔 다시 쓴다면 새로운 이야기가 탄생할 것이다. 특히 어머니가 길을 찾아가는 이야기를 아들의 관점이 아닌 어머니 자신의 관점으로 그려낸다면, 본 소설과 상당히 다른 의미를 만들어 낼 수 있을 것이다.

최 윤

속삭임, 속삭임

　　우리는 종종 과거에 경험했던 일들을 떠올리면서, '그 때 나는 왜
그랬을까, 왜 다르게 행동하지 못했을까?'라든지, '그 때 그 사람은
내게 얼마나 소중한 사람이었을까?', '왜 그런 일이 일어났을까?' 등의
질문을 스스로 던지는 경우가 있다. 과거에 충분히 풀지 못하고 지나버린
이 질문들이 자꾸 마음속에 맴돌아 지금의 삶과 과거의 삶을 동시에 살고
있다는 느낌을 받을 때가 있는 것이다. 최윤의 〈속삭임, 속삭임〉은
바로 이에 관한 소설이다. 소설에서 서술자가 왜 딸에게 속으로만
끊임없이 속삭이는지 그 이유를 생각하면서 작품을 감상해 보자.

속삭임, 속삭임

이애, 원한다면 까짓 것! 자객이 되거라, 네가 되고 싶다는, 만화 속의 그 자객이. 가끔 생각하지. 어떤 때는 괴괴한 달빛 속을 소리 없이 걸어, 아무도 넘지 못하는 높은 담을 넘고, 그리고 용서할 수 없는 사람들의 마을을 지나는 너의 가볍고 경쾌한 발자국 소리가 달빛에 묻어 나오는 것 같은 착각이 들 때도 있다. 네가 자객이라면 너의 무기는 어떤 것일까? 아무리 그리고 또 그려 보아야 흰 달무리 밑의 광야에 서서 가야 할 방향을 가늠하는 너의 손에 들려질 수 있는 무기가 떠오르지 않는다. 그것은 야광빛을 발하는 작은 장난감 막대기 같은 것일까. 너의 눈빛 같은 것. 너무 맑아 초록의 빛을 발하는 그런 눈빛 말이지. 그래, 너의 무기는 그런 날 없는 무엇이어야 하겠다. 빛이나 공기 같은 것. 만져지지 않지만 누구나 그 앞에서 멈칫하고 사방을 다시 한 번 둘러보게 하는 것. 그래, 이애. 그렇다면 너는 만화 속의 그 나이 어린 자객이 되어도 되겠다. 그렇게 해일 앞에 네가 설 수 있다면. 그렇게 아픈 사람들의 마음 위를 지나간다면.

이애, 담배나 한 대 피자꾸나. 약간의 연기는 뱃속을 소독시켜 주지. 안개가 그렇듯이. 노을빛이 그렇듯이. 저 앞의 숲을 보거라. 아, 그 황량하던 가시덤불이 왜 이리 그리우냐. 다 일없다. 해질녘의 호수를 둘러싼 숲가에 오랫동안 앉아 본 사람은 알지. 낮과 저녁이, 물과 하늘이, 말과 말의 경계가 어떤 순간 흐려져 버리는 것을. 바로 그 경계가 흐려지는 곳. 세상에서 가장 아름다운 풍경이 아니겠느냐. 그럴 때면 눈물이 나온다. 왜일까. 너 때문일까. 어떤 눈물도 순순하지 않더라. 기쁨 속에 슬픔이 녹아 있고 또 지극한 슬픔은 꼭 자그마하나 어떤 행복에의 기대를 가져다 주니 말이다. 그래서 눈물은 마약과 같은 거야. 제때에 흐르지 않으면 저 깊은 존재의 밑바닥에 숨은 경련을 일으키거든. 이애, 숨어서 우는 사람의 눈물을 볼 줄 알아야 하지. 울고 싶어도 울지 못하는 사람의 눈물.

아, 좋은 거지. 모든 사람이 울 만할 때에 울 수 있는 솔직함만 있다면 이애, 내 뱃속에서 꽃이 피겠다. 왜 뱃속이냐고. 그건 뱃속만큼 솔직한 것이 없다는 말이다. 다 뱃속의 일을 위해 일들이 일어나지 않던. 세상이 펼쳐지고 그 위에 인간이 나타나던 그 최초의 날 이후 이 사실이 바뀐 적이 있더냐. 뱃속 만세! 네가 살고 있었던 그 뱃속. 아, 만세, 만세! 선글라스를 써야겠다. 햇볕이 아직 따갑구나.

우리는 경기도 북쪽에 위치해 있는 한 과수원에서 일주일 간의

휴가를 보내고 있었다. 바캉스, 아이가 그토록 조르던 거였다. 딸
애는 어릴 때 바캉스와 박카스를 자주 혼동해서 우리 부부를 웃게
했다. 진분홍 테에 검정에 가까운 짙은 색 플라스틱 알이 끼워진
선글라스를 끼고 앉아, 입술을 뾰로통하게 내밀고 아이답지 않게
팔짱을 끼고 있는 딸애는, 표정은 볼 수 없어도 뙤약볕과 심심한
주위 풍경에 꼭 앙심이라도 품고 있는 것 같았다. 우리가 앉아 있
는 비닐 돗자리의 그늘 속에는 아이의 크레파스 나부랭이와 미술
공책이 펼쳐져 있었다. 짙은 유리의 선글라스를 통해 보이는 바다
와 요트와 금붕어가 뒤엉켜 있는 딸애의 그림 일기는, 바다는 더
욱 짙푸르고, 요트는 더욱 희게, 그리고 세 마리의 금붕어는 더욱
짙은 오렌지색을 띠고서 반란이라도 하듯 출렁이고 있었다.

"이애, 너 그러고 앉아 있으니까 꼭 그레타 가르보 같구나."

"그레타 가르보가 누구야?"

아이는 화를 풀까말까 망설이는 표정으로, 뙤약볕이 만들어 내
는 나무의 그림자가 선명한, 정물에 가까운 풍경을 향하고 앉아
시큰둥하게 대꾸했다.

"엄마가 제일로 치는 미인이란다."

"피이!"

아이가 빵끗 웃었다. 나는 다시 오수의 자세로, 아이는 그리다
만 여름 방학 그림 일기로 되돌아갔다.

호수. 글쎄, 그런 자그마한 웅덩이도 호수라 부를 수 있는 것인
지. 그렇지만 모두들 호수라고 불렀던걸. 산 바로 밑의 잡목 숲 아
래 수줍게 숨어 있는 그 호숫가에는 늘 여리고도 맑은 빛이 어려

있는 것 같았지. 저물녘이 되면 둔덕의 한 자락으로 산을 내려오는 사람이 그리운 아주 외딴 호수였단다. 수면 위에는 무수히 작고 깜찍한 여울을 만드는 소금쟁이. 소금쟁이의 앙상한 다리, 부산한 새들의 날갯짓이 훤히 보이는구나. 자그마한 잡새지만 그 나는 모양은 어느 산봉우리의 비상에 길든 매에 못지않았지. 그리 높지 않은 하늘에서 제법 커다란 원을 그리고, 하강해서는 아주 빨리 그 좁은 수면을 스치고 다시 솟아오른다. 다시 하늘을 나지막하게 선회하고, 그렇게 작은 물고기를 잡아먹는 거야. 아마 물총새였던 게지. 날면서 하는 저녁 식사. 암, 들새는 때로 사람보다 더욱 고상하더라.

아, 지독한 장마였지. 그 장마가 끝난 뒤 어느 날, 호수가 생겼단다. 호수가 있으니 새가 날아오고 새가 날아오니 소금쟁이들이 모이고…… 그 호숫가에 앉아 오랜 시간을 보내 본 사람은 안다. 호수의 어느 쪽에 앉아 보아도 하늘의 반만이 수면에 비쳐져 있는 것을. 하늘 전체가 비치지 않는 게 아주 오랫동안 답답했지. 그렇지만 눈만 감으면 떠오르는 것은, 나무 그림자에 가려지지 않은, 하늘이 온통 비쳐져 있는 호수. 나는 오래 전부터 그 호숫가가 너를 맞는 데 제일 적합한 장소라고 생각했다. 무엇 때문이었을까. 아마도 호수 주변의 풍경이 만들어 내는 황량함 때문이었으리라. 나는 네가 세상에 첫눈을 뜨는 바로 그날 그 버려진 과수원의 황량함을 보기를 바랐다. 분홍빛 커튼이 쳐지고 알맞은 습기에 앙증맞은 침대가 놓여 있는 그런 닫힌 방이 아니라, 호수 저 너머에 둘러쳐진 벌판, 그 사막 같은 잡목 숲을. 네가 거기서 삶을 시작하기를. 일찍이 황무지를 본 사람은 삶에 대해 아주 부끄러운 마음을

갖게 되지. 그리고 삶에 많은 것을 바라지 않게 된단다.

"아, 호수는 외롭구나."
"무슨 호수? 아빠가 낚시하러 간 호수?"
"아니다."
"엄마 또 혼자 말하는 거지!"

개인 사업을 처리하고 이 산골 과수원으로 식구들과 함께 들어앉은 남편 친구의 제안이 없었다면, 우리 가족은 이번 여름도 자연 한 자락 보지 못하고 홍콩 무술 영화나 비디오 테이프를 보면서 여름을 날 뻔했다. 경제적 여건도 여건이지만 인파가 몰리는 피서 장소에 아귀다툼을 하면서 찾아들 정도의 정열은 애초에 없는 인물들인 데다가 신종 피서법을 개발해 쫓아다닐 정도로 주변이 있는 부부도 못 되었기 때문이었다. 꽝인지 사이판인지 하여간 야자수가 달력 그림과 똑같이 늘어서 있는 해변으로 그 대가족이 모두 동부인해 부모님을 모시고 떠난다면서 과수원 좀 보아 달라는 남편 친구의 제안이 있었을 때, 우리는 각기 다른 이유로 환성을 지르며 오래간만에 우리도 바캉스라는 걸 떠나기로 작정했다. 남편은 즉각 눈을 찡긋하며 내게 공모의 시선을 던졌고, 아마도 과수원에서 삼십분 정도 가면 있다는 낚시터를 염두에 두었다면, 아이는 그토록 노래 부르던 바캉스인 데다 과수원의 닭과 오리에게 모이를 주게 해주겠다는 약속에 잠을 설칠 지경이었고, 나로 말할 것 같으면…… 과수원이라는 단 한마디에 저 가슴 밑바닥에서부터 그 이상한 광증이 동하여 시선을 먼 곳으로 던지면서 고개를 끄덕거렸던 것이다.

그러나 이 과수원은 내가 멀리 던진 시선으로 떠올린 과수원과는 달리 너무 기름졌으며, 너무도 넓었고, 사방에 물 웅덩이 하나 없었으며, 곳곳에 꽥꽥거리는 동물투성이였다. 서른 마리가 넘는 닭과 여남은 마리의 오리, 그리고 칠면조에 공작에 앵무새까지 곁들여져 과수원이라기보다는 동물원을 방불케 했고, 유실수보다는 값비싼 정원수의 묘목장에 가까웠다. 아침에는 남편 친구의 지시대로, 돌아가는 물 뿌리개에 연결된 수도 꼭지들을 모조리 열어 놓고 호스가 닿지 않는 곳까지 물을 뿌리고, 쉴틈없이 조류들에게 모이를 주고 나니 아침 나절이 후딱 지나가 버렸다. 모이를 주는 것도 수월하지 않았고 그것을 재빨리 간파한 딸애는, 모이통을 들고 냄새 나는 새장을 돌아다니는 내 뒤를 시큰둥한 표정으로 멀찌감치 따라다녔다. 중노동이었다. 그래도 좋았다.

과수원. 내가 알고 있던 과수원은 깊은 산골 야산자락에 위치한 작고 황량한 것이었다. 그리고 거기에는 호수……가 있었다. 그 호수는 어렸을 때 나의 은근한 자랑거리였다. 일찍이 서울로 단신 유학을 떠난 나에게는 서울내기들에게 억울한 놀림을 당할 때마다 내심으로 부르짖을 수 있는 유일한 조커 패였다. 시골 우리 과수원에는 말이지, 호수가 있다구. 호수가. 그 호수라는 말을 그토록 자랑스럽게 발음하는 것은, 그 호수라는 마술의 단어를 발음하자마자 어김없이 딸려 오는 얼굴이 있었기 때문이었다. 바로 그 얼굴의 주인에게서 받은 비밀스런 사랑, 거의 무조건적이라고 느낀 서투른 사랑, 서툴렀기 때문에 오랫동안 남는 사랑이 있었던 것이다.

사라져 버린 모든 것이 다 아름답지는 않다는 것을 나는 일찍이 배웠다. 일생 —— 최소한 반생 —— 동안, 내 부모가 어렵사리 장만한 고향의 황량한 과수원의 과수원지기로 일하던 아재비를 통해서. 그는 스스로를 그렇게 비하해서 칭했고 어느새 그는 누구에게나 아재비가 되었었다. 지금은 과수원도 아재비도 사라져 버렸다. 그의 삶에 대해 나는 많은 시간 거의 잊고 지냈다. 그는 쉰 중반도 못 넘기고 일찍 죽었으며, 오래 전부터 누적된 빚을 처리하느라 딸애가 태어나기 바로 전에 우리는 그 과수원을 팔 수밖에 없었다. 지금 그 자리에는 산장 비슷한 여관이 들어섰으니 어디에고 흔적은 없다. 그도 갔고 과수원도 사라졌으며, 호수도 흙에 묻혔다. 그러나 아무리 생각해 보아도 그것은 내게 울먹거림만을 남겼다. 깊이 받은 사랑을 한 번도 갚지 못한 사람이 삶의 가감 계산에 어렴풋이 눈떠 그 사랑을 조금이라도 갚으려고 했을 때, 대상이 이미 사라져 버린 것을 느끼는 순간 샘처럼 가득 고이는, 그런 울먹거림. 그리고 그 울먹거림이 치솟아 올 때마다, 나의 자랑이던 그 빚진 사랑에 대해, 그 사랑의 작은 상징인 호수에 대해 끝도 없이 말을 토해 내고 싶은 그 광증과 같은 욕구. 사라져 버린 모든 것은 사람을 울먹거리게 만든다.

그러나 나는 아무에게도 그 얘기를 끝까지, 모두, 말해 본 적이 없다. 남편에게조차도. 남편도 내게 그토록 중요했던 과수원을 팔 때, 나만큼은 아니더라도 나를 위로할 만큼 충분히 슬픔을 표시했고, 그를 만났을 때는 이미 저 세상 사람이 된 지 오래인 과수원지기 아저씨의 존재에 대해 들을 만큼 들었다. 그렇지만 한 사람의 삶에 대해, 그를 알지 못했던 누군가에게 모두를 이야기한다는 것은 얼마나 많은 조바심을 자아내는가 말이다. 처음부터 하나하나

설명해야 하는 참을성이 내게는 없었다. 그건 그러니까 불가능한 것이었다. 뿐만 아니라 듣는 사람이 나와 동일한 감정의 굴곡을, 같은 장소에서 전달받지 않는다는 것 때문에 오히려 더 외로움을 겪기 일쑤인 것이다. 이런저런 이유로 그것은 늘 진부하고 싱거운 이야기로 변해 버렸다. 설령 다 얘기했다는 생각이 드는 순간이 있어도 바로 다음 순간 예기치 않은 공백이 생겨나 나를 당황시키는 것이다.

내가 의식적으로 무엇을 감지하기도 전에, 때로는 커튼의 미동 때문에, 때로는 화초의 그림자 때문에, 자주 아무것도 아닌 어떤 것에 부추겨져, 예의 울먹거림이 나도 모르게 심장에서 목구멍으로 여울져 올라올 때면 나는 난감해진다. 그 과수원의 이야기는, 아재비의 이런 이야기는 어떤 어조로 말해야 하는 것일까. 금지된 속내 이야기를 어렵사리 털어놓는 것처럼 속살거려야 하는가. 아니면 무관한 한 사람의 이야기를 전달하듯이 과장을 섞어서 부산스럽게? 어머, 저런, 그래서 말이지 하는 식으로 호들갑스럽게? 그보다는 비극적인 어투로 작은 일화들에 요철을 줄 수도 있다. 그것이 어쩌면 가장 사실에 가까운 것일 수도 있지만 이상한 우수가 그 이야기에 비극적인 어조를 부여하는 것에 훼방을 놓는다. 그만 그것에 함몰되어 말이 사라져 버릴 것 같은 느낌 말이다.

"엄마, 그림 일기 끝냈어."

"어디 보자. 이런, 가짜 일기구나. 여기에 바다나 요트가 어디 있니. 오리하고 칠면조를 그려야지."

"엄마, 지루해요."

"옛날 얘기 하나 해줄까?"

"정말 옛날 얘기, 가짜 옛날 얘기?"

"물론 진짜지."

"또 엄마 시골 얘기? 엄마는 구식이야."

"한 바퀴 돌고 오렴."

아이는 지루한 통행 금지라도 풀린 것처럼, 나무 옆에 기대어
놓은 잠자리채를 집어들고 집 쪽으로 단번에 뛰어갔다. 집 뒤의
꽃나무가 마구 피어 있는 마당과 잡풀들이 자라는 잠자리들의 요
새를 아이는 마음속으로 미리 점거해 놓고 있었던 것이다.

이애, 왜 사람은 빨리 어른이 되지 않는 걸까. 네가 아직 아이인
것이 나는 너무 지루하단다. 그래, 이애, 네가 좋아하는 자전거 얘
기를 해주마. 네가 아직 태어나지 않았을 때 네게 해준 얘기를 모
두 기억하고 있는지. 너를 기다리면서 한 그 수많은 속삭임들. 너
는 자전거 이야기, 또 호수 이야기를 아주 좋아했지. 기억하니?
뱃속에서 작은 투정을 하다가도 호수나 자전거 얘기를 하면 너는
가만히 움직임을 멈추곤 했지. 자전거가 있었지. 요술 저전거가.
언제부터인가, 눈에 익어 버려, 마치 몸에 붙은 두 다리 모양 익숙
해져버린 자전거. 이애, 바로 저기, 먼 시간의 그늘 속, 나무 등걸
에 기대져 있는 자전거 말이다. 보이지? 아, 물론 바퀴의 바람은
지금 휴식중이고, 체인이나 안장의 가죽은 빛이 바래 있지. 그 밑
의 용수철에도 녹이 많이 슬었다. 그렇지만 그건 아무것도 아니란
다. 휴식중에는 모든 것이 느슨하게 풀어지는 법이란다……. 이
애, 그래도 저 자전거의 뒷자리에 바구니가 놓이고, 공기 펌프로
낡은 바퀴에 바람이 가득 채워지고, 바퀴 살에 묻은 갈색 쇳가루

가 폴폴 날려 자전거의 온몸에 기름이 돌면…… 그리고 과수원의
숨은 그늘을 골라 씽씽 달릴 때면 말이지…… 그래, 이애, 저 그늘
에서 휴식하는 자전거는 아무도 못 만진다. 만지면 아마 가루가
되어 부서져 내릴는지도 몰라.

　그 과수원에 호수가 생기던 날, 나는 알았지, 언젠가 네가 오리
라는 것을. 내가 네 나이의 한 배 반쯤 됐을 때였던가. 그해의 굉
장했던 장마 후, 커다란 웅덩이가 파였지. 그리고 며칠 후 호수가
생긴 거야. 아저씨의 선물이었지. 아, 이애, 장마로 파인 큰 웅덩
이를 사흘 낮 사흘 밤을 아재비가 파대고, 산줄기를 타고 내려오
는 물길을 잡더니 호수가 생기더라.

　살다 보면 정말 예기치 않게 타인의 삶의 증인이 되는 경우가
있다. 얼마 전 저녁만 해도 그렇지 않은가. 나는 그만 못 볼 것을
보고 말았다. 초여름의 상큼한 저녁 나절, 나는 복도에 나가 우리
가 사는 아파트 건너편을 멍하니 바라보면서 친구 집에 놀러 간
딸애를 기다리고 있었다. 다닥다닥 붙은 아파트 단지인 만큼 50
미터도 못 되는 앞 단지 아파트 내부는 내가 보지 않으려 눈을 감
지 않는 한, 수족관처럼 들여다보였다. 한 아파트에서 남자와 여
자가 뒤엉켜서 칼 —— 그건 분명 커다란 식칼이었다 —— 을 들고
난장판을 벌이는 끔찍한 장면이 불켜진 실내를 배경으로 선명하
게 눈에 들어왔던 것이다. 그들의 목소리를 들을 수 없었기 때문
에 더욱 과장되어 나의 시선에 잡힌 그 장면은 폭력 영화의 한 장
면처럼 비현실적으로 보이기까지 했다. 나도 모르게 쿵쿵거리는
심장을 부여안고 문을 나섰고 칼부림이 일어나고 있다고 추정되

는 아파트로 올라가, 그 집 문 앞에 서서 안에서 흘러나오는 소리를 들으려고 귀를 기울였다. 안에서는 아무런 말소리도 들려오지 않았고, 문을 열어 놓은 이웃집에서 커다랗게 틀어 놓은 텔레비전의 어느 연속극 대사 한 구절이 양쪽 집에서 스테레오처럼 확대되어 흘러나올 뿐이었다.

그러나 그것이 다였다. 나는 아무것도 할 수가 없었다. 늘 나 자신에 대해, '이런 바보'라고 중얼거리게 만드는, 이상하기 짝이 없는, 힘의 전면 파업. 그렇지만 결과적으로 그들을 위해 아무 일도 벌이지 않기를 잘 했다. 며칠이 지난 주말, 다정하게 팔짱을 끼고 웃으면서 내 앞을 지나가는 칼부림하던 남녀 앞에서 내가 할 수 있었던 것은 여자의 얼굴에 난 멍 자국을 보지 않으려 고개를 숙이고 발걸음을 서둘러 빨리 그들 앞을 지나가는 일뿐이었다. 이런 일은 부지기수로 많다. 모든 사람이 곧 잊어버리는 아무것도 아닐 수 있는 이런 일들에 나는 매번 쉽사리 일상의 평화를 잃는 것이다. 타인의 숨은 삶의 증인이 되는 것은 얼마나 두려운 일이던가. 그것은 일생을 두고 따라다니는 빚과 같은 것임을 나는 일찍이 알았기 때문이었다. 그때는 막연하게 이렇게 자문했다.

'아재비는 나를 자신의 삶의 증인으로 택했기에 사랑했던 것일까, 아니면 나를 사랑했기에 증인으로 택했던 것일까.'

그러나 아주 오랜 후에 삶을 이해하는 때 꼭 필요했던 연결 고리들이 조금씩 되찾아졌을 때 나는 다른 질문을 던졌다.

'그는 나를 증인으로 택하면서 무엇을 원했던 것일까.'

딸애 나이 지금 여덟 살. 내일 모레면 열 살! 단숨에 잡은 서너 마리의 잠자리를 노란색 플라스틱 잠자리 집에 가두어 두고, 한동안 내 주위를 맴돌며 놀아 줄 낌새만 엿보던 딸애는 집 안으로 들어가 지쳐 낮잠을 자는지 보이지 않는다. 우리 부부가 삼십 중반에 가까스로 보게 된 딸이어서인지 남편과 나의 휴가 계획은 가방을 챙길 때만 해도 거창했다. 딸애의 기억에 영원히 남을 만한 휴가를 만들어주자는 것이었다. 인디언 놀이, 소방수 놀이…… 아이는 얼마 전까지만 해도 빨간 헬멧을 쓰고 소방서에서 불 끄는 사람이 되는 게 꿈이었다. 지금 그애의 꿈은 외계인의 세계에 침투하는 자객.

우리의 원대한 계획과는 달리 남편은 눈만 뜨면 낚시터로 가버렸다. 왜 낚시광인 그가 싫지 않을까. 나는 과수원 위쪽 동네에 있다는 낚시터의 웅덩이 앞에서 낚싯대를 드리워 놓고 뙤약볕에 앉아 있는 그를 상상하는 것이 좋았다. 우리끼리만 알고 있는 비밀스런 놀이를 각자 떨어져서 하고 있는 것처럼. 저녁이 되면 미꾸라지만 꿈틀대는 빈 종다리를 내려놓으면서 그가 짓는 그 순화된 표정이 좋은 것이다. 그렇다, 물 앞에 오랫동안 앉아 있을 줄 아는 사람이 나는 좋았다. 그건 아무나 좋아할 수 있는 일이 아님을 알고 있기에. 나는 딸애와 같이 점심만 먹고 나면 과수원 한 자락에 돗자리를 깔고 눌러앉아 미안하게도 건성으로 딸애가 제안하는 장난에 동참은 하면서도, 생각은 자꾸 아주 오래 전, 나의 유년의, 호수가 있는 과수원 부근을 헤맬 뿐이었다.

황해도 송림이 고향이던 나의 부모가 어떤 경로를 거쳐 우리 생계의 원천이 된 그 과수원을 지니게 되었는지는 알 수 없다. 아마도 일찍 남쪽으로 와 돈을 번 동향인의 도움에 힘입은 바가 컸다는 것만 어렴풋이 들었던 것 같다. 이북에 있을 때는 순진한 사회초년생이었던 나의 부모는 남쪽으로 단신 내려와 정착해서는 지어 본 적 없는 농사도 짓고, 야산을 일구어 밭도 만들고 유실수도 심었다. 그렇다고 일생 동안 한 번도 풍족하게 지낸 기억은 없다. 과수원 이름도——나의 이름이기도 한——고향 이름을 따 송림농원이었건만 소나무는 드물었다. 경험이 많지 않은 두 사람에게는 벅찬 과수원 일 때문이었는지 아버지는 일찍부터 병치레가 잦았다. 만약에 어느 날 밤, 한 남자가 과수원으로 살러 오지 않았다면 그렇지 않아도 전전긍긍하던 과수원 살림이 얼마나 어려워졌으리라는 것은 쉽사리 상상할 수 있는 일이었다. 그 사람의 손길이 아니었으면 과수원은 더욱 조야한 야산의 모습으로 되돌아갔을 것이다. 그가 사라져버린 후에 그랬듯이.

그 젊은이가 과수원지기로 나의 부모와 어려운 반생을 같이 보낸 정씨 아저씨다. 그렇다고 나의 기억 속에서 그가 젊었던 적은 없다. 어머니를 누님으로, 아버지를 형님이라고 불러 친척인 줄만 알았던 아재비는…… 우리 과수원에서 살길을 찾은 석방된 반공포로라고 들었다. 어린 시절 몰래 주워들은 부모의 대화에 의하면 어느 날, 실신 상태로 산 밑에서 발견되었다고 했다. 다행히 그를 본 사람은 아버지밖에 없었고 반달이 넘게 신열을 앓은 후에 겨우 몸을 추스린 그는 나의 부모의 먼 친척으로 차츰차츰 마을에 알려졌다. 인근 마을이라야 이십여 호가 고작인 깊은 산골에, 그는 하늘에서 떨어진 것처럼 우리 과수원에 흘러 들어왔다는 것이다. 내가 웬만큼 컸을 때까지도 마을 사람들이 그에 대해 말할 때, 포로라는 단어가 한두 번 묻어 나오기도 했다. 그러나 그 단어의 음험한 분위기와 나를 바라볼 때면 그의 눈에 활짝 지펴지는 미소를 일치시키지 못해, 나는 그 단어의 어두움을 곧 잊어버렸다. 사람들도 나처럼, 마을의 궂은일을 도맡아 해주는 그에게 그렇게 익숙해지면서 그 단어를 잊었을 것이다. 이렇게 내가 태어난 즈음에 우리 과수원으로 들어와 가족의 일원이 된 그는 우리에게뿐만 아니라, 어느새 마을 사람들에게도 꼭 필요한 사람이 되어 있었다. 부모들이 구수하고 정겹게 쓰는 이북 사투리를 쓰지 않는, 무심히 일만 하는 친척 아재비, 이것이 어릴 때 그에 대해 가진 나의 느낌이었다.

아버지의 이른 병고로 어머니는 고된 일과 병간호에 매달려 있었기 때문에 내게는 아재비와의 기억이 훨씬 더 많았다. 그의 무릎에서 재롱을 피웠으며, 초등학교에 들어가기 전에 그에게서 한글을 익혔고, 족히 5리는 되는 초등학교까지 데려다 주고 데려오는 것도 그의 몫이었다. 지금 내가 딸애에게 하듯이 옆에 앉혀 놓고 숙제를 돌보아 주는 것에서부터, 더듬거리는 느린 말투로 일부러 영감 흉내를 내면서 해주는 귀신 얘기, 도깨비 얘기까지. 과수원은 그의 과수원이었을 정도로 모든 일이 그의 손을 거쳐 이루어졌다. 학교만 파하면 그를 졸졸 따라다니면서 나는 꽃씨 심는 법도 익히고 나무의 쓸데없는 가지 치는 법도 배웠다. 여름 방학이면 얇은 판자를 엮어서 내가 들어가 앉아 놀 수 있는 나무 위의 놀이집도 그가 만들어 주었다. 날씨가 좋을 때는 어머니가 북에 두고 온 할아버지 할머니 생신상 차리는 데 쓰려고 따로 아껴 놓은 곡식을 그가 슬쩍 광에서 꺼내서 우리끼리 몰래 천렵도 갔다. 가난의 기억이 완전히 삭제될 정도로 두고두고 생각해도 맛나는 사건들이었다. 나는 그렇게 정신없이 그를 쫓아다니면서 열 살이 된 것이다.

　나의 열 살. 그날은 아재비가 선보는 날이었다. 이미 삼십 후반에 들고서도 혼인을 거부하던 그가 갑작스레 어머니의 고집에 꺾인 것인지, 아니면 그냥 그래 본 것인지, 이십 리가 넘는 이웃 읍내의 국밥집에서 일하고 있다는 한 아낙을 보러 가는 길에 나를 데려간 것이다. 재를 넘어가는 그날의 흙길은 유난히도 희고 길었다. 조야한 과수원에서 야생 동물처럼 뒹굴던 내게 그것은 참으로 희한한 경험이었다. 누가 해보라면 생생하게 모든 세부를 다 말해 줄 수 있을 정도로. 게다가 그 국밥집의 어두운 내부와, 담배를 빡빡 피워대면서 술잔을 부지런히 채우던 난생 처음 본 남자같이 코 밑에 수염이 난 노파를 사이에 두고 앉아 굳게 입을 다물고 있는 남녀의 우울한 얼굴은, 어린 내게 선본다는 일에 대한 확고한 편견을 만들었다. 예를 들면 그것은 역겨운 냄새와 가슴에 스산한 바람이 일 정도로 음산한 분위기를 대동하는 어떤 것으로 굳건히 나의 의식에 각인된 것이다. 내가 그의 삶의 첫 번째 증인이 된 것은 바로 그날이었다. 결정적인 것은—— 적어도 결과를 두고 생각하면—— 돌아오는 길에서 내게 한 그의 질문이었다.

　'송이야, 봤자. 아줌마가 네 마음엔 어찌 보이던?'

　못 마시는 술에 벌겋게 얼굴이 달아올라 그랬는지 눈빛이 무섭게 빛나 보이던 그가 나를 쳐다봤을 때 나는 장난을 쳐서도 안 되고, 가짜로 대답해도 안 된다는 것을 알았다.

　'무어, 우리 과수원에서는 못 살 것 같더라, 그치?'

　그 선이라는 것이 성사되면 그가 영영 과수원을 떠나 그 국밥집으로 예쁘지도 않은 슬픈 얼굴의 여인과 아주 살러 갈 수도 있으리라는 심각한 우려에서 나온 대답이었다.

그는 한참을 침묵했고 우리는 어느새 시장 거리를 떠나 묵묵히 희디흰 흙길을 걷고 있었다. 그때는 봄이었다. 그가 꽃나무 가지를 꺾어 풀피리를 만들어 주었으니.

'그래, 송이 말이 맞다. 아마도 나랑은 못살 것이다. 아재비도…… 아들이 하나 있단다. 여편네도 뻔히 살아 있는데 또 뭔 장가냐.'

'아재비 아들이면 내 오빠가 동생인가? 어디 있는데, 내가 가서 데려올까?'

'송이가 알아도 못 데려와.'

'피이, 아재비 거짓말하네.'

'그래, 송이 놀리려고 한 거짓말이네. 괜시리 해본 소리.'

그래도 국밥집 여인은 과수원에 살러 왔다. 그리고 어느 날 밤 짐도 다 놓아두고 몰래 과수원을 떠났다. 여인은 6개월을 살았다. 여인이 도망치듯이 과수원을 떠난 것은 너무도 당연한 일이었다. 여인이 온 후부터 그는 더 부쩍 나를 학교에 바래다 주었고 학교가 파하기 훨씬 전부터 와서 운동장 가에서 담배를 피우며 기다렸다. 이미 다 컸다고 생각한 나는 방과 후 친구들과 뛰어놀 기회를 박탈하는 그가 귀찮았다. 여인이 온 이후, 그들의 살림살이를 위해 지어진 산 밑 방에보다는, 전처럼 입구 쪽에 있는 우리 집에 더 오래, 늦게까지 남아 있었다. 더욱 자주 늦게까지 아버지와 장기를 두러 왔고 늘 그랬듯이 두 분만의 끝도 없는 얘기를 나누다가 그냥 마루에 쓰러져서 자기도 했다. 아낙과 그가 둘만이 있게 될 때면 그는 수시로 나를 인질로 데려다 앉혀 놓고 그들 사이의 어색함과 뻑뻑함에서 도망할 방도를 찾았던 것 같다. 그들 사이에 흐르는 그 깊고도 암담한 침묵은 날이 갈수록 나를 조여 와 급기야는 송이야, 하고 그가 부르면 무조건 밖으로 줄행랑을 칠 정도가 되었을 때 여인이 사라졌던 것이다.

나는 가끔 여인의 도망이 나 때문이라고 생각하기도 했다. 선을 보고 오던 날 내가 한 말 때문에 그와 여인 사이의 거리가 벌어져 버린 것이라는 생각. 그렇지만 철이 들어 그에 대해 좀더 알게 되었을 때, 또 그들의 짧은 생활을 돌이켜볼 때면 그것은 누구도 어떻게 해볼 도리가 없는 불가항력의 영역이었으리라는 쪽으로밖에는 달리 결론을 지을 수 없었다. 한마디로 그는 다른 곳에 있었던 것이다.

이애, 어지럽다. 가끔 나는 이 불안한 세상에 너를 데려온 것이 겁이 나 안절부절못할 때가 있지. 누구는 마인드 컨트롤이란 걸 또 누구는 참선을 해보라고 권하더라만, 애야, 나는 어쩐지 파충류의 후예인가 보다. 땅을 길 때가 제일 마음 편하더라. 이애, 한번쯤 새로 시작해 본다면 나는 먼저 세상을 재는 단위부터 바꿀 생각이다. 아무렴. 모든 거리나 높이는 땀방울로 재는 거다. 백두산·한라산·지리산 이런 산들은 일 미터당 오백·사백·삼백 땀방울, 종로에서 서울역까지는 일 미터당 오십 땀방울 하는 식으로 말이다. 일도 땀방울로 재는 거다. 한 시간에 사백 땀방울짜리 일과 오백 땀방울짜리의 일. 그렇다면 그 호수, 어느 날 아재비가 하늘을 담은 그 호수는 몇 땀방울의 호수인 것일까. 그리고 말이지…… 우리가 사는 데 흘리는 모든 눈물을 에너지로 바꿀 수 있다면! 눈물 한 방울의 에너지…… 이 눈물 에너지의 단위는 무엇이라 부르면 좋을까…… 그건 그저 방울이라 부를까…… 에너지 다섯 방울짜리 눈물, 이렇게 부르는 거야. 이런 싱거운 장난은 언뜻언뜻 갈라진 땅 사이로 드러나는 무서운 구멍을 잊게 해주지.

너의 시작을 생각하면 그만 웃음이 나오는구나. 꼭 천둥이라도 치고 온몸에서 빛이 발할 줄만 알았지. 그런 표적이 내 몸 어디에선가 나타나 세상 모두가 알고 있는 줄 알았던 거야. 그렇지만 너는 소리도 없이, 기척도 없이 가만히 왔지. 2개월이 넘어도 네가 이미 내 뱃속에 와 있다는 전보도 치지 않고 말이다. 그렇게 비밀스럽게. 그렇게 수줍게.

이애, 아직 눈물 에너지가 없는 너. 아직 에너지로 바뀔 수 없는 눈물만 가지고 있는 너. 이제는 뱃속 속삭임이 아닌 무슨 얘기를 해주랴.

나는 아재비가 눈물을 흘리는 것을 본 적이 없다. 그렇지만 나이가 든 후의 그의 얼굴을 생각하면 이상하게도 울고 있는 주름진 얼굴이 떠오른다. 그것은 아마도 나만이 그의 눈물겨운 몇 번의 시도를 알고 있기 때문일 것이다. 그런 그의 얼굴은 내가 제일 싫어하는, 나를 제일 화나게 하는 얼굴이었다. 가만히 생각해 보면 아재비가 나와 함께 있을 때, 그의 얼굴에 지펴지는 봄 아지랑이 같은 웃음이 오히려 예외였다. 동네 사람들에게 있어서 과수원 정 씨는 말이 없고 우울한 얼굴을 지닌 키 작은 일 장사일 뿐이었다.

언제부터인가 나는 알고 있었다. 그는 석방된 반공 포로가 아니라는 것을. 나의 부모와 동향인도 아님을. 그는 단지 도망자였을 뿐이었다. 누구에게 물은 것도 아니고 또 구체적인 누가, 가령 나의 부모라든가, 우리 집과 친하게 지내 자주 만나게 되는 동네 사람들이 말해 준 것도 아니었다. 일종의 직감이었을까, 아니면 나와 단둘이 있을 때 그가 슬쩍 흘린 불분명한 언질에서 비롯된 상상력의 작용이었을까. 그렇게 나는 그가 도망자였다는 사실을 알아차린 것이다. 정확하게 그가 무엇에서 도망해야 했는지는 알 수 없었다. 굳이 짚어 보자면 그것은 내가 감히 물어 볼 수조차 없는 어떤 심각한 것이리라고 감지할 뿐이었다.

나의 나이 열셋, 나는 그가 어려운 처지에 놓인 도망자라는 결론을 내릴 수밖에 없는 그의 삶의 두 번째 증인이 되었다. 그해 여름에 일어난 작은 사건은 어쩌면 내가 집을 떠나 서울로 간 것하고 연관된 것일 수도 있다. 나의 서울 유학에 가장 애석함을 표시한 사람이 아재비였으니까. 그의 애석함은 내게는 너무도 당연한 일이었다. 그가 내게 보내는 사랑의 표시를, 어렸던 나는 단순히, 나의 부모의 사랑 외에 내가 받아야 하는 너무도 당연한 보너스 사랑으로 여겼으니까.

나는 고향에서 초등학교를 마치고 서울의 여자 중학교에 입학하기 위해서 여러 번에 걸쳐서 어머니와 같이 서울로 올라갔다. 이북에서 단신 월남한 부모에게 친척이 있을 리 만무해, 우리는 나의 하숙집을 정하기 전까지 반달 정도의 기간을 한 여관방에서 묵고 있었다. 내가 남루한 여관방에서 입학 시험 준비를 하고 있는 사이 어머니는 아침 새벽에 나가 밤늦게까지 나를 혼자 내버려 두고 서울 장안을 돌아다녔던 것 같다. 당연히 내가 시험에 합격하리라고 확신한 어머니는, 그 학교에서 멀지 않은 곳에 하숙방을 구해 놓자마자 하루 종일 서울 장안을 헤매고 다녔다. 단순히 오래간만에 서울에 온 사람의 호기심이라고 보기에는 잘 납득이 되지 않을 정도로 어머니의 표정은 다른 것에, 나의 입학 시험이 아닌 다른 것에 몰두해 있었다. 가끔 두고 온 고향의 가족과 산천에 대해 말할 때 부모의 얼굴에 어리던 흥분과 공허가 반반씩 뒤섞인 그 야릇한 표정을 하고. 얼마 전 남편이 친구의 과수원행에 대해 제안하던 바로 그때 나의 얼굴에도 영락없이 그런 모호한 안개가 지펴져 있었을 것이다. 어느 날 밤 늦게 들어온 어머니의 얼굴을 보고서 나는 어머니가 찾고자 하던 그 무엇을 찾았다는 것을 알았다.

나는 시험에 합격했고 어머니는 그 사이 밀린 살림 때문에 한시가 바쁘게 시골 과수원으로 내려갔다. 황해도 부모의 억척을 물려받은 때문인지 나는 서울 생활에도 잘 적응했다. 비가 오면 신발을 벗고 운동장으로 뛰어나간다든지, 원예 시간에 아무도 못 드는 무거운 화분을 번쩍번쩍 든다든지, 또는 다 죽어 가는 화단을 일주일 만에 회생시킨다든지 하는 원시적인 기행으로 동급생들을 깜짝깜짝 놀라게 하거나, 가끔 방과 후에 빈 교실에서 통곡을 하고 울다가 웃다가 해서 생활 지도실에 불려가는 일은 있어도 나름대로 잘 지내는 편이었다.

'아버지가 편찮으시니 주말에 집에 오너라. 올 때는 이런저런 약을 사오너라.'

나는 이런 부모의 편지보다는, '송이가 없으니 풀포기가 다 기운이 없이 시들하다. 아재비.'라고 간단하게 쓸 줄 아는 그의 편지가 훨씬 마음에 들었다. 아재비는 시인이야, 하고 중얼거리게 만들던 편지들.

서울에 홀로 떨어진 후 맞은 첫 방학. 열세 살의 방학이었다. 오래 계속될 아버지의 심장병 투병이 결정적으로 악화된 방학이기도 했다. 아재비의 간호는 어머니의 정성 이상이었으며, 그것은 마지막 순간까지 그 강도나 부드러움에서 변질된 적이 없었다. 변질되다니! 그들은 친형제 이상으로 상대방이 원하는 것을 눈빛 하나만으로도 알아챌 정도로 더더욱 떨어질 줄 몰랐다. 그 즈음에 나는, 내가 쓰다 버린 공책에 밤늦게 무언가를 끄적거리다 지우곤 하던 그를 몇 번 보았다. 나 또한 그 즈음에 일기를 쓰기 시작했던 만큼 그때서야 뒤늦게 아재비의 공책이 나의 각별한 관심을 끌었을 뿐이지 어쩌면 그가 공책에 무언가를 끄적거린 지는 오래된 일이었을 수도 있다.

과수원 일에 틈이 생길 때마다 그는 아버지와 두런두런 이야기를 나누러 뛰어왔다. 그는 주로 과수원 일을 아버지와 의논하는 것 같았다. 그들은 오랫동안 낮은 목소리로 얘기를 나누었다. 아버지의 거동이 편할 때만 해도 그들은 집 앞의 평상으로 단둘이 나가 앉곤 했다. 그러나 그 즈음 그들은 아버지의 이불이 펼쳐져 있는 방안의 문을 닫고 이야기를 열중했다. 그러면 아무도 그 방에 들어가서는 안 되었고, 어머니도 건넌방이나 내 방에서 자야만 하는 얘기 밤샘이 펼쳐진다는 신호였다. 멀리서 들려오는 듯한 그들의 속살거림은 생각만 해도 가슴이 싸하고 아픈 향수를 불러일으킬 정도로 지극히 평화로웠다.

바로 그 여름의 끝에 그 알 수 없는 여행을 하게 됐다. 아버지의 약도 받아 오고, 새로 개발됐다는 농약과 낡은 기구들을 개비(改

備)하러 가는 평범한 읍내행에 그는 자주 그랬듯이 나를 데려가겠다고 했다. 들고 올 짐도 많으니 당연한 일이었다. 그러나 읍으로 나오자마자 서둘러 볼일을 마친 그는 짐을 장터의 농기구상에 맡기고 내 손을 잡고 가타부타 말이 없이 버스에 올랐다. 두 시간 넘어 걸리는 시골길을 달린 후에 내린 곳에서, 어디로 들어가는지도 모를 점심을 먹고 다시 버스에 올랐다. 그 당장에는 왜 내가 아무것도 묻지 않고 그의 뒤를 순순히 따라가는지에 대해 자문하지도 않았을 정도로 그의 태도에는 위압적인 데가 있었다. 게다가 창밖으로 내내 시선을 주고 있는 그의 얼굴은 내가 그 이상한 여행에 대해 무언가를 묻기에는 너무도…… 싸늘했다. 끈적한 더위에 절은 시골 버스에서 끝내 그에게 말 한마디 던지지 못하고 잠이 들었다.

중천에 떠 있던 해가 살짝 옆으로 기울려 할 때 우리가 도착한 곳은 M시에서 멀지 않은 한 읍이었다. 우리는 정류장 근처의 빙수집으로 들어갔다. 그때 나는 처음으로 어느새 노년의 초입을 향하고 있는 아재비를 발견했다. 그때 그는 사십을 갓 넘었을 뿐이었다. 나이에 앞서 늙어 버린 그의 눈꺼풀 밑으로 잠깐 고이다 만 눈물의 그림자를 보았다. 그는 심장의 아픔을 누르는 바로 그런 자세로 팔짱 낀 팔에 힘을 주면서 혼자 안간힘을 썼다. 그는 건조한 목소리로, 내가 좋아하는 앙꼬빵 두 개와 팥빙수 하나를 주문했다. 그 빙수 집의 실내에는 파리가 여러 마리 부산하게 날아다니고 있었고 그것이 나에게 알 수 없는 불안감을 주었다. 그는 주문한 것에 손도 대지 않았다.

그 혼자서만 시간을 앞질러 간 것이 아니었다. 나 또한 예전처

럼 어리광을 부리거나 엉뚱한 소리로 그를 웃기는 것을 겸연쩍어
하는 나이에 다다라 있었던 것이다. 오히려 훌쩍훌쩍 울기 시작한
것은 나였다. 낯선 읍에서 깬 선잠, 무엇인지는 모르지만 내가 아
무것도 해줄 수 없는 아재비의 안간힘, 저무는 낮이 만들어 내는
소외의 빛깔. 그러나 무엇보다도 그렇게 먼 곳까지 나를 데리고
와서 마침내는 그가 내게 하고야 말 어떤 말이나 그가 부탁할 그
무언가를 견뎌낼 수도, 해낼 수도 없으리라는 데서 오는 무서움
때문이었다. 그때처럼 내가 철없는 아이였다는 것을 두고두고 후
회하게 한 일이 또 있을까. 어른이었다면 그런 상황에서 아재비의
답답함을 덜어 줄 알맞은 말을 찾았을 것이고, 어른의 현명함으로
그의 얼굴에서 단번에 그늘이 거두어지는 기적을 만들 수도 있었
으리라는 생각. 그러나 어른이 된 지금은? 가끔 그때 들었던 그
생각은 나를 미소짓게 한다. 어른이 된 지금 다시 그 일을 겪는다
해도 나는 여전히 속수무책의 당황함을 맛보았을 것임에 틀림없
다. 위로되지 않는 슬픔이 있는 것이다.

'아재비가 부탁하는 것은 아주 쉬운 일이다. 우리 송이면 능히
해낼 수 있지. 그럼, 할 수 있고말고. 아무도 보지 않을 때 그저
대문 안에 던져 놓고 나오면 된다. 아무 일도 없을 게다.'

공책 반절을 기름하게 접어서 세 번 돌려 귀를 맞물린, 딱지 비
슷한 편지 한 장을 탁자에 놓여 있던 내 손지갑 속에 밀어 넣으며
아재비가 말했다. 그리고 그는 이미 준비해 온 종이 한 장을 꺼내
놓고 속삭이듯 설명했다. 내가 찾아가야 하는 집의 주소와 약도였
다. 순간적으로 몇 달 전 서울에서 발이 부르트도록 서울 장안을
헤매다가 늦게야 여관으로 돌아와 무언가를 옮겨 적던 어머니의

모습이 그 주소 위에 겹쳐졌다. 모든 게 이해되는 듯했다. 그는 지금 어머니가 원하지 않는 어떤 일, 어쩌면 이 약도를 건네받으면서 절대 하지 않기로 약속을 한 무언가를 지금 바로 어기고 있다는 것을.

오래 전부터 그런 사소한 절차를 그려 보고 또 그려 보아 아주 자연스럽게 되어 버린 그의 지시들. 그 집을 찾아가서 아무도 없기를 기다려 편지를 안에 던져 넣어야 하는, 죽음의 나라로의 여행 같은 것이 앞에 놓여 있었다. 나는 막연히, 그 일을 잘못 수행하면 아재비에게뿐만 아니라 우리 가족 모두에게 매우 결정적인 어떤 위험이 닥칠지도 모른다고 생각했기 때문에 빙수 집을 나설 때만 해도 부들부들 떨고 있었다. 누구에게 동 이름을 묻고 우체국의 위치를, 또 초등학교의 뒷문……에 이르는 길을 물었는지, 길에서 어떤 얼굴을 만났는지 어찌 기억할 수 있겠는가. 직선으로 뻗은 길 위에서도 길을 잃고 허둥대던, 꼭 악몽 속의 길이었다. 그 집에 점차 가까워짐에 따라 나는 놀라운 냉정함을 되찾았다. 나는 앞을 막아서는 초등학교 안으로 뛰는 가슴을 진정시키려고 들어갔다. 방학이어서 더욱 스산하던 초등학교의 운동장에 여름의 뜨거운 바람이 막 일고 있었다. 나는 완벽하게 혼자였다. 내가 해내야 하는 일의 실체를 알기 위해 지갑 속에서 딱지 편지를 꺼냈다. 귀가 풀리고 접힌 금을 따라 종이가 펼쳐지면서 눈에 익은 아재비의 길쭉한 글씨체가 나타났다.

'흐르는 냇물에 달이 뜰 틈이 없네.'

거두절미한 문장. 뚱딴지 같은 내용이었다. 종이를 뒤집어 보아야 아무것도 없었다. 빈 운동장이 무한히 넓어 보이고 나는 지극한 무서움을 맛보았다.

그러나 외따로 떨어져 있는 집의 닫힌 문틈으로 편지를 던져 넣는 것은, 내가 해낼 수 있는 그다지 어렵지 않은 일이었다. 아재비의 말처럼. 문은 닫혀 있었지만 허름한 안을 드러내는 적당히 닫힌 외짝문이었고 시멘트가 발라진 작은 마당에는 아무도 없었다. 어찌 아재비를 위해 그 정도를 못하겠는가. 나는 편지를 문 안으로 던져 넣었다. 막연하지만 그때 무서움을 이기려고 아랫배에 힘을 잔뜩 주면서 나는 이런 종류의 마음 다짐을 했던 것 같다.

어디선가 가느다란 목소리가 들려와 나는 벌떡 일어섰다. 송이야 하고 부르는 듯한 약간 쉰 목소리. 그러고 보니 그 소리는 내 방심한 귓바퀴를 스쳐 지나가서 그렇지, 한참 전부터 나를 부르고 있었다. 내 이름이 아닌, 엄마를 부르는 아이의 목소리. 사방을 둘러보아야 두꺼운 벽처럼 주위를 두껍게 막아 서고 있는 대낮의 열기뿐, 아무것도 당장 눈에 들어오지 않았다. 돗자리 위에는 여전히 아이의 여름방학 숙제 가방과, 바다가 있는 그림 일기와, 녹아내릴 것처럼 반들반들 빛나는 알록달록한 색깔의 크레파스가 흩어져 있을 뿐이었다. 나는 사방을 황망히 둘러보았다. 머리가 쭈뼛 일어섰고 모공이 활짝 열렸다. 아이가 없다!

그러나 아이 이름조차도 제대로 목구멍을 빠져나오지 못했다. 나는 소리가 나던 쪽을 향해 뛰었다. 그런데 이제는 소리조차 들려오지 않는 것이다. 조금 멀리서 희극적인 칠면조의 울음소리가 한번 내질러졌을 뿐이었다. 집 안으로 들어가 방을 모두 들여다보아도 실내에는 어둡고 선선한 침묵뿐이었다. 나는 미친 여자처럼

애 이름을 부르며 아래층에서 지하실로, 광으로 뛰어다녔다. 나는 머리를 산발한 여인의 몰골을 스스로에게 떠올리면서 다시 집 밖으로 뛰어나와 아이가 잠자리채를 들고 사라진 뒷밭으로 가면서 또 미친 듯이 딸애 이름을 외쳤다. 은하! 은하야! 그때서야 아주 멀리서인 것처럼, 좀전의 가느다란 목소리가 들려왔다. 엄마를 부르는 소리. 그러나 소리 나는 쪽으로 머리를 들어야 아무것도 보이지 않았다. 더 잘 보려고 집 앞의 마당으로 한껏 뒷걸음을 쳐 올려다보았다.

딸애는 뙤약볕이 내리쪼이는 지붕 위에 있었다. 얼굴에는 앙팽이를 그린 채, 꼼짝할 엄두도 못 내고. 나는 온몸의 피가 순간적으로 다 말라버리는 것 같았다. 그러나 초인적인 힘으로 목소리를 자제했다. 애는 겁에 질렸을 뿐이지 통통한 종아리로, 말 안장에 앉은 듯이 멋지게 지붕 꼭대기에 걸터앉아 있었다. 집 뒤에 있던 사다리가 생각났다. 아이는 사다리를 타고 지붕으로 올라간 것이다. 나는 기도를 드리는 심정으로 가까스로 힘을 내서 말했다.

"이애, 너 거기서 뭐하니?"

눈앞으로는 당장 지붕에서 떨어져 나뒹구는 아이의 모습이 왔다갔다했다. 아이는 대답은 고사하고 놀란 눈으로 평정을 가장한 나의 모습을 뚫어지게 쳐다보고 있었다.

"어서 내려오지 않고 뭐하니. 일사병 걸리겠다."

나는 눈을 꼭 감고 천천히 지붕 위의 정경에서 눈을 돌리고 뒤돌아섰다. 급박하게 부르는 아이의 목소리가 들렸다. 다시 뒤돌아섰을 때 아이는 작은 손을 내 쪽으로 내밀고 있었다.

"너 혼자 올라갔으니 혼자 힘으로 내려와야지? 엄마가 여기 서 있을 테니 살살 내려와 보렴."

아이의 예쁜 눈에서 확 불이 이는 것 같기도 했다. 아이가 움직이기 시작했다. 조심조심. 고양이처럼 한 걸음 두 걸음. 그래, 그렇지, 그렇게. 아, 너는 과연 내 딸이다. 옳지, 그렇게. 은하야, 너라면 할 수 있고말고! 나는 내심으로 외쳤다. 마침내 아이의 얼굴이 지붕에서 사라지고 약간의 사이를 두고 아이가 집 뒤쪽에서 내게로 뛰어왔다. 그 시간은 천만 년보다도 길었다.

나는 딸애 숨이 막힐 정도로 그 작고 따끈따끈한 몸을 껴안았다. 그제서야 아이는 내 품을 벗어나 그늘로 뛰어가서는 주저앉아 서럽게 울기 시작했다. 빈 과수원이 쩡쩡 울릴 정도로.

"이런, 굴뚝 귀신이 오셨네. 이리 온. 엄마가 목욕시켜 줄게."

"엄마는 날 미워하시면서 뭘!"

서운할 때면 나오는 딸애의 존댓말. 아이는 거세게 도리질을 치고 쉰 목소리로 통곡에 가까운 울음을 다시 울기 시작했다.

"그렇게 울다가는 칠면조가 언니 하고 달려오겠네. 자, 이리 와봐."

아이는 웃고 싶은 것 같았지만 또 고집스럽게 고개를 흔들었다.

"엄마는 날 미워하시면서 뭘!"

나는 그쪽으로 다가가 나를 거부하느라 싱싱한 생선처럼 팔 안에서 요동을 치는 아이를 꽉 껴안았다.

"엄마가 우리 은하를 얼마나 사랑하는데. 아니다. 엄마는 은하를 존중한단다."

아이의 따갑게 달구어진 정수리에, 뺨에, 나는 무수히 입을 맞추어 주었다. 아이의 서운함이 풀릴 충분한 시간 동안, 요동이 서서히 그치고 아이의 작은 몸이 내 품에 살짝 안겨들 때까지.

"존중은 사랑보다 덜 좋은 거지, 응?"

"웬걸. 더 무겁고 더 깊은 거야. 사랑보다 더."

"엄마는 왜 나를 존중해?"

"응 그건 말이지, 네게는 아직 눈물 에너지가 없기 때문이야. 그리고 네가 지붕에서 무사히 내려왔기 때문이지."

"눈물 에너지가 뭐야?"

"글쎄다. 그게 뭘까?"

나는 아이를 데리고 수돗가로 가서 아직 키 작은 정원수들 사이에 널브러져 있던 긴 호스를 집어들었다. 그리고 수돗물 꼭지를 활짝 열어 놓았다. 거센 물줄기가 환성처럼 솟아나왔다. 나는 먼지와 때가 낀 아이의 올통볼통한 벗은 몸 위에 흠뻑 물을 뿌려 주었다.

이애, 작은 이파리가 통통한 채송화 같은 이애. 이애, 아직 눈물 에너지가 없는 너를, 아직 시인의 나라에 사는 너를, 모차르트나 반 고흐에 가까운 너를, 어찌하면 좋으냐. 너를 부스러지게 껴안고 싶을 뿐. 이애, 네가 미친 짓을 할 때가 나는 좋더라. 내 말을 잘 듣지 않고 고무줄 놀이에 발이 부르터 들어올 때, 나의 부당한 처사를 받아들이지 못해 다섯 시간이 넘도록 돼지 멱따는 소리로 울 때, 용서해 달라고 끝내 빌지 않을 때, 학교 가기 싫다고 떼를 부리면서 장난감을 모두 창문 밖으로 던질 때. 두 손을 나무처럼 하늘로 치켜올리고 서 있으라고 벌을 줄라치면 잠시 신경을 딴 곳에 팔고 있는 사이 어느새 네 자리에 인형을 대신 벌세워 놓고 바람처럼 밖으로 줄달음쳐 버리는 너, 그럴 때의 네가 나는 좋더라.

딸애와 나는 한참 동안을 물장난을 치며 시시덕거렸다. 그리고 몸을 수건으로 말리지도 않고 우리는 돗자리의 그늘로 돌아왔다. 아이는 이제 다소곳이 턱을 무릎에 괴고 내가 가장 예뻐하는 표정을 짓고 앉아 있었다. 어릴 때 어른에 앞서 혼자 깨어 새벽이 비쳐 오는 창문을 향해 겨우 얼굴을 쳐들고 흰자위가 파르스름한 두 눈으로 가만히 새벽빛을 맞고 있을 때의 그 철학자적인 얼굴. 나는 아이를 내 품으로 와락 끌어당겨 안고 아이의 그림 일기 공책장을 한 장 넘겼다. 그리고 백지를 앞에 놓고 반쯤 녹아 몰랑하게 된 파랑 크레파스를 집어들었다. 아이는 고개를 쳐들고 재미있다는 듯이 나를 올려다보았다.

"엄마, 율리시스 그려 봐. 그리고 아르고스도!"

율리시스와 그의 충견 아르고스는 어느새 아이가 보는 만화책 속에서 의로운 자객과 그의 동반자로 변신해 있었던 모양이었다. 나는 동그라미를 하나 그렸다.

"에이, 이게 뭐야."

아이는 모처럼 엄마 품 안에 안긴 것이 대단히 만족스러운 듯 늘 나를 피식 웃게 하는 표정, 눈을 동그랗게 뜨고 입술을 살짝 깨물고 있는 표정을 짓고 물어 왔다. 그렇지만 아이의 눈에는 어느새 가벼운 졸음의 안개가 몰려와 있었다.

"글쎄 뭘까? 맞춰 보렴."

"하늘?"

"그럴 수도 있지. 또?"

아이는 동그라미의 밑과 옆에 '은' 자와 '하' 자가 되도록 손가락으로 보이지 않는 선을 그렸다.

"이렇게 하면 은하가 되니까 이건 내 이름이다, 그렇지?"

"참, 그렇구나. 그리고 또? 눈을 감고 생각해 보렴. 이건 호수란다. 또 이건 자전거 바퀴야."

아이는 온순하게 눈을 감고 생각하는 표정이 되었다. 그리고 선심이라도 쓰듯이 말했다.

"엄마, 시골집 옛날 얘기해 주세요."

"그래, 눈을 뜨면 안 된다. 동그란 호수를 생각해 봐. 그리고 동그란 두 개의 바퀴가 팔랑팔랑 돌고 있는 자전거도. 엄마가 너만 할 때 살던 고향에는 말이다, 나무 가족이 많이 모여 사는 숲이 있고, 그 나무들이 매일 아침 세수할 때 얼굴을 비추어 보는 호수도 하나 있었단다. 호수에는 소금쟁이라는 날씬한 아가씨 벌레가 하루 종일 수영을 즐기고 있었는데, 저녁이면 물총새가 저녁 식사를 하기 위해서 호수 위를 멋지게 날아다녔지……."

아이 머리의 묵직한 무게가 가슴에 와닿았다. 긴장이 풀린 아이는 어느새 잠이 들어 있었던 것이다.

이애, 밖은 전쟁이다. 밖은 늘 전쟁이었다. 어느 해, 어느 시, 어느 대륙에 전쟁이 멈춘 적이 있었더냐. 아무리 방으로 방으로 숨어들고 아무리 방패를 꺼내 들어도 사방의 문틈으로 전쟁의 냄새는 새어 들어오지. 그 냄새는 딱딱하고 질기고 직선으로 세상을 자르는 그런 고약한 냄새지. 아, 너를 위해 세상의 미운 단어들을 모두 바꿀 수 있다면. 모든 딱딱하고 근육질이 박인 단어에, 공기 같은 가벼움과 부드러움을 주고 모든 악취 나는 단어에 지상의 들꽃 이름을 대신해 줄 수 있다면 너도개미자리, 둥근바위솔, 찔레, 명아주, 두메투구풀, 미나리아재비, 땅비싸리, 무릇꽃, 청사조, 패랭이, 쑥부쟁이, 아 그리고 채송화, 채송화…… 이애, 너는 아무래도 시인이 되어야겠다. 미운 단어를 아름답게 만드는, 악취에 향기를 주는, 입을 벌리면 음악이 나오는…… 너는 아주 고전적인 시인이어야겠다. 발가락, 땅콩, 코딱지 같은 단어를 예쁘게 발음할 줄 아는 너. 처음 글을 배울 때 네 성인 '박' 자를 삐뚤삐뚤하게 써놓고 글자가 웃고 있다고 말하던 너. 이 먼 과수원에서의 오수의 나른한 틈새에까지 비집고 들어오는, 아 비릿한 그 냄새를 이애, 빨리 지워다오. 아주 강력한, 아주 향긋한 방취 살포제인 너의 웃음. 이애, 그토록 짙은 미소를 지을 줄 아는 너는 아마도 외계인인 모양이다. 그래서 네가 자전거에만 오르면, 너의 그 짧고 가는 다리를 소금쟁이만큼 빠르게 놀려 앞으로 갈 때면, 나는 그만 가슴이 무섭게 뛰기 시작하는 걸 느낀다. 너의 자전거에 가속이 붙고 앞바퀴가 들려지고, 공중으로 공중 저 높이로 솟아오르는 것이 보이는구나.

'작은 호수가 있네. 호수 주변에 채송화를 심었네.'
'달력에 찍은 수많은 점들이 언젠가 별이 되려니.'
'살. 사랑. 사람. 살림. 서리. 성에. 잘 살으오…….'

그가 남긴 낡은 공책에는 이해하기 어렵게 갈겨쓴 일기라고 하기에는 너무도 딱딱한 어투의 글들에 섞여 이처럼 정갈하게 정리해서 쓴 모호한 암호 문자들도 적지 않이 들어차 있었다. 그 암호 문자 중의 몇 개는 낱장에 옮겨져, 몇 년에 한 번씩 딱지 편지로 접어졌다. 변함없는 기름한 글씨. 변함없이 세 번 돌려 접은 딱지 편지. 글쎄, 그것은 꼭 암호 문자가 아닐 수도 있었다.

그와의 첫 여행에서부터 그가 죽기 전까지 십여 년에 걸쳐 모두 다섯 번을 나는 그런 이상한 편지 심부름을 했다. 수신인은 그의 처자였다. 나보다 서너 살 나이가 많은 아들과 그의 아내. 그가 내게 말을 해주어서 알게 된 것이 아니었다. 설명 이전의 자식이라는 것이 있는 것이다. 너무도 분명한. 게다가 다섯 번의 심부름을 하는 사이에 나에게는 편지의 수신인에 대해 호기심을 갖는 조금씩의 여유가 생겼던 것이다. 나는 M시 근처의, 낡은 슬레이트 지붕이 내려앉을 것 같던 첫 번째의 집 앞에서처럼 눈앞이 하얘지는 현기증을 맛보지는 않았다. 그리고 그때처럼 오래 집 주위를 멀리 배회하다가 편지를 집어 던지고 긴 길을 뛰어나오지는 않았다. 나는 한 번은 문틈으로 그들을 본 적이 있었다. 뒷모습을. 그 부당하던 뒷모습을 나는 잊을 수가 없다.

다섯 번 모두 다른 주소였다. 나는 어떤 방식으로 그가 그의 가족이 집을 옮길 때마다 새로운 주소를 알아냈는지를 알지 못한다. 첫 번째 주소는 어머니가 수소문해 준 것이었다고 하자. 그 다음은? 내 열세 살의 그 여행길, 밤늦은 귀가에서 어떤 낌새를 나의 부모가 알아차렸는지…… 아버지, 어머니, 그리고 아재비가 그날 밤을 꼬박 새웠던 것을 기억한다. 아재비를 닦달하는 언쟁, 글쎄 언쟁이라기보다는 나의 부모의 엄격하고도 긴 질책이 있었고, 시종 일관 침묵하는지 그의 목소리는 들려오지 않았다. 나는 나대로 불꺼진 내 방에서 감긴 시야의 저쪽에서 어른거리는 불규칙 연속 무늬를 쫓아가다가 잠이 들었다.

그가 나의 부모의 눈물 어린 호소에 어떤 약속을 했는지 알 수 없지만 나의 편지 전달은 잊어버릴 만하면 한 번씩 이어졌다. 나는 아무에게도 그 사실을 말하지 않았다.

오랫동안 나는 무의미한 자연 송시를 닮은 그의 편지들이 진짜 내용을 숨기고 있는 암호 문자일지도 모른다고 생각했다. 그들이 어떤 피치 못할 사정으로 헤어질 때, 그들만의 교신을 위해 교묘하게 만든 어떤 것. 시간이 지나고 내가 아재비에 대해 좀더 구체적으로 알게 되었을 때, 나는 그 편지에서 중요한 것은 단지 그가 살아 있음을 알리는, 그들의 삶의 등대지기 노릇을 멀리서나마 하고 있다는 것을 알리는 미미한 신호, 절망적인 신호임을 알게 되었다. 그러나 얼굴을 절대로, 단 한 번도, 보여주지 않은, 보여줄 수 없었던…… 그는 정말 용납할 수 없는 등대지기였다. 삶은 때때로 얼마나 시대 착오적인가. 내가 그 사실을 용납할 수 없다고 마음을 먹었을 때는, 그러니까 그가 이미 저 세상 사람이 된 후였으니 말이다.

내가 세 번째 편지를 전할 때 그의 가족의 주소는 서울로 옮겨져 있었다. 변두리 언덕배기에 위치한 아주 작은 집의 반 지하실 방에서, 그보다 나은 작은 집으로, 거기에서 한 뼘 정도 더 큰 한옥으로, 내가 알고 있는 집의 모양은 이 세 가지뿐이었지만 십여 년에 걸쳐 그들은 여러 번 이사했다……. 그리고 아주 후에, 그가 죽고 난 다음에도 몇 계절을 지나쳐 보낸 후의 어느 날 저녁, 갑작스런 발작처럼 나는 단숨에 마지막 편지를 던져 넣었던 그 집까지 뛰어간 적이 있었다. 늘 망을 보고 주변을 사리고 그러고도 행여 그와 그의 가족에게 누가 미칠까 저어하는 모든 불편한 습관을 팽개쳐 버리고, 그들에게 내 내면에서 아우성치는 소리를 전달해 줄 목적으로. 그저 일을 저지를 생각으로. 뒤늦게.

그들은 이미 그 집에 없었다. 내가 동사무소에 들렀을 때, 기류계에서 알아본 그의 아들의 주민등록은 말소되어 있었다. 이유는 해외 이주. 아재비 아내의 주민등록은 이전도 되지 않은 채로 그대로 있었다. 그렇지만 그들이 살던 집에는 그들 중 어느 누구의 모습도 보이지 않았고, 밖에서 보기에 아주 행복해 보이는, 지금의 우리처럼 아이 하나를 둔 젊은 부부가 살고 있었다. 그들이 집을 보러 왔을 때에도, 이사 왔을 때에도 집주인 이외의 세 사는 사람을 본 적이 없다고, 이삿짐을 옮기던 날, 집은 벌써 비어 있었다고 말했다. 그는 집주인의 주소를 내게 적어 주었을 뿐이었다. 그렇지만 나는 더이상 아재비 가족의 뒤를 쫓지 않았다. 아재비의 방식대로. 비극적으로 소모된 그들의 과거에 대한 최소한의 예우로.

이애, 사람들은 모두가 언제나 너만큼 크냐? 너의 양미간은 참으로 넓고 깊구나. 그 작은 호수 모양, 채송화꽃이 쪼르르 둘레에 피어 있던 그 호수 모양, 너를 보고 있노라면 나는 목이 마르다. 이애, 저 길 앞으로 나가 보자. 이래서는 안 되는데, 네가 자고 있을 때면 이애, 나는 너를 흔들어 깨우고 싶다. 그리고 자꾸 수다를 떨고 싶구나. 그래 옛날 옛적에 사람들이 모두 평화로이 잠들어 있는 사이에 말이지, 그만 땅에 틈이 생기더니…… 그게 바로 옛

날 이야기가 되어 버린 오늘의 이야기. 아, 이애 나는 아직도 찾지 못했구나. 어떻게 얘기를 해주랴. 폭풍의 이야기로, 아니면 가벼운 봄비의 이야기로, 그것도 아니면 지금처럼 피웅피웅 내리박히는 여름 햇살의 이야기로?

한때 남로당 고위급 간부였던 그는 사형이 선고된 도망자였다. 그는 고위 간부 자격으로 월북의 기회를 엿보며 도피해 있다가 검거되었고, 검거되어 송환되던 중 도망하였다. 도망하지 못하도록 동행하던 호송자들이 소지품과 의복을 빼앗아 놓은 상태에서 하룻밤을 나던 중, 그는 기적적으로 도망한 것이다. 검은 몇 날의 밤을 말처럼 집어 타고, 한 과수원 속으로 영원히.

아버지에 이어 그의 장례를 치르러 시골집에 내려갔을 때 지쳐 있는 어머니의 입에서 당신도 모르게 넋두리처럼 흘러나온 말들이었다. 아마도 그를 잃은 슬픔이 무한히 컸던 때문이었겠으나, 나는 그렇게 뒤늦게 들은 사실을 핑계로 그를 미워할 출구를 찾았다. 어떤 종류의 거대한 도망을 나는 그에게서 기대했던 것일까. 바보 같은 아재비. 멍청이. 겁쟁이. 아, 비겁한 도피자. 그렇게 딱한 사람의 삶의 증인으로 채택된 것이, 그의 삶을 억누르고 있는 음험한 그 무엇인가에 감염되어 입 한번 뻥끗 못하고 그토록 강한 열망으로 말을 붙이고 싶었던 그의 아내와 아들과의 만남을 방해한 것이 바로 그이기라도 한 것처럼 말이다. 이상하게 꼬인 감정의 매듭이었다. 당신들의 남편, 아버지가 저기 야산자락에 살고 있다고 한 번도 외쳐 보지 못하고 그의 편지 심부름을 한 것이 미치도록 미웠던 것이다. 그를 열렬히 미워하면서 조금씩 나의 슬픔이 진정되었다고나 할까. 그 미움의 기간은 다행히도 그리 길지 않았다.

그가 간 후 한참이 지나, 이미 야산으로 변해 버린 과수원을 정리하기 위해 내려갔었다. 인력도 달렸거니와 무엇보다도 오래된 아버지의 투병으로 진 빚 감당으로 팔려 나간 과수원에 방책을 만들러 벌써 남자 서너 명이 와서 일하고 있었다. 나는 딸애의 출산을 얼마 남겨 놓고 있지 않은 때였다.

과수원의 길이 곧게 뻗어 나가는 게 보이는 호숫가에 앉아서 나는 다시는 못 보게 될지도 모르는 낯익은 풍경들 하나하나에 나의 애정 어린 시선을 나누어 주었다. 과수원은 황폐했어도 내게는 평화였다. 설령 그것이 어느 날 없어졌다 해도. 그 안에서 일어난 일을 알고 있는 무언의 동반자인 나무들은, 내일에 다가올 걱정에는 무관심한 채 늠연하게 푸른 하늘에 미세한 실핏줄을 그리고 있었다. 잎이 다 진 가을이었던 것이다.

그 비어 있는 길 위에 하나의 영상이 떠올랐다. 아재비의 어깨에 팔을 얹어 기대고 불편한 몸을 움직이며 짧은 산책을 하는 아버지와 그 옆에 그림자처럼 엉킨 아재비의 모습이었다. 그들은 늘 할말이 많았다. 단둘이서. 나는 그럴 때의 그들의 모습이 제일 아름다웠다고 생각한다. 그들은 무에 그리 할말이 많았을까. 홀홀단신 가족을 모두 버리고 남쪽을 택해 내려온 아버지였던 만큼 건강이 좋았던 젊은 시절만 해도 읍으로 나가서 또는 내가 다니는 초등학교에 와서 가끔 반공 강연을 하곤 했었다. 모든 사람이 고개를 끄덕여 주어 내 어깨를 으쓱하게 한 강연들이었다.

바로 그가 남로당의 열성 간부였던 아재비를 과수원에서 발견했고 그의 불안한 신원의 바람막이가 되어 주었으며 그와 일생의 의형제가 된 것이다. 그리고 어머니가 내준 아재비의 공책에는 자연을 읊은 글만 있었던 것이 아니었다. 거기에는 잘 알아볼 수 없을 정도로 흘려쓴 글씨기는 하지만 그가 일생 동안 붙잡고 있었던 생각들이 두서없이 채워져 있었다. 그가 겪어 온 사고의 모든 갈피들. 어떻든 그는 변하지 않은 채로 일생을 살았던 것 같고 그것을 아버지나 어머니한테 그다지 숨겼던 것 같지도 않다. 상식으로는 설명되지 않는 일들이, 그 이전 혹은 그것을 뛰어넘은 어떤 곳에 그들의 삶과 함께 위치해 있었던 것이다.

과수원의 사방에 그들의 속삭임이 있었다. 그들이 근본적으로 지니고 있는 차이가 끝도 없는 속삭임을 만들었던 것일까. 특히 늦은 밤의 집 앞에 내놓은 평상 위와 과수원의 좁은 길들, 야산 밑에 파여진 호수 주변…… 사방에서 귀만 기울이면 바람소리 같은 그들의 속삭임이 들려왔다. 무엇보다도 호수 주변에. 그것이 수많은 세월이 흐른 지금까지도 황량하고 지난하던 과수원 생활을 안온한 미소로써 기억하게 하는 것이다.

또다른 영상이 있다. 내가 몇 살 때쯤이었을까. 스물다섯, 스물여섯? 여전히 여름이었고 과수원에서 보낸 연휴의 끝이었다. 나는 서울에서 직장에 다니고 있었고 주말이 끝나고 출근하기 위해 서울행 기차를 타려고 어머니가 준비해 준 밑반찬을 들고 거기, 호숫가에서 곧바로 보이는 그 길을 거의 다 걸어 나왔었다. 사각사각 흙길 위에 속살거리듯 작은 간지럼을 만드는 자전거의 바퀴소리가 들렸다. 머리가 허연 아재비였다. 송이야! 하고 부르지도 않았다. 그저 이를 한껏 드러내고 깊은 주름이 잡히는 미소를 짓는 것이 다였다. 자전거의 사각거림이 멎고 그가 내렸다. 자전거 뒤쪽에 얹혀 있는 허름한 바구니에는 채송화 화분이 하나 들어 있었다.

'창가에 놓고 아재비 생각도 해여.'

다시 자전거를 뒤돌아 세우고 이어서 멀어져 가던 사각거리는 소리. 그것이 그를 마지막으로 본 것이었다. 그때 그의 미소는 그토록 깊었는데, 직장 생활에 얽매여 고향에 들르지 못하는 기간이 점점 길어지던 그 즈음의 어느 날 아주 갑작스럽게 그는 그렇게 가버린 것이다. 내게 채송화 화분 하나를 아프게 남겨 놓고.

아, 이애, 오늘은 왜 이리 목이 마르냐, 너의 잠은 또 왜 이리 깊으냐, 사방이 정적이다. 이애, 어서 깨어 내 말을 좀 들어주렴. 눈을 잠시 감았다가 떴을 때, 저 앞으로 부활한 호수가 걸어온다면…… 그늘에 쉬고 있던 먼지 덮인 자전거의 바퀴가 둥글둥글 소리 없이 홀로 돌기 시작한다면…… 아, 세상의 모든 속삭임이 물이 되어 흐른다면……. 이애, 우리가 한 몸일 때 그랬던 것처럼, 네게 해줄 속삭임이 이다지도 많은데, 이제는 어떻게 그 얘기를 해야만 할까. 울음처럼, 웃음처럼, 옛날 이야기로 혹은 미래의 이야기로, 기체의 이야기 아니면 액체의 이야기로? 이애, 햇볕이 아직도 이렇게 따가운데…… 우리가 예전에 한 몸이었을 때처럼, 그렇게 얘기해 볼까.

작 품 이 해

▌작가 소개 ▌

최윤은 1953년 서울에서 태어났다. 서강대학교 국문과와 대학원을 졸업하고 프랑스의 프로방스 대학에서 박사학위를 받았다. 1988년에 처녀작인 중편 〈저기 소리 없이 한 점 꽃잎이 지고〉를 발표하였다. 1992년에는 〈회색 눈사람〉으로 제23회 동인문학상을 수상했고, 현대 사회의 익명성 문제를 다룬 〈하나코는 없다〉로 이상문학상을 수상하면서 문단의 주목을 받기 시작했다.

최윤의 첫 단편집 《저기 소리 없이 한 점 꽃잎이 지고》 중 〈저기 소리 없이 한 점 꽃잎이 지고〉는 장선우 감독의 영화 《꽃잎》의 원작으로서, 대중에게 널리 알려진 작품이기도 하다. 첫 단편집의 소설 속에 현실은 확실하고 뚜렷한 모습으로 제시되기보다 개인의 삶의 흔적이거나 갑자기 밀려온 풍경처럼 불확실하게 제시된다. 말하자면, 최윤의 소설에서 우리가 사는 세상은 여러 개의 세상이 여러 층으로 함께 존재하는 세상이고, 그 여러 층의 세상들이 서로 소통되지 않은 채 각자 섬처럼 떠도는 것으로 제시된다.

그래서 〈저기 소리 없이 한 점 꽃잎이 지고〉에서 '웃음을 흘리고 있는 여자애'에게 현실은 일상의 틈에 갑자기 끼여드는 암시에 의해 희미하게나마 알 수 있는 것이고, 〈당신의 물제비〉에서 여인은 낯선 여인과 함께 교통사고로 죽은 젊은 남편의 얼굴에 남아 있던 미소가 무엇을 뜻하는지 끝내 알아내지 못한다. 그 미소는 여인의 사랑과 질투가 만들어낸 환영일지도 모르는 것이다. 〈회색 눈사람〉의 화자가 기억하는 일도 실제로 일어났던 일임에도 불구하고 뚜렷한 모습을 보이지 않는다. 확실한 것은 다만 인물들이 제각기 상처를 가지고 살아가는 인물들이라는 점이다.

두 번째 창작집 《속삭임, 속삭임》에는 과거에 제대로 이해하지 못했던 일들, 적절히 처신하지 못해 마음속에 응어리로 남은 일들을 떠올리는 인물들이 등장한다. 스스로 해결하지 못했던 과거의 일들이 불쑥불쑥 현실의 삶에 끼여들어 인물들의 의식은 현실과 과거가 혼합되어 있다. 인물들은 이미 지나간 경험의 의미를 추적하고 그것을 지금의 삶 속으로 끌어들인다. 〈워싱톤 과장〉과 〈그의 침묵〉의 남성들이 그러하고, 〈문경새재〉와 〈속삭임, 속삼임〉의 여성들이 그러하다. 특히 여기서 살펴볼 〈속삭임, 속삭임〉의 화자는 과거의 '아재비'와의 추억을 현재로 불러들이면서 그때 다 풀지 못했던 일들의 의미를 '속삭임'을 통해 풀고자 한다. 이 작품에서 화자가 딸에게 왜 그토록 속삭이고 있는지를 중심으로 작품을 감상해 보자.

▌이해와 감상▌

〈속삭임, 속삭임〉에서 화자는 스스로에게 속삭이듯(속으로만) 딸에게 자신에 관한 여러 이야기를 속삭인다. 그 이야기는 어린 시절 그에게 사랑을 주었던 '아재비'의 알 수 없는 삶에 대한 것으로서, 화자는 마치 현재가 아닌 과거 속에 사는 사람처럼 수없이 속삭인다.

화자의 기억 속에 '아재비'는 남로당 간부로서 사형을 선고받아 호송되던 중 도망친 사람이다. 도망치다 몸이 상해 의식을 잃은 그를 화자의 부모가 거둬들여 그의 비밀을 묻은 채 일생을 함께 한다. 화자의 부모는 아재비와는 다른 이념을 가진 사람들로서, 그들이 어떻게 아재비를 받아들이고 비밀을 지켰으며 그를 평생 위했는지 화자로서는 알 수 없는 일이다. 이는 화자가 아재비의 삶의 증인이 된 것과 함께 비밀스럽고 모호한 일로서 기억 속에 남아 있다.

또한 화자가 아재비와 그의 가족에게 어떤 도움도 될 수 없었던 미안함은 아재비가 자신의 가족에게 남긴 모호한 글귀들('흐르는 냇물에 달이 뜰 틈이 없네.', '작은 호수가 있네. 호수 주변에 채송화를 심었네.', '달력에 찍은 수많은 점들이 언젠가 별이 되려니.', '살. 사랑. 사람. 살림. 서리, 성에. 잘살으오……')과 함께 마음속에 묻혀 있다. 그런데 이 모든 것들이 '속삭임'을 만들어내고, 이 속삭임을 통해 화자의 과거는 '지금'의 일이 된다.

'과수원의 사방에 그들의 속삭임이 있었다. 그들이 근본적으로 지니고 있는 차이가 끝도 없는 속삭임을 만들었던 것일까. 특히 늦은 밤 집 앞에 내놓은 평상 위와 과수원의 좁은 길들, 야산 밑에 파여진 호수 주변…… 사방에서 귀만 기울이면 바람소리 같은 그들의 속삭임이 들려왔다. 무엇보다도 호수 주변에. 그것이 수많은 세월이 흐른 지금까지도 황량하고 지난하던 과수원 생활을 안온

한 미소로써 기억하게 하는 것이다.'

'이애, 우리가 한 몸일 때 그랬던 것처럼, 네게 해줄 속삭임이
이다지도 많은데, 이제는 어떻게 그 얘기를 해야만 할까. 울음처
럼, 웃음처럼, 옛날 이야기로 혹은 미래의 이야기로, 기체의 이야
기 아니면 액체의 이야기로? 이애, 햇볕이 아직도 이렇게 따가운
데…… 우리가 예전에 한 몸이었을 때처럼, 그렇게 얘기해 볼까.'

위의 구절은 화자가 왜 다른 사람도 아닌 '딸'에게 속삭이는지
이유를 알게 해준다. 다른 이념을 가진 화자의 부모와 아재비가
서로 속삭이면서 '하나'가 된 것처럼 화자 또한 예전에 한 몸이었
던 딸에게 속삭이는 것이다. 이는 자기 자신에게 속삭이는 것과
똑같은 것으로서 딸과 기억을 함께 나누고 싶은 마음 때문이다.
이 소설에서 '속삭임'은 과거를 지금으로 불러내는 주술임과 동
시에 나의 기억을 다른 사람과 나눌 수 있는 방법이기도 하다.

1. 과거에 '아재비'와의 추억에서 풀지 못했던 것들은 무엇이고, 그것들이 왜 '속삭임'을 만들어내고 있는지 생각해 보자.

2. 과거에 화자의 부모님과 '아재비' 사이에 수많은 '속삭임'이 있었던 것과 지금 화자가 딸에게 (속으로만) '속삭임'을 되풀이하는 것과 관련하여, 이 소설에서 '속삭임'은 어떤 의미를 지니는지 생각해 보자.

생각의 길잡이

⇨ 1. 남로당 간부로서 호송 도중 도망친 아재비와 그와 반대의 이념을 가진 아버지와의 알 수 없는 관계는 화자가 이해할 수 없는 과거이다. 또한 아재비가 자신의 가족에게 남긴 모호한 글귀들('흐르는 냇물에 달이 뜰 틈이 없네.', '작은 호수가 있네. 호수 주변에 채송화를 심었네.', '달력에 찍은 수많은 점들이 언젠가 별이 되려니.', '살. 사랑. 사람. 살림. 서리. 성에. 잘 살으오…….')을 남기고 아재비가 어린 화자를 자기 삶의 증인으로 삼은 이유는, 화자가 아재비나 그의 가족에게 아무것도 해주지 못했다는 죄책감이 풀지 못한 기억으로 남아 있기 때문이다. 화자는

이 풀지 못한 것들을 수없이 속으로 되뇌면서 시간이 흐른 지금으로 다시 불러들이고 있다. 과거에 풀지 못했으므로 그것들은 지금의 나의 삶으로 남았기 때문이다.

　　　◎　2. 아재비와 화자의 부모님은 다른 이념을 가지면서도 비밀을 나눴던 사이이다. 바로 '속삭임'을 통해 서로 이해하고 마음으로 나눴던 것이다. 그들 사이의 '속삭임'은 과수원 사방에 흩어져서 화자에게 과수원이란 공간을 평온하고 따뜻한 곳으로 기억나게 한다. 이와 비슷하게 화자는 딸과 한 몸이었을 때(임신중이었을 때) 속삭였던 것처럼, 딸과 완전한 하나가 되고 싶어한다. 과거에 충분히 풀지 못해 현재의 삶까지 이어진 일들에 대해 자신에게 속삭이듯 한 몸이었던 딸에게 속삭이고자 하는 것이다. 따라서 '속삭임'은 과거에 풀지 못했던 기억을 남과 함께 나누고자 하는 시도로 이해할 수 있다.

하 창 수

수선화를 꺾다

우리는 어떤 사람이나 사물을 판단할 때 선입견을 가지고 생각할 때가 많다. 사람이나 사물은 다양한 시각으로 바라보면서 판단할 때라야 진정한 모습을 볼 수 있다. 그러나 선입견에 따라 사람이나 사물을 판단한다면 그 진정한 모습을 볼 수가 없다. 〈수선화를 꺾다〉는 소설가인 사내와 형사인 남자가 어떤 여자의 살인 사건을 두고 벌이는 대화로 진행된다. 그런데 소설가는 자신의 알리바이를 진실 차원에서 말하고 있지만, 형사는 자신이 생각하는 소설가에 대한 선입견에 따라 사내의 알리바이를 판단하고 만다. 이들의 대화를 통해 진정한 대화가 가능하기 위해서 무엇이 필요한지 생각해 보자.

수선화를 꺾다

수선화를 꺾다

엷은 갈색의 낡은 철제 의자. 물이 반쯤 담긴 투명한 선홍색 플라스틱 물잔. 물잔이 놓여 있는 짙은 연두색 격자무늬가 코팅된 철제 탁자. 탁자의 가장자리에 힘없이 얹힌 두 개의 손. 누군가에게 보여지기 위한 것이 아니면서도 매우 의도적으로 천천히 뒤집히는 손. 굳은살이 심하게 박인 오른쪽 가운뎃손가락. 손이 뒤집히면서 만들어지는 찰캉거리는 쇳소리. 쇳소리가 울려오는 수갑. 수갑이 움직이면서 드러나는 손목의 붉은 피멍.

"그건 무리한 추측입니다."

"그럴까?"

"……."

"넌, 두 시간의 행적에 대해 나를 납득시키지 못하고 있어."

"알리바이 말인가요?"

"둘러대려고 하지 마. 넌 벌써 똑같은 소리를 수없이 반복하고 있어. 그 알리바이말인가요, 라는 소리 이젠 좀 그만둘 수 없어?"

"그때에 대해 제가 할 수 있는 말이란 정말 더이상 아무것도 없습니다."

"술이 너무 취해서 기억이 없다?"

"아닙니다. 거듭 말씀드렸지만 그때 일을 기억하지 못할 정도로 취한 상태는 아니었습니다. 오히려 제법 시간이 지난 일이라 아주 사소한 몇 가지 정도는 미처 제가 기억하지 못할 수도 있겠죠. 하지만 그때 제게 일어난 일들의 골자는 하나도 빠뜨리지 않고 말씀드릴 수 있고, 또 이미 말씀드린 그대로입니다. 덧붙이고 뺄 게 아무것도 없단 말입니다."

"너의 그 말은 너무 궁색해. 그래서 믿어지지가 않아. 아니, 그대로 믿는다는 건 내 자존심이 허락하지를 않아. 진술자라면 누구나 너와 같이 말하지. 조금 모자란 척하면서도 결국 자신의 진술은 거짓이 아니다, 이건 믿고 안 믿고의 차원이 아니라 진실 그 자체다, 요지는 대충 그렇지."

"하는 수 없죠……."

"글쎄, 그러니까 사실을 털어놓아보라구."

"……."

천장에 매달린 백열등을 바라보는 사내의 눈. 가루쳐 날리는 먼지. 먼지 사이로 보이는 백열등의 몸체. 거기에 적힌 까만 글씨들. 번개표를 중심으로 원을 그리고 있는 글씨의 뭉치. 110V. Ⓚ. LW. 60W. KUMHO 08. 불빛이 시린 듯 가늘게 눈살을 모으는 사내. 천천히 내려오는 충혈된 눈동자. '몇 시나 되었을까?' 사내의 시선을 잡아끄는 탁자 위에 얹힌 자신의 두 손. 두 손이 뒤집혔다가 도로 손등을 보이면 나타나는 몇 가닥의 까만 털. 가늘게 떨리는 손가락. 다시 찰캉거리는 쇳소리. 철제 책상을 손톱으로 톡톡 두들기는 맞은편의 남자. 신분에 어울리지 않는 듯한 굵은 검정뿔테 안경. '신분……?' 맞은편의 남자가 끼고 있는 검정뿔테 안경이 그의 신분과 어울리지 않는다고 생각한 사내의 짧은 웃음. 검정뿔테 안경과 어울리는 신분을 찾아보려는 사내. 하나씩 떠올라오는, 검정뿔테 안경과 어울릴 것 같은 신분이라는 것들. 학원 선생, 노처녀 간호사, 키가 작고 약간 뚱뚱한 편인 문과대학 교수, '상투적이군……', 정훈장교, 서점주인, 우디 알렌, 출근과 퇴근 시간이 언제나 정확한 대학도서관 사서, 그리고…… 소설가…… '소설가?'

"제기럴!"

꽉 잠긴 낮은 목소리. 흔들리는 사내의 머리. 몇 올의 흰 머리카락. 사내의 흔들리는 머리를 날카롭게 쏘아보는 남자. 퀭한 눈. 실핏줄이 터진 듯한 충혈된 결막. 짙은 눈썹. 곧고 오똑한 코. 코밑과 턱, 뺨에 솟아난 짧고 짙은 수염. 쑥 들어간 볼. 붉다 못해 푸른 기운이 감도는 바짝 마른 입술. 탁자를 톡톡 치며 움직이다가 갑자기 멈추어지는 남자의 손톱. 손톱에 세로로 그어진 미세한 여러 가닥의 투명한 줄.

"처음에 넌, 그 여자의 손톱에 대해 얘기를 했지."

"……."

"그때만 해도 넌, 아주 진지했어. 좀 장황이긴 했지만."

"그건 사실이었습니다."

"나도 그걸 인정해. 인정할 만한 진술이었어. 너의 말대로 그건 사실임에 틀림없을 것 같아. 그럼, 그 손톱에 대해 다시 한번 말해 줄 수 있나? 되도록이면 잊고 있었는지도 모를 새로운 사실들을 깨우쳐가면서 말이야."

"얼마든지요."

"……."

사내와 남자의 사이에 내려앉는 잠깐 동안의 평화로운 침묵. '평화로운 침묵?' 침묵을 깨뜨리듯 어디선가 들려오는 짧은 외침, 혹은 기묘한 비명, 확인할 수 없는 소리들. 그런 소리들이 끊어지면 다시 그들의 사이로 비집고 들어오는 허전함, 혹은 적막감.

"그 여자의 옆자리에 앉자마자 저는 그 손톱을 보았습니다."

"그 손톱에 낀 때를 말이지?"

"네."

"아, 잠깐. 그때가 몇 시였나?"

"전철이 끊길 무렵이었으니까……."

"열한시 반에서 열두시?"

"그렇습니다. 함께 술을 마신 동료와 종로 3가 전철역 입구에서 헤어졌을 때가 열한시쯤 되었고, 술도 깰 겸 자판기에서 커피를 빼 마시고, 정액권으로 개찰을 한 다음, 플랫폼으로 들어가 기다리다가 탔으니까 그 정도의 시간이 걸렸을 겁니다."

"아까 말한 두 번이나 전동차를 그냥 보냈다는 건 뭐야?"

"하나는 청량리가 종착역인 전동차였고, 그 다음에 온 건 동대문까지밖에 가지 않는 전동차였기 때문입니다. 저의 행선지는 창동역이었기 때문에 의정부 가는 걸 타야만 했습니다. 그래서 먼저 두 대의 전동차는 그냥 보냈던 거죠."

"물론 그것도 가능하지."

"무슨 말씀이신지……?"

"전철이 끊어질 시간이 임박했는데 꼭 의정부 가는 걸 고집한다는 게 이상하지 않나. 아니 뭐 이상하다고까지 할 건 없다 해도, 내 얘긴…… 일테면, 동대문에서 4호선으로 갈아타는 게 귀가하는 데는 조금이라도 빠른 게 아니었을까, 이 말이지."

"그건……."

"그건 뭔가?"

"그건, 그렇게 판단을 내릴 수도 있지만 그런 판단을 내리지 않을 수도 있다는 말입니다."

"판단을 내리지 않을 수도 있다? 바로 그거야. 자네가 방금 말한 판단을 내리지 않는다는 것."

"네?"

"판단을 내릴 수 없었다, 라고 말해야 하지 않나? 그래야 적어도 술에 취해서라든가 갈아타는 게 번거로워서라든가 따위의 핑곗거리가 자네의 행동에 대한 적절한 이유가 될 수 있지 않겠나. 최소한 너의 논리를 일관되게 만들려면 말이야. 바로 그런 것들이 자네가 나를 납득시키는 데 실패하고 있다는 증거가 된다는 건 불행한 일이야."

남자의 얼굴을 스치고 지나가는 회심의 미소. 당황한 듯, 혹은 그래서 황당해진 듯 물끄러미 남자의 사라지는 미소를 바라보는 사내. 허허한 눈. 사내의 눈동자를 가득 채우는 남자의 검정뿔테 안경. 적어도 그의 신분에 어울리지는 않는다 해도 그에게는 매우 적절한 액세서리라고 느껴지는 그 안경의 완강한 검정빛. 새록새록 피어오르는 견고한 적의(敵意).

"아, 좋아. 뭐 그거야 그럴 수도 있다고 넘겨주지. 그 얘기나 계속하지."

"……."

"뭘 그렇게 멍청하니 쳐다봐."

"그 얘기라뇨?"

"자네 정말 이런 식으로 진을 뺄 거야."

"……."

"됐어. 그 순진한 척, 눈물 글썽거리지 마. 손톱! 그 얘기나 계속하라구."

불쾌한 듯, 혹은 귀찮은 듯 손을 휘젓는 남자. 담배의 니코틴으로 노랗게 찌든 집게손가락과 중지(中指)의 매듭. 허공에 머무는 동안 기묘하게 교차되는 남자의 약지(藥指)와 새끼손가락. 약지에 깊숙이 끼워진 굵은 보석이 박힌 반지. 그늘이 진 남자의 손바닥. 손바닥의 한복판을 정확히 가로로 갈라놓은 손금.

"아, 예…… 손톱……."

두세 번쯤 연속적으로 껌벅이는 사내의 눈. 마른 입술을 축이는 사내의 붉은 혓바닥. 잠시의 침묵. 남자의 기다림. 어두운 창밖. 녹이 슨 가느다란 철망. 한숨소리. 시멘트 벽을 때리는 듯한 울림. 악몽을 꾸는 사람의 뒤척임처럼 두어 번쯤 뒤집었다가 다시 손바닥을 펴는 사내. 완연히 붉어진 손목의 피멍. 철컹거리는 소리. 오른쪽 손을 들어올리면 반 뼘 정도의 거리를 두고 끌려올라와 허공의 어느 한 점을 가리키는 듯 멍하니 위치하는 왼손. 가볍게 코를

홈치는 손. 오른쪽 손과 왼쪽 손, 번갈아 움직이다가 멈추면 다시 벽을 울리며 들려오는 오래 전의 그 비명. 혹은 외침. 확인할 수 없는 소리들. 확인할 수 없는 사내의 불안. 한덩어리의 침이 꿀꺽하고 넘어가는 사내의 목줄기.

"제가 그 여자의 손을 본 것은 하나의 경이로운 발견이었습니다."

"경이로운……?"

"정확히 말하자면 그 여자의 손이라기보다는 손톱이라고 해야하겠죠. 아니 그건 확실히 손톱이었습니다."

"손톱에 낀 때라고 했지, 처음에 자네는."

"아무래도 좋습니다. 그 여자의 손과 손톱과 손톱에 낀 때. 그세가지의 사물은…… 죄송합니다. 사물이라고 해서……."

"어휘 선택에 민감하게 굴 건 없어."

"……."

"당신이 소설가라는 걸 감안하면서까지 이번 사건을 수사하고 싶지는 않으니까. 이미 여러 번 지적한 얘기지만, 난 당신이 소설가이고, 소설가이기 때문에 이번 사건의 용의자로서 충분히 납득이 간다는 식으로 생각하지는 않아."

너와 자네, 그리고 당신…… 여러 개의 호칭으로 사내를 부르는 남자. '알 수가 없어, 저 사람은 악몽 같아. 도무지 깨지 못할 악몽이야.' 들리지 않는 사내의 중얼거림. 아까부터 몇 번이나 물잔을 쥐고 싶었지만 도무지 뻗어지지 않는 사내의 손. 굳은 손놀림. 사내의 머릿속을 번갈아 헤집으며 다니는 몇 개의 부정적인 생각, 혹은 강한 사투리 억양 같은 불쾌한 이미지.

"어줍잖은 납득이란 수사에 여러 모로 방해가 된다는 걸 이십년 동안 터득하여 왔으니까. 이럴 때 납득이란 여러 가지 이유들 때문에나 자신을 부추긴 억지일 경우가 많지. 아무튼지간에 좋아. 당신이 사물이라고 생각하는 것이, 여타의 평범한 사람들이 사물이라고 생각하는 것과 어떻게 다르고 같은지에 대해 나는 별로 아는 바가 없으니까, 편안히 진술을 하라구. 그래, 그 세 가지의 사물이 어쨌다는 거지?"

"……."

"아, 그리고 또 하나 노파심에 말해두는 건데, 자네가 어떤 것을 두고 그걸 어떻게 표현하든 거기에 구애받을 건 없지만 말야, 다만…… 다만 애매모호하게 말하지는 말아주게나. 나도 꽤나 소설이란 걸 읽어보았지만, 그래도 여전히 나는 문학평론가들만큼은 되지 못하니까, 넘겨짚거나 감안하거나, 혹은 간파하는 일에 서툴 수밖에 없지 않겠나. 사실 자네가 이곳에 들어왔을 때 내가 자네의 담당으로 결정된 것은 그다지 잘못된 게 아니라고 봐야 할 거야. 이런 곳에 종사하고 있는 사람들이 문학에 대해 얼마나 알겠나. 문학을 모르면서 문학하는 사람을 신문한다는 건 뻔하지. 언젠가 내가 한번 텔레비전 명화극장에서 누구를 위하여 종은 울리나라는 영화를 보고 감동을 받아 신나게 떠벌인 적이 있었지. 내가 한참을 떠들고 난 뒤에 혹시나 싶어서 그 원작소설의 작자가 누군지 아는 사람이 있냐고 슬쩍 한번 물어봤지. 죽여주더군. 아무도 없어. 그래서 나는 작정을 하고 점심시간에 제법 값나가는 그 소설을 무려 일곱 권이나 사가지고 죽 돌렸지. 그때부터 난 선의의 문학통이 된 거지. 내 진가를 발견시켰다고나 할까. 더러는 제 자식놈들에게 선물할 책에 관해 진지하게 조언을 부탁하는 친구들도 있었으니까."

"……."

"이 얘긴 여담인데…… 그 뒤로 덕분에 난 심심찮게 어디론가 불려가곤 했지. 거기엔 심심찮게 문인들이 잡혀오기도 했거든. 물론 세련되고 논리가 뚜렷한 분들이었지. 존경스러운…… 아마 내 이름은 기억하지들 못하겠지만, 자네 선배들에게 이런저런 얘기들을 한다면 좋이 서너 분쯤은 고갤 끄덕일 거야. 사실 말이 나왔으니까 말인데…… 자네 같은 사람을 난 존경해. 아니, 사랑해…… 물론 내가 만났던 그분들과 자네와는 사정이 좀 다르지만 말이야. 흐흐, 내가 너무 말이 많았나…… 좋아, 내가 어떤 독자인가에 대해서는 차차 말할 기회가 있겠지. 어디 그 손톱 얘기나 계속할까?"

좀 장황하게 말을 한 탓인지 숨을 몰아쉬는 남자. 발갛게 물드는 남자의 볼. 왠지 맥이 놓이는 사내. 잠시의 혼란. '이 남자는 누구인가. 내가 지금 와 있는 이곳은 혹 꿈속이 아닐까. 내 삶에서 이런 남자를 만났다는 게 과연 현실성이 있는 건가. 이런 사람이 있었다니, 도대체. 지독한 흉몽이야…….' 조금 긴 한숨. 하얗게 피어오르는 사내의 입김. 이명(耳鳴) 같은 소리. 백열등. 물잔. 차가운 탁자와 의자, 뒤척여지는 손바닥.

"분홍빛이었습니다. 약간 낡은."

"그 여자의 손톱말인가, 아니면 손톱에 긴 때말인가?"

"매니큐어."

"매니큐어?"

"처음에는 아주 예쁜 색깔이었을 거라고 생각되어졌습니다. 저는 제법 취해 있었기 때문에 무척 감성적이었을 겁니다."

 "자네를 유혹할 만한 빛깔이었겠지?"

 "유혹……이라는 말은 좀 맞지 않습니다. 왜냐하면, 물론 오래되었기 때문에 정확히 그때의 제 심정이 어떠했는지는 말하기 어렵겠습니다만, 적어도 그 여자의 손톱을 물들이고 있었던, 거의 지워져가고 있던 그 분홍빛 매니큐어는 결코 저를 성적으로 흥분시키지는 않았습니다. 그런 건, 오히려 아주 오랜 시간이 지난 뒤에 그럴 수도 있는 일이지요. 추억의 빛깔이란 대체로 그런 여유를 용서하는 법이지요."

 "그건 무슨 뜻인가?"

 "일테면, 어떤 일을 회상하다보면 그 느낌이 처음보다 훨씬 강렬해지고, 자극적이 될 수도 있다는 말이죠. 그 여자의 경우도 그렇습니다."

 "요컨대 그 여자의 손톱에 칠해진 낡은 분홍 빛깔의 매니큐어를 보았을 땐 아무런 감정상의 동요도 일어나지 않았다?"

 "아닙니다."

 "그럼?"

 "감정상의 동요는 분명히 있었지만, 그게 성적인 동요는 아니었다는 말씀입니다."

 "동요가 일어나긴 했지만 흥분은 아니었다?"

 "흥분이 아니었다는 말이 아니라, 성적으로 자극되지는 않았다는 말입니다."

 "……."

무언가 기분이 나쁜 듯 미간을 좁히며 얼굴을 찡그리는 남자. 사내의 눈을 날카롭게 쏘아보는 남자의 충혈된 눈. 그 눈을 피하는 사내. 손을 뒤척이다 멈추며 내쉬는 한숨. 뿜어지다가 짧게 끊어지는 하얀 입김. 파르르 떨리는 듯 떨어지는 백열등 불빛.

"잠시 쉬었다가 할까?"

유도심문을 닮은 듯한 남자의 말투. 그러나 남자의 말이 채 끝나기도 전에 흔들리는 사내의 창백한 얼굴. 약하지만 완강한 거부의 몸짓. 작은 체구에서 뿜어져 나오는 알 수 없는 열기. 극도의 불안이 만들어내는 것인지도 모르는, 혹은 수모를 견딤으로써 생겨나는 듯한 떨림.

"청바지의 날근거리는 무릎 위에 가지런히 올려져 있던 그 여자의 손톱에서 까맣게 낀 때를 발견한 것은, 제가 그녀의 손톱에 칠해진 낡은 분홍빛 매니큐어를 발견해낸 얼마 뒤였습니다."

숙여졌다가 천천히 들어올려지는 사내의 얼굴. 핏기라고는 전혀 찾아볼 수 없을 정도의 창백함. 무서울 정도의 연약함. 가볍게 떨리는 사내의 입술.

"저는 잠시 생각했습니다. 이 여자는 무엇을 하는 여자일까, 저 손톱에는 왜 까만 때가 끼어 있을까……. 그제서야 저는 재빨리 그 여자의 이곳저곳을 살펴보기 시작했습니다."

"옆자리의 남자가 자기를 살펴보고 있는 데도 그 여자는 가만히 있던가?"

"그 여자는 아마도 거의 눈치를 채지 못했을 겁니다. 아무리 제가 취해 있었다고는 해도, 드러내놓고 누군가를 살펴보는 따위의 예의에 어긋나는 짓은 하지 않았겠죠. 그건 장담할 수 있습니다.

더구나 그 여자는 마침 가볍게 졸고 있었기 때문에 저의 곁눈질을 알아차렸다고는 더욱 보기 힘들 겁니다."

"아무튼 좋아, 계속하게."

"그 여자가 입고 있던 두툼한 오리털 파카는 빨간색이었습니다. 미즈노 상표가 붙어 있는 걸로 봐서 그다지 비싼 것도, 싸구려도 아니라고 저는 생각했었죠. 다만 그 파카의 빨간색도 많이 바래 있었기 때문에 대충 사오 년은 족히 입어온 것이라는 짐작이 갔습니다. 아니면 누군가로부터 얻어입은 건지도 모른다고 생각했습니다. 아니, 그때 전 후자 쪽에 마음이 더 기울어져 있었던 것 같습니다. 왜냐하면 아무래도 그 여자에게는 그 오리털 파카가 약간 커 보이기도 했고, 또 입은 모양새가 어딘가 어색해 보였기 때문입니다."

"……."

"그런데 그 오리털 파카의 주머니 쪽에서 저는 그 여자의 손톱에 낀 때와 거의 유사한 까만 얼룩을 곧 발견할 수 있었습니다. 그런 얼룩은 청바지의 곳곳에도 똑같이 묻어 있었습니다. 저는 곧 어떤 결론 하나를 내렸습니다. 이 여자는 공단의 근로자일 것이다, 라는 것이 그것이었습니다."

"공순이?"

"제가 발견한 그 까만 때와 얼룩은 그 여자가 수행하고 있는 고되고 힘든 노동을 쉬 짐작하게 만들었습니다. 제가 그렇게 짐작한 것은 우리가 타고 있던 전철이 1호선이었다는 사실과 깊은 연관을 맺고 있었습니다. 저보다 먼저 전동차에 타고 있었던 걸로 봐서 영등포나 구로공단 쪽에 그 여자가 일자리를 갖고 있을 것이고 그렇다면 결국 그녀의 거처로 돌아가기 위해서는 1호선 전동차를 이용할 수밖에 없을 거라는 거죠."

"전혀 아닐 수도 있지. 아무튼 좋아. 그래서, 그 여자가 공순이라서 어떻다는 거야. 갑자기 그 여자로부터 지독한 연민이라도 느꼈었나? 그 지독한 연민 때문에 그 끔찍한 일을……."

"아닙니다! 아니에요. 전 정말 아닙니다!"

성난 물굽이처럼 의자를 박차며 황급하게 일어서는 사내의 몸. 거의 동시에 사내의 어깨를 내리누르며 사내를 주저앉히는 남자의 완강한 손. 대들 듯 터져나오는 사내의 목소리. 그러나 어느 정도 기가 꺾인 듯한 움직임. 사내의 목청을 타고 흘러내리는, 흩어진 철자들을 황급하게 끌어모은 듯한 말. 혹은 자조적인 반문.

"공순이라고 그랬습니까?"

사내의 희번득거리는 눈동자. 찰랑거리는 물잔 속의 물. 짧고 날카로운 비명처럼 울렸다가 멈추는 철제 의자의 삐걱거림. 백열등 불빛 속으로 잠겨드는 먼지 가루들. 숨막히는 잠깐 동안의 정적. 눈물이 쏟아질 것 같은 사내의 눈.

"연민이라고 그랬습니까? 지독한 연민이라고 그랬습니까?"

"……."

"그럴 수도 있었겠죠. 아니 분명히 그랬을 겁니다."

"……."

"그 여자가 지니고 있는 건 온통 낡은 것투성이였지요. 그건 그냥 가난이라고 하는 것과는 달랐습니다. 저는 그날 오전에 어떤 출판사와 소설을 출간하기로 계약을 했던 일을 생각했습니다. 저로서는 매우 중요하고 귀중한 계약이었습니다. 저는 절친한 젊은 소설가 한 사람을 전화로 불러내어 그와 술을 마셨고, 그에게 그날 오전에 있었던 저의 소설 계약에 관한 얘기를 들려주었습니다. 저는 그에게 몇 번이나 말했습니다. 계약조건 중의 가장 중요한, 월 백만 원의 지원금에 대한 걸, 특히 강조해서 말이죠."

"한 달에 백만 원?"

"제 얘기를 들은 그 소설가 친구가 그러더군요."

"뭐라고?"

"최저생계비군, 이라고."

"최저생계비? 한 달에 백만 원이?"

"전 출판사로부터 그 조건을 따내기 위해 많은 고심을 했습니다. 저의 아내와 아니, 그리고 소설만 써서 먹고 살아야 하는 제 자신에 대해…… 가능하면 그 조건을 관철시켜야 한다고 생각했습니다. 그 조건만 받아들여진다면 출판사와의 계약을 이행하는 건 그다지 어려운 일이 아니라고 판단되었습니다. 일 년에 다섯 권 분량의 소설…… 그것을 집필해내기 위해 가장 필요한 것은, 충분한 자료라든가 그것을 써내기에 뒤떨어지지 않을 체력 같은 것들보다 오히려 그 소설을 써내는 일 년 동안의 생활보장이었지요. 그것이 월 백만 원의 돈이었습니다. 그리고 다행히 출판사의 관계자들은 제가 제시한 조건을 흔쾌히 받아들여주었지요. 그런데……"

선반에 올려놓은 꽤 무거운 물건이 툭, 하고 떨어지는 것처럼 순간적으로 꺾어져버리는 사내의 목소리. 아까와는 달리 부드러워진 듯, 혹은 냉담해진 듯 무표정하게 변한 남자의 얼굴. 짧은 하품. 남자의 눈가에 맺혔다가 증발되는 물기. 다시 뒤척이는 사내의 손. 철컹거리는 소리를 만들어내는 수갑. 물잔을 집어올렸다가 마시는 걸 포기해버린 듯 도로 탁자 위에 내려놓는 사내.

"그렇다면 자넨, 전철 안에서 우연히 목격하게 된 어떤 여자의 때 긴 손톱을 통해 그날 오전에 있은 자네 자신의 어떤 일들을 반성하게 되었다는 그 얘기를 하고 싶은 건가?"

"정확히는 저도 모르겠지만, 그걸 반성이라고 말씀드릴 수는 없습니다."

"그럼 뭔가, 도대체?"

"한 달에 백만 원씩의 지원금을 받고 일 년 동안 다섯 권 분량의 소설을 집필해준다는 계약조건이 어째서 반성의 대상이 되겠습니까."

"그럼 뭐야? 왜 갑자기 그 여자 얘기를 하다가 난데없이 너의 소설계약 쪽으로 방향을 틀어버리냔 말이야."

"……"

물잔을 이윽히 바라보는 사내. 오래도록…… 긴 시간 동안…… 사내와 남자 사이를 가로막는 침묵. 백열등 불빛과 탁자, 철망으로 막힌 유리창으로 옮겨 가는 사내의 눈길. 긴 쇠막대를 두르렸을 때처럼 가까이에서 울리다가 차츰씩 멀리로 사라져가는 차소리. 다시 정적.

"아무래도 충분히 납득이 가도록 하자면, 이 얘기를 좀더 길게 할 필요가 있을 것 같습니다."

"좋아좋아, 아무래도 좋아. 어차피 우리에겐 시간이 많으니까."

사내의 목줄기를 타고 넘어가는 침덩이.

"먼저 말씀드리고 싶은 건, 결코 그 여자의 손톱에 긴 까만 때라든가 그 여자의 옷에 묻어 있던 검뎅이 같은 것과 그날 오전에 제가 치러낸 출판사와의 계약조건 중의 지원금과는 아무런 관계도 없다는 사실입니다. 다만, 문득 그 여자에게서 발견한 몇 가지 점들로 인해서 제 삶을 되돌아보게 된 것일 뿐이었습니다. 일테면, 제가 소설이란 것을 쓰기 위해 다른 무엇보다 경제적인 것을 먼저 생각해야 한다는 것과, 그 여자가 아름다움에 관한 한 치명적인 것이랄 수 있는 손톱 속의 때와 검뎅이를 훔쳐내지 못한 채로의 입성을 사람들 앞에 적나라하게 드러내놓고 있다는 사실은 어딘가 유사하다는 것입니다."

아무런 긍정의 뜻을 담고 있지 않은, 상투적인 듯한 남자의 끄덕임. 고개를 끄덕일 때마다 조금씩 흔들리는 남자의 안경과 안경 속의 눈. 어지러움.

"그것도 동병상련인가?"

"조금 뒤에 전, 그 여자가 그림을 전공하는 미술대학의 여학생인지도 모른다는 생각을 하게 되었습니다."

"그건 왜?"

"그랬으면 하고 바랐습니다. 전동차가 막 성북역을 빠져나가고 있었지요. 이제 창동역까지는 세 정거장, 약 오 분 정도밖에 남질 않았었죠. 그동안 어떻게든 그 여자에 관한 결론을 내리고 싶었습니다."

"그건 또 왜?"

"그럴 수밖에 없었습니다. 그 이유는 없습니다. 모르겠습니다. 어쨌든 아무런 결론도 내리지 못한 채 그 여자를 두고 그냥 내릴 수는 없었습니다. 저는 초조했습니다. 요의를 느낄 정도로 다급했습니다. 찔끔찔끔 오줌이 새는 것 같기도 했습니다. 그래서 저는 그렇게 생각한 것입니다. 다른 이유는 없었습니다. 그림을 그리다가 집으로 돌아가는 여자. 그럴 수도 있다는 생각이 들었습니다. 만약 그렇다면 그 여자의 손톱에 낀 때는 물감찌꺼기일 것이고 옷에 묻은 검뎅이는 역시 물감자국일 게 분명했던 거죠. 그렇게 결론을 내리고나자 비로소 저는 어느 정도 안심이 되었습니다. 처음 생각보다는 훨씬 더 낭만적이기도 하거니와 오히려 더욱 그럴 가능성이 짙어 보였습니다. 저는 고작 세 정거장밖에 남지 않은 그 시간이 너무도 길고 지루했습니다. 빨리 내리고 싶었습니다. 애써 내린 저의 결론이 맞아주었으면 하고 바라긴 했지만, 그걸 확인하고 싶지는 않았습니다. 확인시켜 줄 방법이야 강구해 볼 수도 있었겠지만, 어쨌든 전 제 생각을 고스란히 간직한 채로 가능하다면 전동차에서 뛰어내려 버리고 싶었습니다. 절 이해하시겠습니까?"

"전혀!"

여유 있게 흔들리는 남자의 얼굴.

"그런데 갑자기 그 여자가 자리에서 일어났습니다."

"그게 월계역이었겠지."

"그 여자가 졸음에서 깨어나 벌떡 자리에서 일어난 것은 정차역이 월계역이라는 걸 알리는 청명한 여자의 아나운스먼트가 막 끝나는 시각과 거의 동시였습니다. 저도 모르게 제 몸이 벌떡 일어나졌습니다. 마치 누군가가 제 외투의 뒷덜미를 끌어올리는 것처럼."

"그래서 함께 내렸겠군."

"하는 수 없었죠."

"그래서?"

"저는 플랫폼으로 내려서는 그 여자의 뒷모습을 보면서 제가 어렵게 내렸던 결론들이 순식간에 뒤집혀지는 것을 보았습니다. 아무리 부정적인 것은 교묘하게 숨어 있는 법이라고 하지만, 그건 매우 성공적인 기습이었습니다."

"성공적인 기습? 이런 순간에도 문학적인 표현을 쓸 수 있다니, 대단한 여유군."

"저는 제 생각이 얼마나 한심하고 저의 상상력이 얼마나 저급한 수준의 것인가를 한탄하는 데 주저하지 않았습니다. 그리고 저는 생각했습니다. 저 여자는 미술을 전공하는 여학생이 아니다, 따라서 저 여자의 손톱에 낀 것은 물감의 찌꺼기가 아니며 옷에 묻은 검뎅이도 물감자국이 아니다, 저 여자는 구로공단의 어느 조악한 봉제공장 작업실에서 죽음과도 같은 열 시간 동안의 노동을 마치고 지금 집으로 돌아가는 길이다, 산업재해를 입고 몸져누운 남편과 봉제공장 일을 계속하기 위해서는 강제로 젖을 떼어야만 했던 그녀의 어린 아기가 사는 누추한 지하셋방으로 돌아가는 저 여자는 어쩔 수 없는 이 시대의 밑바닥 인생이…… 저는 결국 그렇게 확신을 했습니다."

비웃듯 짧게 어렸다가 사라지는 남자의 미소. 그에 아랑곳하지 않고 이어지는 사내의 목소리.

"그런 확신이 내려지면서 저는 당황스러워지기 시작했습니다. 높다란 역사(驛舍)에서 내려다보니 더러운 천변(川邊)으로 곧 허물어질 듯한 판잣집들이 길다랗게 늘어서 있었습니다. 저는 그 여자의 집도 그 어느 것 중의 하나일 거라고 생각했습니다."

"자네는 계속 그 여자의 뒤를 따라가고 있었나?"

"아닙니다. 그녀를 불러세웠습니다."

"뭐라고 하면서 불러세웠지?"

"그냥…… 이봐요, 아주머니, 라고……."

"아주머니? 하하하! 이 친구, 완전히 소설 만들고 있구만."

"네……?"

갑자기 얼굴을 굳히는 사내와 남자. 두 사람의 대조적인 눈빛. 하나는 곧 허물어질 것 같은 낭패감이 깃든 것, 다른 하나는 투명한 렌즈를 통과하면서 더욱 차갑고 냉혹스러워진 그것.

"그 여자는 이제 겨우 열아홉 살밖에 먹지 않은 새파란 처녀라는 걸 넌 누구보다 잘 알고 있었잖아! 그런데, 뭐? 아주머니?"

교묘하게 올라가는 남자의 억양. 여전히 굳은, 초점을 잃은 듯한 사내의 눈동자. 그가 바라보는 허공의 한점. 차가운 공기. 천천히 내려앉은 사내의 얼굴. 얼굴과 거의 맞닿을 듯한 철제 탁자의 모서리. 탁자 아래로 툭하고 떨어지는 사내의 두 손. 철컹거리는 쇳소리.

"그래, 그 아주머니란 여자가 뭐라고 그러던가?"

"……."

"뭐라고 그러더냔 말야!"

탁자를 세차게 내려치는 남자. 찰랑거리며 떨리는 물잔 속의 물. 꿈틀거리는 사내의 어깨와 몸.

"소설가?"

"……."

"이봐, 소설가 선생!"

천천히 들어올려지는 사내의 얼굴. 곧 눈물이 쏟아질 것처럼 벌게진 사내의 눈자위. 한줄기 맑은 콧물이 주르르 흘러내리는 사내의 인중. 조심스럽게 흔들리는 그림자. 양복 소매 밖으로 삐져나온 고동색 티셔츠의 소매끝을 당겨 천천히 손목을 가리는 남자. 아랫입술을 적시는 남자의 윗입술. 반들거리는 안경의 검정빛 뿔테.

"자, 우리 한번 논리적으로 추적해 보자구."

"이건 논리적으로 추적해서 되는 일이 아닙니다. 이건 실제에 일어난 일을 그대로 받아들이면 되는 겁니다."

"하지만 자네가 지금 소설을 쓰고 있잖아. 소설이란 뭔가? 자네가 더 잘 알겠지만 그건 일어나지 않은 일이야. 허구란 말이지. 아무리 일어날 법한 일이라고 변명한다 해도 역시 그렇기 때문에 더욱 그건 사실이 아니야. 허구를 허구로 받아들일 수 있는 사람이야말로 가장 훌륭한 소설의 독자지. 그런 점에서 나는 거의 완벽한 독자라고 자부하네. 그런 허구를 자꾸만 만들어내서 내게 진술이랍시고 지껄여댄다면, 내가 아무리 문학인을 사랑하는 사람이라고 해도 어디 참고 넘어갈 수가 있겠냐, 이 말이야."

"전 지금 소설을 쓰고 있는 게 아닙니다. 허구를 만들어내는 게 아닙니다. 두 시간의 알리바이를 납득시키기 위해 노력하고 있는 중입니다."

"아주 당당하시군."

비아냥거림과 수치심의 거리. 그 간극을 왕복하는 잠시의 침묵. 이제 흔들림없는 물잔 속의 물.

"그래, 자네가 아주머니, 하고 그 여자를 불러세우니까 그 여자는 어떤 반응을 보이던가?"

"그 여자는 걸음을 멈추지 않은 채로 저를 돌아보았습니다. 그리곤 저더러 자기를 부른 거냐고 물었습니다."

"그래서?"

"잠시 시간을 낼 수 없냐고 물었습니다. 저는 걱정이 되었습니다. 너무 늦은 시각이었기 때문에 혹시 그 여자가 저의 제의에 오해를 할지도 모른다는 생각이 들었습니다. 그렇지만 용기를 내서 저는 말했던 것입니다."

"그랬더니?"

앞쪽으로 쏠리는 남자의 얼굴에 가득 담긴 이상한 웃음. 무시하는 태도, 혹은 사내의 말을 도저히 믿을 수 없다는 표정. 남자의 얼굴 위에 머무는 사내의 시선. 무언가 거의 포기한 듯한 낭패감이 깃든 얼굴.

"다행스럽게도 그 여자는 별다른 거부감을 보이지는 않았습니다. 오히려 저의 제의가 신기하다는 듯 눈빛까지 반짝거렸습니다. 그 여자와 나는 텅 비어서 매우 을씨년스러워 보이는 역사 안의 작은 의자 위에 나란히 앉았습니다."

"그 여자가 순순히 자네의 제의에 따랐단 말인가?"

"그렇습니다."

"여전히 자네는 그 여자의 손톱과 손톱에 낀 까만 때에 관심을 가지고 있었고?"

"그렇습니다."

"여전히 자네는 그 여자가 구로공단 봉제공장에 다니는 공순이라고 생각하고 있었고, 또 그 여자의 집에는 반신불수의 남편과 젖먹이 아이가 있다고 믿고 있었단 말이지?"

"그걸 확인하고 싶었습니다."

"왜? 그 여자를 도우려고?"

"아닙니다. 그 여자를 어떤 식으로 돕겠다고 생각해본 적은 한 번도 없었습니다."

"오호, 그러니까 오직 그 여자에게만 관심이 있었다? 밤도 이슥하겠다 술도 제법 거나하게 취했겠다?"

"몇 번이나 말씀드렸지만 그런 식의 관심은 조금도 없었습니다. 저는 오직 그 여자의 손톱과 손톱에 낀…… 제기럴!"

한숨을 푸욱 내쉬며 고개를 떨구는 사내. 무슨 이유에선지 벌겋게 달아오른 얼굴. 그럴수록 점점 더 일그러지는 맞은편 남자의 표정. 곧 주먹으로 탁자라도 내려칠 것 같은 험악한 분위기. 그러나 무언가를 끝까지 참아보겠다는 듯한 남자의 태도. 흔들리는 백열등 불빛. 철망 사이로 새어들어오는 차가운 바람. 쇠파이프 속을 공명(共鳴)하듯 창문을 타고 들려오는, 이쪽에서 저 세상의 끝으로 달아나버리는 차 소리.

"결코 논리적으로 설명되어질 수 없는 일들이란, 소설 따위에서만 생겨나는 건 아닙니다. 얼마든지 현실에서도 일어날 수 있는 거지요. 납득할 수 없다고 말씀하신 그 두 시간의 제 행적도 그럴지 모릅니다. 하지만 전……."

"잠깐!"

"……."

"난 그렇게 생각하지 않아. 논리적으로 설명되어질 수 없는 일들이란 소설에서도 현실에서도 있을 수가 없어. 그렇지 않나? 가만 생각해 봐. 논리가 뭔데? 쉽게 말해 앞뒤가 맞아떨어지는 걸 뜻하지 않나. 도대체 앞뒤가 맞아떨어지지 않는 것이 뭐가 있나? 오직 단 하나가 있지. 거짓말!"

"⋯⋯."

"거짓말은 소설이 아니야. 그러니 자네가 말한 건 틀려. 소설에서든 현실에서든, 논리를 가장한 거짓말을 변별할 수 있어야 하지 않겠나? 자네는 소설에서 그 일을 하고, 난 여기 이 자리에서 그걸 수행해내지. 이십 년 동안."

"제 말은 그게 아닙니다. 앞뒤가 맞아떨어지는지 그렇지 않는지를 누군가는 판단해야 할 것 아닙니까. 그걸 논리라고 한다면, 판단자가 누구인가에 따라서 어떤 것은 앞뒤가 맞는데도 맞지 않을 수도 있고, 또 맞지 않는데도 불구하고 맞는다고 판단되어질 수도 있을 것이고, 그래서 논리란 이미 불가능하다고까지 말할 수 있다는 말입니다. 판단되어진다는 사실과 누군가든 판단자가 된다는 사실은 이미 논리를 뛰어넘어 있어요. 누가 더 논리적인가를 따질 수는 있겠죠. 하지만 더 논리적이라는 것만 있을 뿐, 그것도 이미 논리와는 아무 상관도 없는 겁니다. 아닌가요?"

"⋯⋯."

"왜 저의 얘기를 믿으려 들지 않습니까?"

"자넨 아직 술이 덜 깬 사람처럼 말하고 있군. 사건은 열흘 전에 일어났고, 어젯밤부터 자네는 알코올 냄새도 맡지 않았을 텐데 말이야."

"제 얘기를 계속해도 될까요?"

"논리적으로 날 설득할 수 있는 거라면."

고개를 들었다가 한쪽으로 돌려버리는 사내. '제기럴?' 버릇처럼 툭 던지는 한마디. 왼쪽 손등을 신경질적으로 긁다가 우뚝 멈추어지는 사내의 오른쪽 집게손가락. 수갑에 반사된 백열등 불빛.

"저는 그 여자의 얼굴을 찬찬히 살펴볼 수 있었습니다. 아까도 말씀드렸지만 그 여자의 얼굴에 드리워진 어두운 그늘에서 저는 가난뿐이 아니라 그 여자가 겪고 있는 온갖 삶의 피폐를 읽을 수 있었습니다. 하루하루를 살아가며 형벌처럼 감당해야 하는 온갖 곤욕들과 피곤이 덕지덕지 달라붙어 때처럼 낀 그녀의 살갗은 참으로 눈을 뜨고 바라볼 수 없을 정도였습니다. 그래서 저는 물었습니다."

"뭐라고?"

"처음에 저는 월급을 얼마나 받느냐고 물었습니다."

"그랬더니?"

"처음에 그 여자는 완강하게 부인했습니다. 월급 같은 건 받지 않는다고 그러더군요."

"당연하지."

"당연하다구요?"

"그럼. 그 여자는 자네의 생각처럼 공순이가 아니라, 열아홉 살먹은 재수생이었으니까. 아르바이트로 몸을 파는."

"네?"

"왜 금시초문인가?"

"아닙니다. 거기에는 틀림없이 뭔가 오해가 있을 겁니다. 그 여자의 얼굴은, 적게 보아도 서른 살은 먹은 사람의 그것이었습니다. 아무리 취했다고는 해도 그 정도로 판단을 잘못할 리는 없어요. 그 여자의 얼굴은 분명, 찌든 중년 여인의 그것이었습니다."

"별 수 없군. 자넨 완전히 돌았어. 그렇지 않다면 자넨 날 속이기 위해 철저하게 정신병자 흉내를 내고 있어."

"……."

"좋아, 계속해 보라구."

"그 여자가 자신의 봉급 액수를 제게 말하지 않는다는 사실에 대해 저는 조금 실망스러웠습니다. 그러곤 생각했죠. 봉제공장 사장이 벌써 여러 달째 월급을 체불시키고 있다는 걸 말입니다."

"점입가경이군……."

"저는 그 여자에게 다시 물었습니다. 당신은 왜 공장 가까이에 방을 얻지 않고 이 먼 곳에서 출퇴근을 해야 하느냐구요. 그러자 그 여자는 심하게 자존심이 상한 듯 벌떡 일어났습니다. 무어라고 잘 알아들을 수 없는 소리를 제게 했는데 저는 그녀의 태도가 이해되었습니다. 그렇게 야심한 시각에 일면식도 없는 남자로부터 심하게 자존심을 상처입게 된 여자로서는 충분히 취할 수 있는 태도였으니까요. 그래서 저는 이제 신분을 밝혀야겠다는 생각이 들었고, 저는 소설가라고 말했습니다. 죄송하다는 말도 덧붙였습니다."

"그랬더니?"

"그랬더니 그 여자는 역시 알아들을 수 없는 말을 하면서 심하게 얼굴을 붉혔습니다. 결국 저는 그 여자의 손톱에 낀 때에 관해 물을 수도 없고, 설사 묻는다고 해도 그녀는 끝내 대답하지 않을 거라고 생각이 들었습니다. 마침내 제가 어떤 결정을 내려야 할 때가 왔다고 판단되었습니다."

"……"

"저는 외투 주머니 속에 들어 있던 작은 봉투를 꺼내 그 여자에게 내밀었습니다. 그 여자는 당연히 받으려고 하지 않았습니다. 그래서 저는 그녀의 빨간 미즈노 오리털파카 주머니에 봉투를 찔러넣었습니다. 그 여자는 걸음을 옮기며 주머니에서 제가 찔러준 봉투를 꺼내 그 안에 든 걸 확인하고는 발걸음을 우뚝 멈추었습니다."

"그게 뭐였나?"

"백만 원짜리 수표였습니다. 그날 오전에 출판사와 계약을 하고 받은 계약금의 전액이었죠."

"……"

말없이 수첩을 꺼내 무언가를 적는 남자. 갸우뚱거리다가 멈추어지는 남자의 고개.

"그 여자의 얼굴은 순간적으로 창백해지더군요. 그러곤 발길을 돌려 제게로 걸어왔습니다. 저는 걱정스러웠습니다. 왜냐하면 제가 한 행동은 매우 우발적인 것이었고, 자칫하면 저의 행동이 더욱 그녀의 자존심에 상처를 입힐지도 모른다는 생각이 들었기 때문이었습니다. 그런데 의외로 그 여자는 저의 행동을 차분히 받아들이는 듯했습니다. 창백해진 얼굴은 좀처럼 회복되지 않았지만 말이죠."

"이건 아주 새로운 사실인데……. 무언가 실마리가 잡힐 듯도 하구만."

남자의 혼잣말. 물잔을 들어 목구멍 깊숙이 밀어넣는 남자.

"그래서?"

"그 여자는 자신의 집에 가서 따뜻한 차라도 대접하고 싶다고 그러더군요. 그 여자의 목소리는 왠지 떨리고 있었습니다."

"집이 아니라, 여관이었겠지. 사건이 일어난 그 여관 말이야."

"아무튼 믿지 않아도 좋습니다. 분명히 그녀는 저더러 따뜻한 차를 대접하고 싶다고 하면서 그녀의 집으로 모시고 싶다고 말했습니다."

"그래서 따라갔군."

"아닙니다. 전 그 정도로 몰염치한 사람이 아닙니다. 비록 계획에 없던 행동을 하긴 했지만, 결코 어떤 대가를 바라지는 않았습니다. 저는 제 행동을 깨끗이 마무리하는 의미에서 그 길로 저의 집으로 돌아왔습니다. 월계동에서 창동 주공아파트까지 걸어서 말이죠. 저의 두 시간을 이제 납득할 수 있겠습니까?"

"아니지. 자넨 아무것도 날 납득시키지 못했어."

"왜죠?"

"왜냐구?"

"단지 제 얘기를 믿을 수 없어서요?"

"당연하지. 그 여자의 시체에서는 자네가 말한 그 백만 원짜리 수표가 없었거든. 더구나 어제 자네가 대기실에 앉아 있을 때 사건이 발생했던 여관의 주인이 다녀갔었지. 그 여관의 주인이 자네의 얼굴을 확인했어. 그 여자와 함께 들어왔다는 남자가 자네란 말이야."

"전 결코 여자와 여관 같은 델 가지 않았습니다. 결코!"

거의 동시에 탁자를 치며 몸을 솟구쳐 올리는 두 사람. 손목이 아린 듯 얼굴을 찡그리는 사내. 사내를 주저앉히는 남자의 완강한 손. 그때, 벌컥 열리는 취조실의 출입문. 문 쪽으로 획하고 돌아가는 두 사람의 고개. 가죽잠바를 입은 젊은 남자가 내미는 서류 같은 낱장의 종이뭉치. 그것을 받아들고 빠르게 들여다보는 남자. 그의 얼굴을 스치며 지나가는 실망어린 표정. 가죽잠바의 남자를 나가라고 신호하는 남자의 손짓. 이윽고 사내를 바라보는 남자의 눈길. 그것을 마주하며 지친 듯 바라보는 사내.

"묘하게 피했군."

"……."

사내의 코 앞으로 손에 들고 있던 종이뭉치를 디미는 남자. 멍하니 그 종이뭉치를 바라보는 사내.

"죽은 여자애의 시체와 소지품에 묻어 있던 지문과 자네의 지문이 동일한 것인지 아닌지를 조회한 결과야. 다행이군. 이 보고서에 의하면 자네의 지문은 어디에서도 발견되지 않았다는 말이지. 하지만 그렇다고 해서 이 사건의 주용의자에서 자네가 제외됐다고 할 수는 없어. 아주 중요한 검사가 하나 더 남아 있으니까. 어쨌든 이 사건은 강간치사라는 아주 지독하고 위험한 것이니까. 어렵게 확보한 용의자를 그냥 놔둘 수는 없다 이거지."

매몰찬 남자의 언변에 멍해진 사내. 입술을 깨물다가 내쉬는 한숨. 문밖을 향해 소리를 지르는 남자.

"이봐!"

기다렸다는 듯 벌컥 열리는 문. 문을 열고 나타난 가죽잠바의 젊은 남자. 그를 향해 던져진 남자의 한마디.

"그거 이리 가져와."

불안한 듯 이리저리 시선을 돌리는 사내. 병의 밑둥을 적당히 자른 것처럼 생긴 둥근 모양을 한 흰 플라스틱 용기를 탁자 위에 올려놓고 다시 문을 닫고 나가는 가죽잠바. 차가운 공기를 타고 말아지는 가죽 냄새.

"이게 뭔 줄 알겠나?"

"……."

"마지막 절차. 아니, 자네의 그 허구를 낱낱이 깨부술 수 있는 실마리지. 아무튼 그동안 수고했네."

"……."

조그마한 하얀 용기를 사내의 앞쪽으로 디밀며 몸을 일으키는 남자.

"여기에다 자네의 정액을 적당량 쏟아놓게나. 내가 자리를 피해 줄 테니까."

"……."

철제 의자가 시멘트 바닥을 긁는 소리. 남자의 구둣발 서너 개. 멈춤. 정적. 차 소리. 지그시 눈을 감는 사내. 그를 바라보는 남자.

"필요하다면 플레이보이나 펜트하우스를 가져다주지. 빨리 작업을 끝낼 수 있는 거라면 포르노비디오라도 보여줄 수 있어. 하하하! 아니면 그 여자애 사진을 갖다줄까? 하하하!"

바람을 일으키며 사내의 곁을 지나가는 남자. 얼어붙은 듯 도무지 입을 떼지 못하는 사내. 전율. 떨림. 비수처럼 뇌리를 스치고 지나가는 아내의 얼굴, 아이의 활짝 웃는 모습.

"안돼!"

멀어져가는 남자의 발자국소리. 휙 돌아보는 사내.

"이건 인권유린이야!"

"개소리 하지마!"

"……."

"넌 그 여자애가 공순이가 아니라는 사실을 알고 분노를 느꼈어. 아니 자네의 그 터무니없이 발동된 상상력을 혐오했을지도 모르지. 그리고 정말 주었을지도 모르는 그 백만 원짜리 수표를 돌려받고 싶었던 게지. 아니야, 아냐. 넌 처음부터 그 여자애를 죽이고 싶었을지 몰라."

"……."

"아무래도 좋아. 그 컵 속에다 정액을 남겨 놓으라구. 그게 모든 걸 말해줄 테니까."

취조실 문의 손잡이를 돌리는 소리. 멈춤. 한참 동안의 정적. 다시 들려온 남자의 목소리.

"참, 아까의 내 얘기를 마무리지어야겠군. 기억하고 있겠지."

"……."

"내가 어떤 독자인지 들려준다고 말했었지. 난 말야, 운좋게 소설 쓰는 분들을 만나면서 느낀 게 하나 있어. 그건 아주 재미난 발견이었지."

"……."

"자네 나르시소스의 신화를 알고 있나? 소설가니까 그쯤은 알고 있을 테지. 물 속에 비친 제 모습에 반해 뛰어들었다가 익사해 버린 불우한 운명의 소유자, 나르시소스. 익사한 그 연못가에 피어난 꽃을 그렇게 부른다더군. 우린 그걸 수선화라고 하지. 난 말야. 소설가들이 그런 존재같이 느껴져. 제 모습에 취해 삶을 내던

지고, 아니 삶을 송두리째 그르치는 불우한 운명의 소유자…… 어때, 그럴듯하지 않나?"

"……"

"이보게, 젊은 나르시소스."

남자를 향해 천천히 뒤를 돌아보는 사내. 한줄기 맑은 눈물이 흐르는 그의 눈. 그 위로 떨어지는 차디찬 남자의 목소리.

"세상은 나르시소스를 경멸하지. 온몸을 다해!"

쿵, 하고 닫히는 문. 완강한 닫힘. 되돌아와 힘없이 탁자 위로 무너지는 사내의 얼굴. 시멘트 바닥으로 한 방울씩 떨어지는 코피. 천천히 스며들며 번져가는 피의 흔적. 물 속으로 떨어진 것처럼…… 물 속…… 나르시소스…… 소설가…… 낮은 울음소리…… 사내의 등을 향해 힘없이 떨어지는 백열등 불빛. 심하게, 격렬하게 떨리는 사내의 온몸.

"……"

침묵. 가장 완전한 침묵.

"……"

어디선가 들려오는, 수선화의 꽃대궁이 부러지는 소리.

작 품 이 해

▮작가 소개 ▮

하창수는 1960년 경북 포항에서 태어나, 영남대학교 경영학과를 졸업했다. 1987년 《문예중앙》 신인문학상에 동학혁명을 전공하는 한 지체 부자유 대학원생의 자아와 시대의 갈등을 형상화한 중편 소설 〈청산유감〉이 당선되어 문단에 나왔다. 1991년 군대에서의 경험을 바탕으로 쓴 첫 장편 소설 《돌아서지 않는 사람들》로 제24회 한국일보 문학상을 수상했다.

첫 작품 〈청산유감〉에서 그려지고 있는 학문 추구, 학생 운동 그리고 그 속에서의 갈등 등은 통속적인 배려임에도 불구하고, 이런 경향은 〈병사〉, 〈진술〉, 〈천원〉을 거쳐 〈더 깊어지는 강〉에 이르며 〈암묵과 변설〉에서 더욱 구체화된다. 이 작품은 제대를 불과 석 달 앞둔 말년병장 하나가 철책근무 부적격자로 판정되어 '우리' 중대로 전출왔다가 여사여사한 일을 겪으며 제대해간다는 내용이다. 여기에서 작가가 드러내고자 한 참주제는 그의 웃음 속에 놓인 조소와도 같은 비겁함이다. 또 이것은 《돌아서지 않는 사람들》로 이어지는데, 이 소설은 통속적인 배려도 논리도 거부한 묘사 일변도, 즉 감각 자체로 이야기를 엮어 가고 있다.

하창수는 소설집 《돌아서지 않는 사람들》, 《차와 동정》, 《젊은 날은 없다〉,《알》,《원룸》, 엽전소설집《껄껄》등을 발표하며 제도의 횡포와 권력 의지에 맞서는 개인의 자유 의지의 형상화에 몰두해 왔다. 또한 〈그들의 나라〉에서는 소설의 시공간을 150년 전으로 옮겨 부조리한 전통과 제도의 틀을 깨고자 고투하다 좌절하는 예술가들의 삶을 통해, 작고 평범한 존재들의 열정과 예술혼을 그려내었다. 1994년에 나온《허무총1, 2》는 다양하고 탁월한 문학 기법을 통해 지금까지 지녀 온 문학에의 투혼을 망라, 지극한 문학철학과 유연한 실존의식으로 허구와 현실의 벽을 넘나들며 하창수 문학의 정수를 이루어냈다는 평을 받고 있다.

▌이해와 감상 ▌

하창수의 〈수선화를 꺾다〉는 소설에 대한 일반적인 통념에 기댄다면 실망스런 작품이다. 소설이란 무엇보다 그럴듯한 사건이 펼쳐지는 이야기라는 것이 통념이다. 그러나 이 소설은 이야기라고 할 만한 사건도 두드러지지 않고, 이야기의 전개도 인물들의 대화로 채워져 있다. 등장인물도 사내와 남자 단 두 사람이 전부이다. 그런데도 이 소설은 우리에게 퍽이나 인상깊다.

작품은 소설가인 사내가 젊은 여인을 죽였다는 혐의로 잡혀와 남자의 취조를 받고 있는 장면에서 시작되는데, 내용 전체가 이러한 장면의 연속으로 꾸며져 있다. 서술자는 대체로 중립적인 시점을 유지하고 있다. 이 작품은 마치 인물들의 대화가 고스란히 엮어가는 한 편의 극을 보는 듯한 인상이다. 또한 명사로 서술이 끝나고 있어 여기에서 서술자가 사실을 설명하려는 것이 아니라 객관적으로 제시하려 한다는 것을 알 수 있다.

사내는 밤늦은 창동행 지하철 1호선에서 신분이 확실치 않은 어떤 여인을 만나게 된다. 적어도 사내의 말에 의하면, 외관상으로 그 여인의 직업이 무엇인지 알 수 없을 정도로 혼동된다. 사내는 그 여인의 정체를 알고 싶어하는데, 여인의 손톱에 끼인 때를 보고 그 여인의 신분을 추측하기 시작한다. 손톱의 때는 파카의 얼룩으로 이어지면서 사내가 여인을 바라보는 시선은 공장의 노동자에서 미술학도로, 미술학도에서 노동자로 이동한다. 사내는 자기의 추측을 확인하기 위해 여인이 내리는 곳에 내려, 그 여자가 공단의 노동자이며, 반신불수인 남편과 아이가 있다고 판단하고 그날 소설 계약금으로 받은 백만 원을 준다. 그러나 여인은 여관에서 죽고 만다. 유력한 용의자로 지목되어 체포된 사내는 취조 과정에서, 사건 현장 지문조사 결과 사내의 것이 아니라는 판정을 받았음에도 정액 검사를 강요받는다.

이러한 내용은 이야기의 흐름에 따라 알 수 있는 줄거리이다. 등장 인물들은 이름이 없고 사내와 남자로만 되어 있는데, 이 두 인물의 대립되는 의미 영역을 알아내는 것이 이 소설을 이해하는 데 중요하다.

남자는 극히 상식적으로 생각하며 사실에 근거하여 말하는 데 비하여, 사내는 상상에 근거하며 자기 감정에 충실하다. 남자가 인과성 · 논리성이라는 합리적인 세계의 인물이라면, 사내는 그것과는 다른 감성으로 받아들인 경험의 세계가 진실이라고 믿는 생동력 있는 세계의 인물이라 할 수 있다. 따라서 사내와 남자의 대화가 이루어지기란 정말 어렵다. 사내는 사실보다는 상상을 중시

하고, 논리보다는 감정에 따르며, 이해관계보다는 자신의 판단에 따라 행동하는 인물이다.

　물론 이 소설에서 작가는 남자보다는 사내 쪽에 공감하고 있다. 이것은 이 소설의 제목에서도 암시되고 있다. 수선화는 영어로 'narcisus'라고 하는데, 그리스 신화에 나오는 미소년 Narcisus 에서 온 것이다. 남자는 사내를 보고 나르시스트라고 경멸하지만, 우리는 여기에 동의할 수 없을 것이다.

　취조관인 남자는 일상의 논리를 지닌 상식적인 사람으로서, 자기 방어가 강할 뿐 아니라 타인에게 매우 공격적이다. 반면 피의자인 사내는 소설가로서 타인에 대한 공격은커녕 자신의 방어조차 어려운 사람들이다. 상식적으로, 논리적으로 생각할 수 없는 행동을 하는 사내의 행동에 대해 수긍하기 어려운 면도 있지만 그와 같은 상식으로는 재단할 수 없는 일로 의미를 창조하는 이들이 소설가인 것이다. 수선화가 꺾이듯 이들은 꺾이고 있다. 과연 이들이 구금당하고, 혐의를 받고, 모욕을 당하는 것이 정당한 것인지를 곰곰이 생각해 봐야 할 것이다.

생각해볼문제

1. 이 작품에서 사내가 하고 있는 생각이나 행위, 가령 사소한 것(여인의 손을 본 것)에서 경이로움을 발견한다든지, 여자의 손톱이나 손톱의 때에 관심을 보인다든지, 여자의 직업에 대해 결론을 내리지 못했다고 차에서 내렸다든지, 여자의 차림이나 전차에서 내린 동네의 상황을 보고 형편도 어려운 소설가가 선뜻 백만 원을 준다든지 하는 행위가 어떤 의미가 있는지 생각해 보자.

2. 이 작품의 내용과 관련해서 '수선화를 꺾다'라는 의미가 무엇인지 생각해 보자.

생각의 길잡이

⊙ 1. 이 소설에서 사내가 하는 말이나 행위에는 상식적으로 납득하기 어려운 부분이 많다. 문제에서 제시되고 있는 생각과 행위들이 그렇다. 이런 행위나 생각들은 남자의 입장에서 보면 지극히 비상식적인 세계에 속한다. 말하자면 논리와 합리성, 인과성으로 세계를 판단하는 남자의 세계에서는 사내의 행위가 자기 세계에 함몰된 나르시스트에 불과하다.

그러나 과연 이 세계가 인과성과 합리성 혹은 논리성으로만 이루어지는지는 생각해 볼 문제이다. 인과성 · 합리성 · 논리성은 인간의 이성이라는 이름으로 묶일 수 있는 것인데, 이런 인간의 이성이 발현된 현상을 본다면 다른 생각도 가능하다. 이성의 이름으로 핵무기가 개발되었고, 그래서 수많은 사람이 전쟁으로 죽었다. 그리고 환경 파괴도 심각한 수준에 도달했다. 물론 의학의 발달 등 인간에 도움을 준 측면도 간과할 수 없다. 하지만 인간에게 도움을 주는 차원을 넘어서 그것이 오히려 인간을 파괴하게 된다면, 이성의 이름으로 행해지는 과학의 발달을 심각하게 생각해 보아야 한다.

이성보다는 감성에, 논리보다는 상상력에, 현실의 부조리한 현상보다는 인간의 존재론적 본질에 관심을 기울이는 작가(소설가)는 그와 같은 상식으로는 재단할 수 없는 일로 하여 그 존재의의가 있는 것이다. 이성의 논리로 파괴되어 가는 현실에 문제를 제기함으로써 진정한 인간성이 무엇인가를 깨닫게 하는 존재들을 수선화 꺾듯 꺾을 수는 없는 것이다. 이런 점에서 이 소설은 많은 생각을 던져주고 있다.

◐ 2. 수선화는 그리스 신화에 나오는 미소년과 관련된다. 그 미소년은 물에 비친 자기 모습에 반해서 빠져 죽는다. 자기도취자 혹은 자기 편애자를 나르시스트라 한 것과 같은 말이다. 그러나 남자가 소설가를 경멸하는 의미로 쓴 것이지만, 독자로서는 이에 동조할 수는 없다. 취조관인 남자는 지극히 일상적 논리의 극단에서 살아가는 인물이다. 그는 그러기에 타인에 대해 공격적이고 자기 생존을 위해서는 과감하게 행위하는 인물이

다. 소설가는 자기도취자이기는 하지만 '수선화'가 암시하듯이 나약하기 그지 없다. 이 나약한 존재는 남자의 입장에서는 지극히 비합리적인 세계에 속할 수밖에 없다. 연약한 수선화가 꺾이듯 이 세상의 많은 나르시스트들이 상처를 받고 있다. 또 상식적인 논리로 억압받고 모욕을 당한다. 물론 나르시스트로서의 소설가의 존재가 과연 정당한 것인가는 곰곰이 생각해볼 문제이다.

◑ 엮은이 / 구인환

서울대학교 사범대학 국어교육과 졸업. 동 대학원 수료(문학박사). 현재 서울대 명예교수, 국어국문학회 대표이사. 한국현대소설연구회 회장, 한국소설가협회 대표위원, 바이칼문화연구소 소장.

◑ 주요작품집

〈동굴 주변〉 외 140여 편(이상 중 · 단편). 《움트는 겨울》, 《일어서는 산》, 《별들의 영가》, 《불타는 서울》 외 다수(이상 장편). 《숨쉬는 영정》(이상 소설집).

◑ 저 서

《문학개론》, 《한국근대소설연구》, 《이광수소설연구》, 《근대문학의 형성과 현실의식》 등.

엮은이와
협의하에
인지생략

고교생이 알아야 할
베스트 셀러 베스트 작가 · 1

초판 1쇄 인쇄 ▌1999년 11월 25일
초판 1쇄 발행 ▌1999년 11월 30일

엮은이 ▌구 인 환
펴낸이 ▌신 원 영
펴낸곳 ▌(주)신원문화사

주소 ▌서울시 강서구 등촌1동 636-25
전화 ▌3664-2131~4
팩스 ▌3664-2129~30
출판등록 ▌1976년 9월 16일 제5-68호
구인환 ⓒ 1999

값 7,500원

＊잘못된 책은 바꾸어 드립니다.

ISBN 89-359-0876-2 04810
89-359-0879-7 (세트)